WILLTER

WAR of EMPIRE

WILLTER
WAR of EMPIRE

WILLTER
WAR of EMPIRE

意志者 3

WILLTER

WAR of EMPIRE

帝國戰記

嚮太C．L．著

新世紀美學 出版

意志者的世界

雅思界

戰後雅思人重組成雅思聯邦政府，分劃為7州65郡。得到阿特蘭斯界傳來的新銳科技知識影響，科學融合章紋鍊金學重建的文明社會，重建108年來總人口數達四十億人口。至今能夠往來兩界的只有意志者及心苗。雅思界被認定會使用和發覺源氣的人類至今約有五千萬多人。人口逐年上昇。

意志者

對雅普人認知泛指能夠駕馭及運用源氣的人類。在能力者之間，只有從聖斐勒斯都學園，即聖光學園畢業或拉天托普和岱勒烏斯機關認定，持有晶牌的人士才是法定真正的意志者。

阿特蘭斯界

第四密度四維度可視以上世界。整體面積約雅思界十倍大，重力6・2頓。相對時間差三個月為雅思界一年。一年十六個月四十天，一天36小時90分120秒。

阿特蘭斯界三大種族

塔努門人

雅思界亞特蘭提斯時代逃亡到阿特蘭斯的後裔，也有一部分是各時代過來的人。曾有一段拓荒時代，確保國土後集聚發展文明，後來組成斐特安法爾聯邦，擁有領土占世界十分之一，總人口約十億人口。塔努門人居民普遍已會運用源氣於日常。已發現宇宙百分之十五物質和掌握百分之四十二的能量。主要幫助雅思界文明重建，並傳授科技技術。長久以來與哈路歐人不合，造成人民對哈路歐人特徵的人持有偏見歧視觀念。

哈路歐人

散佈於阿特蘭斯界最廣的種族，擁有占世界十分之七的領土。外表動物特徵明顯，種類繁多，大致分為直立、四肢、水棲、飛行及古代五人種。物質文明社會，只有罕見少數人與古代人種能夠覺知源氣存在。以部落定義國家和都市。人種意識強，長年種族間內戰。文明程度參差不齊，平均約雅思西元十九世紀末二十世紀之間，也有原始文明人種。

彌勒斯人

對於源氣的運用普遍上乘人種，愛好和諧、公平、自由與奉獻。特徵像人類，有尖耳或靈角。有翼人、魚人、蟲人及木靈之分。擁有世界十分之二的領土。已達到宇宙第三文明程度主要有十二大族。自從古代黑暗人種被驅離阿特蘭斯之後，彌勒斯人長久以來志心維護阿特蘭斯的和平。有許多的彌勒斯人已修行提升達到第六密度五維以上的靈體。現今與塔努門人交流密切，也有自願與哈路歐人和戰通婚的人，幫助提升哈路歐人的文明，因此有亞彌勒斯與彌哈人混血人存在。

烏蘇魯庫諾斯結構

意志者與兩界機關對峙的死敵存在。散播恐怖，破壞兩界和諧及文明揚升進步的禍首，也是讓阿特蘭斯界千年戰爭末期白熱化的元凶。幹部和爪牙遍及兩界各角落的極精英階級組織。以弱肉強食的競爭淘汰為生存法則，崇尚極端等價交換信仰。組織階級從上至最下階級為：魔神、魔帝、魔帥（元帥）、公爵、侯爵、爵尉、尉士。元帥階級以上非人居多，多不輕易露臉。七名元帥之下各自擁有分支公爵家系。各公爵基本限制擁有三侯爵、四爵尉、六尉士家眷。組織底層幹部來源來自於雅普人、異端犯罪者或墮落的意志者。

意志者屬性

依源氣性質基本分為倭瑞亞（鬥士）、摩基亞（魔導士）、瑞達佛赫（騎士）及路拉（靈操士）等四大類型能力者。每個人源氣性質比重與波紋不同。

屬性相生相剋

同一等級正面衝突的情況下，摩基亞剋倭瑞亞，倭瑞亞克路拉，路拉克銳達佛赫，銳達佛赫剋摩基亞。源氣輸生關係，倭瑞亞可輸給摩基亞，摩基亞可輸給銳達佛赫，以此類推。

源氣駕馭等級分階

X級—S級—超A級—A級五階—B級四階—C級四階—D級四階—E級—F級G級。E級為聖光學園入學門檻。F級為一般塔努門人或亞普人程度。G級為自然界生物。一階為該等級最低向上晉升。

度量衡

PT—戈魯貝塔重力。貝勒—斐特安法爾聯邦貨幣單位。培度—距離單位，一培度2英里。

烏蘇魯

阿特蘭斯界夜晚當空的紅色月亮，和岱赫拉齊名。古時候塔努門人固有信仰，夜空之神其中一柱，守護「闇」之子民的男神，也意味著死亡和霸權之意。

岱赫拉

阿特蘭斯界夜晚當空的藍色月亮，和烏蘇魯齊名。兩顆衛星的位置相較於烏蘇魯更遠一些。古時候塔努門人固有信仰，夜空之神其中一柱，守護「光」之子民的女神，也意味著重生和和諧之意。

西烏盧比蘇

阿特蘭斯界白晝的日光存在，比太陽的質量大上一百倍。古時候塔努門人固有的信仰，白晝天上的主神之一，相當于雅斯界太陽神的存在，祂有許多種樣貌，象徵著生命和王權的恩賜。

壞胚種

塔努門人稱呼哈路歐人的歧視用語之一，意指外關特徵醜陋畸形用意。多半用於取笑兒童。

培度

阿特蘭斯界距離單位，多半用於空艇船艦或浮遊列車等交通載具航程換算單位，1培度相當於2.4公里。

卑帕德

棲息在阿特蘭斯界南方大陸的一種大型生物，俱有獨特的鼎狀三隻腳下盤結構，上半身像甲殼貝類構造，一隻魔眼八隻副眼，生性兇暴的肉食動物，俱有十條烏賊狀觸手。所到之處都會造成災難性的浩劫，天敵是龍科龍王屬的巨龍類生物。斷一隻腳就無法正常活動，三天不覓食就會骨骸化死亡。

科利努

阿特蘭斯界的一種生物，全身藍紫色毛，貌似獅虎的大型貓科動物。視覺、嗅覺及聽覺都很敏銳的生物。

光野遼介

光野宗家，源神諭心流正統繼承人選之一，以轉學生身份入學聖光學園。學霸級心苗，文武兼備。因言行放蕩不羈，重情重義，隱藏巨大潛力素質。在校評價正反兩極，被保守派師生歸類為不安因素的心苗。自從向蕾雅學習源動章紋系統術開始，用心學習章紋術。還不知道已經捲入有心人設計的圈套。

神崎希

神祇代言者名家，神崎宗家唯一倖存的嫡傳巫女，遼介指腹為婚未婚妻。個性天真浪漫、愛哭。珍惜宗家與父母教導傳承的一切。在學校裡有『戰場上的雅典娜』名號。被學校與機關認定為一級保護心苗。擁有輕微預知能力，對於事情小細節察覺特別敏銳。一心總是希望能夠成為遼介助力。

西露可

外種族女性，外貌成熟性感，個性像小女孩一樣活潑、樂觀，說話方式奇特。岱勒烏斯機關所屬源將尖兵，從學校畢業後，一直在岱勒烏斯機關服務。曾達成多起機關任務，評價A5級意志者。

不破修二

所屬二年A班，成績墊底，個性豪邁直接，見義勇為，愛出風頭，滑稽好女色。面對強者，總是能夠燃燒旺盛鬥志和挑戰欲望。行動總是欠缺思考，魯莽行事。無法握穩刀劍，因此改重修室宿玄蛇門拳法。被A班心苗貶為無賴，總是想找機會挑戰遼介。

天使　汐

豐臣家寄宿的跳級生妹妹。懂事乖巧，勤學，會照顧人。受諸多天使寵愛，當今唯一受七大御前天使加護的少女。俱有靈潔知心能力，包括動植物在內，能夠聽到所有生命體心聲。少數幾個二年級就獲得A級評價，與蕾雅和蒂雅保持親近友好關係。

克勞德・蘭斯・海涅爾

自幼淪為孤兒，被流浪居士扶養長大。個性善良，憨厚條直，心思單純無心機。持有聖劍寶具佛拉葛拉赫。缺乏自信心，總是蒙受豐臣家其他寄宿成員照顧。喜歡艾爾蒙朵姐妹卻不敢表達。專修源動魔導劍士。

蕾雅・艾爾蒙朵・拉斯提克爾

雅斯界魔導王家出身，以特設指導共學方式教導遼介章紋系統術。個性循規蹈矩，優雅端莊。天生富有悲憫心，熱愛生命及章紋術系統術。與蒂雅兩人偶爾接下魔導王家指示，用低調方式調查、處理用章紋術作惡的貴族人士。

觀月雅妮絲

羅德加拿學院副學生會長，所屬瓦爾可麗提亞騎士團。行事風格一板一眼，法理為重，對為非作歹份子無通融。由於出身背景特殊，心理本能厭惡男性，對遼介處事作風特別留心觀察，和遼介談話總是被動激發浮躁心情。愛吃鬆餅蜂糖類甜食。

瞳・赫森斯

曾接受拉天托普機關任務，貼身監視、保護遼介安全。過去曾和遼介聯手行動打擊雅斯界異端犯罪者事件。個性熱情洋溢，海派又獨立，心懷強烈正義感。和遼介締結金蘭之交關係。磋磨遼介驕傲和自負性情，促使遼介重新找到使用源氣的道。自從遭遇索亞設計的事件，被遼介失手殺傷後，行蹤不明。

火神隼人

所屬三年B班，豐臣家寄宿成員。擁有尖兵資格，時常接獲私人委託。個性冷沉少話，我行我素，總是行蹤成謎。專精火神一族秘傳忍術，特別珍惜愛刀—冥笑，隨時攜帶從不離身。曾去過冥界地獄安然返回，體內蘊藏冥焰寶具。

豐臣義毅

豐臣家男主人，和相馬恭子擔負遼介等人在校監護人。也是海尼奧斯二年A班導師。總是用耍寶方式和學生心苗打成一片。愛惡作劇，熱情容易親近。與遼介父母是世交好友，曾經一起並肩作戰，擁有豐臣英雄稱號。

哈格士托

岱勒烏司機關，伊特麻拉分局人力協調、調度分部長，同時也是桑傑斯托羅德騎士團團長。專門負責偵辦跨國、跨界銳達佛赫引發各種事件。做任務決策評估，分發大小任務於尖兵，調度與督導執行任務。

夏綠蒂・莎拉艾娃

岱勒烏斯機關總局長，鎮守提邁奧斯總局，機關督導偵辦案件最高台柱。與豐臣義毅齊名，結束千年種族戰爭英雄之一。辦事方法具柔軟彈性，有魄力，行動力、執行力特強。要求機關上下一心，高效率辦事。深得多數聯邦議會，各國首領和機關分局長信賴與愛戴。

柆葛茲

岱勒烏斯機關，住派伊特麻拉分局長，性情剛烈固執。陸軍上將硬性情，用軍人方式管理指揮機關下屬，時常失控失言。無法理解路拉人士言行思維。

主要人物介紹

麥克斯・畢考特

亞樊達斯柯特騎士團團長，專門指導騎士團偵辦校園內，以及伊特麻拉境內銳達佛赫心苗違規犯罪案件。

索亞・威金爾斯

兩年前設計虜獲曈，引誘遼介陷入圈套。促使遼介失手殺傷曈的關鍵人物。所有行動與目的神秘人物。

源將尖兵

與各聯邦國建制源將騎警機制不同，由司法機關所屬管轄正職尖兵，可跨聯邦、跨種族及跨界辦案，專門搜查及對付異端犯罪者和魔魍份子。執行機關指派各種任務，機關賦予靈活自主判斷辦案權限。

愴星

泛指因心理因素或身體因素各種問題，而導致心苗或意志者本身，無法完全發揮力量的狀態，是一種病狀泛稱。

魔魍

學校和各機關人士常用辦案語彙，意指偏激性情的危險異端人士，對聯邦國與整體世界安全、和諧有明顯危害因素。

嶺電頻幕

由彌勒斯人啟蒙，塔努門人自行開發的通訊科技。限定阿特蘭斯界內，只要有收發機元端和仿生機元媒介，天上水底下，隨時隨地都能夠開啟立體聲光通訊頻道。從摩基亞聲形傳達類章紋技術，延伸開發的通訊科技。

1 詔令派遣

雅斯界新曆109年2月，阿特蘭斯界過了兩個多月，雅斯界已過了將近一年。紐約在上紀元末戰後遭嚴重摧毀，北美東北角重劃成尼歐紐克郡，是北美大都城之一。這裡位於尼歐紐克郡南部，以前是舊維吉尼亞州與北卡羅萊納州交界處，外觀看似上個紀元老舊研究機構。若用一般視覺目視，只是個戰後不起眼荒廢研究設施。

在源氣聚集視線中，第四密度五維空間結界下，有一座幅員遼闊的大型要塞。主棟顯眼的黑色建築，頂端紅燈閃爍，三座金字塔型建築圍繞周圍相對角點。從要塞主棟頂端遠眺，可依稀看見遙遠尼歐紐克郡都會夜晚光帶風景。

要塞內部主廳堂中，綠光水晶探照倒三角空間，地板探照牆上一枚徽章，倒三角中有著迷樣紋樣，那是來自于阿特蘭斯古老文字變體圖案。中間一塊高出幾個層次的台階上，那張獨一無二寶座看起來相當巨大。

一名黑髮女性端坐寶座，她皮膚像雪白蠟紙，有血色瞳孔與黑唇，一身合身暴露裝束。片狀紋理和襯裙清一色漆黑，閃爍銀色光條，看起來活像一套猛鬼戰甲。伊窪・勞洛，她從年輕時抱著仇恨及報復心被組織吸收後，從最低階尉士慢慢爬到今天的位子，是少數從組織循序晉階的上級幹部，坐擁元帥位置多年。實力與謀略算計從不亞於同樣位階男性元帥。

主出入口開啟，索亞從外頭走進三角形廳堂，腳步停在台階之下，站在伊窪面前，索亞打禮招呼：

「元帥，我來遲了，恕我失禮。」索亞視線看著地上，右手按在左胸傾背說話，與元帥對話不能正眼直視，這是烏蘇魯庫諾斯組織內規矩。伊窪元帥從座位上起身，他面無表情數落：

「索亞公爵，你已經讓我等上十分鐘，你有什麼事情比我的詔令還要重要？」索亞說：「懇請元帥原諒。我稍早還在挪斯麥爾郡執行您傳達我們的指令。和我作對的尖兵花了點時間收拾。」伊窪元帥用刺冷眼神盯著索亞又問：

「你不會告訴我，你被一個聖斐勒斯都學園訓練出來的小狼犬給逼上絕境吧？」

「不，他只是命比較硬一點而已。您特地傳招我回本部有什麼吩咐？」

「我要你去協助漢考提公爵，完成他的促動戰爭計劃。」她的性情或許比起那些壞皇后還要強悍而有野心。

「元帥，我不明白。」索亞存有疑惑問：

「漢考提公爵應該是屬於芬克帝歐元帥之下的勢力，為何需要我們出手協助？」

「你應該知道，我們烏蘇魯庫諾斯有橫向家系，互相支援計劃的內規，以增進組織各元帥家系間共生和睦的情誼。」

「據我所知，漢考提公爵計劃要再次挑起阿特蘭斯種族戰爭。」

「您是要我去協助完成芬克帝歐元帥家系幹部的計劃？」

「表面上是如此。」伊窪又說：「事實上我要你替我去監察他們的動向，關於組織運作如有害處，你知道該怎麼做。」

「我瞭解您的意思。」

「要明或暗的協助都可以。」伊窪命令道：「我要你帶著你的人馬前往漢考提公爵的據點，一刻都不能怠慢。我等待你的捷報。」

「遵命，我會立刻執行您的詔令。」索亞做個答禮退下，轉身離去。

索亞背著伊窪走出厚重三角形自動門扉，眼神不屑，充滿野心，要不是伊窪一直躲在本部內，有好幾個死忠守候的公爵兵團護衛她安全，他早想要奪取她元帥的位子。

索亞走出長長廊道，走到透風觀景窗外露台迴廊，那裡可以看見整個要塞本部下方全貌。索亞視線停留在一束金髮女性身影，長髮披背過及膝蓋。站在露台邊遠眺風景的是瞳・赫森斯。她穿著黑色批掛圍繞薄紗衣裳，裙子開著高岔，看起來是一件適合武鬥的別緻禮服。久違將近兩年的她，神韻美貌更加成熟性感。白皙緊實大腿上，有和索亞脖子上相同的黑色紋樣，那是組織家系識別烙印。

「你在這裡發什麼呆？」索亞站上瞳身旁過問：

「我不認為本部裡的風景適合多愁善感。」

「寶貴回憶不需要美景陪襯。」轉頭看向索亞，那雙藍眼與捲髮依舊迷人。索亞冷冷說：

「你難得回卡薩羅納本部一次，這是向元帥申請升級位階的好機會。」瞳語帶保留說：「在組織裡活動，我只需要尉士位階就足夠了。」

「你在組織裡跟隨我行動有多久了？」

「一年十個月又一週。」自從與遼介離別，只要與索亞行動歇息空擋，她總是掛心遼介。然而，隨同索亞辦事，時而散播恐怖危險行動，時而清除組織內異己，每天在水深火熱生殺狩獵遊戲中生存。

時日久增，她自我感覺越是模糊，深陷墮落泥淖，彷彿靈魂逐漸被組織染污。

「你當初是為了什麼拋棄結拜義弟，甘願加入組織隨我一起行動？」

「我沒有忘記加入組織活動的目的，還有跟你交易的代價。」瞳進入組織內活動，他跟索亞有共同目標，但兩人之間等價交換關係更是微妙。

「我告訴過你，成為組織一份子必須有所覺悟。」索亞說：「保持野心與戒心是必要性情。你加入組織已立了許多戰功，如果持續待在下面位置不表示點野心，會暴露你異端立場。一旦被元帥起疑，妳隨時都有可能被處理掉。」瞳感到厭煩地說：

「這點我自己清楚。」

「莎菲亞，你必須深入其中，把自己染得跟所有人一樣才能夠查明真相。你必須讓自己更危險，讓他們對你產生畏懼。」索亞在她耳邊呢喃，這是一種魔咒章紋，促發她對自我暗示話語，意識更加著魔不能自拔。索亞又問：「需要我幫你弄個侯爵位子嗎？」

「需要時我自己會處理，不需要你多費心。」瞳顯露慎重而反骨性情問：

「元帥下的詔令內容是什麼？」

索亞咧嘴發笑，看見瞳表情增添邪氣，就像他掌中的活木偶，一點一點隨他使喚：「她命令我去協助漢考提公爵的計劃。「我們馬上前往阿特蘭斯。」索亞先行走去，瞳隨即跟上腳步，若有所思問道：

「她明知道你最不擅長執行這種支援旁支家系的行動。」

「他只是想測試我的忠誠度，和對旁系元帥家眷炫耀罷了。」索亞無奈說。

「需要招集我們分支家系所有眷屬嗎？」

「這只是單純的監察行動，不需勞師動眾，妳隨同我走一趟阿特蘭斯。」

「嗯。」元帥指令突如其來，讓瞳沒有心理準備，表情很猶豫。

兩人來到要塞主棟頂樓中心一處空洞空間，半露天摟空圓形塔台迴廊，四周環繞圓柱，可以從室內看到外面三個方位金字塔型建築，在這寬又深不見底的空洞上搭蓋環形階梯迴廊，片狀如獸骨獸牙金屬欄杆環繞，圓環零度點有一處左右弧形漸縮走道，延伸通往空洞上方。

兩人走到出發走道盡頭，一旁身份確認裝置像兩條人面蛇，伸到他們面前，定點幾個角度掃描確認身份。

〈源紋分析，身份確認，索亞公爵及赫森斯尉士。請指明閘門通道連結地點。〉

「阿特蘭斯界，哈路歐人屬地，荷斯庫窪高原森林地區。」

〈好的，開啟提真之扉，通道連結位置荷斯庫窪高原森林地區。〉

三座金字塔頂上水晶發出能量波，產生強烈磁場共鳴，從三個點匯集到空洞中央，成為一個小光點。空間中發出高頻率嗡嗡聲，光點開始旋繞打轉逐漸擴張，玄黑打轉洞孔中透著藍光，彷彿星際之門。這是組織從彌勒斯人偷來的技術，用人造設施私自打開人造提真之扉，也是被官方禁止往來兩界違法途徑之一。

看見這道門扉，瞳腳步躊躇猶豫。索亞問道：「你有什麼好顧慮的事？」

「我沒事。」瞳好久沒有回到阿特蘭斯，那是接受岱勒烏斯機關和柆天托普機關委託，貼身保護監視遼介任務以前的往事。以烏蘇魯庫諾斯組織幹部身份回到阿特蘭斯，複雜情緒在她內心裡折騰。

「呵，真是愚蠢，我真搞不透你們女性倭瑞亞。」

索亞扔下話語，先行跳入門扉。瞳將猶豫心思拋丟一旁，板起嚴肅面孔也跟著跳入那道藍光通道。

2　異型歹徒

阿特蘭斯界，伊特厤拉夜晚。這裡是聖斐勒斯都學園莊園宿舍區，每棟別墅所有地遼闊，星光點綴微量光源下，各家腹地方圓一百公尺內看得見燈光，彷彿大海中孤島。樹林原野間聽見跑步飛躍腳步聲通過，兩道人影持續行進。前方一處別墅外圍牆，四名守衛站在入口外，身上衣著領子上別著埃西美克斯王國保鑣小胸針。

「你有聽到什麼聲音嗎？」

「那是什麼！」

當四名守衛注意到腳步聲向他們接近，還沒反應過來，兩隻粗壯黑影一瞬間刺穿那些守衛身子，致命攻擊，連通報時間都沒有。冷冽寒風吹過，多數旗幟迅速飄揚作響。一棟外觀悠久層次分明，看似小型城堡別墅洋館，從內透出光線，照映八角星芒騎士團旗。還有投射在半空中埃西美克斯王國皇室徽章的立體投射燈。

洋館主臥室裡，燈光明亮。布琉西邇朵趴在臥床上享受SPA按摩。臥床旁矮桌上，擺著一杯裝飾奢華琉璃水晶杯豆，盛滿水果酒。

侍女細心搓揉白皙美背，布琉西邇朵表情舒服，無防備。一顆金黃色金屬球放在臥床邊，自體發出相當於遠紅外線燈熱度，是種奇特吸光性自發熱金屬。

一名貼身女性衛士從房間外進來，布琉希邇朵閉著眼睛問道：

「是塔利亞啊？我不是說過沒有重要事不要打擾我休息的時間嗎？」

「啟稟公主，一切安排都準備就緒。」看她制服外套識別章與布琉西邇朵同年級，說話應對卻個服侍在側宮女。

「是嗎？再來就看華沙達爾的能耐了。」布琉西邇說：「光野遼介，你敢抗拒我的邀約，寧願跟雅斯界的路拉姑娘在一起，這種恥辱，我一定要拿到你的奴隸所有權。」

「公主，我還聽說過一件事。」塔利亞帶著米白色軟質地帽子，盤著大麻花辮子馬尾，彷彿一隻深咖啡色蠍子尾巴垂掛在右肩。塔利亞左右看了一下，她在布琉西邇朵耳邊小聲說話：「我打聽到……」布琉西邇朵簡直是晴天霹靂，大聲問道：

「什麼！你說他和那個雅斯魔導王家的千金共學，還一對一進行章紋術特設指導課程？」塔利亞又說：「這件事好像很少人知道，我聽說他在聖艾奧尼斯花園為了她極力挑戰安德森・賈西亞・伯倫多。這代表他們是否有一定的親密關係呢？」

「難道是我晚了一步？」

一國尊貴公主身份，竟然被拿來跟其他女人做比較。她覺得自己姿色與名聲地位都不亞於蕾雅的條件。「公主的眼光的確不錯，他可能是個優秀人材。」塔利亞又說：「只可是，他應該不是那種輕易屈服威權或名利，願意讓人擺佈的人。」

「當我國皇室的護衛，就能夠獲得無上榮耀名聲。」她不解問道：「難道他連名譽聲望都不想得到？」

「我打聽過一些跟他交手過心苗對他的評價，他不但沒什麼物質欲，對於名譽頭銜似乎也不是很在乎。但如果各種利誘條件都無法使他動搖，那麼或許他是個需要公主親自花時間相處，培養信賴感情的心苗。」

「信賴感情啊——」布琉西邇朵一臉困惑，身為一個未來有望繼位女皇位公主，她只懂權謀設計與利誘，對於感情認知只有上下主次分別。除了母王和幾個老臣以外，沒有人可以跟她站在同一條階級線上說話。

埃西美克斯王國是個典型母系皇室整治國家，布琉西邇朵自幼在皇宮中長大，是皇室第五代排行老三，上面及下面各有兩個姊妹。從小與姐妹之間為了皇位爭奪，兩個姊姊屢次秘密策劃刺殺行動，她有好幾次陷入險境，所幸都逃過危機。她還親眼目睹小她一歲老四妹妹死在自己面前，為了性命自保與爭奪皇位，不能輕易相信任何人，是她根深蒂固的思維。

她還有一個目前就讀福明蒙德一年級的小妹，荷拉德古娜。跟她一樣有優秀心苗潛力，但是小妹對皇位興趣缺缺，畏懼她性情。兩人各有不同僕人服侍，雖然她們倆同住一棟別墅洋館，兩姐妹之間關係卻相當疏離。從小爭權奪位耳濡目染，還要提防那些對參政權柄外戚官員機關算計，因此人與人真摯情感培養，相當陌生。她從來不會對身邊衛士寄託太多信賴情感，只用實際能力和功過，賞罰去捨執掌的騎士團成員。

輕鬆氣氛中，整棟洋館燈光瞬間切熄，陷入一片漆黑。聽見破窗聲音，一陣淒厲尖叫。布琉西邇朵還搞不清楚發生什麼事情，立即起身，一手護著裸露身子。

「到底發生什麼事！」她鎮靜問道：「是哪個無禮狂徒來撒野？」

此時一名龐大人影破窗而入，壯碩身軀，沒有頭髮，豬鼻頭上兩對角，穿著破爛短褲，下半身茂密獸毛。手臂特長拳背貼地，這名怪人一手粗魯環抱一名女子。是荷拉德古娜，她已經失神，垂著頭髮。

「你是哪裡來的哈路歐？」布遛西邇朵很生氣，穿上源塑變質金色戰甲訓斥道：

「膽敢闖入我的別墅洋館撒野！」

「噶！噶！」黑影一甩，就把一旁按摩侍女甩到牆上。

塔利亞擋在前面，掃劃液態長槍，切甩襲擊布琉西邇朵的黑影團說：

「公主請當心，這名哈路歐也會使用源氣技術！他是個銳達佛赫。」

黑影噴流把兩人拆散，塔利亞躲避不及，摔在牆上。黑影團彷彿速乾水泥，像樹枝狀怪手將她牢牢困住。布琉西邇朵大吼：

「你這放肆的哈路歐！」雙手持源氣收斂金色雙手劍衝向前，斬劃黑影團。閃避過第二波攻擊跳起身來，雙手舉劍想要砍下肩膀，劍刃應聲斷裂。

「什麼？」布琉西邇朵一臉錯愕，看向那名魁梧哈路歐人。聲音沙啞又低沈：

「噶噶噶！無光，脆弱，是妳的弱點噶！」

這名哈路歐一拳兇猛拳頭撞擊，把布琉西邇朵身上金甲打碎。

「唔！」

布琉西邇朵再次源造長劍，仍想奮力抵抗，專注斬切水泥團，卻疏忽腳步。

「我的腳動不了？」

布琉西邇朵看著雙腳，好像陷在一團果凍粘土中，好似有生命不斷擴張，一瞬間從她身後把整個人覆蓋。布琉西邇朵拼命掙扎敲打，充滿液體環境，呼吸嗆到昏覺。

「妳實在太大意了，布琉西邇朵公主。」

從房門入口處出現另一名男性，向後梳理髮油頭造型，帶著耳環，穿著像個進未來感男爵紳士。男子單手一收，那隻果凍狀生物消失，布琉西邇朵倒臥地上。

「薩布，把她也拘束起來，我們得馬上離開這裡，喬可已經在會合點等我們了。」

「噶噶！遵命！」薩布笑聲沙啞撕吼，他用黑灰色變質源，把布琉西邇朵捆包成圓球團狀，跟荷拉德古納一樣，薩布左右手各擄獲一人。他們身手迅速從窗台離開。

塔利亞無力呻吟：「公主。」

眼睜睜目睹兩位公主被歹徒擄走，她知道埃西美克斯王國未來繼位女皇人選遭綁架，要是視窗東發，會讓整個斐特安法爾聯邦長治久安的和諧社會帶來動蕩不安。

3　希

夜晚時分，兩輪紅藍月亮高懸，遼介盤腿坐在房間沙發上打坐冥想。隨著呼吸間循環順氣，遼介身上源氣膨脹縮減。即使寒風吹動，窗簾拍打，遼介仍不為所動。煉晶球縮小如一粒沙，好比星辰閃耀，飄浮在雙掌間。

希推開房門，輕緩腳步入內，隨後將房門帶上。她穿著輕便家居服，裹著浴巾，伴隨怡人清香。希不多語，將親手捏的三角飯糰放在客廳茶几上。遼介閉著眼睛答謝道：「多謝。」

「不客氣。」希坐在旁邊沙發上，手裡拿著梳子梳理頭髮。遼介閉眼問道：

「你還不睡嗎？」

「還沒啊。」希放下梳子看向遼介，笑問道：

「自從遼介君開始向蕾雅學姊請教源動魔導章紋術以後，每天早晚都花那麼多時間修練，你真的很努力呢。」

「這是必要課題，我祖父武術教育是很嚴格的。」

「所以你的成績這麼優秀啊。」希將身子貼了過去，好奇問道：「你小時候都怎麼修練的啊？」遼介閉著眼睛說：「那是相當於生活在煉獄裡的修練，你不會想嘗試的。」

「說說看啊，有我們鬥士的體能耐力訓練嚴格嗎？」

「你能夠想像兩歲嬰兒被要求爬斷臂懸崖，三歲就被迫丟在巨熊惡虎前品嚐瀕臨死亡滋味？」

「這樣啊！」希表情感傷，用手撫摸那些孩童時期修練留下的淺淡傷疤，潸然淚下。

察覺到希在哭泣，遼介吸氣吐息，解開修練狀態，煉晶球恢復平常的大小，放入晶牌。他張開眼睛看向希說：「如果你還想聽，我可以繼續說，不過那可能會讓你想要搜尋虐待兒童保護機關。」

「那一定是很可怕的夢魘。」

「但我別無選擇，那時我一心只想著比自己的前一秒更強，成為最強鬥士。讓我祖父祖母好看。」

「你會怨恨他嗎？」遼介慫慫肩，搖搖頭感性說：

「小時候我只把他當作師傅看待，不認為我們有血緣關係，直到我七歲開始當道場守門人，接觸上山來討教武藝的人士口中才得知我們是祖孫關係。」

「他是認為過於親近無法對你嚴厲要求嗎？」

「我不太確定，雖然他從不介意我的心情感受，只知道嚴格要求。但是我從不討厭他對我幼時的嚴格要求，他讓我學會面對再強大，再危險的劣勢，任何強敵難關我都不會畏懼。」希微笑說：

「話說起來，今天上格鬥散打課堂的自由練習時間，不破同學一直在找你。他說你一直躲著他，不跟他對練過招。」

說起修二遼介抓抓後肩頸，無奈說：「他真不知道什麼叫做死心，到哪都想來挑戰。」

「他喜歡跟強者挑戰啊。」

「那堂課的時間是我跟蕾雅學姊學習章紋術的時間不是？」

「所以我代替你跟他比試了一場喔！」

「哦？這聽起來很有意思。」希笑問道：

「你想知道結果如何嗎？」遼介作聲想了想又說：

「我想啊，妳一定把他打得落花流水吧？」希驚訝問道：「你怎麼知道呢？」

「他只不過是想打架找樂子，尋求刺激而已。」遼介爽朗說話：「我看他跟女性心苗對練他都放水，從來沒認真過。再說，妳是班上優等生，在學院裡很有聲望，妳跟他在眾目睽睽之下比試，那個場合他肯定無法自然發揮。」

「你說對了！他跟我對打的時候，特別浮躁，我很容易就看穿他的攻擊意圖。我們也只不過互相切磋三招，他就舉小白旗認輸了。」

「多謝啊。」遼介點頭，讚嘆道：「不過妳也給足了情意。能夠得到妳主動邀請，切磋武藝是他的榮幸，這機會不可多得呢。」希點點頭，想了想認真問道：

「遼介君怎麼不乾脆就跟他真正對練一場，確實打倒他呢？」

「我跟他周旋過幾次。我很清楚他是那種自發性的挑釁武鬥，輸過一次，就會自己貼上八百回打到痛快、盡興為止的人。跟他對練過招，被糾纏上肯定沒完沒了。」

「嗯啊。」希點頭笑道：「不破同學很有拼搏毅力，過去小綾也是狠上好幾回，才打發掉他的對練糾纏呢！」

「這話怎麼說？」遼介笑問：「不破他不是怕風見怕得要死嗎？」

「其實—不破同學他以前很愛出風頭，一年級時，他是班上男生名列前茅的重要戰力。」

「這聽起來很奇怪？」

「不破同學現在這樣行為不檢點，成績墊底，品行看起來吊兒郎當，其實他原本實力還不錯。」希越是說話，越是有種沈重感浮上心頭：「厲害的不是他現在修練的玄蛇門腳技功夫，而是劍術武藝一絕的強。他甚至曾在一年級第三學期，勝過二年B班班代陸羽憲。」

「就是那個隨身攜帶那把刀鞘外型稀奇太刀的心苗嗎？」遼介應和說：「我聽說他是學生幹部？」希點點頭又說：「嗯，他是現在二年級生，碩果僅存的執行幹部。目前他刀劍類實力評價在小綾之上。當時不破同學在劍術單項評價是全學年第一名喔。」

「那麼他在劍術應該很有實力，可是他為何現在連刀劍都無法握穩啊？」

希臉上染上愁容相當苦澀，低頭解釋：「這說來話長，遼介君知道每個班級女學生，前四名評價最優秀的女性心苗都有四花聖名號吧？」

遼介想想說：「是啊，唯獨我們班四花聖只有三人，第一名位置一直從缺。但這件事跟那傢伙無法握刀劍有什麼關係嗎？」爭奪名位頭銜這種閒雜小事，遼介實在不感興趣，如今希再次提起，他很納悶兩件事的關聯性。

希緊鎖眉頭，左右尋思拿不定主意，猶豫許久吐露：

「嗯—遼介君現在在我們班上有一席之地，也有一點影響力了，我想你應該知道。」

從來沒看過希表情如此憂愁，遼介洗耳恭聽應話：

「嗯，妳說。」希苦澀說：

「我們班女生中實力最優異的人是蒂芬妮・哈薇娣蒂。她是專修獸王門『獸王劍法』的彌勒斯姊姊。」

「這所聖光學園裡有彌勒斯人血統的心苗不到三成，沒想到我們班也有啊？」

「嗯。」希繼續娓娓道來：「作為心苗，她的實力是我們無人能及的優秀。她為人沒有彌勒斯人，獨善其身的性情，相當和善親切。交際手腕跟人情拿捏恰到好處，無論是對內對外，很多心苗跟她交情要好，可以說是我們班上原本中心的靈魂人物。我習得獸王拳法就是她教我的。」

一年級的時候，希剛從福明蒙德轉進海尼奧斯，單純又溫和，不懂得爭取地位，表示自我主張。體能落後多數鬥士心苗一大截，成績墊底，飽受同濟排擠欺負，是拉朵泥和蒂芬妮先後伸出友誼的手。如果說拉朵泥是拯救她，不再被欺負的女漢子閨蜜，蒂芬妮就是教她武功，使她變強悍，證明自己主張和價值，拉拔她成長的優秀同窗師姐。遼介抬起下巴快活說：

「哦！怪不得妳會那麼嚴謹門派的絕活，我所認識雅思界的『獸王門』除了入門拜堂弟子一概不傳授外人功夫的。」

「嗯—在阿特蘭斯界，只要是師範代理資格都可以隨時隨地傳授。」

遼介曾見識過希自行在後院空地練武打型身影，那拳法步步到位，形姿俏麗，運勁剛柔並濟的動人倩影，讓他印象深刻。遼介感到新奇快活說：

「才二年級就可以當上師範代理，這麼厲害的人物還真想見見呢！」

希閉起眼睛搖頭，神情更是哀愁，小聲說：「那是不可能的。」

「兩個多月沒見過她出入教室，難道她跟我一樣申請自主修煉學分？」

「不是那樣的。」希搖頭指正，很懊悔說：「在今年第二學期前的休假期間發生了一件大事，在那次事件之後蒂芬妮姊音訊全無。學校裡再也沒有人見過她，她相關資料也被學校列管為機密事項保護。」

「是嗎？這所學校機密事項還真多啊。」

「那次事件只有小綾和不破同學回來。在那之後他總是成為被班上同學輿論消遣對象，就一直是那個樣子了。而班上向心力也因此四分五裂，成為現在各分小團體，意識對抗不和睦狀況。」

遼介仰頭看著挑高屋頂窗外絢麗星空，倒吸一口氣，嘆息道：

「原來他有那樣處境啊！」感覺遼介情緒變化，希看了過來應聲：

「遼介君──」遼介感嘆道：

「人各有不同際遇是嗎？」

遼介發覺自己並不是唯一不幸的人，無論是身旁這個家人全遭滅口，不知何時還會招來索命追殺的無親孤女，或是那個總是被同窗心苗唾棄，被當作苟活罪人嘲諷的男人。意志者和心苗都擁有感受與運用源氣能力，但為人都有各自身世背景，各有難處苦衷，他終於明白校長所說的那席話，自己不是最悲慘，不是孤獨一人含義。

「嗯──」認識到事情重要性，遼介看向希謹慎地又問：

「那次事件的原委妳清楚嗎？」

「我不是完全知道───」緩緩搖頭，再次看向遼介說：

「我只知道那次事件，不破同學對一把傳說封印在斯比歐王朝古墓的魔劍寶具著迷。他帶著小拉得來的情報，在放假期間，蒂芬妮姊跟小綾兩人隨同不破同學跑去找魔劍。」遼介追問道：

「然後呢？」

「這是我知道的部分。」希很無奈地說：「那次事件小綾也是關係人，她比我還要清楚。蒂芬妮姐消失後，詳細情報封鎖查閱，大家都很難過。我覺得應該發生很嚴重的事情，但是他們始終都不肯說清楚細節。小綾為了班上風氣不要變得更糟，任何人過問都絕口不提，有時還動用武力封口管制，所以這件事是禁止在班上和在學校裡提起的。」

遼介仰望天空隨性笑道：

「沒想到她也有這麼可愛的一面啊。」

「這件事情你知道就好，在班上是絕對不能夠說喔！」

「嗯，我懂。」

遼介伸手打算要拿起三角飯糰品嚐，此時聽到細小聲音，彷彿蚊子鳴叫，聲音持續不間斷，越來越大聲。兩人一唱一合相視應和：

「這個聲音是？」

「這個源氣感覺是？」兩人異口同聲說：

「是阿豐爸回來了！」

希開心地馬上起身，跑到窗邊把落地窗向外推開，她往陽台外頭一看，遼介也隨後站上前一探究竟。

4 寒風中的導火線

視線中一顆流星墜下，光芒越來越大，最後像一輪圓月那樣龐大。巨大物體一瞬間下沈氣流吹亂兩人頭髮，尖銳嗡嗡聲響停止。兩人眼前看見巨大黑影是角龍空艇，機身整台銀黑，形狀好似簡潔線條龍蝦，側身看像魚鰭，前端像龍類尖角突出狀結構。兩人隱約可以感受到源氣在載具核心引擎中運轉，絢麗閃亮藍光走畫在機身上，前頭金屬裝甲接合之間放射出冷藍探照燈光。

上面騎乘的男子，嘴角咬含著一根菸，聲音含糊大聲招呼：「是你們啊！我回來啦！」希招呼道：

「阿豐爸，歡迎回來。」

豐臣家的主人回來，看他那身好像度假剛回來裝扮，他對著遼介說：

「阿遼啊，你來幫我忙一下。」遼介走出陽台問道：

「什麼事啊？」

「這東西你替我接著！」

空艇尾部拖著一具無罩式行囊艙，載著巨大行囊包。遼介從陽台上跳下後院空地。義毅右手隨手一抓提甩行囊，巨大布包拋落而下。遼介雙腳踏地，雙手穩穩接住這顆龐然大物，隨性放置一旁地上。希也跟著從三樓高陽台一躍而下迎接。遼介問道：

「你不是出任務嗎？這東西是哪來的啊？」

義毅對著住屋大聲呼叫：

「阿德啊！你快出來幫我開車庫門啊！」

好像大金剛吼叫，效果顯著，連臨近住戶飼養的寵物也被驚動，有嘶吼也有吠叫。

克勞德來到後院，喧鬧噪音打擾之下，連同汐也一起出來迎接，表情不輕鬆，顯得有些擔心。

克勞德挺著身子，走到後院另一邊土丘，找到一把轉盤，形狀像發條式旋轉閥渠道開關。克勞德使力轉開，自然草皮土丘一分為二，向兩旁慢慢開啟，後院地中也開始伸展，成為平滑石子起降場，直通土丘裡面的機庫。

角龍空艇降落在起降點上，阿豐跳下車，等到起降場將機身自動牽引到機庫內，克勞德再度關上閘門。

汐走近那一團比自己還要高大兩倍的行囊包，不帶惡意數落道：

「啊……阿豐爸又亂買奇怪東西回家了！」義毅走過那堆禮物吩咐：

「阿遼、阿德那些土產禮物就先搬到車庫裡的倉庫間吧。」而後對著希要求道：

「小希你能夠幫我弄些吃的嗎？」

「我知道了！」希轉身回屋裡去，打算準備阿豐的晚餐。早已察覺義毅行徑有異狀，遼介叫住他：

「等一下，你受傷了嗎？」希遲疑停下腳步，義毅不以為意，聲音硬朗回應：

「什麼啊？」遼介慎重關切又問：

「你騙不過我眼睛。只是那幾噸重東西你不可能拿不動，你左手不能用嗎？」

在場人差點被義毅不正經言行矇騙，瞧他左手臂傷勢，簡直血肉模糊。撞見阿豐爸身患重傷，希雙手嗚著嘴，驚嚇大叫：

「哇！好嚴重的傷，我去拿醫護箱來！」

「站住！」義毅喊聲命令，他額頭冒著冷汗笑道：「小希這種傷醫護箱沒有用，這是特殊章紋術附加詛咒的傷。妳只要幫我弄啤酒跟下酒菜就足夠安慰身心啦！」他並不想把任務複雜事驚動這些孩子，只想等著恭子回來處理傷勢。遼介進一步過問：

「你這次任務委託很棘手嗎？」義毅大聲唧嚷：

「你想要分攤任務情報，還早一百萬年啦，小鬼！」

曾經與光野和真並列，足以一人打倒一千名A級意志者實力的意志者英雄人物，這次出任務回來，一隻手臂受重傷，想必任務極具危險，讓希等人都感到錯愕。遼介又問道：

「你對我們寄宿心苗這麼說是否太見外了？」遼介對於義毅的偽裝不愉快抱怨道：

「岱勒烏斯機關指派的任務，我們可能沒有知情權限，但是分擔任務壓力，這點我們什麼都做不成嗎？」

遼介言行讓義毅想起曾經一起共患難，實力強悍領導夥伴的好兄弟，他細心關切性情也讓他想起遼介的母親，神塚椿。義毅右手掌重壓搓揉遼介的頭，中意地笑罵道：

「傻瓜，你該重視其他問題，你的狀態不完全不是嗎？」義毅感性地在遼介耳邊又說：

「你有這點心意就足夠啦。」遼介快口反駁笑問：

「你還對我說過，期許我把這所學校翻過來不是嗎？」

「接受機關任務另當別論，你現在想要接任務還言之過早！」

義毅放開遼介，他從來不會在豐臣家寄宿成員面前提起，任何關於任務的情報。在二年A班課堂上，也是很熱情和學生心苗打成一片，這對他來說是最佳精神療養劑，那些言行也是他平復出任務壓力的形象，對他是最平靜和諧的時候。義毅放柔軟又說：

「小汐能夠麻煩你的天使幫忙做些簡單治療措施嗎？小恭可能還不會那麼早回來。」

「我知道了。」小汐點頭回應。看著希和汐隨同阿豐爸身後進到屋裡去，遼介和克勞德留在後院，看著這堆義毅帶回來的驚喜，雙手一攤，克勞德嘆息道：

「唉—小恭媽看到這些東西一定又會發飆了。」

「他應該會找合適理由，找機會分送吧？」遼介打算把行囊包再綑包起來，爽快說：

「反正小恭不常進空艇機庫的後倉庫，不容易被發現。」克勞德憨直應聲：

「說的也是。」

遼介搬運這些阿豐爸帶回來的驚喜，他吐氣整理心思，對於義毅刺激很在乎，即使心裡有一道深不見底的陰影，拿他跟其他平凡心苗相提並論，他心裡很不是滋味。一定要找個適當機會證明自己的能力。

5 噩耗

翌日早上，西烏魯比蘇的陽光從厚重雲隙間照射在密斯博塔戈上，這裡是羅德加拿學院學生會專用設施，座落在雅樊區班德摩爾聖殿廣場中上。在這棟高樓中，學生會幹部會議室裡：學生會長─布萊特・維格諾頓，雅樊達斯柯特騎士團團長，麥克斯・畢考特。還有桑傑斯托羅德騎士團團長，哈格士托等人，環坐在精英圓桌上。他們聽取到今早為止，學校內外所有大小事件的偵辦進度。圓桌中央投射多名犯罪嫌疑人和被害人投影照片，還有其他五十多件失竊寶具和法器檔案。

雅妮絲也坐在副會長席上，對於集團搶奪竊盜寶具法器事件案件增加，希和遼介也有涉案嫌疑。她無法相信豐臣家裡最安份守己的傻妹妹有犯罪可能，她從位子上起身表示意見：

「畢考特前輩，我認為這絕對是犯案集團惡意栽贓，刻意模糊辦案焦點的手法。」她嚴肅又激動說：「那晚案發時間，我和神崎學妹還在伊特麻拉市中心購物，她從來沒有離開我的視線，兇手一定另有其人。」

「這很難說。」麥克斯嚴肅分析說：「她是個路拉，要遠端操控分身犯罪不成困難吧？」他是教務機關認可和伊特麻拉治安部指派的監督幹部，他已經從學校畢業四年，是很年輕的團長。

「從市中心到案發現場直線距離起碼有十公里，據我所知，神崎學妹還沒具備遠端操控源造物的能力。」雅妮絲嚴肅辯解：「而且集團辦案的嫌疑組合太多，這根本是千面人集團竊盜案件，畢考特前輩這麼快斷定犯罪者結論是否太草率？」

「雅妮絲，妳冷靜點。」布萊特提出意見說：「前輩也只不過是假設推論而已。各學院學生會和教職會還在對嫌疑人聽取口供，現場鑑定也還沒有明確結果，妳如此衝動發言，有失理智和風度。」

「犯罪嫌疑人有一半是我們學院的心苗我怎麼能夠冷靜？」雅妮絲說：「還是在學生會正副會長選舉的前兩個月發生，如果這是哪個騎士團搞出來想企圖擾亂選舉，這更不得縱容。」布萊特淡笑道：

「不過，你知道的。反過來想，要是在現在學生會體制下盡早破案，這對你的選情更有幫助不是？」

「夠了，維格諾頓。」雅妮絲很不悅說：「我現在只想好好解決這件案子。」

「我很高興妳還把持理性。」布萊特冷笑回應，轉話又問道：

「話說起來前幾件案發現場，鑑識搜查結果有新的突破嗎？」麥克斯皺起眉頭說：

「很遺憾的，到目前為止任何案發現場都沒有留下線索。」

「如果連現場都偵測不到殘留任何源氣，那麼源紋分析鑑定會有困難。」哈格士托說：

「這證明這是件完美偷盜案件，這對我們學院立場很不利喔。」哈格士托，二十八歲，褐髮，留著薄薄繞腮鬍，與畢考特一樣已經是一名意志者。他在伊特麻拉諜報機關，藍月・蘇彌克服務，被指派坐鎮桑傑斯托羅德團長一職，同時也是岱勒烏斯伊特麻拉分局特搜人力調度分部長。偵辦大小案件他時常面對麥克斯，兩騎士團經常合作辦案，就好像雅斯界上個紀元年代，美國刑事警察局和聯邦調查局的微妙關係。麥克斯問道：

「你想說是我們學院哪個騎士團所為嗎？」

「沒有掌握確切證據前，一切很難說。你知道我們學院騎士團之間意識對抗問題跟雜草一樣多。」

辦正事時刻，哈格士托還可以談笑自如，他出身於南方國家鄉下地方，幽默風趣性情表覽無遺：「能夠確定這案件會升級成學園案件，必須組成學院聯合特搜團隊。想必皮洛斯加學妹一定氣得跳腳。」

「那是肯定的。」雅妮絲複合說：

「畢竟五十八件遭偷盜物件，有一半是摩基亞的法器寶具。」

就在四人為案件議論紛紛，一名亞樊達斯柯特騎士團刑事組長衝衝忙忙從外頭跑進來，他面色慌張報告：「畢考特團長，大事不好了！布琉西邇朵・星雷拉・歐比克絲汀五世昨晚遭到不明人士綁架！」

「你說什麼！那個埃西美克斯王國的公主？」麥克斯嚇傻了，在座其他幹部也都很震驚。讓一個重要國家皇室象徵人物，從學校裡被綁走是很丟臉的事。

「怎麼會呢？」雅妮絲不敢置信說：「她把騎士團本部設在自己的洋館別墅，有雅樊達斯柯特騎士輪職守衛，還有王國派遣保鏢保護，理論上維安戒備應該很完備才是。」

「據他們星光騎士團負傷的心苗表示，昨晚深夜大約三十五點的時候，突然遭歹徒襲擊。就學於福明蒙德的一年級心苗，荷拉德古娜也一同被綁架。目前行蹤成謎。」

「心苗晶牌應該會顯示他們的位置。」

「很遺憾，他們兩人的晶牌都留在案發現場。我們甚至無法從外派在各地的斥侯尖兵感覺中察覺到他們的氣息。」

「案發現場的情報呢？」麥克斯問道。那名搜查組長神色驚慌，不敢認清事實陳述：

「當時洋館內能源供給系統中樞當機，定點監視機元都起不了作用，埃西美克斯幾名保鏢也都慘死在歹徒手中，奇怪的是兇手並沒有殺害任何心苗，只是讓他們倒下失去意識。」

「現場有採取到任何關於兇嫌線索？」布萊特保持冷靜問道。

那名組長深吞一口氣，感到無法壓抑的恐懼說：

「我們有採取到現場殘留一種詭異源氣，鑑定結果，是銳達佛赫屬性。但無論學校內的心苗，所有意志者或著異端犯罪記錄的源紋資料庫比對，都沒有符合的。」哈格士托大膽推論道：

「難道是哈路歐人嗎？」

「但是只憑一名哈路歐人，有辦法明目張膽潛入伊特麻拉嗎？」雅妮絲也跟著推敲問道：「應該歹徒有其他同夥吧？」

「觀月副會長您說對了。」組長回應：「我們同時也採取檢驗到另一名歹徒的源氣，源紋比對結果是，巴里・古洛辛。」

「我的老天！」麥克斯倒吸一口氣驚呼：「他是烏蘇魯庫諾斯的侯爵階級幹部。」

哈格士托驚覺事件嚴重性，他收起鄉下人冷靜中帶著風趣口調，立刻從他的位子呼叫桑傑斯托羅德本部情報中心，接通一名坐鎮在本部副團長，她的身影立即投影在他面前：

「麻美，事態緊急。馬上替我整理現在能夠立即接任務的尖兵，最好是有豐富經驗的老手。」投影中的女性回報反問：

「報告團長，可是現在有經驗的前輩們都在執行任務中，現在沒有待命任務的老手。難道要請求新手，還是其他學院人力協助嗎？」

「要不是學校發生這起連環偷盜寶具事件，我就能夠支援任務了——」雅妮絲無奈說，她必須為四學院聯合搜查團隊出面，掌握和推進案件偵辦進度。而布萊特也必須坐鎮學生會，讓其他偵辦事件，以及督促學校，學生各事項活動進度的推行。哈格士托說：

「這可惡的烏蘇魯庫諾斯，竟然挑這種忙碌的時候又搞出這種事。」

「這種時候你需要更冷靜，哈格士托分部長。」此時一名女性嶺電投影頻幕插了進來，她看起來比兩位團長都還還要年輕。

「你是莎拉艾娃長官？」畫面中的女性是岱勒烏斯機關的總局長，夏綠蒂．莎拉艾娃。

「哈格士托分部長，這件案件已經提升至A級警戒層級，由我們岱勒烏斯協助偵辦。柆葛茲分局長也已經知情。」她冷靜指導要求說：「我現在提供你適合接任務的『源將尖兵』名單，請你指名一名尖兵，並且在一天之內，召集適合共事的密令尖兵救援小隊成員。」哈格士托快速過目所有名單的頭像，他馬上有中意的人選回答：

「長官，我想我已經知道要指名誰了。」

在他們面前投影的九名男女名單中，有一名面貌特別顯眼的女性『源將尖兵』。她有著桃紅色捲髮，迷人杏仁眼，個人資料名字標示著，西露可。

6 舌戰

重力調節面板標示二十五倍戈魯貝塔。自習課堂時間，二年A班教室裡，吵鬧聲隔空交火中，瀰漫著犯罪凶事壓迫氣氛。一向全勤的藍可兒座位空著，露露、初祢和柯麗兒三人嗦嗦唆唆交談，露露擔憂神情訴說，初祢與柯麗兒兩人面色顯露慌張。

佛朗達克被惹火，他躁燜暴怒地與拉朵泥可對峙，他不以為意大喝問道：

「蛤?·只不過是被搶走一把劍有什麼好懼怕的啊?」

拉朵泥臉色凝重，看相鬍子大叔說：「這不是單純欺壓的暴力事件，鎖定目標有預謀搶奪傷害，已經觸犯學校維安條例，這是罪不可赦的大問題！」佛朗嗤之以鼻地恥笑道：

「我看沒那麼嚴重吧?·商店街武器道具商店那麼多，我看隨便找幾把刀劍都比那把裝飾過度的寶劍還要實用。況且憑她經濟能力，要再請人鍛造相同寶劍根本不是問題吧?」短飛機頭，粗獷矮個子的男同學也跟著唧嚷：

「就是說啊，達克兄說得有道理，我看那個嗲聲稚氣的傻羅莉，始終依賴一把道具才是真的大問題。她該適時改改那動不動就提她家，說她爹娘怎樣的毛病。根本就還是個乳臭未乾黃毛丫頭！」拉朵泥握緊拳頭回口開罵：

「你們跟本不懂那把劍對可兒有多重要！」

「所以呢?」佛朗反問：「如果是那麼重要的東西，還不知道怎麼應付其他心苗截盜。打不過人還想鑾幹，讓寶具白白被奪走，對自己太有自信，才會選擇走那種山野曲道回宿舍，這種笑話也敢拿出來張揚。這裡是聖光學園可不是雅普人托兒所，是以實力說話的地方。我看根本是她自己實力還太嫩不是嗎！」

拉朵泥使力挺背，聳起肩膀，好像大型貓科動物威嚇動作大罵：

「你、你們這些狼心狗肺的東西！」

「席丹，藍不在這裡，這種事情她沒表示意見。」迪姆費勒，男生中實力排位第二冷系沉隱男子說話了，灰銀色直髮，蓬鬆銳利，富有醫生學者氣息，他犀利問道：

「妳在這裡搞得沸沸揚揚，把事情誇張化，莫非妳是要鬧到全學院都知曉才肯罷休？」

雖然鬥競成績勝場數沒有拉朵泥來得多，靜態術科成績卻是班上榜首，少量場次勝敗成績，還留下多場不戰棄權記錄，刻意收斂，隱藏實力作風，平時寡言，必要時說起話來卻是犀利有勁，拉朵泥還不敢與迪姆費勒正面脣舌交火。

「迪姆？」拉朵泥應聲，迪姆又說：「藍的問題她自己解決，這種事件妳以旁觀者角度，提出主觀認定意見未免也太多。我看妳這樣激動說話，只是因為神崎同學成為涉案加害嫌疑人是嗎？成熟點吧，女士。」

「你！」拉朵泥忍氣吞聲。

「是啊！是啊！妳根本就沒資格評論這件事！」

「都是你在散步恐怖氣氛！」

迪姆冷靜犀利的說破拉朵泥的心思，其他人附和喧鬧，教室陷入一片混亂。事發突然還未見到風見綾進教室，還不知道事件調查的相關情報。拉朵泥煽動恐怖氣氛，平時各取境地的同學，也多少顯露躁動，不得安寧。看不下混亂的吵鬧氛圍，一名女性一手提著書坐在窗邊座位上閱讀，啵一聲，單手闔上書本，站起身來介入代管秩序。

「你們幾個不要再吵了啊！」

金茶色滑順長髮披在背上，白皙臉蛋，有著一雙深邃迷人綠褐色眼睛。那雙又大又圓的毛茸獸耳更令人在意。亞哈路歐人說話咬字不正獨特語調，首當教訓那些打落水狗，亂放話的單純傢伙：「佛朗，猿田，這種時候你們說這種話未免太無腦了，可兒能力無法自保，固然有自我反省必要。但是對於落難受害者，你們說這種落井下石的話，未免太沒品，難道不知道德字怎麼寫啊？」一頭深紫色海藻頭男子，含著陰沈笑容說：

「梅克莉妳說他們是沒用的，也不知道這吵鬧的禍首自己是什麼德性。以為她排位『四花聖』第四名位就可以亂放話。」

藉著苛米爾犀利帶刃的話語，楊泓恩也借題發揮直言：

「她每次都這樣啊，一有事情牽扯上神崎姬，就發了瘋似的，非要鬧到大家為她聲援不可，搞得大夥雞飛狗跳才肯罷休。不知道最困擾的是誰呢！」拉朵泥大罵道：

「你們這些奶油哈巴狗給我住口！」

眼看又要進入失控吵架循環鎖，梅克莉眼神變得銳利，喊聲制止道：

「請你們先停一下好啊！！」

梅克莉張口喊聲，猶如狐狼野獸吼聲，強勁音波震盪衝擊，令教室課桌椅震動搖晃，在旁邊遊戲同學的積木倒塌，下棋棋盤也灑落一地。在座藉機亂吵，見縫插針的同學都嚇住，全部閉嘴。受不了衝擊波的同學都雙手遮住耳朵。楊泓恩腦袋脹痛難耐，連忙雙手貼住耳朵：

「唔—這是——」苛米爾只是輕鬆閉起眼，用手指掏掏耳朵沈默笑著。

梅克莉停下吼聲，肅靜了五秒鐘。梅克莉轉身面向拉朵泥勸說：

「阿丹，我知道妳很愛護小希，雖然目前小希和光野同學被列為加害嫌疑人，但是四學院學生會聯合特搜機制，還沒有查至水落石出，妳這樣慌忙到處傳話，不但會造成班上，甚至是整個學年心苗多餘困擾，還可能間接傷害到小希呴。」

拉朵泥切齒痛恨地怨聲罵道：「全、全部都是那不良傢伙惹的禍！」

希拉開門進教室，愁容滿面，少了健康紅潤氣色。見到好妹妹終於進教室，拉朵泥馬上衝上前慰問，希只是搖搖頭嘴巴微微顫動。拉朵泥聽入希的解釋，鬆了一口氣說：

「是嗎?那一晚事件發生的時間點，妳在伊特麻拉市中心購物中心，和觀月學姊一起逛街，有了證人作證，這我就放心了。」

希雖然自己清白無罪，擔憂心情仍不見緩和，更多的是坐立難安，眉頭深鎖說：

「只可是遼介君他……」

教室後方門扉拉開，嘴邊吹著那段舒爽旋律口哨聲。遼介一手扛著書包，另一手插著褲子口袋進教室。見到強盜傷害事件嫌疑纏身，還在泥淖中不知清白與否，好幾雙凝視重大罪犯目光全部聚焦在遼介身上，特別是神崎姬親衛隊弟兄，更是不客氣緊迫盯人。拉朵泥走上前來笑問：

「不要因為你個人行為影響到我們班的名聲好嗎？」

一大清早就被叫到教務處，被師長和學生會幹部質詢一番，片刻還未能歇息，回到班上又招來不友善質疑。遼介輕輕呼吸一口氣，隨口輕鬆回話：

「妳想說什麼？」

拉朵泥那表情一扭曲，冷言又是羞辱笑罵道：

「要我明說嗎？凶嫌還有臉進這個教室，還裝成那樣若無其事悠哉樣，你膽大包天不要臉也該有個限度！」希連忙走過來想要制止：

「小拉，等一下！」

拉朵泥伸手拉扯希手腕，當著希面前大罵：

「小希，妳不要說話！他如果真的犯案的話，妳替他說話只是污損妳的名聲。」

拉朵泥眼盯著遼介不帶保留的唾棄辱罵：

「你如果是男人的話就敢做敢當，別裝瘋賣傻。還利用小希的身形名義為非作歹，真是噁心的傢伙！」

「小拉……」

見到一對一單騎唇舌論戰場面，在教室的其他同窗心苗覺得吃驚的無語，感到煩擾的沈默，認為幼稚的冷靜，也有當作好戲看待的默笑，用各種表情察言觀色。拉朵泥的話也讓認同遼介的人不敢多言。

遼介臨危不亂，凜然呵笑問道：

「妳說的話簡直是把我當做真正的嫌犯，但是妳有確切證據嗎？妳不是事件關係人，也不是學生會幹部，說這種話合適嗎？」拉朵泥更是提高音量笑道：

「你要犯案動機多的是，你曾經使用過可兒那把傳家寶劍舞劍過，試用過了就想要占為己有，把它搶過來是吧？」遼介說：

「我承認可兒那把七星翠羽的確是把尚方寶劍，但是那寶具能力我根本無法使用，我要截盜一把裝飾華麗的普通青鋼劍做什麼呢？再說，我根本就不依賴寶具能力那種玩意，那是違背我所修練武道中心的根本。」

看不慣希老是跟遼介跟進跟出，排斥厭惡之下，拉朵泥就是要扣帽子：

「就算你自己不用，把劍賣了也可以換來金錢不是嗎？」

遼介搖搖頭嘆息道，鎮靜含著微毫笑容述說：

「唉——你要知道，我是雅斯界轉學進來的心苗，學期間我根本無法擅自進出伊特蕬拉，妳是要我上哪去轉賣寶劍啊？所有商家、當鋪都有學生會跟校務機關的眼線，如果我把劍轉交易出去馬上就會留下記錄，我問妳天底下有哪個匪徒這麼無腦的？」

「誰知道你有沒有拿去黑市賣掉呢？」

「哦？沒想到阿特蘭斯也有那種交易場所啊？」遼介笑道：「妳比我還清楚地下門路，難道妳也有相關經驗嗎？」

遼介的答辯讓拉朵泥越說越是漏洞百出，彷彿唱盤跳針說：

「你——你少給我轉移話題了！」

「我剛才說過，一把家族代代流傳的寶劍，家族以外的人都無法使用其能力，缺乏實用性的普通青鋼劍，不說意志者或是心苗，普通人更不用說，是有多少人會看得上它？再說這麼一把來自於雅斯界的寶劍，阿特蘭斯科技煉造的刀劍都比它實用，要說是古董，這裡坊間古董武器行賣的武器恐怕都比它亮眼，在黑市裡拍賣，不識刀劍本身價值的人叫價，是能夠賣得到多少錢？」

把拉朵泥尷尬的停頓了幾秒，坐在一旁的修二噗哧的取笑作聲。拉朵泥雙手交叉抱胸，將臉撇向一側，任性無道又說：

「哼，你弄到寶劍不拿出來用，也可以私下轉讓給他人，誰知道你們匪徒都想些什麼啊！」

遼介看著拉朵泥身旁的希，一臉驚慌樣。內心有所思索，下了決斷，含著一絲爽快笑容又說：

「而且我是源鬥士，我沒有把源氣結凍的能力，妳覺得我連源具力都不會，是如何弄出冰刀跟冰盾呢？」拉朵泥咧嘴一笑說：

「最近一個月來，你不是在修習源動章紋術嗎？還是跟魔導王家出身的優秀學姊共學是吧？對於源動魔導士而言，要搞出冰凍術什麼的並不困難不是嗎？」

脣槍舌戰中，沒想到自己最親密的好姐妹，在這種時候把遼介秘密公諸於世，還當作栽贓攻擊彈藥使用。希驚嚇地雙手摀住嘴鼻，淚水在眼眶中打轉，她無法相信拉朵泥會這樣激烈的攻擊遼介。遼介嘆了一口氣正經笑道：

「唉，看來我們說話沒有焦點，和妳說再多也只是浪費時間，我必須說清楚，我沒做這種無聊事。」

遼介不再多語，含著輕鬆笑容，轉頭打算離開教室。

「等一等——遼介君。」

呼喚沒有制止遼介步伐，他頭也不回走出教室，左手向後拉上扇門離去。清澈淚珠宣泄而出，菠囉菠囉好似豆子滾落臉頰。再多淚水也不知道該如何是好。甩開拉朵泥的手，希也跟著奔向前，雙手拉開教室門扉。當她起步衝出教室，一頭撞上風見綾正要進教室，希一屁股跌坐在走廊上。

看見希傷心欲絕的臉色，綾問聲：

「希——妳怎麼？」

「對不起！」

希緩慢起身，眼睛沒有對上，希眼角含著淚珠難過奔跑離去。道歉射箭無的驚見希如此失態反應，察覺教室瀰漫詭異氛圍，綾一頭霧水地轉身，喊聲問道：

「這究竟是怎麼一回事？你們誰給我解釋清楚！」

那群神崎姬親衛隊弟兄，把目光全部都瞪到拉朵泥身上。受不了這些形同詛咒盯人視線，拉朵泥也跟著跑出教室。梅克莉閉眼搖搖頭苦笑道：

「呴呦呦，真是災難呴！」

教室裡的心苗，目睹整場一對一唇舌論戰，置身于世外的沈思，覺得無理取鬧的汗顏。也有人暗自竊喜，嚼味於心，更有些人，映著世道不在的目光。迪姆費勒、拉瑪・珉斯柯納、潔麗卡・迪奇、霖・巴克士都為此事感到相當不愉快，不破修二更是看不下去，臉上顯露未曾見過憤恨不平的目光。

7 流言蜚語

早午間天色黑灰迷濛不清，沈重雲帶拖拉飛過天邊，冬陽熱度不足，陽光也顯得無力穿透。遼介獨自一人走在貝洛戈德商店街上，往來路人比起傍晚和假日時間少了六成，進出各店家光顧客人與露天商鋪叫賣聲依然此起彼落。人群中，看見一束水藍色頭髮嬌小身影。

遼介走過專賣銳達佛赫裝備道具第三街，又走過商店街幾處心苗擺設攤位的露天廣場。在深色玻璃磚塊環形商鋪廣場中，每家攤位看版都是木質材料搭設，各個多少都有披附垂掛布幔，一致都有掛著植物線條狀金屬外框，上面投影騎士團團徽或著班級識別符號。

坐在廣場週邊店家餐廳二樓室外咖啡座，隨意點個沙畦羅蔓果茶，遠望探查各家店鋪買賣狀況。遼介定點觀察好幾個生意特別繁盛攤位，其中看見格黎貝塔騎士團徽道具店鋪，架設攤位除了店鋪本桌以外，還有另外設立好幾個立架掛鉤，除了武器防具還有首飾與衣物。心苗光顧攤位源源不絕，一名一頭墨灰銀髮女性坐在店鋪裡看店，頭髮瀏海右側戴著一隻斑白黑羽毛徽章，外套上面不是格黎貝塔騎士團布徽，而是彎曲細身，前三後四蹼狀的箭毒蛙形象徽章。

遼介遠眺企圖搜尋些蛛絲馬跡，時間一過就是三個小時。然而，低調表面探察，始終得不到任何明確線索。像這樣由學校心苗結社組成的組織，販賣複數多樣道具移動式露天商鋪太多家，無論低調等著顧客上門，還是高調大聲呼喊特價招攬生意，都沒有任何異狀。

移動位置，遼介回到貝洛戈德主幹道上，途中遭遇許多心苗白眼銳箭凝視，這是對通緝要犯的鄙視感，交頭接耳議論。

「誒誒，你看是光野遼介，是那個異端心苗。」

「是那個至今鬥競還未敗過一場的二年級鬥士心苗嗎？」

「他不久前才大鬧聖愛奧尼斯花園，這次又強盜奪取他人寶具和法器，而且還把魔爪伸向羅德加拿跟福明蒙德。」

「這麼誇張噢？不可原諒。看來愛拉梅蒂斯開設審判庭的罰則真是太便宜他了！」

「為什麼學生會幹部還不把他抓起來，還讓他在這裡四處閑晃啊？」

「我聽說偷盜兇手會把水氣冰凍的能力，但是他不是源鬥士嗎？為什麼會有騎士的能力啊？」

「誰知道呢？這種人還是跟他少接觸為妙。」

「學校學生會還沒給正確的偵辦結果，這樣揣測不好吧？」

「你看看他那目中無人的樣子，他也只不過是D級鬥士心苗。跩個什麼樣啊？」

只是一個早上的時間，原本口風評價是赫赫有名鬥競黑馬，一夕之間被當成過街喊打的過街老鼠。

遼介覺得很扯，他沒有偷盜寶具必要，依賴法器或寶具戰鬥都是違背光野宗家戰鬥根本。比起這些嘲諷雜言，遼介更在意事件起因。四所學院心苗人數如此眾多，這幫兇嫌要嫁禍一個曾經有記錄的自己，有充分合理性，為什麼還要特別嫁禍於希，在海尼奧斯低年級心苗中，名聲響亮的優等生。遼介冷靜思索，在商店街一處攤販購買酸辣象雞生菜抓餅卷，充當午餐果腹。排隊心苗見到嫌疑人物靠近，全數退避五步，生意興隆店家前面街道難得空出閒置狀態。攤販大叔不忌諱地一視同仁，當作貴客對待，遞出美味可口卷餅，用響亮聲帶，對著正在思索的遼介呼喚：

「小伙子，來這是你點的卷餅，兩塊貝勒。別在意，你只是運氣不好罷了。」攤販大叔熱情呼喚，眼神給予支持。

「多謝啊。」遼介快口答謝，便把晶牌提出，利落身手，秒數間感應付錢。從攤販大叔手上接過卷餅，目視餡料飽滿卷餅，馬上大口咬下，肉汁和濃鬱醬料在口中擴散，讓遼介更是打起精神。

大叔含笑默默地繼續手邊料理作業。像大叔這樣的人很多，普遍人民自主判斷能力高，不受一時或是片面消息當作事件結論。獨立思考能力，對塔努門人而言是種素養。而很多不成熟心苗還會被帶頭煽動的人牽著鼻子走，放棄思考。

當遼介持續沈思，嘴巴咀嚼美食之間，來往人群中突然一隻手重重推了遼介一把，一瞬間，頓時雙腳沈重，好似穿戴上千噸重的鋼鐵靴子，無法靈活挪動腳踝，視線中路人四散回避，啪嗒一聲摔倒在地。

「哇呀！」

遼介反應過來，視線中看見純白膨裙洋裝，圓胖小手，別著金槍魚徽章草蓆漁夫帽。是那個曾在中央學園區的小女孩。然而，突如其來肢體接觸讓遼介停止思緒。他挎著雙腳高跪姿態，雙手伏貼在女孩頭頂部兩邊石磚地上。右手卷餅不翼而飛，全部粘黏到洋裝裙擺上，弄得那件純白洋裝一團糟。那頂帽子掉落一旁，細柔髮絲呈散亂狀，盡收眼底，令人介意後頭部兩側，好似珊瑚樹枝犄角狀物體。

遼介不禁淡定問聲：

「這是？」

「大哥哥？」那張嬰兒肥，柔軟可愛臉蛋浮現紅潤，水亮大眼睛也透露出驚嚇。遼介連忙趕緊起身說：

「抱歉啊。」他一手將小女孩從地上扶起又問：「我撞倒妳沒事吧？」

梅莉菈嬌小身軀，低著頭搖搖頭說：「嗯—梅莉菈沒關係。」

看見那雙奇異細枝尖角，吸引周遭更多人異樣眼光，聽見閒言閒語，不分男女老少，全部轉向梅莉菈。

「誒？你看看那是角嗎？」

「好奇怪的角啊！真不知道是哪種亞哈路歐人的『壞胚種』呢！」

「誒誒！公然歧視不好喔！」

「和哈路歐人部落的區域戰爭明明就還未停歇，為什麼收留亞哈路歐人國家人民還要擅自到處旅遊。真是不懂自律啊。」

「真令人討厭，這孩子的父母到底在哪啊？」

不只是心苗，就連商店街居民都給予嘲笑、鄙視厭惡眼神。梅莉菈，水分飽滿大眼顯露驚慌害怕，雙手抱著觸角遮掩，低著頭嘴上掛著悲傷曲線。四周路人能避就是避而遠之，明箭暗箭嘴舌始終未停歇，好像被當作惡魔之子對待。梅莉菈一副要放聲大哭模樣：

「嗚誒誒——」

遼介蹲下身子，撿起漁夫帽，輕拍塵土。蹲在梅莉菈面前，帽子好好戴穩，安撫慰問道：「別哭了，有我在。」

梅莉葛雙眼眼角含著淚滴，如藍水晶清澈閃耀作聲：

「嗯——」

「抓緊帽子，要出發囉！」

遼介起身抬起頭，雙手拖著梅莉葛身子如公主抱動作，用閃步離開歧視現場，一瞬間不見人影。帶著梅莉葛來到貝洛戈德公園，確認四周人跡較少的地方，才把梅莉葛放下。

「這裡是學校的公園？」梅莉葛左右顧盼。遼介再度蹲下身來，輕鬆快活問道：

「是啊，妳不喜歡剛才大家那樣吧？」點點頭小聲說話：

「嗯，梅莉葛不喜歡那樣……」

梅莉葛羞澀可愛模樣，抬起頭看著遼介，暴露自己觸角的狀況下，他從來沒有被聯邦國裡的人這樣友善對待。遼介溫暖親切笑容說：

「你那雙角很可愛呢。」

「誒，大哥哥？」

遼介細心拿掉粘黏在洋裝上的殘留食物，然而已經為時已晚，越弄越糊。

「真糟糕，這髒污弄不掉——」梅莉葛搖搖頭，紅潤臉蛋上浮現安心笑靨：

「沒關係的呦。」

梅莉葛雙手稍稍提起洋裝上塑衣束帶，意念驅使，那件小洋裝解離崩散揮發成粒子狀消失，一毫秒間，與剛才一模一樣的洋裝再次顯現形象，潔白如初原樣。彷彿變裝魔術秀一樣，遼介驚訝問聲：

「這是？」

「媽媽有給我繫上這塑衣束帶，弄髒的衣服可以馬上換掉重新再做一件。」

感受到她不輸給E級心苗的源氣量，綿密又精緻，讓遼介心想：

（這是運用源氣技術開發的塑衣裝置，雅妮絲好像也是用類似東西穿戴裝備——）

「梅莉蕗妹妹這麼小就會使用源氣啊？」

「嗯！」

「妳好厲害喔！」梅莉蕗露出那天真無邪笑容，稚嫩說：

「嗯！是媽媽教梅莉蕗的，我爸爸也會喔！我爸爸也是用源氣捕魚的喔！」

「是喔？」

父母都是意志者，年紀雖小確已學會源裝騎士技術，運用源氣在穿戴衣物裝備上。

「那個，那大哥哥的捲餅怎麼辦？」梅莉蕗的提起，遼介抱著頭，失落地哀嚎：

「啊！那個捲餅我才吃一口而已，是今天的午餐啊！」

「上課時間，一個有待調查的加害嫌疑人還敢在外面閒逛，看來你不明白自己現在的處境嗎？」

聽到嚴肅冷沉批判聲音，遼介轉頭撞見那名亞麻金短髮少年，陰柔聰明表情多了一層肅穆冰冷，他散發著冷洌源氣氣息，示警意味濃厚。遼介輕鬆地招呼：

「你是布魯斯・葛雷・賓札特？」

布魯斯身後左右還跟著兩名騎士團小隊員，他單手提示晶牌顯示，投影出亞樊達斯柯特騎士團徽章。冷言說：「光野遼介，我以羅德加納學生會風紀特搜糾察小隊長名義拘捕你，關於案件我們有話要詢問你，麻煩請你跟我到亞樊・達斯科特騎士團本部一趟。」

看見糾察騎士團的人突然前來捉拿遼介，梅莉菈可愛童顏浮現驚嚇神色。遼介豪爽大膽笑道：「呵，你來得正好，我也是有一大堆話要問你們啊。」

沒有任何慌張或恐懼，沒有衝動反抗，更沒有拖延狡辯，豪放地隨著騎士團離去，梅莉菈目送遼介離去，小聲說：

「大哥哥——」

布魯斯帶著遼介前往亞樊・達斯科特騎士團本部的路上，寒風颼颼，枯黃暗紅葉片漩渦風流掃過小徑路面。布魯斯嘴巴微動，風聲、枯葉聲夾雜干擾，話語聽得不是很清楚。遼介嘴巴露出恍然大悟，發覺自己中了圈套，顯露一絲不愉快。不見亮黃天色，冷冽寒氣夾帶強風，更多如龍似虎的厚實雲朵疾行飄過上空。

8 漢考提公爵

從蘭斯歐姆大陸東側海岸線向內陸探索五千培度，是斐特安法爾聯邦最西邊種族屬地境界線。哈路歐人與塔努門和彌勒斯人領土之間，有一條約八十培度灰色地帶。跨越內陸湖另一邊，向北到魏洛斯大陸，向南一直到蘭斯歐姆大陸南岸，都是哈路歐人領土。

阿特蘭斯界三大種族之一的哈路歐人，擁有領土與人口數最多。種族繁多遍及整個阿特蘭斯。哈路歐人與彌勒斯人和塔努門人最大不同，在於他們普遍不相信，也察覺不到源氣存在，只有少數古代人種後裔部族，以及稀少特異人士能夠運用源氣技術。普通哈路歐人只相信五官受限感受物質事物，侷限於第三密度與維度感觀意識，並且以他們各部族物種本能引以為傲。

哈路歐各部族之間經常發生種族競爭內戰。歷史上曾經有過好幾次由強盛大部族統領時期，那時進而對塔努門人與彌勒斯人發動侵略戰爭。哈路歐人天性貪婪，經過一段時間推演，發生部族分裂，又回到種族內戰時期，就這樣反復循環，因此哈路歐文明少有跳躍性發展。這也是塔努門人能夠長時間繁榮科技，提升文明層級的主因之一。

這裡是位於蘭斯歐姆大陸中西部，荷斯庫窪高原。鳥瞰海拔四千多公尺高原，狀似巨大獸掌貼在地面上，茂密原樹海覆蓋。這個地方是高角狼人，汀歐部族的地盤。在高原上有一處特別突出的奇異岩峰群，那是古代哈路歐人部族留下來的遺跡，外觀保留自然岩石風貌，還有自然瀑布流水落下。外面幾處開鑿洞孔，粗獷中略有些圓滑石壁棧道，這是座結合人為與自然力量建蓋的宮殿。在這座岩峰群向地底下開鑿兩千公尺，廳堂、廊道、隔間與樓梯完善，相當一座雅斯上個紀元，封建時代人類的城堡機能。

宮殿中心部上層主房間是一處七角形寬敞廳堂。青綠色水晶光源點綴，房間陰暗，那片摟空岩石窗外更顯光亮。下方巨大空洞中央有一支發光大柱子，四層平台環繞柱子，圓環狀向下層疊搭蓋，第四層平台上有柱子分作圓弧蓋狀穹頂。

一名外貌看起來已過中年的光頭男子，正透過岩石窗牆監督視察趕工作業進度。漢考提穿著黑色衣袍，腰上穿戴銀色塑衣束帶。他右臉潰爛長瘡，左側頭上有著一塊面積相當大的黑色烙印紋樣，那是個一條蛇圈繞串連呈七角型排列圓圈紋樣，中間有個阿特蘭斯古老文字，那是芬克帝歐元帥家系識別烙印。漢考提視線俯視下方空洞，透過岩石窗牆光線照亮他的綠眼，眼神透露著野心性情。

中樞柱子中心有顆巨大紅色晶石，如同心臟脈搏，持續發亮，偶爾黯淡。彷彿地底宮殿中微型太陽照亮整個空洞空間。那塊晶石產生龐大源氣，透過柱子上管線供給整座宮殿電力能源。

下方特別寬敞的平台上，外環上有二十個機元製造基座，看起來和岩石挖鑿風貌空間顯得格格不入。每具基台上各有一具人型機元，狐狸頭羚羊角，如牛頭馬面壯碩身型。小型蜉蝣機元環繞著人形機元上上下下漂移，正以高速度鑽焊節奏趕工製造。從柱子中埋入地下管線擴散向外，連接到台座下方，持續填充源氣。在最下方有一堆建造資材，以及完工未啟動的機元兵。

一名褐色短卷髮，飽勃頭女性站在漢考提身後，報告著趕工進度：

「公爵，戰鬥機元兵數量距離第三批完工目標進度已達百分之八十。」

「很好，加緊趕工。」漢考提沈厚嗓音說。這名女性問道：「公爵，我還是不明白，耗費大量資源，製造這些人形機元兵有何意義？」漢考提說：

「蘿戈瓦侯爵，妳應該很清楚，我們組織規定分配給每個公爵分家系尉士位置有限。這是為了壯大我們家系，鞏固我們戰力的準備。」

「我的意思是，既然要製造戰鬥機元，為何不集中資源做更大一點的？」

蘿戈瓦・茵佳，她是守衛在漢考提身旁的侯爵，原本是個亞普人，被組織吸收教育而激發能力，從組織底層爬到侯爵的位置。漢考提說：

「數量越多的機元兵，能夠讓我們基層戰力有更多層多元的運用。」

「我懂了。」茵佳還是不懂，她是個鬥士，深信自己力量，不能夠理解身為路拉公爵，製造那麼多機元兵的用意。

漢考提嘴上浮起微笑詢問道：

「蘿戈瓦侯爵，我感覺到兩個相當年輕的源氣隨同古洛辛侯爵回來。」

「是的，巴里他們才剛回來。他們已經順利虜獲人質。」

茵佳才說完，沈重地挪動聲響起，他們身後那扇厚重門扉自動開啟，薩布與巴里來到主廳房內，身後還跟著一名嬌小年輕女性。她調皮口吻報告道：

「公爵！我們把埃西美克斯王國二位公主綁回來了！」

「做得好，看來我們的計劃可以進行下一步。」

薩布把兩手卷繞在懷裡兩名公主粗魯地扔在地上，岩石團如水泥塊應聲碎裂一地。看到面前兩名赤裸少女倒臥在地上，同樣身為女性，茵佳和喬可態度淡定，一點也不忌諱這種情況，反而給予冷笑目光注視。巴里指使道：「喬可，找些衣袍給她們穿吧。」

喬可頑皮笑問道：「有必要嗎？」茵佳輕蔑笑道：

「她們也是一國公主，要在公開嶺電上亮相談判條件，不能夠失禮啊。」

「噢！」喬可說：「不過我不認為這座地下宮殿裡面找得到像樣的衣服喔。」

「喬可侯爵，給她們穿什麼都行，只要能遮掩就好。」漢考提命令道：
「只不過是年輕小娃兒罷了。」喬可俏皮地一手敬禮，一腳腳尖翹起應答：「我知道了！」
他們把兩名公主帶到樓下中樞空洞，最上層平台。把布琉西邇朵栓靠在石壁上，雙臂高舉，彷彿十字架拷問拘束姿態。荷拉德古娜坐臥在牆底下，雙手雙腳綑上拘束金屬環。喬可給他們穿上質料輕薄寬鬆又粗糙的白衣袍，有穿視同無穿，這是哈路歐人刑囚服，給予品嘗自覺羞辱和背德滋味。
巴里朝她們身上潑冰水，布琉西邇朵醒了過來，驚覺自己遭綁架，看著眼前漢考提半邊臉潰爛，她雙手極力反抗，使勁搖晃身軀想要掙脫，卻動彈不得。漢考提含笑說：
「歡迎來到我的宮殿，布琉西邇朵・星雷拉・歐比克斯汀五世。」
「你是誰？」漢考提行禮說：
「請容許我自我介紹，我是漢考提。」
「漢考提？」布琉西邇朵問道：「我沒聽過這個名字。」
「呵，你聽過烏蘇魯庫諾斯嗎？我所屬芬克帝斯元帥之下其一的公爵勢力。」
「什麼！你們抓我來這種詭異的地方做什麼？」她曾經從國家保安大臣口中聽過這個組織，是個需要特別提防的可怕勢力幹部，爪牙散佈，隱藏在世界各處。
「你還不知道自己的身份有什麼利用價值嗎？」漢考提走上前來，相當靠近說：「只要你們有個三長兩短，你們國家的皇室會氣得發慌。」
布琉西邇朵用眼角餘光看見被綁在下面的荷拉德古娜，眼神盯向漢考提氣憤說：
「你這個半邊臉魔魍，少瞧不起我們國家的威信和搜查能力！」

「是嗎？你們現在人是在哈路歐人的領土上，你知道你們要是在這裡身首異處，會發生什麼結果嗎？」漢考提捉弄笑道：

「哈哈！轟！種族戰爭會再次爆發！而且是以埃西美克斯王國為首宣告戰爭。」

「我警告你少碰我一根寒毛，這會讓你後悔！」漢考提命令道：

「看來妳這小娃兒精力充沛，魯托斯爵尉，給他點顏色瞧瞧！」在他身後一名龐然大物，如巨猿身形，老鼠耳蝙蝠鼻的哈路歐人走上前來，他手上拖著一條粗獷鐵鍊，前端連接狀似扳手大錘。「遵命！」他馬上在布琉西邇朵身上甩打。

「唔！」布琉西邇朵叫罵道：「我要打垮你們這些卑鄙無恥之徒！」

當布琉西邇朵想要激發體內源氣，卻什麼都沒有發生，源氣全部都被手銬腳銬的拘束環吸走。漢考提大聲恥笑道：

「哈哈！妳無法自由使用源氣。」漢考提抵著她下巴說：「現在妳跟一般的女娃兒沒什麼兩樣，等著任人宰割呢！」

「怎麼可能？」布琉西邇朵困惑問道：

「你們學校教員沒有教過嗎？」漢考提含著邪笑說：「能夠拘束限制源氣的道具。」

「難道這是源封銬環？」布琉西邇朵現在才發覺自己的危險處境，恐懼向他襲來。

「魯托斯！給我打！」漢考提含笑命令道。

「啊啊！」魯托斯又再她身上抽打三下鐵鍊。布琉西邇朵仍然不屈服罵道：

「唔…我告訴你！很快就會有人來救我，你們無法神氣太久的！」漢考提笑道：

「看來在公開頻幕發表聲明之前，有必要讓你這不知天高地厚的小娃兒知道現實殘酷。」看著爵尉幹部從傳來告知嶺電，茵佳稟報：

「公爵，路特爵尉來電傳令。勞洛元帥的手下，索亞公爵稍早已經抵達。」漢考提嘛嘴咒罵道：「就會挑這種時候打擾啊！」巴里提醒道：「這是橫系家系的協同戰力支援。」

「我知道，羅戈瓦、古洛辛侯爵你們隨同我去會會客人。」漢考提命令道：

「魯托斯！把她那驕傲性情給我連根詆毀。記住，現在必需留她一口氣在。」視線中看著巴里和茵佳隨著漢考提離去。魯托斯道：

「遵命！」魯托斯雙手拉伸手中鐵鏈，興奮咧嘴笑道：

「這裡就只剩下你跟我，我們有很多時間可以玩樂啊！」

布琉西邇朵眼看著魯托斯，只能任命挨打等待救援。

9 黑白爭辯

正午後，斜陽照射羅德加納學院學生會機關，密斯博塔戈龐大影子貼在斑德摹爾聖殿廣場上，這裡廣場區塊鄰接亞樊區，是羅德加拿校區重要區塊。高塔陰影遮蔽下，潔淨白大理石廣場被強硬黑影壓制，看不出紋理和光澤，實有一點苦悶無味。

建築陰影尖端指著另一棟龐大建築，四十八隻八角錐尖柱環繞方圓形屋頂，塊狀幾何中有圓滑曲線，這裡是亞樊達斯柯特騎士團本部—痲法亞瓦隆。巨大內部設施一應具全的建築量體，羅德加拿是當今四所學院學生會校安糾察組織中，人數次於福明蒙德。獲得待遇與設施福利是四所學院中最好，堪稱天之驕子等級待遇。

幽黑長廊上，往盡頭望去，光源只有頂端一條直線紅色發光板，以及每間扇門探照橘黃燈光。這裡是質詢室樓層區域，順著廊道探尋而過，往其中一扇門閃現藍燈的質詢室看去。

質詢室內，站在外頭巡視間觀察的人，除了布魯斯和兩名坐著，正在同步記錄質詢內容隨從騎士心苗以外，還有一名身穿深棕色外套壯碩男子。銀灰色短髮褐色皮膚，看那不苟言笑生硬面容，他是華沙達爾，是負責偵辦集團竊盜寶具傷害案件的組長。布魯斯站在他身後保持一段適當距離。華沙達爾不悅抱怨道：

「他還是不承認犯罪嗎？用什麼方法詢問嘴巴都還是那樣耍嘴皮，死硬著性子就是不認罪嗎！」

透過單面監視大窗牆，遼介坐在椅子上快活談話，一名成熟女性正對他進行偵詢。棕綠色披肩長髮，穿著與雅妮絲類似緊身束衣，她的外套披在對面椅背上，大辣辣地坐在桌面上，好似賣弄魔鬼身材姿態，十分靠近挑逗問話。她一手五隻手指放出源氣細線，從遼介右手腕動脈處侵入，好像同時在做測慌動作。觀察間機元界面呈現接收她意識傳來各種測謊人身體反應訊息。

遼介表現輕鬆，侃侃而談。被這名性感學姊偵訊口供，越是延長盤問時間，質詢室嚴肅氛圍越是微薄，好像身處茶坊咖啡館個人包廂，看不出遼介長時間連續被質詢的疲勞感。

「組長，我們目前沒有足夠的明確證據，指證他就是兇手。」布魯斯說，適時給予辦案意見：「只憑被害人模糊印象，口供論述和個人行為特質就捉拿人詢問，至今我們也還沒尋獲任何強盜、偷竊的相關證物，複數案發現場也採集不到任何人為的殘留源氣。沒有具足的證據您就算是用暴力強逼，也達不到定罪請求刑責條件。」華沙達爾重話反駁：

「這個不良心苗前些日子才觸犯學生條例，大鬧聖域聖愛奧尼斯花園，這種治安『不安因素』份子的行為，任何一點，哪個不令人質疑？」

布魯斯提醒組長已違反辦案條例紅線，實事求是地又說：

「校安聯合搜查條例明定，如果沒有確切證據擅自捉拿其他學院的心苗，是違反學生會共治搜查合約。組長，這麼做是違反偵辦案件章程準則了。」

華沙達爾視線緊盯著被受質詢的遼介，冷酷說：

「布魯斯，在我字典裡沒有妥協、放棄這幾個字眼，只要這傢伙身上還沾染灰色不明確，對我來說他就是黑色。目前也沒有任何的證據表示他無罪清白。」

布魯斯接下華沙達爾組長命令拘捕遼介，原本他以為組長找他來是想幫助偵破案件，沒想到華沙達爾把他假定成竊盜集團主謀。布魯斯客觀分析說明辦案進度：

「此次事件的犯案是複數人集團犯罪，過去一個月內四所學院都有案件發生，直到昨天為止累積到五十八件。」他慎重冷靜又說：

「這些案件都是屬於完美犯罪。根據有限的證據，以刪除法最多只能排除摩基亞和路拉，仍無法釐清是心苗或是教職人士，還是『他們』的爪牙所為。」

「這些都無法證明他是清白的。」華沙達爾語氣挾帶壓力說：「布魯斯，你要知道面對這些狡奸猾的犯罪者，無論心苗或是意志者，只要是個『異端』的可能性，都會造成阿特蘭斯界淺在威脅。如果是『他們』所為，為了要達到目的，什麼事情都做得出來。」

從華沙達爾對於歸類在不安因素的異端，極度不信任，無通融。他的父親以及曾經共同偵辦任務委託的夥伴，死於來自雅斯異端犯罪者手中。和所有的騎士團幹部一樣，出生背景都必須公開接受檢視，雖然布魯斯知道組長的過去。即使是嚴謹辦案，堅持不輕易放過任何漏網之魚，是種必要手段和魅力，不過關鍵線索還不明確，失竊寶具和法器件數多起，仍下落不明。組長卻開始孤注一擲，針對一人偵訊辦案，他覺得組長接下偵辦這次案件有說不清違和感。他提出疑點：

「我知道，如同組長所說。如果這是有心人士，想要惡意嫁禍那些有記錄的心苗，為了達到自己私利目的手段呢？」布魯斯停了一下，慎重又說：「我認為這案件有明確刻意製造罪狀嫁禍的可能性。就此事件來說，犯罪人夥中利用神崎希聲形樣貌犯案，這有疑點。她是個被許多師生讚賞與景仰的優秀心苗，而且還是被學校標注為一級保護心苗，犯案組織要嫁禍於她，利用她的身份犯罪我認為這點很不尋常。」

華沙達爾語氣重重抨擊：「就因為親近週邊人，更容易有機會掌握一個人的聲音樣貌，體態習慣也能夠模仿掩飾不是？」布魯斯又說：

「再說，有人刻意促成光野遼介與風見郁相視，引發雙方衝突，迫使監視幹部與追蹤目標拆散行動，我認為這並非單純的集團竊盜搶奪傷害事件。」

華沙達爾用更重語氣斥責布魯斯：

「布魯斯，你的優秀洞察力一向是我們騎士團，搜查小組中偵破辦案的關鍵，這也是你從二年級精英中脫穎而出的原因。只可惜我認為你對這次辦案摻入過多主觀想像。」華沙達爾塊頭比布魯斯還高大壯碩，他逼迫訓話道：「我不問你個人對這傢伙有什麼特殊評價，你擅自想像辦案，跟那些在外面隨地亂放風聲，造成群眾困擾的閒人又有什麼不同？」然而，冷凜如冰雪般藍眼絲毫沒有動搖，直言道：

「即使如此，我認為現在掌握的線索和辦案狀況要判罪於他，還言之過早，這是不正當的決定。」

聽見內側自動門開啟聲響，質詢遼介的幹部從偵訊間走出，她性感地撥弄整理直溜亮滑髮絲，露出一邊尖耳朵，好比魚鰭一樣向後生長硬化尖耳殼，透露出亞彌勒斯的身份。她披在肩上衣袍與華沙達爾不同的黑色金紋外套。她動作率性，雙手收在衣袍內，讓那雙黑袖和純金扣隨著行走姿態搖擺甩動。左肩上別著識別年級徽章與華沙達爾一樣，是四年級生的銳達佛赫。

「怎麼了？」華沙達爾上前過問：「柯比蒂翁，那傢伙認罪了嗎？」

「那學弟行為上的確很容易被誤會。」柯比蒂翁含著一絲耐人尋味的微笑說：「他昨晚是一個人行動，難以釐清不在場證明的灰色時事狀況。但他的口供內容句句實話實說，就我偵訊結論，我認為他沒有涉案。」

聽著迷人亞彌勒斯女性的判斷，華沙顯些慌張地要求：

「妳才不過三個小時的偵訊而已這樣就放棄了嗎？」

「你是叫我浪費時間跟他純聊天嗎？」柯比蒂翁戴著笑顏，語氣施加壓力指責反問：「我用我的『操導念質流鎖』侵入他的神經、淋巴、血脈系統以及肌肉組織，詢問過程中都沒有任何異狀，源氣狀態沒有明顯的強弱變化。他很配合偵訊，連怯懦者面對壓力表現出來的緊張膽怯也沒有絲毫流露。那是屬於天生自信人格，無罪清白模式的脈動頻率呢。既然他那麼的誠實，那我也沒有繼續再對他偵訊的必要了。」

華沙達爾肅穆神情更多了一分慌張：「妳不對他做誘導式偵訊嗎？」柯比蒂翁笑道：

「誘導?這個學弟聰明機靈，腦筋思緒清晰得很，你想要挖一個坑讓他自己跳是沒用的。就算你跟他用旁側敲擊攀關係，取得同立場信賴盤問法也沒有用。你如果跟他過度深交反而會落入跟他同調好感的氣場中，那對你我中立無私搜查幹部而言沒有益處。再說，你們沒有索取到確切證據，想要指明他就是嫌犯，無論是用誘導或是暴力逼迫壓罪於他都沒有意義。」

眼看柯比蒂翁就要離去，華沙達爾急忙上前阻止又問：「妳沒有任何辦法嗎？」

迷人性感眼眸好似能夠看透他人心思，相當犀利，話語劍峰轉過來指向華沙達爾問道：

「我能夠做的都做了，他有無犯罪你可能比我還要清楚不是嗎?任何方法都不能夠扭曲真相，即使用盡方法變造竄改事件原委，也無法掩飾幕後主事者的本心。你剛才也都聽到了，他承認且不忌諱談論，自己曾經在聖愛奧尼斯花園與安德森戰鬥衝突的事情。也表明自己摩基亞的攻擊章紋術還不成熟，就憑這點，初學者要做到那樣不遺留任何源氣殘留的完美犯罪根本不可能。你是否應該找到更具體的證據再對他偵訊才有意義呢？」

「這——」

柯比蒂翁和華沙達爾是同年級心苗，四年級生，一年『生存試煉』選擇在校內機關服務。許多像他們二年級就進到學生會兩騎士團的銳達佛赫心苗，執行任務表現優異的人，有機會選擇在校內機關服務。

不過柯比蒂翁的表現與評價比華沙達爾得到更多人肯定，她有同流侵入，共感他人源氣的變化能力，這個特殊體質使她能夠輕易侵入他人身體，收集鎖定對象的生理情報，解讀並掌握嫌疑人有無犯罪，她可能比任何偵測儀器還要精確和公正。

彌勒斯人追求高度心靈層次，靈魂與身體一樣昇華為目標。愛、純潔、自由、和諧的勇敢是他們默契。公平明理的生活是他們基本信仰，就像烙印在基因碼中那樣悠久自然。在第一線偵訊調查過程，柯比蒂翁不會被任何人物人情，威逼利誘影響判斷，維持辦案最前線的真理與正義。因此公家機關都很信賴她辦案態度與效率。她挑逗地又問：

「我倒想問阿華你，我不知道為什麼你就這麼頑固對他詢問，認定他就是嫌犯。明明這是一樁複數人夥犯案的集團搶劫偷盜事件，其他有嫌疑加害人在質詢口供完，只要無明確罪證你馬上就請他們回去了。」

柯比蒂翁那副生動臉蛋實在令人捉摸不透，她向前近逼，凝視華沙達爾眼珠子，好像直接對著華沙達爾的魂魄說話：

「就只有他，你就這麼堅信他是嫌犯，甚至是用盡各種手段施加壓力，就是要他認罪。難道這其中有什麼特別原因嗎？」華沙達爾額頭直冒冷汗回話：

「這哪有什麼。妳應該知道任何一個可疑人物都不得放過。更何況是這個已有案底先例的心苗。」

柯比蒂翁含著一絲笑靨將腰桿挺直，收下那張笑顏面具，施加壓力說：

「是嘛，要是那樣就好了。你知道這樁案件不只是各學院學生會，連學校教職會上面的人都很關切這件事。案發事件時日至今，辦案進度遲緩，你以往偵破案件捉拿犯罪心苗功績豐厚雖然不在話下，但是由不得再繼續拖延囉！這也是攸關我們學院在偵辦跨學院案件的效率與威信。如果被其他學院學生會優先搶走功績和榮耀，這是很丟臉的事呢！」

「我知道。」華沙達爾吞了一口氣又說：「用不著妳說，所以我需要妳的力量協助。」

看那雙孔武有力的眼睛透露出無助氣色，柯比蒂翁嘆氣道：「唉─不如我給你個建議吧。你剛才都聽到了，他不是一方面被動詢問，他面對案件態度比你更加積極，我認為也許你可以借由他來偵破這次案件喔！」華沙達爾反抗大吼：

「妳少給我胡鬧！」

「是嘛?就當做是我在胡鬧吧！」柯比蒂翁笑罵道：「我終究沒有干涉你選擇辦案方式的權力。像這種胡鬧偵訊，要不是身份如此有趣的學弟，我還不想淌這筆渾水，你自己看著辦吧。」她回眸姿態如魔女般性感，風韻流露無人能輕易左右的理性睿智。華沙達爾著急問道：「妳就這樣想走人嗎?」

「是啊，我是忙中抽空過來，哪有時間在這裡跟學弟磨耗呢?」

眼看柯比蒂翁就要步出房門，華沙達爾追上前去，試圖留下又問：

「為什麼妳就不用妳的『操導念質流鎖』的『精神共染』能力讓他自己認罪?」

她回過身來用穿透眼神凝視華沙達爾，反感目光，無味無色，不悅說：

「沒有必要。為了偵破案件隨便找一個代罪羔羊，這種強逼認罪，冤獄附加罪例的不正當手段，這種行為跟那些逞兇鬥狠的惡徒又有什麼不同？我這個人很公正明理的，你沒有持有明確證據之前，我認為他就是白色，在這個搜查不明階段，我是不會對他使用不自主認罪手段的。這完全違反辦案的公正與人權道理。」華沙達爾吃驚咬舌作聲：

「妳——妳等一下。」

門扉自動開啟，外頭走廊燈光接續亮起白光，柯比蒂翁步出質詢觀察間，頭也不回奉送華沙達爾一句笑語警告：「我告訴你。你應該把更多心力放在調查案件的真相上，而不是隨便找人逼迫認罪。搜查組長做出這種紕漏，你自己看著辦吧！」

此時正好一名小隊幹部跟柯比蒂翁插肩而過，他先停住腳步，行注視禮等著柯比蒂翁離開，才又沖忙跑進偵訊觀察間，他急忙說：「組長！」他在華沙達爾的耳邊小聲說話。華沙達爾驚訝問聲：

「你說什麼！」

「這件事還沒對外公佈，是情報被封鎖的機密案件。」

「我知道了。」華沙達爾他命令道：「你幫我持續追蹤案件的進展。」

「是！」那個亞麻紅色捲髮的男子又匆忙跑出質詢室。

門扉自動關上。華沙達爾背負偵辦案件毫無進展的壓力，耳裡聽到的情報讓他驚訝，能夠獲得推薦信，空降到各國好機關工作的條件，所有的榮耀名利交換都不具意義，他的情緒更加焦躁。布魯斯留意地問起：「組長，發生什麼事了？」華沙達爾說：

「沒事。關於這個混囚在雅斯界的情資你說來聽聽。」

「是，他自幼接受光野泰典師範武術教育，自十歲起在雅斯界武恆盟武術大會就留下四次優勝冠軍記錄。從十五歲起在雅斯界曾就讀雅普人的學校。」布魯斯很清楚遼介的官方資料，他熟記報告道：「他曾是拉天托普機關重點監視對象，並給予代號火爆鬥神・素螽烏尊。他曾以個人名義調查七十五起異端犯罪事件，曾擊倒和殺傷一百零八名異端犯罪者。」華沙達爾又問：「他在拉天托普的評估等級呢？」布魯斯照實回復道：

「報告組長，他源氣質量曾達到A5級的記錄。」

「你說什麼！」華沙達爾無法相信，原本實力強到足以把這座瑪法亞瓦隆輕易摧毀的能力，現在卻是個D級心苗，他訝異問道：「但是他現在弱得跟病貓一樣？」

「根據鑑定導師的鑑定結果評價，附記…」布魯斯說：「組長，他現在是個『愴星』心苗。」華沙達爾疑惑問道：「你說他是個跛足重病的卑帕德？」

「組長，即便是他有不良記錄，現在每天挑戰鬥競賽程密集。」布魯斯又說：「一個每天專心在準備挑戰鬥競上的心苗，我不認為他有多餘心力和時間去策劃偷盜他人的寶具。」

「這是偽裝障眼法，這個狡詐的混囚，我自己親自質詢他。」

華沙達爾拿出自己的棕色晶牌，在扇門旁感應機元上掃描一遍，質詢間內側扇門開啟，華沙達爾步入封閉質詢室內。

再次開門一瞬間，遼介視線與布魯斯相交，看那雙凍冷藍眼，彷彿再次提醒他，進入這棟麻法亞瓦隆前的忠告。

「光野遼介，你有為自己辯護的權利，我們心苗被要求對自己言行意識自律與負責，你必須誠實告訴你知道的全部，這都成為曾為你辯告師長對你的信任與盼望的檢視。不管你是否有犯案，假如你確信自己沒有犯罪，不管進去後發生什麼事，多少時間，你絕對不能夠承認犯罪。時間和意志會成為你最有力的證人。讓我看看你靈魂的價值。」

布魯斯的話語再一次從腦海中閃過，成為一種精神糧食。然而看見華沙達爾，讓他把這段記憶暫且放到一旁。那雙銅鈴般大眼透露著凶煞氣息，告訴他終於對上應該針鋒相對的頭目人物。

10 索亞獻計

阿特蘭斯由西向東自轉，伊特麻拉接近正午時辰十七點多，荷斯庫窪高原地區還是凌晨八點，才要迎接西烏魯蘇第一道曙光。在地底下宮殿主廳堂內，漢考提坐在一張獸皮與哈路歐人骨頭做成的王座上，茵佳和巴里隨侍左右助陣。薩布待在廳堂主出入口門邊，用戒備眼神凝視索亞和瞳，看著他們兩人走上前會見漢考提。索亞招呼道：

「漢考提公爵感謝你忙中親自會見。」

「我已經從我們元帥那裡接獲，你們要前來協助我完成計劃的嶺電口信。」漢考提形式上的招呼道：

「你們大老遠的從雅斯界跑來，勞駕我這據點是既原始又偏僻，沒什麼好環境和伙食可以招待，這可能辛苦你們兩位了。」看到來協助的援軍戰力只有兩名年輕人來助陣，他對伊窪元帥的評價很感冒，不信和不愉快情緒都畫在臉上。

「你不需介意。」索亞似有若無淡笑道：「我們來這裡並不是來渡假的。」

「是嗎。」漢考提過問道：「若不是情趣渡假，我想問你麾下的眷屬是怎麼了？難道是傷亡慘重還沒有遞補成員？還是你軍心渙散欠缺統帥能力？只有你們兩個年輕人來助援，伊窪元帥統整的家系勢力真讓人憂心啊。」

感受到漢考提公爵語帶濃厚的不歡迎態度，瞳站在索亞一步身後，靜默地冷眼凝視漢考提。

「呵呵，是你誤會了。」索亞笑道：「在我分封公爵勢力之下的成員，各個足已獨當一面，今天我親自來這裡，難道還不足夠表達支援合作的誠意？」

「在你身後的女娃兒位階，如果我沒記錯她應該還是個尉士？」漢考提打探瞳的源氣程度，用目光往她的美貌和若隱若現性感身材打探。

「她雖然還是個尉士，能力或許比你左右二位侯爵家眷還要能幹。」

索亞一句反羞辱話語，巴里還沉著住氣，眼神斜瞪著索亞。然而，茵佳跨出步伐準備隨時動武，茵佳表情不悅放話：

「索亞公爵，你們是特地來這裡搗亂的嗎！」

瞳站在原地不動，散發源氣強度驚人，那雙如藍寶石眼睛映著奇幻神秘紋樣，看到那雙不尋常眼眸，漢考提隨即提手制止茵佳說：「慢著，蘿戈瓦侯爵。」

「可是！」茵佳忍不住氣，放話說：「他在侮辱公爵大人您啊！」

「就只是一句話就動性，你還有臉說你是我的右手戰侯？」漢考提當面教訓茵佳，頭頸回正，改口說：「我剛才收回那句話，看來現在的年輕人實在不簡單啊！」

「不會。」眼睛上的紋樣消失，瞳大方自信說：「我會盡自己所能，隨同我們公爵協助漢考提公爵完成您們的大計。」

見識到瞳得體又落落大方性情，漢考提樂開懷笑道：「索亞公爵，看來你有個難得可貴的眷屬啊！」

索亞岔開話題冷笑道：

「漢考提公爵，我們來到這裡是要協助完成你的偉大計劃。如果不告訴我們你的計劃內容，我恐怕無法給予你適當的協助。」

「那好吧。」漢考提扭轉他座上右側頭顱，啟動頻幕立即投影在半空中，那是布琉西邇朵被拘束近照身影，漢考提自信暢言：「你應該聽說過。我的計劃目的是讓種族戰爭再度爆發，我的部下已經把埃西美克斯王國二位公主抓了回來。」投影頻幕放遠，荷拉德古娜一臉驚魂未定，腿軟坐臥石牆邊，漢考提又說：

「我準備要在全頻嶺電上對斐特安法爾聯邦各國發佈綁架聲明。」瞳看見那副魯托斯正對著布琉西邇朵嚴刑拷打的投影畫面，她忍不住將視線挪到旁邊，自幼養成的正義感根苗似乎還保留若干生機。

索亞看向漢考提過問道：

「你有預設綁架談判條件？」

「當然。」漢考提邪笑說：「我的條件是埃西美克斯王國的皇室對外宣布退出聯邦，並宣布成為汀歐部落所有殖民領土。」

「你想要自己宣布嗎？」索亞沈著笑問：「你可知道岱勒烏斯一旦查覺，一天之內他們就會派出秘令尖兵小隊，當天內就會到達你這座宮殿外面。」

「我早已安排妥當。」漢考提十分有把握說：「我已控制了汀歐族五個部族其中的四個部落城市，只要定期送他們黃金和白銀玩玩，就能夠收買他們的部族王侯，也能掌握這一帶所有情報，岱勒烏斯派出的尖兵一旦踏入領地範圍內，我的尉士家眷就會立即收拾他們。那個學校和機關派出的走狗根本無法接近我這個據點。」

「你確定你的家眷在綁架行動中沒有留下任何蛛絲馬跡？」索亞又問，試探漢考提的能力：「你應該知那所學校和機關的那夥人是五感敏銳的科利努。」

「就算他們採集到我家眷遺留在現場的源氣，他們也追查不到這裡。」漢考提又說：

「我的幹部回程時沒有留下逃逸路線的情報，喬可用她優秀能力迅速離開伊特麻拉國境，在我們對外放出綁架消息以前，他們不會知道我這座要塞的位置。」索亞又問道：

「你想要親自宣布綁架消息？」漢考提回答：「不，我會讓我的部下，伊歐斯主持頻道。他是汀歐部落領主反叛軍戰士的逃犯。」瞳把視線集中在漢考提那張半邊臉上，納悶問道：「他是純種哈路歐人，他懂得使用源氣嗎？」

索亞鬆了一口氣，他很慶幸漢考提還能夠談論一點謀略。

「我花了一點時間教導他們源氣技術。」漢考提一邊說著，一邊操作骷髏頭上的按鍵調閱出自己分家系眷屬資料：「雖然他們是純種哈路歐人，但我精心調教他們的程度可不會亞於聖斐勒斯都教育出來的心苗。他們都是我爵尉家眷戰力。」除了薩布和魯托斯以外，還有另外兩名，一名是男性高角狼人，另一名長相貌似牛鬼哈路歐人。

「喉?這聽起來很有趣。」索亞還不曾聽過組織中有人敢特別培育純哈路歐種族的人才。對於會使用源氣的人而言，無法感受或運用源氣的哈路歐人跟原始人一樣，分毫談不上半點戰力。索亞另設問題說：「只不過你綁架想玩的談判條件似乎太小兒科了，你還可以威脅聖斐勒斯都學園不是嗎？」

「哈哈，你很有膽量！」漢考提保留說：「我很佩服你們年輕人的幹勁，但這麼衝動或許會毀了計劃。」

「這不是妄言。」索亞停了一下又說：「你特別鎖定綁架二位公主的目的，我看你是看準了那些皇室治理國家，都很重視埃西美克斯在聯邦國中的影響力嗎？」

「是啊。」漢考提思緒頓了一下，他很驚訝，還沒說出細節，索亞已把計劃摸透。

索亞來到漢考提掌權據點勢力，接觸到的幹部，沒有一個像樣策士輔佐，聽取計劃內容，像個常見恐怖份子集團策劃的單純綁架勒索事件。索亞說：

「你可以借這個機會詆毀聯邦各國對聖斐勒斯都的信賴，你只需要善用一點政治威脅手段。」

「有意思！」漢考提咧嘴邪笑問道：「說說看你有什麼計策？」

他只聽說過，索亞公爵在伊窪元帥的家系勢力之中，是屬於貢獻成果豐碩的公爵勢力。現在見識到索亞的才智與膽量，還帶來一個優秀人材，漢考提在內心中狂喜。

「你還需要運用一點人脈扯慢他們的行動效率。」索亞說：

「假如他們秘密派出的救援行動失敗，導致二位公主死亡。不但促使埃西美克斯對哈路歐宣戰，各王國的皇室政風部對於聖斐勒斯都的信心也會動搖。」

「你繼續說。」漢考提含笑回應，他的眼眸映著野心凶光，心想能夠憑藉徹底利用這年輕人完成他的計劃，距離野心更跨進一大步。

11 鉈石色訊問

密閉偵訊室中，遼介注視華沙達爾入內行進的身影招呼道：

「續美女彌勒斯學姊之後是硬漢學長嗎？你們羅德加納真是人才輩出啊！」

華沙達爾使以鄙視罪犯的目光重話批判：

「少跟我油嘴滑舌，像你們這種從異界來的異端心苗，一點骯髒汙穢的行為都會敗壞里菲爾的治安風氣。」

里菲爾是四十九聯邦國其中的一個國家，位於北方大陸，也是華沙達爾出身故鄉。遼介不失往常說話語調搭話：「我不知道在我之前先踏入這世界的前輩做了些什麼壞事，看來學長也吃了很多苦頭吧？」

一手重拍擊壓在桌面，支撐著上半身，那雙黑白分明大眼，瞪眼說：

「住口！你少給我花言巧語。搞清楚狀況，現在質詢問題的人是我，華沙達爾。你這個在聖愛奧尼斯大鬧，有前科記錄的傢伙只有回答問題的權利！」

遼介反以炯炯有神的目光回敬，輕鬆而鎮靜談笑道：「是嗎？不如就直接切入正題吧，搜查組長大人。」

華沙達爾坐在對面的椅子上，他將厚實上半身挺直向前，壯碩體型顯得椅子小而特別堅固。他不客氣逼問：「昨晚的綁架案是你做的嗎？」遼介不以為意問聲：「你們拘捕我來這裡，不是集團寶具偷盜傷害事件嫌疑為由嗎？什麼時候變成綁架案了？」

華沙達爾質問道：

「你不但指使人行使竊盜，因事件穿幫，現在還想要綁架公主作為交換條件嗎？」

「我完全聽不懂你在說什麼。」遼介毫無頭緒反問：「我不知道是哪個國家的公主遭到綁架，我閒閒沒事為何要去綁架那種顯眼的大人物？」

「你少給我裝傻！」華沙達爾一手重拍桌面，眼神緊盯遼介，憤怒問道：「你曾跟星雷拉公主接觸過對吧？以你的能力和聰明程度要計劃這一連串事件，比我們更早一步行動綁架公主相當容易對吧？擁有火爆鬥神・素盞烏尊代號的男人。」

突然靈光一閃，讓遼介想起自己與布琉西邇朵接觸的事件，遼介含笑身子向前傾，雙手十指相交姆指相扣鎮定說：

「組長大人，我的確與星雷拉・歐比克絲汀五世接觸過。」遼介停了一下，慎重的說：「不過，我生平最討厭做這類卑鄙無道的手段。我必須說得更清楚，你們質疑的所有偷盜事件我都沒有做。」

華沙達爾說：

「曾經大鬧聖愛奧尼斯花園的你，說這種屁話一點參考價值都沒有。」

遼介知道組長要定罪於他，甚至把他認定為犯案主謀。他轉守為攻，挑戰華沙達爾：

「是嗎？你們說有複數人同夥犯案，但是至今你們給我看的，都是些我完全不認識的加害嫌疑人照片。這不是很奇怪嗎？」

「你曾使用那把七星翠羽舞劍過，你看過上面有任何文字或符號對吧？」

「我沒看到任何文字符號，是你們搞錯了什麼？」

「你少給我扯遠話題，很多人說你會隨處哼歌吹草葉笛，你是想把什麼暗號秘傳傳給那幫組織潛藏校園的爪牙嗎？」

「我不知道什麼組織，魔導士心苗還有人主修音階旋律章紋系統術式，難道我一個鬥士心苗在這所學校裡連哼個家鄉曲回味都不行？」

「你還是不承認你的罪狀？」遼介反問

「這些事情我都沒做，我為何要承認？這不是很荒唐？」遼介停了一下又說：「我認為，你們只需要延伸所有加害嫌疑人與被害人，前後人際接觸的關係對象就能找到犯案集團兇手。」

遼介學著剛才偵訊學姊手指彈點桌面，就好像待機休眠電腦，投射出關於案件的資料影像。華沙達爾關掉封鎖資料，眼神直盯遼介，那些建言成為一桶點燃引線的炸彈，忍無可忍雙手拍桌，起身大吼：

「住口！輪不到你這種犯案嫌疑人給予辦案建言。」

「我說的有何不對？」遼介鎮定微笑問道，盯著華沙達爾繼續說：「你們花這麼多時間和心力在這裡對我偵訊，只是浪費你們的時間和資源，對這個案件偵辦進度始終不會有進展。如果說那個公主遭人綁架事情危急，你們是否應該放更多心力在搜查救援行動上呢？」

「光野你——」

遼介大膽直率言語讓布魯斯睜大眼睛，眼神透露指責愚昧行徑。他不敢相信一個被舉報為嫌疑犯的人，可以給予幹部辦案建議。

華沙達爾閉上嘴巴，空間頓時異常安靜，時間流過了數秒。一顆低溫火球從華沙達爾丹田部位燃起，壓迫氣息不像鬥士那樣發散烈焰，化好像物理凝縮現象，開始收束凝結。

「你似乎始終不知道自己的處境。」

不一會兒纏繞包裹成為一具拳甲，手腕指節靈活服貼，反射液態光澤，隨手揮動發出鉋石金屬自燃不安定火光。遼介輕呵笑道：

「偵訊到現在，組長大人開始用這種不入流手段強逼嗎？」

沒有多餘話語，火光隨著揮拳軌跡走劃而過。華沙達爾一技猛拳擊中遼介左臉頰，順著拳頭軌跡遼介頭頸向右偏轉，輕吐口水。

「呵。」遼介將頭頸回正又問了一句：「這就是組長大人的拳頭嗎？」

「你這混囚！」

這回雙手同時塑成金屬手甲，連續幾拳狠狠打在遼介臉上，最後一拳上鉤拳連人帶椅打翻倒在地上。

遼介仰躺在冰涼地板上，吐一口氣。自從失去摯愛義姊，瞳・赫森絲，遼介不帶希望來到這個新世界，從新開始不同生活，然而在這培育意志者心苗學校裡，還是被一部份人當作問題兒關照，今天還被有心人設計嫁禍到這種危險困境，他實在是心灰意冷。

其實他宣洩被栽贓憤怒，奮力一搏，大鬧麻法亞瓦隆。

但是他的祖父曾經教過他，無論什麼劣勢都必須要忍耐，沒犯錯就必須光明磊落勇敢表示主張，公道必定屬於正義之人。小瞳也曾告訴他，沒有人不被需要，當一個人只要有意識，他就有存在價值。

看遼介仰躺在地上始終沒有反應，華沙達爾繞過質詢桌，一腳挑起椅子，華沙達爾另一手揪起遼介衣領靠近說：

「別以為我不敢取你性命，你的油嘴滑舌，在賦予審問權的我面前只是無謂虛張聲勢！」華沙達爾粗壯指掌放手一推，將遼介扔回椅子上。遼介恥笑道：

「呵，這對我根本無關痛癢，反倒是蒙羞染污的是組長大人，你手臂上那塊布徽吧？」

華沙達爾握拳舉起右手臂，銀白色手甲指節前端突出，向前延伸增長，迅速伸出一把利刃，反射銳利金屬白光刺刃。面對迫近眉睫的恐懼，遼介眼皮一下也不扎，氣勢堅定凝視反問：「你這回是玩什麼把戲？」

華沙達邇恫嚇道：

「你似乎不懂，對賦予勒令誅殺默許權幹部，肆意挑釁放話的後果。」

「呵，你大不了一擊刺穿我腦門。不過這對偵辦案件到底有任何的幫助嗎？今天組長大人花那麼多時間在我身上，那些傢伙依然逍遙法外。而你辦案的壓力始終不減不是嗎？」

此時，連接外部走廊扇門應聲開啟，三人從外頭步入偵訊觀察間，是哈格士托和麥克斯。他們身後跟著穿著黑袍的女性身影，沈重的金屬靴子腳步聲隨後跟上。香甜香味散佈開來，彷彿腳步走過，都會發出令人憐愛的香草花卉。少女雙手將布袍帽向後脫下，髮絲隨之放下，香味更盛。

布魯斯看見兩名大人物親自來訪，他整個人肅然起敬，立即對兩位前輩行禮招呼：

「二位團長好！」撞見淩遲逼問，麥克斯面向布魯斯質問道：

「賓扎特小隊長，你可以說明一下這是什麼狀況嗎？」布魯斯慎重回答：

「我們在偵訊光野遼介，華沙達爾組長認定他是涉嫌偷盜寶具案件的主謀——現在認為他是『他們』組織的淺藏通報行動斥侯。」

布魯斯還沒說完，那名比自己高出十公分的女性靠向觀察窗。

偵訊室內，華沙達爾橫向輕劃遼介臉皮，血水緩慢滲出。刺刃尖端指著遼介的鼻梁說：「我告訴你，在這個世界對通緝的『異端』犯罪者只要確認是個『魔魍』份子，必要制裁輕可斷肢搓眼，重者可身首異處。保有性命全身而退才是生存之道，在這個節骨眼認罪的選擇，後果對你來說未必不好。」

「噗！」遼介吐笑，後仰放聲大笑：「啊哈哈哈！」

豪爽笑聲打破華沙達爾特別營造的嚴肅氛圍。他亂了陣腳，分秒間的遲疑，笨拙發吼：

「這好笑嗎！」遼介擠眉苦笑，上氣不接下氣的餘韻喘息說：

「沒、沒想到組長大人這種時候會說這種釣人胃口的話啊！這算是獨自處刑前的金玉良言嗎？」華沙達爾拉開臂膀，做出準備穿刺的攻擊動作。再次怒言逼問：

「我再問你一次，你到底是否承認犯罪？」遼介堅定的說：

「我沒有做，我不是你們在找的罪犯。你們拘捕錯人了！」

正當華沙達爾準備一擊刺穿遼介腦門，質詢室內門開啟，傳來麥克斯的叱喝聲：

「給我住手，華沙達爾！」

12 迷惘

時間是下午十九點，下午第一堂課已經開始，希曠掉今天上午所有的課，在海尼奧斯學院、中央學園區，以及貝洛戈德商店街反覆來回好幾趟，找過幾個遼介時常逗留的地方，始終找不到遼介。她不具備在多數源氣人海中鎖定一人源氣的能力。她現在好像深海下的潛艦，用聲納探索到上千萬的熱源物體，無法鎖定確切目標一樣的盲目。希只能靠直覺跟經驗尋找，她心中忐忑不安，越想越著急。

走過中央學園一處街區，一名女性身影從轉角探頭而出，是海尼奧斯學院學生會的執行幹部，稻穗光實。她從中午看見希不尋常的舉動後，就開始跟蹤。她實在看不慣不知自身處在危險處境之中，沒有危機意識的傻嫩學妹。

希走過一處寬敞的廣場空間，光實繞道超前，從頭頂上的空中廊道跳下，阻擋在希的面前訓斥：

「神崎希，你給我站住！」

「稻穗學姊？」希警覺向後退縮一步。光實質問道：

「妳長時間在學校裡到處徘徊有什麼要事嗎？」

希又向後退了一步，小聲說：「我在找光野君」光實勸告道：

「回到你現在該去授課的地點。妳應該知道你的敏感身份不能這樣隨意亂跑，你的身份被那些異端罪犯者嫁禍利用，還不知道他們會對你做什麼事，你難道不知道事情的危險性嗎？」

「我明白……」希一手握拳放在胸口上，另一手壓著裙擺說：「但是光野君對我而言很重要，他是我的好朋友，還是我的未婚夫，我不能夠對這件事放任不管。」光實又問：

「你知道自己為什麼被歸類在一級保護心苗嗎？」希怯弱說：

「因為我是雅斯界日出之郡，神崎宗家，神祇代言者的嫡傳巫女……」

「你只答對一半。」光實指責道：「具備能夠獨當一面的戰鬥能力是『尖兵』的最低要求。你不具備自保能力，還到處亂跑會讓我們學生會很困擾。」

「可是我……」希小聲嘀咕，心中有苦說不清。

「如果你想要去找光野遼介，就必須表現出該有的實力，你若能夠擊倒我，我就如你所願放你一馬。」

「怎麼這樣……」希知道光實學姊的實力，她是三年G班的首席四花聖，是三年級生之中的精英鬥士。她知道自己根本打不過學姊，但是她不想重蹈覆轍，曾經失去蒂芬妮的悔恨，她不要再失去遼介，提起一點勇氣挑戰學姊。當希邁出腳步，雙手準備源造雙劍時，聽見另一名女性呼喊：

「等一下，小光。」光實還沒看到人直接問聲：

「是小蒂啊？」

希轉頭看向廣場另一角廊道的人影，蒂塔莎輕盈步伐跳飛，滑翔過來，降落在他們面前。希問道：

「你是維格諾頓學姊？」蒂塔莎說：「小光，讓我來跟學妹談談。」

「哼，她剛才還想動武反抗。」光實咕噥道，右手放開繫在後腰上的牙彎刀長柄：

「真不知天高地厚。」

「你現在是找不到光野君的。」蒂塔莎緩緩說，從剛才就聽到兩人的談話：

「他剛才被羅德加拿學生會，亞樊達斯柯特的幹部拘捕。他人現在在麻法亞瓦隆。」

「怎麼會呢！」希震驚的追問：「為什麼其他學院學生會可以擅自拘捕偵訊人呢？」

「這個案件牽涉人事沒有想像中的那麼簡單，無論是對妳或是對光野君都一樣有危險。」

「難道有什麼明確的證據表示遼介涉嫌犯罪嗎？」

「我並不清楚。」蒂塔莎慎重地反問：「不過你相信他是清白的嗎？」希肯定回答：

「我相信他沒有犯罪。」

「很好。」蒂塔莎點頭含笑又說：「如果他無罪那麼相反的，現在他的處境很安全，那些銳達佛赫幹部只是想從他身上問到更詳實的情資。」

「嗯……」有了蒂塔莎的話語，確認遼介安全狀況，希放下心中一塊大石。

聽過今早班上的口舌爭執一事，蒂塔莎用學姊的角度勸說：

「我理解你現在的心情，但是想想光野君自行離開教室的用意。對於這案件，他採取跟你保持適當距離的決定是正確的，事實上他是在保護你的安全。」

「這樣啊……」希陷入短暫的沈思。

「現在處在危險之中的其實是你。」蒂塔莎更進一步勸說：「如果這是有心人設下的詭計，我們有義務確保你的人身安全。在這件案件偵破以前，你現在不適合單獨行動。」

「我瞭解了……」希苦澀點頭，心裏又跳起一塊疙瘩，被遼介當作必須特別保護的對象，身為女性意志者心苗，實力不被心上人認同，她心裡很受傷，鑽起牛角尖胡思亂想。

13 談判・佈計

偵訊室內，兩人朝門口望去，看見兩名騎士團團長進門，華沙達爾表情傻住，他口吃問候：「你、你們是麥克斯團長和哈格士托團長！」華沙達爾提起手臂逼問的動作定格，僵硬的像一尊雕像。遼介轉動眼珠看向兩人，察言觀色。麥克斯警告道：

「解除你的武裝，華沙達爾！你應該知道未搜查到確切證據，不能採取凌遲偵訊。」

華沙達爾收下手上拳刃，連忙解釋：「這傢伙有足夠的犯案動機，昨晚案發時間他沒有不在場證明。絕不能輕言放過這種有記錄的心苗。」

「他沒有參與集團竊盜傷害事件，跟其他被嫁禍的心苗一樣，他是受害者。」哈格士托一語道破，一併指使身後的女性幹部：「西露可，你向華沙達爾提示你掌握的不在場證明。」

「呀！」

少女隨手從黑袍內拿出桃紅色晶牌，做出提示晶牌表明身份的動作。投射尖兵獨立自主行動資格徽章。而後隔空指畫，叫出桑傑斯托羅德騎士團的識別徽章投影頻幕表單，證明手上提出的是進行任務中搜查證據。

「光野遼介，昨晚，27時80分107秒，庫勒提葛車站月台，出現。」

西露可一邊說明，一併用左手隔空指劃橫移，昨晚的影像彷彿實地投影重現，搭上浮遊電車，視線中的遼介雙手插著口袋吹著口哨，悠閒的行走在月台上，畫面漸縮漸遠，直到看不見月台為止才中斷影像。

「這是西露可臨場記錄下來的影像，這與藍可兒遭襲擊，寶具七星翠羽被盜走的時間重疊。」麥克斯斬釘截鐵的定下結論：「況且就憑一個鬥士體質的人做不到源造分身技術。現在他修習攻擊性源動章紋系統術還不成熟，也不可能做到完美犯罪。」

「怎麼會是她？」華沙達爾不敢置信問道：「他的監視眼線應該是風見郁啊！」

「華沙達爾組長，你有所不知。」哈格士托含笑，語帶鄉下佬的性情說話：「西露可以尖兵意志者身分，執行岱勒烏斯指派的任務。剩下還需要我多做說明嗎？」

「不用了。」比起哈格士托，華沙達爾更恐懼麥克斯的眼神，那是阿修羅壓制餓鬼的兇惡眼神。麥克斯敏銳察覺到什麼，忍無可忍重話命令道：

「你給我退下，等一下我要親自問你一些事情。」

「是。」

「賓札特小隊長和質詢記錄幹部立刻離開現場，這是執行岱勒烏斯機關第二十一條機密特令任務程序。」

「瞭解了。」

布魯斯沒有二話，帶頭和另外兩名紀錄員離開質詢間。華沙達爾也是提心吊膽的離開偵訊室。等到淨空偵訊間。哈格士托找了那把椅子就坐，動作悠閒輕鬆，還替麥克斯做了一張椅子就坐，遼介先行問話：

「可以問你們是？」哈格士托右手擺向麥克斯說：

「他是亞樊達斯柯特騎士團團長，麥克斯．畢考特。」再把手心按在自己胸口上又說：

「我是哈格士托。我是桑傑斯托羅德騎士團團長。」哈格士托說話表情充滿感性：

「我奉岱勒烏斯機關前來。光野遼介，我需要借助你的力量，請你隨同我們指派的源將尖兵救援人質。」

「救援任務？」遼介大膽猜測笑問道：「難道是要我去拯救哪一國遭綁架的公主嗎？」

「既然你已聽說此事，容我方便說。讓我來介紹，她是主掌執行綁架救援任務負責的密令尖兵小隊長。她是西露可，是我們羅德加拿的畢業生。」

「Schn Schn dich kennenzulernen！」（請多指教！）西露可站上前，活潑可愛地招呼。

「這麼說她是個意志者？」遼介問道。聽她官方話說得結巴，短尖耳朵就知道不是塔努門人。

「是的，作為源將尖兵，她很優秀。」哈格士托停了一下，轉話又說：「我要你隨她去救出埃西美克斯王國二位公主，她們都是我們學校的心苗。」遼介試問道：「請問前輩，這所學校成績比我還要優秀的心苗應該很多，這麼重要的任務，為何你們執意要找我幫忙？」

「這是祕密特別行動，為了防止走漏過多情報，我們選擇少有鬥競記錄，實際功績的低年級有實力心苗，而小隊任務的執行成員都由帶隊源將尖兵親自挑選。」哈格士托看了西露可一眼又說：「與其在學校裡上那些食之無味的培育心苗課程，不如接受任務委託，證明自身的價值更有趣不是嗎？擁有火爆鬥神・素盞烏尊名號的男人。」

遼介也瞧了西露可一眼：「如果我的回覆是不呢？」

這是個表現能力的好機會，與其在學校內接受通材課程教育，不如出去透透氣，看看這個未知新世界外面的風貌。但是遼介還別有所思，拒絕道：「團長也知道我現在身受案件纏身，這種未解決的不愉快感，你要我接受這種機要任務，我可能無法確實完成。」

哈格士托語氣變得強硬：

「你現在只有兩個選擇。一個是接受任務委託，另一個是繼續待在這處偵訊室裡，直到我們學校學生會聯合特搜小組破案為止。你應該知道現在的處境，你擅自行動會給我們辦案幹部多餘的困擾。為了你的安全權益找想，我們有義務限制警護你，不能放任你在外面自由行動。」

遼介說：「二位團長對此綁架案件的救援任務似乎非常棘手，如今你要我接下任務，看來是當務之急。但是有附帶條件，如果你們可以接受，我或許會考慮。」

「你要求什麼條件，我和麥克斯在有限的權職範圍內，可以盡可能滿足你的要求。」哈格士托心想，這個鬥士晚輩該不會要索求什麼名利或物質上的報酬，他所認知從雅斯界來留學的心苗，或多或少都還有很重的物質欲望。

「我一旦接受任務委託，就會全心全力完成任務。」遼介要求道：「相對的你們必須保證我不在的時候，給予神崎希絕對的安全保障，她是我重要的好夥伴，她的安全與清白我很重視。還有那些被偷盜的受害人，他們的東西必須討回來，否則我無法放心。在我們完成任務回來以前，對於這樁案件請你們給我們一個清楚交代，包括那些遭偷盜的寶具法器。」

聽進這些條件，麥克斯有所保留地嚥下一口氣。別說是那些被偷盜的寶具法器，就連犯案集團都還沒鎖定，如果是條件交換，騎士要求是負責與誠信，如果做不到，他們必須付出相當大的代價。

「哈哈！好，我答應你！」哈格士托開懷大笑，快口答應：「如果你完成任務回來，這件案子還沒辦妥當，我跟麥克斯就引咎辭職，以示負責。」麥克斯瞪了他一眼，心裏咒罵沒事為何連他也一起拖下水。遼介思考三秒鐘，誇下海口答應：

「好吧！既然我把看重的案件全權託付你們二位團長負責偵辦，我也必定完成任務到底。」遼介立刻問起：

「到目前為止歹徒有任何的公開聲名嗎？」

「無論是校方或埃西美克斯王國，都尚未獲得歹徒的聲明信息。現況所有的綁架案件情報對外封鎖，只有學生會和岱勒烏斯部分的人員知情。我們採集到現場的源氣殘留物，判斷兩名歹徒分別是銳達佛赫與路拉屬性的『魔魍』份子。當你們出發前我會再對你們說明更多的情資。」哈格士托停了一下，給予忠告：

「不過你必須有個心理準備，這起綁架案的幕後主使，是烏蘇魯庫諾斯的幹部所為。」

「烏蘇魯庫諾斯？」聽見陌生詞彙，遼介笑問：「那是什麼好吃的食物嗎？」

「那是長久以來我們學校，還有兩界岱勒烏斯與桏天托普機關，一直在對抗的龐大組織。」哈格士托嚴肅的說：「他們的勢力擴及兩界，是分裂和諧，製造恐怖意識的禍首。從你們雅斯界久遠的上古文明發達時，他們就已經存在，並且內部有著相當於軍隊制度的階級體系。」

「這麼龐大的組織啊？」遼介想像這個不著邊際的龐大組織，他心想學校和岱勒烏斯該不會就指派幾個小蝦米，隻身潛入大鯨魚胃袋裡找回兩顆珍貴寶石吧。

「以我們目前掌握的情報判斷。」哈格士托停了一下又說，提及這個組織，對他們機關幹部而言像著魔一樣，或多或少造成心理壓力：「這次綁架事件應該是某個公爵分支勢力策劃的行動，元帥階級以上的份子通常不會露臉，也不參與行動，他們只做幕後下指導棋的角色。這是他們組織不成名的肇事潛規則。」

「團長好像對那個組織很瞭解呢？」遼介問話，哈格士托回答：「這是從過去累積到現在，許多前輩英傑們和他們對峙中累積的經驗。接觸到他們元帥位階的人，能夠安然歸來的還是精英中少數的少數。」

「這樣啊。」遼介提起多一分謹慎態度說：「聽起來相當棘手。不過如果各個擊破也不是不可能，越龐大的組織弱點和漏洞反而越多。現在堪慮過多的情報，會折損我們自身的士氣，不如這次我們就鎖定這件綁架案件的勢力就好。」遼介過去在雅斯界曾經私自對付過異端犯罪者份子，也跟武裝恐怖份子和黑幫集團發生衝突過，對抗大組織已不是什麼新鮮事。

「我想有件事你必須知道。」哈格士托想試試這名年輕小夥子有多少勇氣：「你在雅斯一年多前遭遇的敵手，索亞・威爾金斯就是那個組織的幹部。」

麥克斯對哈格士托看了一眼。遼介感到相當震撼：

「他是那個組織的幹部？」遼介內心顫抖，興奮過於恐懼，他沒想到會在這裡聽到索亞的情報。

「根據我們掌握的情報，他現在是公爵位階的幹部。」哈格斯托說：「你們即將遭遇的敵人，幕後勢力很可能跟他有相當程度的實力與身份。」

遼介流露勇膽氣魄，精神抖擻地說：「這正合我意。我雖然不知道所謂的秘令尖兵任務的細則內容，但是我們小組的成員其他還有誰同行？」哈格士托說：

「我們目前只確定你而已。」

「就我跟她而已嗎？」遼介很傻眼，原以為只要配合隨隊執行任務，現在驚覺到需要花費更多心思。

哈格士托又說：「依照每個尖兵的實際功績而定，可攜帶隊員人數有異，西露可的功績現在可以帶五名隨隊心苗。你可以跟她討論另外召集的成員。」

「五名成員限制啊？」遼介想了想試問：「可以請你提供我們四所學院，二年級所有評價C級以上的心苗情報資料嗎？」

「這很容易。」哈格士托反問道：「不過你將近兩個月下來累積的鬥競經驗，難道沒有哪個讓你有印象深刻的心苗嗎？」

這也是校內四所學院心苗排定鬥競實戰賽事，讓心苗彼此間切磋戰技的目的之一。但是帶隊成員都還沒確定，還要遼介全權施策安排，這任務實在太沒安全保障了。不過箭已在弦上，遼介只有放手一搏。

「就我自己選擇？」遼介轉頭看向西露可問道：「難道西露可沒有任何意見？」

「奈！」西露可搖頭，反應隨和活潑，像個五歲小女孩說話：「西露可，現屆，二年級心苗，不熟。」

遼介思量一會兒，想了一個明棋換兵之計說：

「這樣啊？我想請團長先把我排除在外，我會另外找齊四名成員。」

「你的意思是說你要放棄委託任務嗎？」麥克斯重話斥責，他認為遼介是個膽小鼠輩想找台階下。

「你們聽我說完啊。」遼介含笑繼續說：「岱勒烏斯要動用秘令尖兵任務方式救援人質，要特意找沒有太多成績記錄，或是未接受過公私單位任務委託的優秀心苗，用意主要是為了防止情報外漏，提高救援任務的成功率是吧？」麥克斯住嘴默認，哈格士托點頭應和：「你說的沒錯。」

「那麼，請你們向上呈報五人救援小隊，實際上是六人成行，我也會隨隊進行任務。從現在開始這項任務的棋局佈展已經開始了。」兩團長洗耳恭聽，遼介繼續說：「我雖然不知道學校或是岱勒烏斯機關情報控管上的安全性，假設那個組織有內奸在我們機關體系之內活動，我們成員的情報也有可能泄漏，也就白費特別找低年級有實力潛力心苗的用意。我們低年級心苗的鬥競記錄，只要是學校的師生誰都可以調閱，尤其是教職員，所有記錄過程都能夠調閱。如果想要騙過那幫歹徒，必須連我們的人也一起瞞過才有意義。」哈格士托很驚訝，他沒想到這個小夥子，大膽謀略，立刻開出尖兵最大風險的行動權限要不是十分把握，沒人敢這麼做。麥克斯插話問道：

「這樣一來你們的資料不會建檔。即便是你們達成任務也不會留下功績記錄。你甘願放棄榮耀嗎？」

「那對我並不重要，能夠確實達成任務成功才有意義。」哈格斯托問道：

「你是說包括你的在校監護人和學校教職會人士也一起隱瞞嗎？」

「當然。」遼介笑道：「你們甚至可以把所有成員都附上指定外的心苗，放出假名單也是個選項。」兩個騎士團團長愣住了，西露可找的心苗比他們想像中還要精明大膽。兩個團長互相乾瞪眼許久，麥克斯皺眉搖頭，認為不可行。遼介極力尋求兩人協助；

「這很困難嗎？如果我們面對的歹徒是些陰險狡詐之輩，善巧用計應對是必要的。要知道要跟小人博弈下棋，想要勝出不容易。別忘了我們的前提是一定要達成任務對吧？」

「好吧。」哈格士托有所保留回答：「這件事我只會讓岱勒烏斯的總部局長和萊朵校長知情。我保證這兩個人的安全性。」遼介問道：「岱勒烏斯的總局長？」

「是的，夏綠蒂・莎拉艾娃局長。」哈格士托回答：「她是岱勒烏斯現任總負責搜查長官。」遼介想了一下，又說：「好吧。請前輩把假名單選定一事做得跟真的一樣好嗎？」

「我瞭解。」

遼介右手扣著下巴思量，這五名成員組成必須精挑細選，功能面面俱到，隨時應付各種突發情況。除了鬥士和銳達佛赫以外，必定還需要有路拉與摩基亞助陣。遼介又問：

「我認識的人也有限，難道三年級以上的心苗不能選擇嗎？」哈格士托回答：

「這是我們考量過的。小隊成員在公家機關，或私人委託沒有太多實際功績的人比較妥當，那個組織暗中用各種管道，獲得我們心苗和尖兵許多的確切情資，在學校中少有實績的心苗最佳。」遼介問道：

「如果是三年級以上的心苗，在校卻沒有太多的記錄或任務實績也不行嗎？」

「這是可行的。」哈格士托又說：「但是符合這些條件的心苗很稀有少見，他們不是我們有資格能夠協商的人才。」遼介看向西露可問道：「我有一些人選，西露可能夠隨同我一起找人嗎？」聽聞遼介的計策，西露可點頭笑道：「呀！西露可，遼介，一起行動。」遼介起身說：「那好！時間寶貴我們馬上動身。」

「光野遼介。」哈格士托看看自己手指上的時間顯示指環要求道：「無論你們找誰，我希望你們盡快找齊這四名救援任務成員。並且在伊爾德儂設施集合，這中間有什麼變卦，我會直接聯繫西露可。」遼介說：

「我懂了。我已確認兩名心苗人選，我希望團長你能幫我傳喚招集，克勞德・蘭斯海涅爾還有天使汐這兩名心苗。」麥克斯問道：「他們是你同一個寄宿家庭的成員？」看麥克斯前輩的納悶表情，遼介笑道：

「是啊，他們相當有潛力。我不回家親自和他們聯繫的理由你們知道吧？」哈格士托答應：「好的，我會替你們傳喚召集。」西露可帶頭打開偵訊室門，遼介也跟隨在後說：

「拜託你了。」

哈格士托想像救援小隊的名單，並摸索指定這些心苗用意。哈格士托看著遼介離開的背影。他對這個比他小八屆的學弟感到印象深刻。

14　溝通香草香

走出麻法亞瓦隆一樓玄關大廳，在向下的樓梯露台前，重見天日的遼介大動作伸展身子，鬆鬆肩膀大打哈欠，將滿肚子的不愉快一掃而空。陽光充足照射下，遼介仔細看著西露可披著一頭桃紅色的過肩捲髮，細密髮流盤卷後腦勺兩端的金屬圓球突出物。後髮有一對向下掛至腰間條狀髮帶。香草花卉香氣撲鼻，面對這名存在感十足的女性前輩，遼介闊氣答謝道：

「妳替我做我的不在場證明，實在感激不盡啊。」

「Gern geschehen!（不客氣！）」西露可笑開懷說：「西露可，任務。」

一時沒反應過來的遼介聽不出什麼意思，以為是地方方言。

西露可跟在她身後問話：「遼介，要去哪？」遼介爽朗地說：

「我現在要去一趟總圖，有一個很優秀的心苗，她是我要找的隨隊人員之一。」
「西露可，懂了。」
兩人離開麻法亞瓦隆，從斑德摹爾聖殿廣場的東北東主幹道走了許久，回到中央學園區的貝洛戈德公園，人跡稀少的時間，來到公園的佩拉蒂雕像前。遼介與身後的西露可相隔六步距離，原本不大在意，西露可跟在她身後，氣場從來沒減弱過，越是嘗試忽視，就越是負重。遼介轉過身來，仔細看西露可的臉蛋。她有一副如歐美石膏雕像，細緻深邃的五官，堅挺的鼻梁，充滿野性活力的紅瞳杏仁眼。
遼介問道：
「妳平常有必要散發這麼強烈的源氣嗎？」
「Endlich getroffen ——（終於見面了——）」
西露可的目光閃娑，說不清的激動情緒，彷彿被拆散千萬年再次相遇的情人。這名女性說話方式太奇特，遼介還是聽不出是什麼語言，只是疑惑問聲：
「你說什麼？」
西露可眼神變得認真，她雙手敞開，上半身向前傾大喊：
「咚！！！」
她腳步一蹬飛撲，用頭頂衝撞遼介的肚子，遼介哀嚎：
「誒啊！」遼介冷不防的被西露可撞倒在地。
「獵物，捕捉！」當遼介意識過來，西露可竟然大膽地雙腿跨坐遼介腰上。細身高挑身形，體重卻相當驚人，至少有上千公斤。遼介不明白西露可這種動作的用意，淡定問聲：

「妳這是？」

西露可雙手環抱遼介，彷彿五歲小女孩抱著大玩具熊的行為。她喜出望外地用臉頰貼著胸膛磨蹭，開心笑道：「光野遼介，是獵物。Ich liebe dich!（好喜歡！）」

「我是獵物？」西露可笑瞇瞇地點頭應聲：

「Ja!」

「Ja？你說的那是肯定句嗎？」

「呀，奈，相反。」

雞同鴨講折騰了許久，遼介很驚訝問道：

「原來妳說的是雅思德語啊？」

「呀！西露可，學過，雅斯語言。」

遼介雙手扶握西露可的腰桿，試圖起身，一併問道：

「妳可以先起來嗎？」

「呀。」西露可作聲便起身，面對這名身高將近 180 的女孩，遼介納悶問道：

「妳說我是獵物？」收起那分熱情，西露可略是正經說：

「西露可，遼介，監視眼線。」

試著摸索獨特的說話習慣，重新整理西露可的話語問道：

「剛才聽哈格士托前輩提到，這麼說你跟風見郁一樣秘密的跟蹤我嗎？」

「奈。」西露可搖頭否認又說：「西露可，尖兵身份，監視警護—申請。」

「這麼說妳是獨立行動監視我嗎？」

遼介輔助問話推斷，西露可快活點頭：

「呀！」

「妳有什麼特殊理由嗎？」西露可回答：「西露可，想知道，答案。」

還無法完全理解她的說話習慣，遼介困惑又問：

「妳想知道我什麼？」

「遼介，很懷念，感覺。」

「我跟妳是初次認識，妳應該是阿特蘭斯的住民吧？」

「呀！可是，遼介，哪裡見過，好像。」

「這種話我好像在哪聽過。」

表明不成理由的目的，遼介不懂，剪不斷理還亂的情絲，是從這名少女自己圈套過來，有一點似曾相似的熟悉味道。有目的刻意接近目標，主動接觸，讓遼介想起當初與小瞳認識狀況很相似。

遼介不管這個女性前輩的目的，不疑有他全部接納。爽朗地示好說：

「總而言之這件任務，多多關照囉！」

「呀！」

午後斜陽，從層層厚重雲彩縫隙間穿透，照射在西露可和遼介身上，兩人向聖斐勒斯都總圖書館的方向走去。

15 嶺電私訊

桑傑斯托羅德騎士團本部位於羅德加納學院亞樊區，主牆與成對的十二根結構圓柱，包覆在外的厚水晶穹頂與超乙太合金金屬構成的裝飾樑柱，新舊相乘風貌，彷彿年紀已老邁，滿臉皺紋騎士長穿戴光鮮亮麗的頭盔。主出入口圓拱橫梁上，有著桑傑斯托羅德的石刻徽章，這棟裴西雷斯從聖斐勒斯都建校以前就已經存在，是帝國徵兵訓練所。從學校開始運作之初，是岱勒烏斯第一個進駐的分部據點，直到福明蒙德從愛拉梅蒂斯分割出去，伊爾德儂蓋好之後，這裡成為桑傑斯托羅德團部。

哈格士托踏入騎士團的情報調度中心。馬蹄形排列座位空間，圍繞中間一塊圓弧盾形平台，馬蹄形開口面對團長位子。包括左右邊聯繫的情報員總共有九名。

一名綁著一束過肩馬尾女性，尖長耳，坐在副團長位置，身上同時放出十隻纖細手臂，似矽膠質地，彷彿海葵觸手各自獨立動作，靈活彈點。同時看著十二面螢幕作業，操作複數浮動面板，雙眼靈活轉動，同步進行多種作業。工作看似忙碌，仍能夠用右手梳理鬢髮。見到哈格士托進門，少女招呼道：

「團長您回來了！」

「麻美，到現在為止各尖兵執行任務的進展如何？」

「是的，我們持續追蹤手邊進行八件任務，其中七件執行進度都在成敗風險容許值範圍內，唯獨風見郁和希斯戈特的調查回報任務時間落後，目前嶺電沒有新的聯繫訊息。」

「把風見君從跟蹤監視光野遼介的工作，調去情報特搜團工作是菲利浦士學院長的意思。」哈格士托自問：

「派遣兩名B3等級尖兵去再調查迪爾賈特研究設施是否太嚴苛？」

「他們似乎有發現組織的尉士爪牙在那裡進出，好像都是摩基亞。」

「這麼說，烏蘇魯庫諾斯的新興勢利活躍不是偶然的謠傳。」哈格士托眉頭一皺，查覺到事件隱含意義，感到一絲不安，他暗地思量嘀咕自問：「他們搜索一個封鎖荒廢已久的戰爭遺產到底想做什麼？」隨後又問：「然後呢？」

「半個小時前他們還有回報，希斯說他們要再進一步深入調查。」麻美回答。

「但願情報未明的時候不要直接和他們衝突才好。」看麻美一邊說話，同時操作許多隻的觸手忙碌的彈點鍵盤工作，哈格士托關切問道：「你在忙著情報檔案整理的工作嗎？」

「是的，學院長拜託我幫忙學校的穆塔機核情報系統升級更新工作，所以我把所有建檔情報再拿出來整理一次，包括海尼奧斯和中央學園的也一起。」

賽粒歐斯・麻美，她是雅斯人第二代與彌勒斯人生的混血心苗，四年級生。比起接任務與異端、魔魍打交道的衝突，她比較喜歡文靜的情報管制和機元系統建構工作。腦筋靈活，在穆塔機核系統上的專研有相當出色的才能，被學校內部各機關重用。

「你相當能幹，明年畢業，有任何的想法嗎？」麻美靦腆的微笑回話：

「我沒有想太多耶。」想到了更重要的事情，轉移正事報告：

「話說起來，稍早莎拉艾娃總局長有傳來嶺電訊息，她要你回到團部後跟她聯繫，報告關於兩位埃西美克斯王國公主綁架案的密令任務，確認執行隨隊成員名單的進度。」

「她對這案件放很重的心力。」哈格士托感到胃絞痛的說：「其實她把命令指導權交付給柆葛茲支部局長負責就夠了。」

「或許是顧慮到分部局長才剛上任服務不到兩年，想分擔一些壓力吧？伊特麻拉分局有時後忙碌起來比總部還要繁忙呢。」麻美說：「再說，她對危機風險特A級以上的案件都很關切呢。」

哈格士托走上發亮的盾形平台上，直接對穆塔妖精下指令道：

「鶖，幫我聯繫私訊嶺電給莎拉艾娃總局長。」情報中心裡從四周匯聚而來的光點，成為一名黃色光的指引妖精，飄飛在平台上。

《好的。》

聽到私訊嶺電的聲控指令，包括麻美在內，在座的所有情報聯繫團員都帶上全罩式帽子，繼續手邊工作，他們必須避開聽聞權限以外的秘密嶺電通話。

鶖的動作像小精靈嬉戲，變魔術的手勢，手指點劃，平台上投射出一道嶺電頻幕，那是夏綠蒂的身影，就好像幽靈出現在面前，逼真的立體聲光影像。

「你終於回到團部了。」夏綠蒂問道，表情似乎已等待一段時間：「西露可組織的隨隊人員確認了嗎？」哈格士托回答道：「目前確認的隨隊人員只有光野遼介。」

「哦！」夏綠蒂感到意外的問道：「你知道西露可指定他的理由嗎？」

「我並不清楚，但是她自己以『尖兵』名義申請獨立監視警護，這或許可說是兩個月累積下來的答案吧？」

「嗯，這很有趣。」夏綠蒂低著頭視線看著那邊的地上，左手抵著右手靠在臉頰下巴，一副耐人尋味的微笑，想些什麼。

「作為委託任務隨隊人員，長官對他有什麼意見嗎？」哈格士托問道，夏綠蒂目光看過來又說：

「柆天托普對他調查的檔案記錄來看，他的確有些實務經驗。」

「我聽說他被診斷評估為傖星，老實說我擔心他是否能夠在任務中完全發揮。」

「雖然他現在處於不完全的狀態，整體評價降到Ｄ５級。」哈格士托認同附和又說：

「不過我必須說他夠聰明，又有膽量。」

「是嗎？」夏綠蒂笑道：「難得你會對一個雅斯界來的不安因素持正面評價。」

「他要求這項任務的隨隊人員名單，對機關和學校公開假人頭的偽情報，這是他擬定的策略，目前只有長官您跟麥克斯知情。」

「嗯，他提出這個要求的確很大膽。」夏綠蒂看著哈格士托尷尬表情，笑容更加明顯說：「這對他們背負的責任與風險加重，卻也保障密令任務執行情報的安全性。」

「西露可也接受這個計策。他要求傳喚徵招的心苗是愛拉梅蒂斯的克勞德・蘭斯・海涅爾與福明蒙德的天使汐。」夏綠蒂又問：「另外兩名呢？」哈格士托說：

「他現在親自去找人，西露可也隨同他一起行動。」夏綠蒂點點頭說：

「看來尖兵小隊戰術上他有明確想法，你就順著他的意支援他們吧。」哈格士托卻很苦惱說：「我認為柆葛茲分局長那一關會有困難。」

「他已擬定任務策略方案了嗎？」

「目前歹徒尚未公開聲明以前，我認為擬定任何策略方案都還有很多變數。」哈格士托停了一下又說：「不過二年級心苗為主組織的密令尖兵小隊，都會建造配合任務的船艦一起行動。」

「這的確是通則。」夏綠蒂說：「柆葛茲有時不知靈活變通。特別是案件重疊，忙不過來的時候，他的情緒化性情容易下錯誤判斷。」

「但是他鐵面無私的鞭撻指導，屬實是個不錯的監督者，我還是尊重他下達的任務行動綱領事項。」

「這是好事。」夏綠蒂肯定哈格士托的態度說：「這次你就配合順從他的意演一場戲，那兩名隨隊心苗，就由我直接傳達密令徵招令，他們的監護人我認識。至於學校部分由我親自轉告知席多羅校長。」

「我瞭解了。」切斷嶺電視頻化為光球，鶩對著光球吹氣，頓時吹散消失，祂問道：

《嶺電訊息中斷，團長有什麼需要我服務的嗎？》祂的光體身形飄浮在哈格士托面前。

哈格士托下指令道：「我需要一杯布克提神。」

《好的，我會吩咐小機元替您送過來。》鶩甜蜜地回應，隨後成為光粒消失。

哈格士托吐息一口氣，短暫歇息後，在他前往伊爾德儂之前，必須做好挨一頓柆葛茲分局長怒罵的心理準備。

16 章紋陣

轉眼間，學校總圖高處閱覽室內，屋頂天穹上有精細沙畫。閱覽桌上堆滿無數章紋辭典大全，陳舊書香淡淡入鼻。遼介正視那雙眼眸，那雙漂亮紫水晶閃耀動人，流露絲毫憂心。早上拉朵泥大嘴巴一說，兩人之間特設共學秘密一個中午時間，就被八卦風傳遍四所學院各處。蕾雅看著遼介低頭道歉模樣，遼介說：

「很抱歉，我不知道希的好友會在大庭廣眾場合放話——」

「但是，我們約定好的特赦共學指導應該是秘密不是嗎？」

一起共學的學姊，是教練，也等同師傅的存在，遼介做出在老家管教模式下的反射動作。雙膝跪下，縮臀緊屈雙腿，押低額頭，面部離地三公分，眼睛一點也不敢亂看道歉：

「真的非常抱歉，這種事情我真的無法防範。」

固定這個動作持續許久，看見平時灑脫隨性的大男兒乾脆下跪認錯，蕾雅頷首一手遮口優雅呵笑：

「呵呵呵，這就是上一紀元，日出之郡習俗傳說中的『土下座』嗎？」

「嗯？」遼介微微抬起頭，困惑問聲：「在我老家認錯都是這樣的。」

魔導王家出身的她，從小就是規矩禮教的熏陶，謹守家規教條，如此大家閨秀的女孩很少有這樣解脫一點束縛的時光。也因為出身身份的特殊，從小無論是家裡的僕人執事，或是外面接觸的各界重大人物，都把她當作尊貴的千金公主，以禮數為先，戴面具交流，常常感覺到人事間有距離的疏離感。遼介是她認知中，罕見知道她的特殊身份，還敢豪邁掏心掏肺，真情相待的人。她也很少在同輩心苗交流中，感到這種發自內心無負擔的喜悅。蕾雅含著溫暖仁慈的微笑說：

「請你起來吧。堂堂一個生性好鬥的源鬥士，這樣沒有二話乾脆下跪道歉實在很難得。」

遼介抬起頭仰看蕾雅問聲：「妳這是原諒我嗎？」

蕾雅點頭回應，寬容諒解說話：

「我跟你特設指導共學一事，會被公眾外傳出去是遲早的事情，只是我沒想到這麼快。」

對遼介來說，比起蕾雅的美色，他更渴望對源動章紋術的知識。那或許是深受母親給予的悠久血脈激發。他或許是同濟眼中的學霸，學習各種技藝知識對他而言很容易就學會，短時間抓住訣竅，懂得融會貫通，更能夠適時發揮精髓。唯獨學習章紋術實際的施展運用，成為萬中技術唯一的挫折。但是祖父祖母的嚴苛教育要求，使他塑造成不輕易放棄，不懂一定堅持學到精通，造就對知識的追求。也因此當遼介接觸到未涉略的章紋系統術感到歡喜，像求知慾旺盛的小孩。遼介問道：

「這麼說，妳還願意繼續教我源動章紋的技術？」

蕾雅寬容微笑以對，她更是藉著此事，提示魔導士更重要的修心課題：

「嗯，只要不是你在外宣揚，進而招搖肇事都有商榷餘地。」展現鎮靜智慧，蕾雅不疾不徐問道：

「遭到她言語的攻擊，你的感覺如何呢？」遼介快口回答：

「我任隨她說都好。反正我既沒有用章紋術犯罪，攻擊型章紋也不純熟是事實啊。」

「嗯，局外人言行的突然變卦影響本來就無法預料。不受那點風嵐刺激的影響，小心謹慎思量行事，在任何局勢下都能夠鎮靜應對，把持住自我的心性安定是種必要的修行呢。」遼介舉一反三應答：「妳是說，這也是魔導士神識必需磨練的心法嗎？」

或許是棗苗祖母的教導，培養遼介高度才智與領悟力，碰上蕾雅指導才能達到最高效率學習。感到孺子可教地喜悅，蕾雅點頭又繼續說：

「是的，正因為源動摩基亞沒有強韌的肉體，所以要求的是臨危不亂，強大堅定的心神。冷靜安定的力量更可以穩住軍心，往好的局勢發展，這是詠唱章紋安神定性要求的延伸心法。所謂『冥心定靜』就是對超我心神、修持內化章紋的體現。將源氣蓄積，集中在靈魂心脈一點，心情守恆，如如不動，不受外力牽動擾亂，這麼一來行動就不易出錯。」

彷彿大棒槌敲動大銅鐘引發的共鳴聲，遼介細細嚼味點頭說：

「臨危不亂保持冷靜，的確是戰事論兵法首要條件啊！」

「嗯。」蕾雅操心提上心頭關切問道：「比起這件事，你剛才說你接受岱勒烏斯的秘密特令委託？」

兩人先後轉頭看向那處三排桌椅外，臥在沙發上嬉戲逗弄小布的西露可，手裡拿著外面露台花園找來的草根花串，提要逗弄，使得小布張牙丫吼，圓胖腳爪蹦跳，張嘴咬牙。與西露可眼神相會，蕾雅回過頭來。

「是啊。」遼介事先問起：「埃西美克斯王國的兩位公主遭到綁架，我們在召集救援任務的成員。如果妳也能夠同行，那對任務是最大的助援戰力。」

「不瞞你說，我已通過了尖兵資格的考驗。」蕾雅委婉拒絕說：「不過，即使我有尖兵資格，任何的任務行動我都必須知會我們家，獲得我父親與祖父大人的允許，才能夠行動。在如此緊迫的時間裡，我無法給你明確的答覆。」在這緊要關頭的時候，蕾雅卻身不由己，無法自由抉擇。她的身份與立場太敏感，魔導王家的權威堪稱雅斯界拉比倫斯公會的精神指引，一個言行都代表王家，也會影響公會最高立場。

「這樣啊。」遼介感到可惜的說：「我還想說如果有妳的助陣，對於隨隊成員是鞏固信心與士氣的存在。」蕾雅說：

「我雖然不能隨你們一起出任務，但是我可以教你幾道好用的章紋陣，在面對敵人時可以扭轉劣勢。」

這幾個月共學以來，蕾雅察覺遼介的精神潛意識狀態非常不安定。她甚至發覺遼介用危險性高的方法封印自己的源氣。那簡直像黃石國家公園地底下岩漿庫，蓄積千萬年能量壓力，一個差錯都有可能爆發的緊張感。她很擔心遼介身心情況如此不安定的狀態出任務，是否能夠平安歸來。

「妳願意教我章紋陣的技術！」遼介驚訝問道：「那不是使用風險相當高的技術嗎？」

「我現在可以教你。」語氣不帶壓力的回話：「但是你可以告訴我，為什麼要用這種自殘的方法封印自己的源氣呢？」

西露可介意的轉頭看過來，小布一口咬下她手上的草根花串，兩隻前腳爪抓住，調皮的咬咬玩耍。

「妳知道？」遼介問道：「難道是妳從阿豐，還是皮諾羅老伯那裡問來的？」

「你可能不知道。」蕾雅緩緩搖頭，溫柔說：「我們摩基亞每天與自然元素對話，以自然共生為本。對於自身與他人身心靈細微變動多少能夠察覺。我查閱過各種封印能力技術的文獻，你選擇了一個很危險又嚴苛的方法不是嗎?所謂的『源封心龕』就是把大量的源氣蓄積於封印者心臟位置，每日放出最低量源氣限制，是調節源氣鬆綁機制。但是這對還在成長中的心苗身心是害大於利的方法，長時間處於精神緊張狀態，會導致心神不寧。只要你出一點差錯，承受不住封印契機，你可能自爆而喪命。」

「你很清楚嘛。」遼介笑容以對，眼神卻激盪躁鬱情緒。

「可以告訴我，你在恐懼什麼呢?你應該知道我們無法拒絕源氣的存在。」

溫暖的包容感突破遼介心防，遼介嘆息鬆口：

「我曾經以武道家，光野宗家出身的身份自豪。在雅斯的武恆聯盟每年固定舉辦的武術大會上，我連續四屆都奪得優勝。我當時一直認為擁有這份力量有特別使命，因此我想為社會儘一份心力，我有去除罪惡份子的責任與宿命。當我還是國三生的年紀就開始以個人名義打擊罪犯，也清除過許多利用源氣能力為所欲為的份子。」

這是遼介對自己斥責的衝動，心底的舊傷隱隱作痛：

「在武道場外的戰鬥沒有禮數規範，只有阿諛我詐的生死衝突。我曾認為剷除那些利用源氣作惡的人，必要時徹底的用武力清除他們，死不足惜。這是再正常不過的行為，我不曾遲疑過，甚至認為那是所謂的正義。」

「對於公家機關軍警幹部，或是戰場上的士兵而言，有時是必要手段不是嗎?」蕾雅用凡夫的觀點反問，試著觸摸遼介的真性情。

想起誤傷小瞳的往事，遼介哽咽無法說話。說不清的懊悔浮上心頭說：

「我一直認為我已確實掌握自身力量——直到我用這雙手殺傷我的拜把義姊後，我深刻認識到，自己力量無論做多大修行，都無法提防狡詐之輩心機算計的陷阱。」蕾雅問道：

「這與你曾說過那件讓你憎恨自己是同一件事嗎？」

「嗯，為了追查殺害我義姊，瞳・赫森斯父親的兇手，我們遭遇索亞。他是個摩基亞，是我從未遇見過的陰險敵手。」

「你說你遭遇過索亞・威爾金斯？」

「當時我們都陷入他設計的圈套。」遼介反問道：「妳知道他的事？」

「我曾聽家父多次提起他的事跡。他是畢業於我們學校的前輩，原本不是摩基亞貴族身份，但年輕時就有驚人的天賦，很多僱主賞識看好他的才華，甚至有魔導師公爵家破例想收他作為義子。」

「我還不知道他有這麼光榮的身世。」遼介苦笑說，這是對自己的愚蠢解嘲。

「不過在他聲望最高峰的時候，他卻開始選擇邪道發展。」蕾雅皺眉嚴肅繼續說：「沒有人知道為什麼他有那樣的巨變，他開始到處偷竊其他摩基亞前輩長久，嘔心瀝血創發的章紋術，並且運用在非法目的上，因此身份被拉比倫斯工會驅逐，是機關認定的危險人物。後來他消失匿跡好幾年的時間，沒人知道他的確切行蹤。」

「這也難怪他是那樣難纏的對手了」遼介來到聖光學園就學，知道源動摩基亞的存在，現在理解到章紋系統術式深奧多變，他才知道當時遭遇索亞，根本毫無勝算可言。作為源鬥士，原本實力可說無敵的遼介，性情重情重義，當時小瞳成為他最大弱點。蕾雅問道：

「你相當的自責，所以才決定把自身的源氣封印起來嗎？」遼介不否認繼續述說：

「從那次事件之後，我才知道正義從來就不存在，無論什麼身份立場，那只不過是把行為美化的說詞，用武力的死傷衝突解決紛爭終究無法根除問題。所以，我重新開始尋找屬於自己的道，不再是主張正義之名，為剷除罪惡身份證明自己的存在意義，也不是為尋仇洩憤互相傷害。」

遼介從那次意外，小瞳言行身教的犧牲讓他痛側心扉，大徹大悟。

「我雖然不清楚你們遭遇索亞戰鬥的實際情況。」蕾雅實在於心不忍，溫柔的安撫道：

「你不需要這麼自責，用這種方式自我毀傷不會得到救贖，重新找尋的道也是裹足不前不是嗎？」

遼介又是一陣哽咽鼻酸說：

「當我嗅起揮之不去的血味和反覆不停的噩夢，提醒自己擁有巨大的毀滅力量。我是用這種方法，告誡自己使用力量的責任，錯誤不能再重蹈覆轍。我這份力量是為了溝通，為了幫助、救治他人所用。這是我和拜把義姊約定的誓言。」

「你能夠這麼想不容易。」聽進真心話，蕾雅終於明白那時遼介擊倒安德森，再次撞見安德森回到面前，遼介臉上浮現滿足笑容的意義。她憐憫遼介遭遇，也喜歡遼介重新找尋的道，多一分柔情說話：

「面對逞凶極惡之輩的衝突，能夠選擇退制方式真的不多。殺人劍易練，活人劍難成。如果這是你重新選擇的生命之道，我願意助你一臂之力。」遼介問道：

「妳要怎麼幫助我？」蕾雅的表情稍稍軟化，美眉暢開，語重心長說話：

「光野君，所有生命價值是無價可貴的，包括你自己。我知道你們源門士性情衝動，容易感情用事，在戰場上甚至把性命當作賭注全力戰鬥。無論是面對什麼事件，布展謀略戰鬥我希望你必需連自己的安危都一起考量，也是為重視關切你的人找想。那份力量必須適當的平衡使用，如無法接納和自己的源氣相處，那麼重新開啟的道也走不遠。」

暫且放下那份傷痛，遼介笑道：

「不如我們做個約定吧。」他一手貼著胸膛，露出正經神色說：「我這條命是妳救的，要死要活任憑妳處置。妳要我活命，我也會死守約定到底。就像妳我之間口頭訂下，不能在戰鬥中使用章紋術的約束一樣，完全遵守。」蕾雅眉頭微皺陷入短暫思量，多想十秒。

「這個約定我接受。」蕾雅頷首點頭回應，口中念道咒紋：「La far do mi ro.」

蕾雅打開一道巴掌大小的章紋，四周環繞纖細金色線條與靡爾塔文字的特殊章紋。她將右手伸入章紋中，從幽黑旋繞白光洞孔中取出一塊靛紫色七角錐狀寶石，將精煉的契紋石放在遼介面前。閃閃發亮，微微膨脹氣息的透明晶石，蕾雅說：

「請你拿下這個。」

「這是妳煉造的契紋石？」

「嗯。」蕾雅點頭應聲說：「施展章紋陣必須耗費大量精神和源氣，當你覺得你的源氣不足時，你發動源氣灌輸在上面它會變成一把契紋晶劍。」遼介拿在手中，看了一會兒問道：「這是妳為我特別煉造的法器嗎？」

「不是的。」蕾雅搖頭，蕾雅細心提點用法：「我認識到你原本出身武術宗家修習的武道中心理念，執意你要另造法器是將你的可塑性侷限。契紋晶劍跟契紋石一樣只有一次性效果，你也可以當作實劍所用。使用它你必須拿捏好自己源氣先後釋放的強度。當你二次強力灌輸源氣時，它會立即化為源氣狀態和你自身源氣融合，提升強化你的源氣。藉由這個方式，你必須找回駕馭那份力量的自信，無論耗費多久的時間，你都要跨越那道心理障礙。」遼介感到不可思議地問道：

「我並沒有要求妳，妳為何要為我做這些？」

「神崎學妹曾經拜託過我，看緊你使用章紋術的習慣。」

「這是希拜託妳做的？」

蕾雅臉上浮現笑靨，道出自己甘願幫助遼介的初衷：「她真的很重視你的事呢。」蕾雅認為遼介選擇的道實踐不容易，但是對世間脈動前進的變革是一種無價寶物：

「你突然接受岱勒烏斯的任務委託，如果遇上危機，現階段用這個方法施展章紋陣，至少可以減低你精神損傷的程度。」遼介收下契紋石。

蕾雅優雅地從左鬢髮飾拿下一顆琉璃珠，攤開遼介的手，放進掌心。遼介問聲：

「這是你的髮式？」蕾雅微笑說：

「雖然我無法隨同你們執行救援人質任務。這顆琉璃珠，你就當做是執行任務的幸運護身符帶在身上吧。」

「沒問題。」西露可來到遼介身旁，剛才那席話也全部聽到了，活潑說：

「秘密任務，西露可，隨同，安全我照！」遼介轉頭看西露可應聲：

「是喔！」遼介又回過頭來答謝道：「多謝你為我們做的這些，你雖然沒能夠與我們同行，精神卻與我們同在，我會把它當作幸運女神的祝福信物。」

「你不需答謝我。」蕾雅含笑回話道：「這麼一來，禁止你使用源動章紋術在戰鬥中的約定已經解除，你準備好學習章紋陣的知識了嗎？」

優雅舒緩的言語彷彿手取柳枝，沾沾水瓶灑下的甘露，取解上百年前戴上的緊箍咒，此刻開始允許遼介在戰鬥中運用章紋術。

「當然。我求之不得呢！」遼介乘著喜上眉梢的興致，看向西露可又問：

「西露可！我們還有些時間吧？」

西露可看壁面上的時間裝置表示下午22時15分說：「呀！小隊，其他成員，在哪？」遼介篤定說：「再給我一個小時。等下課後他自己會在固定區域出現。」西露可笑開懷的抱起地上的小布，帶給蕾雅看問道：「小布，西露可，一起，遊戲。」蕾雅點頭允許說：

「嗯，這孩子很淘氣活潑，小布就麻煩請前輩多費心照顧了。」

「呀！小布。很可愛！」

西露可把小布抱到一旁繼續嬉戲，蕾雅開始教導遼介章紋陣使用方法。

17 雄將之心

中央學園區東南海灣區域，伊爾德儂近臨海岸線，向上圓滑台階構造的建築，那是岱勒烏斯機關支部人員的公寓設施。上方平緩台地區塊上十八個圓球體環繞一座塔型建築——伊爾德儂。四個圓弧遮罩和四方梯形相融的底部向上數百公尺的建築，北面有一個勾配狀的輔助尖塔相連。開放性的台地廣場上，綠草地劃分的步道，運河從設施北面分成兩支繞過，而後從三段階梯住宅區塊的兩邊流入大海。從頂上向下看，整個設施彷彿一座巨大的日晷，伊爾德儂的影子指向順時針數來的第四顆圓球。

這裡是岱勒烏斯伊特麻拉支部，也是機關專屬的起降港，依照任務屬性需求，司法機構辦案的空艇船艦都從這裡起降。

哈格士托前往伊爾德儂，聽取後續從各處彙集的綁架案最新情報。通過一處空曠的玄關空間，天井彩光良好，走近一道上面刻印岱勒烏斯機關識別徽圖騰門扉。門扉自動開啟，前方有一條只容許一人通過的狹窄通道，地板透出的光線彷彿等離子噴流從腳底下走劃而過，這是一道維安管制機關，只要感應到不屬於支部人員的源氣，從兩側放出的強大源氣可以瞬間殺死可疑人物。

哈格士托走過通道，盡頭的另一扇門，呈三重式閘門連動開啟，哈格士托踏入的空間光亮無比，這是岱勒烏斯伊特麻拉支部主情報中心。

向下四層的圓形空間，每一層矮牆上端都有光持續流動，都有一圈桌椅，其上有環形機元界面投影各種頻幕。每層人員分配擔當工作不同。正對入口門扉的位置是伊特麻拉岱勒烏斯分支部局長的座位。中央一處能夠站立圓形台面，比第四環區塊還要高出一階，是個可以隨處都能夠投射情報資訊頻幕的場域。非常事態發生，每個人員都繃緊神經操作浮動面板。一名棕色短髮褐色皮膚男子站台面上，第三層的情報通信統籌人員對話。

「伊布塔，還沒有接獲任何歹徒的訊息嗎？」

「報告局長，至今為止從聯邦國境內所有嶺電截取訊息，都還沒有獲得任何歹徒相關的聲明情報。」

「距離案發時間到現在已超過二十二小時，遲遲不放出綁架聲明，他們到底是存何居心？」

柆葛茲身形壯碩，濃眉有著高加索人特徵的寬下巴，外表看起來年紀比豐臣義毅還要年長，他穿著與柯比蒂翁相同黑色金扣衣袍外套。從聖斐勒斯都畢業的銳達佛赫意志者，很多人還會穿著在校原所屬騎士團的外套，和在學心苗不同，柆葛茲的識別肩章是岱勒烏斯徽章，左胸上發亮的是分局長識別金屬釦。

「柆葛茲局長，或許『他們』在折磨我們的耐性。」

「你來了，哈格士托！」柆葛茲問道：「救援人質任務的成員確定了嗎？」

「發生了一些聯繫狀況，我還沒確認隨隊成員。」

「什麼！你還沒確保小隊成員？」柆葛茲斥責道：

「莎拉艾娃長官不是要你盡快確定小隊成員嗎！」

伊特麻拉支部不單只是學園和國內發生的事件，每日被各類大小案件纏繞，經常還要接受總部調派人力搜查任務的要求。忙碌程度不亞於於總部。現在複數的案件發生，二位公主遭綁架的案件還未掌握有力情報。如果兩位公主被撕票，可能會對聯邦國和睦關係造成不可預知的危害，自己的分局長位子也會不保。

「目前還在容許時間內。」哈格士托回答：「西露可由於對現屆二年級心苗不熟悉，選擇隨隊人員上花了點時間。」

「你為何選一個溝通能力有問題的尖兵執行這項任務？」粒葛茲批判道：「你應該知道這是個警戒風險層級高的案件。」

「這是從莎拉艾娃長官，推薦可調動的九名尖兵幹部名單中選定的。」哈格士托慎重回答：「她是九名源將尖兵幹部之中最有經驗，能力更是適合應付各種情況的尖兵。我認為這項任務她可以勝任。」

「你知道這樁綁架案件跟哈路歐人有關嗎？」粒葛茲聲量更大斥責道：「你選擇一個異類委託任務，埃西美克斯王國皇室政風部的人會作何感想？」哈格士托解釋道：

「她懂哈路歐人的語言，假如需要秘密潛入哈路歐人領土拯救人質，勢必須要能夠直接溝通能力的尖兵。」坐在愛拉梅蒂斯人力調度分部長座位的女性起身，走過來關切問道：

「需要我提供你建議的名單嗎？」

「泰勒斯老師，你在這裡？」轉頭看向那名金髮褐眼女性，哈格士托問道：

「這個時間妳不是有課嗎？」

「是啊，我目前手邊有案件發生，必須坐鎮指揮，已經找了其他教員代課了。自從那個組織有再興的徵兆以來，身兼多職的我們真是分身乏術呢。」

梅姬・泰勒斯，她是岱勒烏斯安排在愛拉梅蒂斯學院，聯繫和指導學生會的司法案件辦案的幹部。她把金髮綁成一束大馬尾放在身前右側，面容看起來溫和沈著，帶著一副文學氣息的雕金細框眼鏡。

站在檯面上，她提起右手自己座位的資訊介面，拿在手上點劃，平台上許多光粒聚合，立即投射放大資訊，一邊問道：「剛才我已聽過案件的相關情報，進行拯救人質任務，你們需要擅長什麼屬性章紋系統術的心苗呢？」

「最好是極屬性學會所屬的心苗，我們無法得知救援任務中會遇上什麼情況。」

「極屬性學會所屬的心苗是嗎？」梅姬右手食指指節靠在性感脣邊思量說：「讓我想想。」她檢閱著心苗資料，一邊用左手點選選單，先後點選五名心苗資料，手一撥把投影畫面翻轉，給哈格士托檢閱。

「這五名是目前二年級中表現成績很優異，保存潛力的心苗，你可以從中選定一到兩名心苗。」

「感謝你的支援。」哈格士托詳細檢閱，隨後看向另兩個空著的座位問道：

「話說起來，漢傑老弟和哈蝶人呢？」

「蘇老師他稍早才離開座位，好像說要去上課。」梅姬尷尬笑道：

「沛尼亞今天都沒看到人。」

「這樣啊？」哈格士托說：「漢傑老弟應該不會沒留下任何訊息就離開。」

哈格士托看見自己的座位上，留下一張用筆墨寫著名字的紙張，上面用一顆圓形玉璽壓著。再看向另一個位子桌上，擺放好幾隻石雕顆人偶，看起來像金雕細琢的手工藝術品。眼睛偶爾發出亮光閃爍。

柆葛茲生氣說：

「蘇就罷了，沛尼亞到底在摸什麼魚啊！」

「局長您找我嗎？」此時一個投影畫面突然跳了出來，聲光影像中的短髮女性，她正悠哉的雕琢一尊石像，衣衫邋遢不整，臉上還有幾撇顏料。

「妳在搞什麼鬼？妳們學院重要的心苗遭綁架，還有心情在那裡搞雕刻藝術啊！」

「稍早我從莎拉艾娃長官那裡得到指示，既然已經敲定尖兵人選，我也無話可說囉。」哈蝶給人感覺與其說是司法情報機關分部長，不如說是灑脫狂野的藝術家。

「你沒有任何辦案意見嗎？」哈格士托問道。

「沒有啊。」哈蝶很專注拿著雕刻刀，一邊刻劃一邊回應。她想銳達佛赫總是愛搶在前頭做事，就乾脆讓出所有指揮權，省得多餘爭執：「這案件就全權交給你負責。」

哈蝶停手，觀察著那石像雕刻整體造型。稍作歇息，拿著雕刻刀看了過來，朝這邊隨手指畫，傳送拋丟資料，只是微秒間檔案已傳遞過來。

「這是我建議的隨隊路拉心苗人選喔。」檯面上跳出哈蝶傳送過來的推薦心苗資料。

「祝你好運囉！」哈蝶笑道，而後又繼續手邊的雕刻工作。柆葛茲罵聲命令道：

「沛尼亞你現在給我過來，馬上！」

「局長神經過度緊繃，生氣對身體不好喔！」哈蝶有說有笑的揮手招呼，隨後切掉嶺電頻幕。柆葛茲爆怒的咒罵神主，他對這個樂天知命的灑脫路拉完全沒轍：

「路拉難道就沒有肯正經辦事的人才嗎？」

「局長，我認為哈蝶已經很稱職了。」梅姬答話：「願意受拘束，留在機關擔任幹部服務的路拉意志者實在不多喔。」

「重大危險案件發生，還有心情搞他的藝術創作？」柆葛茲批判道：「他是把這個位置當做什麼餐廳打工看待嗎？」

「局長，關於綁架案所有匯集新情報嗎？」哈格士托插話，柆葛茲心情不悅地向一邊的情報彙集人員命令道：「賽特，你告訴他。」

「是的，長官。」一名髮型低調的男性情報長回覆，把所有情報都投射在平台上報告：

「到現在為止，我們透過聯邦各國岱勒烏斯的探測穆塔機元都還沒有感知到二位公主的源氣。他們昨晚從住處遭綁架後就完全消失行蹤，我們認為歹徒應該用什麼方法遮蔽了他們的氣息。」

「難道歹徒給他們穿帶有源封效果的道具嗎？」哈格士托猜想：「或著，他們有沒有可能被帶到雅斯界？」賽特回答：「沒有。根據拉天托普機關的回報，過去二十一小時內沒有發生任何從阿特蘭斯人為開啟提真之扉的記錄。」哈格士托又問道：

「還有什麼其他情報線索？」賽特又說：「昨晚深夜我們探測到一個可疑源氣單位，從伊特麻拉向西北西，以驚人速度離開，他們一直線橫越各國領空，最後消失在伊比薩諾西側種族領界線。」

「歹徒真的把她們帶到哈路歐人的領土上了？」哈格士托越聽越覺得救援任務困難度非同小可。賽特又繼續說：「我們從已知的歹徒，巴里・古洛辛，曾一起犯案活動的『魔魍』份子中，對照機關對烏蘇魯庫諾斯建檔的幹部能力情報比對，已鎖定共犯中，有可能是喬可・T・拿裘斯克。」

「如果我沒記錯，他們應該都是烏蘇魯庫諾斯，歸類在漢考提勢力之下的幹部。」

「哈格士托分部長您說的是。」賽特說：「但是，過去這二十幾年以來沒人知道他的據點藏在何處。」

「假設在哈路歐人領土上，我們根本無從查起。」哈格士托感到不安，要在哈路歐人領地內找個據點，那簡直像在廣闊深邃大海底下，要找到龍宮那樣的困難。

「另外，根據採樣血跡做基因比對，還有一名是哈路歐人戈布垞羅人種，還有現場遺留謎樣岩石物質，我們研判那個哈路歐人也會源氣技術。能夠把王國駐派在別墅洋館保鏢輕鬆殺害的身手，我們研判他至少達到Ｂ級程度。」

「純種哈路歐人源氣技術能夠達到Ｂ級以上相當罕見，還有能力隨同『他們』一起犯案，這種事情我沒聽說過。」哈格士托感到相當震驚，柆葛茲責備問道：

「你現在才知道事情嚴重性嗎？」哈格士托問道：「局長是否有執行任務的明確方案？」柆葛茲說：「根據上述情報，我已擬定執行救援任務方案。」

柆葛茲一手隔空指劃，光粒聚合，一艘船艦全貌立即拖在柆葛茲手掌心上，整體形狀看起來像一枚七分葉楓葉，三具噴射引擎構造，尾部拖曳著幾片尾巴狀的船舵和尾翼。

「這是哈路歐人運載物資的船艦？」哈格士托問聲，柆葛茲說：

「這艘船艦已經在整備中，再過五個小時就會整備結束。只要歹徒一有聲明，確認他們的據點，馬上可以出發。我要救援小隊以哈路歐人的船艦偽裝潛入，進行救援任務。」

「這麼說分局長要我提前確認隨隊心苗名單？」哈格士托問道，柆葛茲重話要求：

「你最好現在就給我確認。」

「我知道了。」哈格士托慎重回答。

哈格士托匯集另三位分部長推薦的名單中挑選心苗，時間一分一秒的流逝，他發覺到歹徒人夥隱藏的惡意。

18 纏鬥

昏黃多雲天色下，修二有如一枚戰術導彈，穿越好幾道雲層，到達拋物線至高點開始向下墜，又摔落好幾朵厚雲，張口帶著滑稽吶喊：

「嘎啊—要摔下去啦！！」

修二面部直接撞斷好幾棵喬木樹頂樹枝，一臉摛進陡坡下灌木樹叢。努力爬出樹洞，視線天旋地轉，還弄不清上下，一副難堪模樣抱怨：「她老是這樣不通人情。虧我們還曾一起患難涉險。」

他攀爬在傾斜六十度陡坡上，攀爬向上，抓握附著青藍色青苔的岩石，還搞不清楚置身於校園何處的修二停止思考，努力攀爬。

「你又被風見給修理了嗎？」

聽見爽朗招呼聲，修二抬頭向上望作聲：「嗯？」望見站在上頭的遼介，修二驚呼道：

「光野！是你啊？！」遼介招呼道：

「呦！你還是一樣的悠閒散慢啊。」

「蛤？輪不到你說我！」

見到遼介，修二單手抓著石頭使勁一爬抓，半段間腳步踩著石頭用力發勁一踏，跳出比斜坡境界線還要高出三公尺高，而後雙腳粗獷著地。抓到機會，什麼更重大事情都拋丟腦後，只記得挑戰激情。

他抬起頭來，一手握拳發力緊靠腰際，另一手直指遼介寒喧放話：

「光野！終於讓我碰見你啦！我們來決鬥對打吧！」

「好吧，既然你這麼想比試的話，我現在奉陪。」遼介清爽點頭笑道，一手提出拇指，往身後比比示意又說：「不過有條件，這上面剛好有個荒廢的鬥競擂台。我們就在那裡比劃吧。」修二一手揉鼻，高昂聲笑道：

「早該如此。這樣才像話啊！」

這裡是海尼奧斯西北側林地校區，開闢程度只有百分之三，提供給鬥士心苗實際戰鬥演練所用。人為設施少見，再往西北邊山路小徑走去，銜接綿延的山脈道路，是伊特麻拉的山野農村地區，再走五十培度就是西北邊聯邦國境界線。在這地處邊陲區域，若不是特別目的，少有心苗會在這區域活動。

兩人來到一塊荒廢的鬥競場邊，四週綠蔭圍繞，只有一條雜草叢生小徑通往外面棧道。周圍環繞擂台半圈半環形看檯，後方左右兩邊的女神、戰神石像身上彷彿披掛著綠皮草。

兩人跳上擂台，修二雙手十指相扣扭轉，而後掌底壓壓指節做出聲響，隨性踢腳，精神抖擻地腳步跳動踩踏。遼介馬上架起戰鬥姿態：

「剛才說的，如果我擊倒你有事相求。」

「什麼事啊？」

「遼介！」

兩人尋著女聲看向半邊看檯，不知何時觀眾台階上多了一個人影。

「西露可，果汁買了。」遼介招手回話道：「噢！妳先幫我拿著，等我把正事辦完。」

修二注意到西露可，見識她那張高加索美人的漂亮臉蛋，不正經地轉頭笑問道：

「光野，沒想到今天你翹課，現在撩來一個大美人啊？」

「話不能這麼說。」遼介走近修二，解釋道：「我現在身負岱勒烏斯的重任，她找我做密令尖兵任務小隊的成員啊。」

修二半信半疑地看向西露可，她對著兩人招手。修二又轉過頭來，羨慕又問：

「真的假的啊？你是在唬我吧？」

「這是千真萬確，我們需要一個強力的前鋒打手。」

「這種事我考慮考慮，只不過呢。」

「只不過……」遼介問道：「只不過什麼啊？」

眼看修二挺起身子，那雙眼眸變得銳利有神，如黑玉石一樣的發出光亮，心中燃起熊熊鬥志，源氣旋風襲捲修二的腳跟越捲越烈，放聲笑道：

「本大爺沒認輸以前，咱們的自由鬥競就不會結束！接招吧！」

「呵，你能打多久，我奉陪到底！」

西露可見到兩人準備要來場決鬥，赤紅色的杏仁眼發出興奮的亮光，那是站在拳擊摔角格鬥賽擂台周圍，狂熱格鬥迷的熱情。

「遼介！」她雙手握拳，右手高高舉起大聲喝彩：「擊倒他！Alles gute!（加油！）」

兩人持續戰鬥，西烏盧比蘇的陽光已消失，鬥競台四周已籠罩黑幕，視線變得昏暗不清，光源僅剩下擂台相對角地坎式水晶燈，兩人在那扇型放亮相對照微薄黃光之間持續比劃身手。

修二那張鼻青臉腫的怪臉，顯些疲態，身子時而不聽使喚晃動。他的身子還散發著黃色源氣，像水蒸氣吹煙，又像烈焰燃燒一樣的亮光。相對峙的遼介全身散發藍白光源氣，相較之下沒有擴張爆發的現象，靜靜燒熱的白焰，與其說是人為火球，不如說是天然氣，那地火燃燒的靜謐氣焰，源氣密度是異常的精實。

兩人之間少說五百回合的熱血格鬥，奮勇纏黏的蛇形貫手碰上老練扎實的發勁掌打，這兩人的衝突越打越是起勁，彼此距離越拉越近，觸動內心的感觸，是認同，是相挺。修二的程度不算上級者，但那絲毫不減，愈戰愈勇的毅力，是身為戰士不可多得的珍貴素質。遼介應付死纏爛打的戰術，只是小喘息。遼介打得意猶未盡，暢言道：

「能夠纏黏打這麼久，你實在很有毅力啊！我很久沒碰到像你這樣纏黏蠻幹的對手。」

修二意識已昏厥三分，全身無力，嘴上還是要切齒嚷啷：

「呵呵—你這傢伙—我入學以來—在低年級生中還沒碰過像你這樣，實力未知數的可怕傢伙——」

「你還想再打嗎？」

「廢話——」

修二疲憊的身子出拳，一拳打中遼介臉頰，遼介以滯空態勢掌打，砰的一聲使出諭心源勁掌，修二近距離，面部也吃了一顆光彈。

「哇啊！！」

遼介應招拆招手段始終曝朔迷離，展開攻擊又毫無招架之力，修二倒在地上，失去再起身力氣。

等到修二再次清醒，兩顆紅色藍月亮已昇上夜空，聞到食物香味，修二起身往旁邊一瞧，看見遼介和西露可在一旁生火烤肉。不知從哪弄來的烤串烤魚，修二飢腸轆轆。

遼介往這邊看過來問道：「你終於醒啦？」修二發覺自己身上的傷勢沒有剛才那麼嚴重，還能夠起身走動。修二不明白問道：「我這身傷比剛才還輕微？」

「我剛才花了一點時間替你貫輸源氣療傷啊。」比試之後，還有精力為他療傷，修二意識到自己徹頭徹尾敗北。修二笑道：

「呵呵，你這傢伙真的是強得不像話。不管幾次，我一定要再向你挑戰。」

遼介拿起剛烤好的肉串，遞到修二面前問道：「好啊。你要吃這燒烤嗎？」

修二順手接過烤串，嘴巴一口撕咬香噴噴的燒肉，一邊問道：「你說的密令尖兵小隊任務說來聽聽啊。」

經遼介說明後，修二興奮說：「什麼！你說那兩個埃西美克斯王國的公主啊？我去，我當然要去，本大爺怎能錯過這種拯救美人的好機會啊？」遼介問道：

「這一去可是不記名，攸關生死的危險任務喔。」修二拍胸膛大笑道：

「哈哈，本大爺為美人，不怕死！再說只要我們達成任務就好啦！」遼介欣賞修二易懂乾脆的性情，笑道：「那麼就確定你是隨隊成員囉。」

遼介鬆了一口氣，雖然花了很多時間，在這一刻密令尖兵小隊總算成形。

19 喜怒無常將

地底宮殿內，漢考提親自帶著索亞和瞳參觀他自豪的宮殿各處，還有機元兵大軍生產過程，茵佳與巴里也跟隨在後。他們走在一處寬敞樓層平台上，看著那些蜉蝣機元建造機元兵，源氣經由管線持續充填。漢考提說，

「這些狐妖機元兵團是我底層最可靠戰力。」索亞冷笑道：

「你有很多建造玩具的資源和閒時間嘛。」漢考提說：

「有這些機元兵這座要塞的防衛機制便萬無一失，只要感應到外人的源氣他們會忠誠地剷除所有入侵者。」索亞笑問：

「你終究能夠生產多少戰鬥機元保命呢？」

索亞總是採取少數菁英秘密行動，心裡暗地嘲笑漢考提實際上膽小又多疑，充其量只不過是個佔據山頭，圍地自縛的山賊大王角色。耳邊聽著索亞說明：

「我現在隨時可動的機元兵有兩千五百架，再給我一天，我可以再建造多一倍的數量。」

「你難得弄到如此寶貴的費洛母晶石，卻拿來建造機元軍隊實在可惜啊。」

「我們阿特蘭斯家系的公爵不像你們。」漢考提抱怨道：

「我們的元帥很吝嗇，他從來不會配給任何資源，就只是個別送一顆費洛姆晶石，剩下的讓我們家

系各公爵自食其力。」

「資源匱乏還有多餘心力建造武裝機元兵嗎？」瞳問道。

「赫森斯尉士你有所不知，這座高原之下就是個絕佳礦場。」巴里代理解釋道：

「我們要求汀歐族進貢，為我們確保上等的陽山銅資源。」瞳又問：

「汀歐人部族竟然願意把他們家園的土地，讓外種族擅自採掘控管？」

「那些野人很好利用。」漢考提笑道：「我傳授他們一些鍊金工學的皮毛技術當作交換條件。他們的部族領袖乾脆交出礦場，並且提供源源不絕的奴隸為我採礦。」索亞問道：

「原來如此，來此之前看見汀歐部落城市裡，出現俱有鍊金工學革命象徵的有機分子鎔爐設施，就是你傳授他們的技術嗎？」

「他們的思路相當可愛，馬上用那些技術用在自己戰爭兵器研發上。想必哈路歐種族內戰又會再次發展新局面。」漢考提為自己行為感到津津樂道。

「我所知道的汀歐狼人性情是很勢利眼的。」也不知道哪個點，引燃瞳的怒火，她轉頭看向身後的茵佳又問：「你們難道不會擔心自己被他們反咬一口嗎？」

「那有什麼好怕的？」茵佳快口答話：

「只不過傳授他們一些讓戰爭玩具更堅固的技術而已。對於能夠隨心使用源氣的我們，根本成不了威脅，連皮毛都傷不了。」

「你倒是對自己很有信心嘛！」瞳含笑又問，打探茵佳：「在你們下面不就有四名懂得使用源氣的哈路歐爵尉？」茵佳撥弄她的髮梢說：

「笑話，我可是我們漢考提公爵大人的右手戰侯。在公爵之下的眷屬，武力沒一個能勝過我的。」瞳笑問道：「是嗎？我看只是因為漢考提公爵，缺乏像樣的倭瑞亞和摩基亞人材，才需要建造大量機元兵部隊吧？」同樣身為鬥士，小瞳的聰明和洞察力水平卻不亞於銳達佛赫，或許比起肉體和源氣的搏鬥，她鐵齒銅牙般的鬥嘴話術更具威脅。平時給人能夠依靠，落落大方的熱情美人形象，一旦動怒，霸王花大姊剛強犀利的性格原形畢露。茵佳怒言道：「你有膽說這種話啊！」

「你該適可而止，赫森斯。」索亞冷言數落：「你說這些話對漢考提公爵很失禮。」索亞嘴上這麼說，內心卻很滿意。

「很抱歉。」瞳馬上向漢考提道歉：「我只是擔憂漢考提公爵的安全。」

「不會，她雖然說這些話多少俐齒些，卻是言之有物，我很少見過自願放這麼多心思為其他分支家系設想的年輕人。」漢考提藉機教導：

「赫森斯尉士顧忌的事不須擔心。當你擁有權力和足夠強大力量，確保居高位子，即使世間底層亂事頻繁對我仍不礙事。」瞳乾脆地應和：「漢考提公爵您說的是。」漢考提更是暢言道：

「你應該知道，使整體世界陷入恐慌紛亂，是我們組織共識。這是確保我們自身少數精英至高位置的方法。我們可以分裂和諧，奴役驅使那些無知羔羊，使偉大無上的烏蘇魯庫諾斯，掌控整體世界是我們的目標。」

「感謝公爵的提點。為了烏蘇魯庫諾斯的榮耀，這些精神信條我從未忘記。」小瞳的模範應答，讓漢考提更是龍心大悅。

漢考提從初次會見他們到現在的態度簡直判若兩人，茵佳飽受被當做空氣一樣對待的恥辱，她從未見過漢考提那樣欣喜若狂的臉色，她感到忌妒如仇，甚至提起讓他幾乎快忘記的警戒心，她的侯爵位子可能不保。

「剛才我聽索亞公爵說的計策，你建議我們何時可以放出綁架聲名？」漢考提問道，：

「一旦放出嶺電的同時，在世界各處角落的尉士，都會成為我們的散播端，整個斐特安法爾聯邦將為我們的言行而瘋狂。」

「你急什麼呢？」索亞冷笑道：

「你的據點藏在哈路歐人的領土上，他們只能等待你吹響號角，你拖的時間越長對他們機關辦案幹部越是折磨，他們會因此而焦躁不安，一旦擬定錯誤策略，更能確保你計劃成功。」

「原來如此。」漢考提問道，膽子像一瞬間漲起的氣球：

「你建議發佈時間是何時？」索亞反問：「發佈聲明的時間點是看你何時準備完善。既然你要把這些機元兵拿來做防守要塞，那外部的按排呢？」

「我的六名眷屬尉士早已安排在汀歐部落都市待命，他們隨時聽我命令行動。」

「你能告訴我這附近一帶方圓二十公里的地形情報嗎？」索亞試問：「我知道圍繞在汀歐部落城市之外有一片險峻原始莽林，你有什麼特別的配置？」

「那還用說嗎？」漢考提命令道：「巴里，把我的瓦子帶過來。」巴里隨即用藏在懷裡的裝置呼叫，兩名妖狐機元兵把一隻綁著枷鎖的礁岩隼蜥遷了過來，這是一隻大型仿生物機元。外形長得酷似恐魚的兩棲生物，大小與大白熊成犬差不多，暴躁兇猛，即使全身用高密度陽山銅合金製造的機元兵也難以馴服。

看到漢考提牠才願意安份坐下。漢考提一手拔下那隻仿生機元的眼珠，放在自己手掌中操作，投射出一幅跳棋盤大的光頻幕，投射這一帶高原地形的立體影像。威風的繼續說：

「我的尉士領頭有優異廣泛佈設陷阱的能力，他是個場域屬路拉，我已吩咐她從外面直線侵入本陣領空，最短路徑區域上佈下多重陷阱，只要入侵者進入那個區域都會葬生在森林裡。」

「很好。」索亞指點道：「你命令她把陷阱散佈整座森林區域。」

「這麼做會降低她的能力效果。」漢考提多疑問道：「陷阱的功用便會喪失。」

「錯了。」索亞說：「這是運用她廣泛監視效果，降低源造物體源氣質量會成為完全天然的視線，誅殺入侵者工作交由其他尉士動手。」

指正詞彙觸怒漢考提，他遲疑了一下，凝視索亞告誡道：

「年輕人，你必須明白一點。或許你自以為腦袋靈光，但這裡的主君是我，漢考提。你沒有指揮我，更沒有指責我的權力。」

「呵，那當然。」索亞冷笑道：「我只不過是給你一個良策方案，是否決定施行，下令的人終究是你。」

雙方僵持許久，漢考提隨後說：「這一次就信你一回。你們兩個就待在裡面，做我的防守頭目戰力。」漢考提口氣不悅，對著巴里命令道：

「巴里，給我傳話給呂綺絲，把索亞公爵的計策告訴他們，再弄兩個暫時能讓他們稍作休息用的房間。」而後在巴里的耳朵邊小聲竊語。

「我知道了，立刻辦妥。」巴里一手服貼胸口，傾身行禮。

「我要在一個小時後對外發佈綁架聲明，在那之前你們不得接觸人質。」漢考提告誡道：「這裡面隨你們遊逛，不過你們迷失在這座地下宮殿我不會負責。」索亞不動聲色的傾身行禮回話道：「感謝你的忠告。」漢考提板著瞋怒的面孔離去。巴里指引道：

「索亞公爵，赫森斯尉士，這邊請。」

小瞳和索亞視線交會，索亞露出一絲無所謂的冷笑，而後先行離去，瞳跟在身後，走向另外一頭的聯絡橋。

20 徵招令前

豐臣家客廳內，暖黃光線，柔軟沙發和溫馨香氣。茶几上放置一台立體方盒，這是個娛樂器具。高度十五，邊長一百二十公分，四個邊線上都有兩個晶牌感應端。發亮的立體投影山形地貌中有個倒地人影，還有一名手持大斧獸人，雄壯站姿藐視著被擊倒的女劍士。克勞德抬頭後仰嘆息道：「唉又打輸了，玩這方斗機元遊戲檯，阿豐爸都不會放水啊——」

克勞德太陽穴兩側貼著六角形金屬塊，雙手握著兩顆黑球，擺放兩邊攤懶模樣。

義毅戲弄笑道：「你還太嫩了啦！」克勞德有氣無力回話：「我知道啊」

義毅逗弄著克勞德，已接受學校醫療部的治療，他的左手臂纏繞繃帶閃亮著章紋，他大聲說：「阿德你那什麼態度?給我認真玩！」

「我怎麼可能打得過阿豐爸?動作這麼敏捷的比雅戈戰士這反應跟本不是鬥士會有的反應啊——」聽膩克勞德說喪氣話，義毅笑罵道：

「廢話少說，再玩一局。」阿豐用手臂使力勾夾他的脖子，另一手用拳頭搓揉重壓。克勞德痛得哀嚎大叫：

「好痛啊!阿豐爸饒了我吧!」義毅教訓道：「哪有魔導劍士像你這樣，才吃這點苦痛就求饒啊?」克勞德反抗掙扎道：

「別鬧了啦，這遊戲對我太困難了——」克勞德奮力一闊臂，好不容易才掙脫那隻強壯胳臂剪刀夾。與克勞德同樣，頭部兩側貼附六角金屬塊。手中握著黑球，這是聯動感應裝置，那名投影的獸人角色，照著義毅思緒，高舉雙臂做出健美猛男動作，夾手挺出二頭肌，又是炫耀那身發達雄壯背肌。阿豐又說：

「又說這種話!我看是你選錯遊戲角色了吧，我們再玩一局!」克勞德哀求道：

「這次可以放水一點嗎?」

「就因為是遊戲所以更不能夠放水啊。這如果是真正的戰場不會讓你有第二次機會。遼介君是這麼告訴你的不是嗎?」希坐在一旁沙發上補衣穿針，適時給予建言，好似錄音播放機，道出恭子媽媽的訓飭語調。心思愁苦的希，聽不見甜言蜜語，面目可憎面容，悶悶不樂的話語有如花棘般銳利刺人，告知世人不得靠近。

「我知道啊……」克勞德回話道，轉頭看向希不愉快的表情。想起今晚配給伙食嗆辣酸苦，他僵著脖子，好像年久失修，沒上油保養的機巧輪軸，緩慢地再次將注意力放入遊戲中。還沒準備好，義毅就展開攻勢，克勞德大叫道：

「等一下！誒噫！啊！哇！又死掉了──」義毅沒有保留地陶侃直說：

「太天真啦！你以為這種攻擊套路對我有用嗎？」克勞德哀怨自卑，輕言說：

「不行，這種肢體不動只靠意識促動源氣，操縱角色的遊戲，我不可能上手，我又不是路拉。」

克勞德身子沒運動卻已累得臉色發白。汐帶著一盤點心水果盤來道客廳，目睹遊戲過程，激勵道：

「克勞德哥哥不需要氣餒啊。這遊戲雖然訓練不到體能動作，但是可以模擬訓練各種戰技的思考。可以訓練腦筋的靈活喔！」

「話雖然這麼說。」

源操方斗機元台，是專門開發設計給意志者心苗的娛樂遊戲。投影地形場景精細，好比生動的精美模型，這是五次元的桌上聲光投影遊戲機。這種家庭式機元台只要是路拉都可以輕鬆上手，但是在學校內教學訓練用的大型機元設備，感應度更加精密複雜，是路拉心苗一年級生的基礎必修課程。然而，對於其他三大屬性的心苗來說，只靠腦波意識操作遊戲人物的動作，相較之下緩慢遲鈍，不易上手的遊戲。路拉以外的心苗，比起要求讓源氣塑形的物體進行複雜、細微運動，訓練更多的是腦筋思緒的靈機應變能力，並研擬發展出更多元的戰術。小汐建議道：

「比起女劍士的角色，我覺得魔法劍客迪達士，應該會更適合克勞德哥哥的。」

「是這樣嗎？」克勞德有些猶豫，小汐提議說：「我們大家一起協力玩多人過關模式嘛！」

希坐在沙發一旁，低頭默默視聽大家遊戲情況，手上穿繞著針線，縫補遼介因鬥競中破損的紅色大衣外套。阿豐看向希，一邊把手上黑球遞到希面前，樂開懷邀請道：

「小希一起來玩嘛！妳很厲害的不是嗎？」

停下手上的針線，希微微搖頭，抿嘴苦笑婉拒：「我看你們玩就好了。」

「是嗎？」看著義毅兩手黑球放在茶几上，向身後沙發一坐，雙腿大開坐在沙發上，雙手背靠在沙發背上打哈欠。克勞德轉頭問聲：「阿豐爸不玩了嗎？」

義毅一手揮揮，而後扭轉肩頸爽快地回應：「我休息一下，你們兩繼續玩啊。」

克勞德看向汐問道：「喔。小汐還是選擇妖精槍手嗎？」汐笑道：「我今天選擇精靈賢者好了，由我來支援克勞德哥哥。」

「真的嗎？」

克勞德背靠在沙發椅靠腳面，雙腳放直伸展，穿過茶几底下。有小汐的鼓勵，重拾願意嘗試的心情，挺起背等待遊戲。汐一副鴨子座姿態坐在地毯上，貼戴上意識端點，拿起那張無色透明，白羽紋路晶牌置入機元讀取槽。重新設定下，斗方機元投射新的舞台場景，看著兩人重新選擇遊戲人物，躍躍欲試地談論背影，義毅伸手拿起桌上冰啤酒。喝下一大口黃琥珀色氣泡迷湯，暢快哈氣歡呼：

「啊──！真痛快啊！」放鬆眼神，靜靜的看著兩人遊戲。希提起心中鬱悶問道：

「那個，阿豐爸遼介君今天會回來嗎？」
「不會吧。我聽羅德加拿的人說他人被保護著。」
「學校機關還有說什麼嗎？」
克勞德和汐兩人停下手邊遊戲也轉頭關切。
「他人目前無恙，你們不用擔心他。那小子還活蹦亂跳，好得很咧！」
希期待著遼介是否很快就會回家，追問道：
「然後呢？」義毅回答：「這是機關和學校雙方的決定。直到案件偵破為止，他都還不能回家。」
再聽義毅的補充追述，怎麼都開心不起來，心裡鑽起牛角尖小聲說：「是嗎——」
雅妮絲從廚房走出來的，恰巧聽到，手邊擦著手巾說：
「這樣也好。現在他犯案嫌疑還沒完全釐清，你們兩個如果老是膩在一起行動並不恰當。還不知道嫌犯人夥是心苗還是『異端』犯罪者所為，你和這樁案件保持距離是最好的。」
「嗯——」聽雅妮絲這麼說希的心情更加鬱悶。
身邊人意見和學校官方的做法一致，希苦澀的接受這一切。她很懊惱自己的好姐妹會惡言傷害遼介，被保護的自己遼介陷入危險事件什麼都沒能夠幫助，她感到無能為力。抬頭看向雅妮絲，義毅問道：「妳知道些什麼嗎？」
雅妮絲使個你明知故問的臉色回話道：「這樁案件早晚會水落石出，四學院聯合搜查機制已經開始動作了。」
「是嗎——」看希那副愁容可憐模樣，義毅一手搭在希的肩膀上安撫：「妳放心吧，那傢伙不會有事。」

「嗯——」希默默點頭，內心很不安，暗自心想。（但願如此——）

希縫補完遼介的外套，摺好放在旁邊的沙發上。嘆息一口氣，隨後向大家問安：「阿豐爸我先上樓洗澡喔，大家晚安。」義毅隨手招呼道：「晚安！好孩子還是早點睡好啊！」

聽見希心裡的聲音，汐很介意地轉頭看著她上樓的沮喪身影。克勞德激動哀嚎：

「哇！啊！又死掉了。這下子重生用掉兩次機會了——」

等到希進房的聲音響起，義毅把手上的啤酒杯放回茶几上，對面前兩人說話：

「阿德，小汐，我有要事要向你們傳達。」兩人停下手邊遊戲看了過來，義毅繼續說：

「你們聽我說，岱勒烏斯機關對你們下達尖兵小隊成員的徵招密令請求。」

克勞德眼神一愣一愣地不敢置信問道：

「岱勒烏斯要徵招我？」他懷疑自己的耳朵有沒有聽錯，阿豐又說：

「是的，我現在要尋問你們的意志，你們有意願參加密令尖兵小隊的救援任務嗎？」這是正常的徵招程序，必須得到心苗本身自由意志的同意，密令徵招才算生效。

把持平常心的汐沒有太多驚訝，起身回復道：

「我懂了，如果是救援任務的話，我願意參加。」小汐起身認真說：

「天使們也都願意幫助救贖有難人的。」義毅看向克勞德問道：

「阿德呢？」一切太突然，克勞德捫心自問道：

「我這個放牛班的摩基亞有辦法勝任精英心苗的任務嗎？」

阿豐爸一手拍動克勞德肩膀說：

「阿德，相信我！我跟小恭都很看好你的潛力，你確實需要臨場戰鬥經驗的激發。」克勞德點頭同意說：「我知道了我願意參加密令尖兵任務。」阿豐又說：

「明早十點在學校的伊爾德儂集合。」雅妮絲問道：

「你知道是關於什麼任務嗎？」

「我不清楚，詳細任務內容情報你們兩個到時候就會知道。」克勞德還自問道：

「我真的沒問題嗎？」雅妮絲看向克勞德說教道：「小汐是A3級心苗，我不擔心。你雖然有寶具回應者加護，你現在心性懦弱，能不能夠徹底執行任務還真令人擔心。」

「阿德啊！」義毅雙手分別搭在克勞德的右肩和汐的左肩上說：「你聽好，剛才你犯的差錯都要牢記。執行任務時，相信你的隊友們，面對敵人握緊回應者就對了！」

「我懂了。」

「小汐。」義毅轉頭看著汐又說：「執行任務時，阿德就托你多支援照料了。」

「嗯。」汐有朝氣的說：「我們會盡力而為的！」

「你們都是我最引以為傲的孩子，我相信你們可以完成任務回來的。」義毅用雙手緊抱兩個寄宿的孩子。照料這些特別心苗，雖然無血緣關係，感情牽絆卻更深。小汐嬌小的身軀，小手輕拍阿豐爸背彎說：「阿豐爸請放心，我們會平安回來的。」

「那麼！阿德我們再繼續吧！」義毅硬朗的聲音說：「今晚睡前，我要測底改正你的那些壞習慣。」

克勞德回話：「好吧。」

（小希姊姊……）

汐抬頭看著三樓樓梯間，她其實最擔心的是上樓躲進房裡哭泣的小希姊姊。

21 不破修二

關上門修二不拘小節地招呼道：「你隨便坐吧。」

水晶發出白光，六十坪宿舍寢室內，燈火通明。兩邊相對擺放兩組床鋪書桌和衣櫃。長方形房間內，要是打一套簡單拳法型都足夠活動。連接出入口的小客廳，兩張雙人相對的沙發茶几。

修二臉上青一塊紫一塊，一副貪懶樣坐在沙發上，上半身赤裸塗著許多藥膏。那身傷隨然看起來悽慘，表情卻相當滿足。修二說：「好在同寢的學長正好外出修學旅行，今晚暫時要寄住無妨，那個沙發就讓你睡吧！」

遼介隨意張望，驚訝問道：「沒想到心苗的宿舍寢室也這麼寬敞啊？兩人共用實在夠大了。」修二洋洋灑灑地搔頭回話道：

「這算中型的寢室，當初宿舍抽籤的時候，還有人抽到八人共用的岩晶大木屋宿舍，比群居型宿舍好很多。」

「是嗎？這至少不是什麼寺院的榻榻米大通舖啊。」

陌生的詞彙，修二困惑問道：「寺院榻榻米大通舖？」那雙黑白分明眼珠，逗趣轉動，他又盯著遼介：「那是你們雅斯界的居住形式嗎？」

「你不知道嗎？那是雅斯界道場稽古修行常住的形式。就像某些門派習武道場那樣。」

「你說睡地板上啊？我們塔努門人是絕不會睡地上的，那是哈路歐人才有的習性。」

「是喔！」遼介又問：「看你名字姓氏我還以為你是雅斯人。」

「我是入居阿特蘭斯雅斯人的第三代啊。我老家是做刀劍鐵匠生意的，聯邦機關雖然有賦予我媽，監察掌握晶石流動交易的職責義務，偶爾也會查辦個人走私晶石到雅斯界的案件，往復兩界。但是雅斯界什麼的，我只是聽家人轉述從來沒去過。」

「你從來沒去過雅斯界？」遼介感到新奇地又問，修二說起正經話，雖莊重感不足，卻是很有氣概：

「是啊，我們塔努門人多半都只在翡特安法爾聯邦國境內生活往來，別說是雅斯界了，想去彌勒斯的國土發展還要特別申請，未開墾的不詳區域或是哈魯歐人的領土，都不是隨意就能夠踏入的啊。」

遼介又問：

「沒想到聯邦法限制禁令這麼嚴苛啊？」

「是啊，哈魯歐人各大部族始終跟我們合不冗，保持距離啊。」修二停了一下又繼續說：

「前些陣子，邊疆國家還有小區域的戰爭騷動，禁令是為了避免一般人涉入哈路歐人的部落禁地，把問題複雜化。而且他們自己種族間現在一直都是互相征戰情況，普通人少去為妙。不過假如擁有心苗的基本『尖兵』資格，那就另當別論了。」修二很興奮，反問遼介關於雅斯的知識：

「要是獲得資格還真想去雅斯界看看，聽說重力比這裡還要重三分之一倍是嗎？」

「既然你接受鬥士心苗的日常重力加倍訓練，應該不成問題才對。話說起來，那個資格還真是方便啊！」提及尖兵資格，修二說：

「能夠獲得『尖兵』資格是證明自己屬於精英心苗啊。」他又暢所欲言：

「那證明自己是意志者的最低程度，是特別優待給三年級生能夠出入國境、界境的通行證明，方便執行各種私人或公家機關的委託任務。跟學生會上級幹部的資格禮遇一樣，很多不想背負重責大任的傢伙，沒加入學生會就是等著考『尖兵』資格啊。」

遼介對尖兵資格的便利性感到嚮往，想到現實狀況無法受惠，惋惜說：

「看來這資格是相當方便，只可惜二年級生不能接受測驗啊。」

修二粗獷口氣關切問道：「比起那個資格，你要我跟你們執行救援任務，我是很想去啦，只是你跟神崎被捲入的偷盜事件到底怎麼一回事啊？」遼介說：

「那椿案件我知道是誰做的，只是沒有確實的證據。」遼介把鎖定目標群體陶侃一番：

「這是幾個一級騎士團聯合策劃的龐大事件。」修二很驚訝地問道：

「你已經知道是誰做的了嗎？」遼介問道：

「我道想問你斐特安法爾聯邦的法律犯罪刑囚，有任何法條能夠免罪釋放嗎？」

修二努力從腦袋中抓出法規的內容：

「重大罪犯赦免什麼的當然不可能啦。不過假設是有錢有勢的人，情況又不同了。如果跟罪犯本人沒有任何關係的人，可以用龐大財力，或是名譽買下罪犯的囚禁、軟禁權，不過身份可是會變成他人所有，沒有自主行動權力的傭兵家眷身份。我聽說那些有權有勢的王宮貴族，很多人喜歡用這種方式獲取人才。我們學校校規服刑罪罰條例中好像也有類似的條文，只是條件沒那麼苛刻，不過這有什麼關係嗎？」

面對哈路歐人數千年來的恆久競爭，種族勢力抗衡狀態下，雖然現在是禁戰和諧時期，聯邦邊疆幾個國家仍然還有零星小規模種族戰事發生。這是斐特安法爾聯邦法律，塔努門人善於團結，為了確保足夠人口，減少人力、時間以及戰力資源消耗。對社會整體有明顯危害的人，多半在現場第一時間處決。其餘被抓，審判受刑的罪犯都還有更生機會。對亞哈路歐人開始釋出友善宣言，目前只有帶頭各國機關公部門和學校，還沒深刻影響社會底層，因此種族上的偏見、歧視還是隨處可遇。遼介輕呵笑道：

「果真是如此嗎。你這麼一說我就更確定這樁案件牽涉後台的主謀者真面貌了，也難怪華沙達爾那傢伙把我設定為主嫌犯啊。」修二問道。「是誰幹的啊？」遼介分毫沒有厭惡感，爽朗說：

「就是我們這次任務被綁架的人質啊。」修二訝異問道：「什麼！你說那個『墜星姬』稱號的埃西美克斯王國公主？」

「是啊！」遼介越說心情越是朗爽，修二問道：「光野啊，你明知道她是陷害你跟神崎的幕後指使人，還願意接受岱勒烏斯這件委託任務啊？」

「當然。」遼介又說：「有些話或許當面說清楚比較妥當，如果先以敵人看待的話，我們終究不會有再次溝通的機會。」修二忍不住咕噥道，打從心裡佩服：

「光野你這個人真傻啊，要是我的話，暫時待在麻法雅瓦隆，接受警護限制行動也沒什麼損失。」

「她只不過是個愛玩弄權柄的任性公主罷了。」遼介闔氣說：「不過我認為她也只不過是涉案人其中一個線頭而已，真正涉案的主謀我認為應該與格黎貝塔騎士團有關。」

「遼介！獵物，抓到了！」一名女性突然從身後抱住遼介，可愛口調，感受那雙柔軟酥胸緊貼的感觸，清新怡人香草香。遼介驚訝問道：

「西露可？！」修二也問道：「妳是怎麼進來的啊？」

西露可眼睛眯笑作聲，簡潔說：

「呀！西露可，大門玄關，進入。」已進入夜晚時間，修二驚訝萬分問道：

「怎麼可能！妳是怎麼通過風神雷神阿伯那關的啊？還有那道門鎖妳是怎麼破解的？」

那束卷曲狀呆毛跳動著，西露可頸子微傾想了想，直接提示出晶牌，顯現有如御令免死金牌的『尖兵』徽章，笑容滿面地自信說：

「偵辦案件，協助，舍監，請求，沒有阻礙！」遼介再一次確認問道：

「這麼說是舍監阿伯開門讓妳進來的啊？」

「呀！」西露可很開心點頭又說：「任務，執行，一起行動。」遼介問道：

「不是說好，妳在外面留守待命就好嗎？」

西露可轉過頭來，用那雙紅瞳凝視遼介，透露出五分認真，沒有妥協餘地說：

「遼介，獵物，逃跑，不允許！」遼介傻眼駁斥：

「這種非常事態的時候我又不會亂跑！」

西露可生氣的說流利德語：

「Nein! Ich werde dir nicht erlauben, meine Sicht zu verlassen!」

（不行！不許你離開我的視線！）

修二看著兩人四目相對互不妥協逗趣模樣，無法忍受自己的寢室變成朋友秘密愛情小窩，相當不滿地拒絕道：「喂喂喂！本大爺可沒說可以帶女伴進來同住啊！」

「她是執行任務行動的小隊長，讓她住一晚不成問題吧？」遼介請求問道。

「任務歸任務。」看西露可抱著遼介親熱模樣，修二嫉妒惱火說：

「這是我的宿舍寢室！」西露可轉頭看了過來，用那副誘人笑容問道：

「不破學弟，條件，交換，好嗎？」頂著那頭大捲髮，修二轉向另一邊強硬回絕：

「不行！什麼條件我都不會同意！妳走，給我走！」

西露可起身，走向修二，緩慢脫下那件黑色布袍，露出她那副火辣性感身材。問道：

「這樣，好嗎？」

不知到底是彌勒斯還是魔女，那誘人身型曲線，有如獵豹性感腰桿，還有一雙挺拔圓彈的胸部，那身紅主調鵝黃相配，強調身材曲線黑色紋路，這是女銳達佛赫穿著改良款式塑衣裝束。看到西露可賣弄那副引誘男人，進犯色慾大罪的魔鬼身材，遼介看傻了眼問聲：「妳這是？」

修二再次轉過頭來，剛才強硬態度無影無蹤，他深深吞了口水。

「我的天⋯⋯」

不知是吃了什麼仙丹妙藥，修二滿身傷的身子已經好了，氣血循環旺盛，源氣膨脹，臉上露出垂涎三尺痴態。西露可更是撫媚把玩手上小花，秀出加倍誘惑體態，沒想到此時，原本五歲小女孩天真愛玩性情，遙身一變，竟然做出成熟女人，愛玩挑逗術：

「條件交換，西露可，學弟，抱抱，好嗎？」

修二禁不住大膽色誘術，那雙黑眼珠往西露可身上直盯，癡笑道：

「前輩這樣——當然好啊！這房間妳要怎麼用都沒關係！」

「成交嗎？」西露可笑問，修二興奮說：「當然！前輩！成交！」

展現鬥士旺盛精力，修二從座位上轉眼間跳飛了起來，向西露可飛撲，這一瞬間撲了一空，一身誘人芳香的氣息圍繞。

「學弟，在這裡喔！」耳朵聽見西露可甜蜜呼喚，轉眼間修二視線中的西露可出現在另一邊的牆邊。

修二轉身迅速的飛撲過來，撲了一空自己一頭撲到牆上，撞得眼冒金星，仰躺在地上唉嚎：

「學姊妳在哪啊……」

西露可的本尊只是從原處移駕到遼介身旁沙發側背上，坐在一旁觀看的遼介，察覺這充滿違和又致命的可怕能力，他不敢置信地小心問道：「妳到底對他做了什麼啊？」

「西露可，能力。」西露可輕鬆回答，把自己的能力說得好像吃一塊蛋糕一樣簡單：

「夢色基粒子，塑造假像。意識衝擊，學弟，大腦感官，同調，幻覺印象。」

聽那些一連串似是非懂的專門用語，再看修二那沈醉在幻覺中，仰躺兩手抓摸空氣，一臉欲仙欲死，遼介倒吸一口氣問道：「看來這是妳考到『尖兵』資格的關鍵能力嗎？」

「呀！條件，等價交換—沙必斯。修二學弟，喜歡。」她直率回答：

雖然天真可愛，思量話中意義卻相當可怕。何時會陷入這個大女孩營造的幻覺世界中都渾然不知。見識到修二被這女孩耍弄過程，他驚喜又膽戰暗自道話。

（看來輕易招惹違反她的意思，恐怕會被整的很慘啊——）

遼介一臉驚奇，額頭冒出戒慎恐懼的汗水。說起源氣奧妙之處，就在於每個人的個性、出生與成長環境，養成多元不同的性質，源氣波紋而有所不同。遼介對著西露可問道：

「你的這種能力有什麼限制嗎？」

「夢色基粒子，同調範圍，最廣半徑六公里。」西露可想了想，沒有戒心的活潑回答：

「幻覺效果，路拉，源造物，無效！」

遼介思索意志者及心苗之間屬性，相生相剋關係，一邊說：

「原來如此，所以說路拉是銳達佛赫的天敵也不為過是嗎？」

西露可肯定點頭，右手胳臂舉起，拱起藏在衣袍下結實肌肉的手肘，眼神認真說話：

「呀！弱點，免擔心。經驗補足，努力！」

「是嗎？不過執行任務這個能力很方便呢。」

西露可搖搖頭一手放在胸口上又說：

「奈！路拉，提防！」

「那就交給我們鬥士處理吧。」

「奈。」西露可笑道：「條件，等價交換，請客，龍魚肉卷燒烤。夢色基粒子，效果，久久。」
「我懂了，如果任務中有得買，請你多吃就是了。」
想到執行任務還有不愁好吃的食物可以享用，西露可開心回答：
「呀！」
「總之，你先把他的幻覺狀態復原吧。」西露可喜滋滋地說：
「沒問題，夢色基粒子，無持續接觸，三十分鐘，解除，自然的。」遼介藉機找樂子似地笑道：
「這樣啊！這種福利持續三十分夠他快活了。」
兩人看著仰躺在地上的修二兩手摸空，又是打滾的興奮模樣，不知他的意識陷入什麼樣的桃色幻境之中。

22 意外訪客

一個小時後，遼介盤坐沙發上，正在做煉晶球修練。對坐的修二已從西露可的夢色基粒子幻覺中清醒，他手刁著粗條米果零食，觀賞桌子上投影的鬥競實況錄像。那是下午露露對上伊札特的鬥競戰鬥。看著立體投影聲光效果，彷彿將真實狀況比例縮小顯現。鬥競場邊的旗幟劇烈搖晃飄動，場上的兩人展開激烈戰鬥。

西露可手中握著杯裝克雷亞汽水，她目不轉睛盯著影像。看著天龍牙吼拳與第五密度氫氦炫流破相撞擊，雙方抗衡，實力不分上下的激烈戰況。修二佩服地大聲叫好：

「ＷＯＷ！道爾已經可以跟那樣強勁對手抗衡了嗎？真沒想到啊！」

西露可始終把注意力集中在比賽影像。修二用眼角餘光看向遼介，隨性問聲：

「光野，這麼有趣的比賽你不看嗎？」

「我等一下再看。」遼介沈穩回話：「那不是你錄下來的鬥競實況影像嗎？」

「是啊。」修二興奮說，又把視線轉回影像中：

「看這種高強度的強者鬥競，是種實戰學習啊。」

突然聽見觀眾的驚動喧嘩聲，遼介睜開眼睛看向嶺頻。看見衣衫破損，半身赤裸的露露雙手抱胸，跪坐在地上的尷尬模樣。西露可察覺異樣，二話不多說直接切掉電源開關。

「喂！小露可前輩怎麼把嶺電錄像切掉了，比賽還沒完啊！」西露可說：

「奈，異常，狀況，嶺電觀賞，不正當。」修二不明白問道：「那有什麼異狀嗎？」遼介說：「你還沒看出來嗎？道爾穿在身上的道具裝備發生異狀，因而失去戰鬥意志，她已經輸了，再繼續看她出糗的模樣也沒意義吧。」

門鈴聲響起，修二納悶地上前應門，隨口問道：「這種時間會是誰啊？」

投射在門外的人影，淡藍色長髮，帶著一頂紅色貝雷帽，見到這名陌生的美麗女性親自登門來訪，修二問聲：「妳是哪位啊？」

「我是隸屬羅德加拿，三年A班，卡蜜拉・海德勒斯。」
見到這名美人學姊，修二刻意在門後抓抓自己的髮流，撩妹問道：
「學姊找哪位啊？我們好像是第一次見面對吧！」
「我找光野遼介，我聽說他寄宿在這裡。」修二心情頓時蕩到谷底，嘆息道：
「唉—光野找你的，你要讓她進來嗎？」
還沒等到遼介應話，卡蜜拉慎重的語氣請求道：「我是格黎貝塔騎士團的成員，請務必讓我見光野遼介學弟一面。」遼介看過來說：「讓她進來吧。」
修二門一開，做出恭敬邀請的紳士動做，問候道：「學姊，請進啊！」
卡蜜拉坐在與遼介相對的沙發上，滿臉愁容，更多憔悴。看見遼介身後，手肘壓著沙發背，雙手貼著臉蛋的西露可，眼神凝視。卡蜜拉拔持戒心問道：
「妳是西露可前輩？現在是岱勒烏斯機關服務的『源將尖兵』。」
「她啊？」遼介說：「只不過是以『尖兵』的身份警護監視我罷了。妳不需要擔心，對吧？西露可。」
「呀！西露可，好人，不需怕。」遼介問道：
「話說，身為格黎貝塔騎士團成員的妳，特地來找我有什麼事嗎？」
卡蜜拉開門見請求道：
「光野遼介，我有事相求，我想請你協助我肅清我們白銀角馬騎士團。」
遼介十分驚訝，又問了一次：

「妳要我協助肅清你們騎士團？」卡蜜拉低著頭，沮喪道歉：

「是的。連續偽裝多人偷盜心苗寶具的人，就是我們騎士團裡的人做的。」

遼介不意外，一派輕鬆地問道：「我早就知道了，只可是──」

遼介還沒說完話，卡蜜拉縮起身子，雙手僵直撐著膝蓋，低頭道歉道：

「我知道我們騎士團對你做了不可饒恕的事情，我感到十分抱歉。非常對不起。」

看這美人學姊可憐模樣，滿腔熱血性情說：

「光野，我們幫助學姊吧！」

遼介看了身旁這個看見美色，就把密令尖兵任務拋丟腦後的衝動鬥士一眼，話語保持和悅神色問道：「你想要我怎麼幫妳？對於自己所屬的騎士團，要展開私自肅清行動是很嚴重的事情喔。」卡蜜拉說：

「我只能選擇這個辦法──騎士團裡沒有人能夠壓制他們。」

「可是，背叛騎士團的夥伴是很嚴重的事情喔。」卡蜜拉眉頭深鎖，苦澀說話：

「是他們先背叛團長，背信榮譽精神，盡是做些不法行為。現在的格黎貝塔已經被甸多拜帖給蠶食殆盡──與其被其他人或是學生會幹部揭發，不如自己動手肅清。」卡蜜拉不只是氣憤與無奈，流露更多對騎士團忠誠愛護的心情。西露可搖頭極力反對：

「遼介，情報採信，不可，介入，危險。」遼介問道：

「先聽她怎麼說吧。妳說他們聯手背叛你們的團長，這話怎麼說？」卡蜜拉說：

「他們在我們團長的束甲系統裝備上動手腳，讓鬥競中的休斯團長發生致命失誤，導致團長受重傷。」遼介問道：「你們團長人呢？」卡蜜拉難過又說：

「團長他剛接受三個月的集中治療完畢，現在還在靜養觀察。」

學姊丟出這張悲情牌，這可能是陷阱，遼介仍慎重問道，

「你們團長不在趁機奪權為所欲為嗎？」修二插話問道：「如果我沒記錯，你們格黎貝塔騎士團應該是羅德加拿所屬的一級騎士團，擁有的附屬騎士團和成員不是很多嗎？」

修二這麼一問更是觸感傷情，卡蜜拉含著不甘心的淚水，氣憤地說盡苦處：

「那是因為李巖昊趁人之危奪權，一股聲勢做大。不服他的騎士團成員全部都退出，只剩下少數無主見的學弟妹。附屬騎士團都表態脫離關係，只剩下旬多拜帖餘黨的成員。」

遼介說：「你說的是那個對希提出鬥競挑戰的傢伙嗎？我記得他可以把源氣變質成第四密度鉛合成土的能力。」修二也跟著說：「但是神崎不是用強化氣彈撞擊，就把重重封合的鉛土壁擊垮，趁亂之際一劍擊出劍氣刃，就把他給擊倒了嗎？」

聽著修二提起那場鬥競的內容，遼介想起希對上李巖昊當時的情景，看似豪邁的戰術，卻是相當粗劣大意。遼介對巖昊的評價，像呂蒙許楚那樣典型蠻力武將，他納悶問道：

「那樣一個性情粗獷豪邁的傢伙，有辦法統領騎士團的成員嗎？」

「那是因為他的鬥競成績還算優異。」卡蜜拉又說：「在外面曾經協助休斯團長剷除盜賊岩寨要塞的功績，在我們騎士團中有些基礎人望。但是比起榮譽精神，他更重視現實利益。他只會用老套的輩份制度打壓後輩，實際上沒有整合騎士團向心力的能力。不足的部分就是用威嚇達到目的。雖然如此，

騎士團中還是有挺他的人在統率。」

遼介語氣加重三分笑問道：

「能夠統領士氣軍心散亂的騎士團，看來他不是等閒之輩呢。」

「他是瑋德・哈德斯，他是甸多拜帖現在的核心成員。他也是執行策劃那些連續偷盜事件的主謀。現在團裡的人都聽他的花言巧語，被他利誘威脅行事，沒有人可以阻止他」

修二按耐不住正義怒火，挺起身子憤怒斥責：「太可惡了！這些傢伙實在不可饒恕！」

看修二憤恨不平，想要拔刀相助的氣勢，遼介持保留態度說：

「不破，這件事你沒有必要參與吧？」修二對遼介使個眼色，更是豪邁暢言：

「光野，那是什麼鬼話啊！那種傢伙實在有必要給個顏色瞧瞧啊！」

不相識的學弟，這麼激昂氣憤地為自己相挺出氣。不請自來，卡蜜拉尷尬笑著說：

「不破學弟……」遼介轉頭對著修二笑道：

「你不要為了出風頭忘記更重要的事情喔。」遼介直接問道：

「話說回來學姊，為什麼會特地來拜託我啊？在這個學校中應該有比我更合適的心苗吧？」卡蜜拉有備而來地應答：

「因為你曾經冒險拯救聖艾奧尼斯花園免於毀滅。謠傳說你為了魔導王家的千金，而冒險力抗安德森・賈西亞・伯倫多。雖然學校一般心苗中沒有人知道你介入那事件的細節。可是我認為你有實力，也欣賞你低調處事態度。而且現在我能夠尋求幫忙的人，只有被學校提報為嫌疑記錄的人。」

聽她這一席話，遼介覺得她很聰明又謹慎，遼介問道：

「這問題你怎麼不向你亞樊達斯柯特通報？」

「我沒辦法這麼做」卡蜜拉感傷說：「我們團裡有些團員有安危上的顧慮，而且現在掌握權柄的學生會長利益上偏頗他們的聯盟，他們可以趁勢把我們騎士團摧毀」

「原來如此。」遼介想了一下又說：「我記得被通緝嫌疑的心苗也有好幾十名，你執意要找我幫忙的原因是什麼？」

「我考慮了很久，本來想要找神崎學妹幫忙。不過，她現在受學校很多學生會幹部監視保護，無法私下接觸。再經過跟教職會師長咨詢的結果，她推薦找你最合適。」

「我可以問是哪個師長推薦我嗎？」遼介訝異問道：

「這個我不能說，不過那個女士會極力推薦你，我想她跟你應該有某種密切的關聯性。」

「這樣啊。」遼介說：「看樣子聽進這些事，實在無法袖手旁觀呢！」卡蜜拉說：

「這麼說你願意協助我嗎？」

「不過，妳也要把妳知道的所有情報告訴我。」遼介態度認真說：「能否保住格黎貝塔的名聲和安全，看妳是否願意百分之兩百萬的配合囉！」

卡蜜拉心上卻還是放不下戒心說：

「我願意把我所知道的一切作為情報交換，但是」

卡蜜拉看著遼介身後的『源將尖兵』前輩。遼介轉頭看相西露可說：

「西露可，這件事誰都不能說喔。」

「西露可，瞭解，可是」
「妳聽聽就好了。」遼介說。
「奈！任務，脫離，不允許！」西露可猛然搖頭說。
「對於『尖兵』的權限，除了任務以外的部分，如何處理不是都是由我們依照情況，進行獨立判斷嗎？」西露可點頭應聲：「呀。」
「我沒有要妳介入這個案件。」遼介停了一下又回過頭來繼續說：
「先聽她的話，才知道怎麼幫助她啊。」
「西露可，懂了。」遼介回過頭來問道：
「這樣一來妳還有什麼顧慮嗎？」卡蜜拉終於把戒心放下，點頭應答
「我知道了，你想知道些什麼？」遼介問道：：
「妳知道他們偷盜的那些寶具在哪裡嗎？」卡蜜拉點頭說：
「嗯，他們把所有偷盜來的寶具都藏在次元扇貝裏。」修二疑惑問聲：「次元扇貝？」
「那是一種可以縮小，攜帶大量裝備的旅行用道具。」卡蜜拉停了一下又繼續說：
「平時由柯絲娜保管，她有雅樊達斯科特騎士身份，多半執勤時間都隨身攜帶在身上，他們會私下約定時間地點，由古鶻帶回我們的團本部。」修二不敢置信做聲：
「竟然有這種事？」
這時遼介恍然大悟，為什麼大量的寶具和法器裝備至今都還下落不明，看來連華沙達爾都不知道證物就在他們身邊進出。

「果然是內神通外鬼啊。」遼介覺得很有意思，更有興致說：「這麼一來就算到你們的團本部搜索，也查不到偷盜的那些寶具。」卡蜜拉又說：「嗯，他們精心策劃周詳的計劃，不定期隨機變換交手的時間地點。」遼介試問道：「你知道他們下次的更換時間地點嗎？」

「我不知道，交換的時間地點，只有她們兩人私下決定，就連其他的成員都不曉得。」

「這樣一來還是必須直闖你們騎士團是嗎？」遼介又問：

「是的，他們會固定星期二與星期六的晚間煉造商品。只是這些時間點所有的團員全部都會在團本部協防煉造作業。」

「光野，這麼說，最後還是得打一場硬仗嗎？」修二問聲，一副磨拳擦掌模樣，遼介又瞪了修二一眼，速拳偷打他的肚皮一下，修二抱著肚子哀嚎：

「唔！」卡蜜拉愣了一下，問道：「你們這是在打鬧？」遼介笑道：

「你不要介意，我只是鍛鍊他肚皮的耐力。他常常不用腦袋思考就亂說話。」修二反問道：「光野，你那是什麼意思啊？」

「你先冷靜想想該做的事吧。」遼介又繼續問道：「話說起來，他們是怎麼偽裝他人的聲型外貌的手法，而且不會留下任何殘留物呢？」卡蜜拉說：

「那是因為他們用擬天狗能面具偽裝其他心苗。」

正在說重要事，這回修二嘴饞拿起零食，吃得噶滋嘎滋作響，有意無意做出噪音打擾。遼介又瞪了一眼，修二故意胡鬧發笑，眼神看向另一邊。而後繼續問道：「那應該不是普通的變臉換裝道具吧？」

卡蜜拉說：

「是的，那是仿造安迪・諾克斯的法器『千幅鬼魅』面具能力的道具。」聽學姊提起，修二好像想起什麼，邊吃邊說話：

「安迪・諾克斯——我記得他不是與蒂雅・艾爾蒙朵・拉斯提克爾美眉學姊鬥競戰敗之後，就向學校自首自己偽裝身形偷竊的罪行嗎——」話語攪和食物，聲音都糊在一起：

「他現在應該接受軟禁停學的刑罰，不是親信關係人，怎麼有機會接觸啊——」卡蜜拉解釋道：

「嗯，菲爾在那之前與他就有深厚的交情，那是在三個月前的事。他用鍊金工學的技術，用自己的能力源造，仿造出相同功能的『擬天狗能面具』。」遼介問道：

「這麼說那傢伙也懂得章紋術嗎？」

「你說的沒錯，他懂得源動章紋術的技術，他在我們學院裡是少數幾個，源氣同時具有摩基亞性質的怪腳。他運用騎士的源裝煉金工學技術，因此可以仿造複製大量的道具販賣。」

學得章紋系統術的遼介，一手拇指食指扣著下巴思量又說：

「要能夠複製或是仿冒物體，甚至是他人樣貌的章紋，需要取得元物主的一部份當作發動觸媒。他們有拿到鎖定偽裝對象的毛髮之類的細胞觸媒嗎？」

「是的，他們用各種管道採集偽裝人的細胞，採取血液或毛髮當作素材。再用具體面貌聲音的情報微機元與源合成，煉造成擬聲面具。」

「原來如此，在這平時鬥競切磋頻繁的學校，有很多肢體碰觸的機會，能夠獲取偽裝嫁禍對象的血液或毛髮雖然不困難，卻是相當費事的事情。」遼介套話，卡蜜拉點頭說：「使用者在脫下變裝的面具之後，就會揮發為無形，蒸散為自然源，完全不會留下偽裝線索。」

「還有這種奇怪興趣下鍊造的產物啊。」遼介陶侃笑道：

修二一手比七貼著下巴，食指搓摸臉頰，始終想不透問聲：「光野，你挑戰鬥競的頻率次數高，戰鬥中有人趁機要取得你的血一點也不困難。但是他們是怎麼弄到神崎的啊？她的戰法一向都是儘量避免跟對手扭打在一起，只有在做出勝負時才會瞬間逼近啊。」

遼介一邊思索一邊道口：「我也很費解，她除了例行鬥競以外，偶爾被動接受挑戰鬥競，平時又不善於擴展人際，先不說親衛隊和那群姐妹淘的保護，他們是怎麼取得她的細胞的？」卡蜜拉說：「我曾見過有個鬥士心苗到我們團本部與李巖昊交涉過，他把神崎學妹的毛髮交給了瑋德。」修二搶著問：「是誰啊？」卡蜜拉慎重地說：「這是那天他們交易的過程。」卡蜜拉將自己的晶牌拿出來，放出騎士團私下交易過程的立體影像。看見真相，兩人都露出驚訝，遼介表情凝重，修二氣憤地一拳敲桌，破口大罵：

「真是可惡的傢伙！」遼介把持平常心勸阻道：「不破你冷靜點吧。」修二又是一陣唧嚷：「光野，這種事情你一點也不在乎嗎？那些傢伙從一開始就交易好，他打從一開始就想要聯手搞你們了知道嗎！」

「不過現在為這種事動怒毫無意義。比起這種事，還有更重要的事情吧？」

遼介鎮定說話，一手握緊拳頭抖動得厲害。感受到遼介情緒起伏變化，西露可頭上那根捲曲狀呆毛呈現驚訝僵直狀態，神色也染上一層緊張。遼介收下私情又把話題轉回：

「我很高興學姊願意提供我這些寶貴情報，我很想幫助妳。不過我現在已接受岱勒烏斯機關的任務委託。先後順序，你晚了一步，我現在是待命中隨時要出任務的狀態，恐怕沒辦法親自協幫助你解決你們騎士團內的問題。」

「這樣啊」卡蜜拉表情很沮喪。

「不過，我想到一個辦法，或許可以幫助你解決這個困境。」遼介想了想：

「不破，我跟你借隻筆跟一張便條紙。」修二遞出筆跟便條紙，笨拙問道：

「一隻筆跟一張便條紙就能夠幫助學姊嗎？」

遼介提筆在便條紙寫下幾個字，隨後褶起來遞給卡蜜拉說：

「我相信這個人能夠代替我幫助妳，只要妳願意把剛才的情報都誠實告訴他。」遼介含笑說：「祝你們好運！」卡蜜拉苦悶又尷尬的拿下便條紙。

就在此時，開著電源無訊號的桌子，突然切入一段雜訊，跳出立體聲光影像，是一名高角狼人，他狂野的口氣聲明道：

《咱是伊歐斯！斐特安法爾聯邦的人們，你們聽好，咱是哈路歐人汀歐族傭兵戰士》

23 聲明風暴

正當人們沈浸在晚餐後，闔家歡樂的時刻，不分時區、公私嶺電頻幕端都投影著伊歐斯的人頭影像。伊爾德儂中心內，嶺電情報管制人員，伊布塔立即向柆葛茲報備：

「長官，疑似歹徒的哈路歐人在剛才放出現場直播嶺電。」

「終於肯露面了。」柆葛茲一臉待戰許久的武將，迎擊敵兵的孔武肅穆表情。

「他們惡意入侵各嶺電頻道，強致各機元端接收訊息，現在斐特安法爾聯邦各處都能看到他們的直播聲明。」在位置上待命的梅姬非常吃驚問聲：「你說什麼？」

「能夠切斷我們伊特麻拉的嶺電管制嗎？」柆葛茲問道。

「報告長官，沒有用。就算強制遮蓋嶺電主訊號，還是有人刻意的從聯邦其他國家的私人嶺電機元端四處散佈，我認為其中一定是烏蘇魯庫諾斯的份子協助散佈。」

「混帳傢伙，把影像投放出來。」柆葛茲命令道：「並且給我追蹤發出訊號的坐標。」

「好的！」伊布塔回達，她雙手忙碌操作浮動鍵盤一邊說：

「我們正在進行同步追蹤。」平台上投射著伊歐斯的立體影像。

《斐特安法爾聯邦的諸位，咱是哈路歐汀歐族的部族傭兵戰士。》伊歐斯的聲音如野狼高亢吼聲號令：《咱們已經從伊特麻拉虜獲兩位埃西美克斯王國的公主响。》

伊歐斯讓開他的胸膛，影像看見被拘束的布琉西邇朵，遭到長時間施暴摧殘，身上已是遍體鱗傷，象徵刑囚的白色衣裝也破碎不堪。不只是伊特麻拉市中心，或是其他國家的公共場所都放著相同畫面，除了殘忍，散播更多恐怖氣氛。伊歐斯左手抵著布琉西邇朵的下巴說：

《這是貨真價實的布琉西邇朵和荷拉德古娜・星雷拉・歐比克絲汀五世喲！》

《我警告你這個哈路歐，少用你的毛手亂摸！》布琉西邇朵還把持反抗精力。

《咱們沒有太多的要求，只要你們肯做出兩項要求，咱們就隨即放人。第一項條件是，埃西美克斯王國公開宣布脫離聯邦體制，並成為我汀歐部落的殖民附屬領土。第二項條件是，聖斐勒斯都學園及其相關連機關宣布解散。咱給你們三天的時間決定，只要時限一到未完成兩項要求，這兩名公主馬上沒命。》

《這是咱們第一次，也是最後一次聲明。》伊歐斯目露凶光脅迫：

《如果你們膽敢做什麼多餘動作，咱不保證他們生命的安全喲！》中斷嶺電訊號。

「那些混帳傢伙，竟敢明目張膽挑釁聖斐勒斯都！」柆葛茲氣急敗壞地大罵，連他身旁的梅姫也很不高興。

如果擁有辦法，柆葛茲很想直接送出大批人馬前往救援，直接攻破歹徒據點。可惜他不能那麼做，聖斐勒斯都並非軍事單位訓練學校，而是多方面領域，培育意志者精英的園地。他們只能協調調動學校裡持有『尖兵』資格，有意願的心苗和學生會幹部幫忙。此類的特別密令徵招只有在緊急需求時，必不得已才會從心苗中選擇適合人選，組成尖兵小隊執行任務。

柆葛茲仍把持冷靜，他知道這是個圈套。人質在哈路歐人的領土內，如輕易率領大批兵力前往救援自動表示宣戰行為，塔努門人先行發動戰爭，這是最差勁的下下策，擅自動兵表示他的靈性層級與哈路歐一樣兇暴好戰，他察覺到這也是歹徒對他們人格的挑釁。

「長官，我們已鎖定歹徒的據點。」伊布塔說：「坐標位置在荷斯庫窪高原地方，狼嚎峽地底下方一千公尺的地底宮殿──斗斗圖姆遺跡。」情急之下柆葛茲問道：

「很好！船艦整備的如何了？」賽特回答：「報告長官。最少還要半個小時才能啟航。」

「造船整備隊是在摸魚嗎！」柆葛茲咕噥道，隨後命令：「沒辦法，通知哈格士托，命令西露可和選定的隨隊心苗立刻到作戰會報室集合。」

「瞭解！」賽特回答，手邊動作操作界面，分發同組人員指令工作。

・・・

看過那段驚心動魄的綁架聲明後，遼介和修二送走了卡蜜拉。

「沒想到他們的目的是威脅一個國家和學校的體制啊。」遼介很驚訝，雖然他曾經解決過不少件綁架案，遇上的歹徒都是要求金錢和物質上的條件，碰上直接脅迫國家體制的要求還是第一次。出面聲明的還是一名哈路歐人部族戰士，他察覺到背後隱藏不單純的含義。

「真是囂張的傢伙！」修二震怒批判。

「你冷靜點。」感受到修二的衝動性情，遼介勸說：「這會驚動其他宿舍的人。」

「膽敢揉虐傷害女人的傢伙都不能饒恕！」修二奮而起身問道：

「小露可前輩我們什麼時候出發啊？」

「團長，有通知。」西露可情緒很鎮靜。

「那我們走吧！」修二的表情跟準備衝出教室，要找流氓理論鬥毆一樣激動。遼介繼續踩剎車勸阻道：「慢著，你知道這任務可能遠比你我預想的還要據有危險性嗎？」

「這哪有什麼。」修二不經大腦反問：「不就是哈路歐汀歐狼人幹的綁架事件嗎？」

「你覺得只憑哈路歐人有辦法輕易從學校裡擄走綁架目標嗎？布琉西邇朵可是三年級銳達佛赫心苗，能夠輕易把他從這所學校裡綁架，兇手的能力一定非比尋常。你已經做好要跟超過三年級生程度之上的敵人戰鬥的心理準備了？戰技謀略實踐課有教過不是嗎？輕忽敵人，可是會丟掉性命的。」

「本大爺天不怕地不怕。」修二一手拇指比著自己放話道：「你特地找我當打手，我實在很感激你！不管任務的危險度，事到如今只要本大爺決定沒人能阻止，這個任務我是跟定了！」說完修二先行衝出房門，他還是沒理解遼介拖慢他步調的用意。

「遼介，不破學弟，沒問題？」西露可擔心修二實力不足。

「就讓他同行吧。」遼介也從沙發上起身說：「你也看到了不是嗎？他夠有衝勁，戰鬥習性也很有毅力。還存有許多潛力，擔任前鋒打手位置很適合。只不過戰鬥衝突時過度的出風頭也是有害。」

「西露可，瞭解。」西露可笑道，二話不說提起小隊長應有的氣勢，願意包涵支援：

「學弟，問題，我照。」遼介答謝：「多謝啦！」

「Damn! lass uns gehen!」（那麼，我們走吧！）西露可精力充沛地說。

「在那之前，你能夠幫我聯繫哈格士托團長嗎？我要請他幫我傳喚觀月雅妮絲到伊爾德儂。」

「為什麼？」西露可問道，遼介說：「你跟他說，這有助偵破集團寶具偷盜事件。」

「呀！西露可，瞭解。」西露可拿出她的晶牌發出傳喚訊息，隨後兩人離開宿舍寢室，追上修二的腳程。

• • •

岱勒烏斯總部位於提邁奧斯國，地理位置在伊特麻拉西北西方向，距離兩千培度之遙，這座城市四通八達，堪稱阿特蘭斯塔努門人，斐特安法爾聯邦政治經濟的重要命脈。時差慢伊特麻拉兩個小時。

夏綠蒂在岱勒烏斯總部局長室坐陣協調，沒看見出入口，圓拱天幕型寬敞空間中，只有一張長桌和椅子。空無一物的桌面上，投射著埃西美克斯王國政風部大臣和席多羅校長的嶺電影像。大臣逼問道：

「莎拉艾娃總局長！你能說明一下這是什麼情況嗎？」

「我們研判歹徒集團背後可能有烏蘇魯庫諾斯的勢力操弄。」夏綠蒂慎重回應：「現在已經掌握那幫歹徒據點，我們在一個半小時內就會派遣密令尖兵小隊前往救援。為了救出貴國二位公主，我希望我們三方之間能夠通力合作。」

「我要問的是，這麼嚴重的事情，為什麼岱勒烏斯和校方第一時間沒有告知我國。」大臣非常氣憤，他的年紀輩分比豐臣老師他們還要年輕，即使他也是從聖斐勒斯都畢業的意志者，無預兆，無預警的看見自己服務國家的公主被歹徒凌遲對待的影像，並且公開暴露在各聯邦國的嶺電頻幕上，皇室名譽尊嚴蕩然無存，他相當錯愕。

「很抱歉，第一時間我們還沒掌握明確情報，擅自通報都會造成多餘恐慌。」夏綠蒂無奈解釋道：「我們必須盡全力救出二位公主。」

「莎拉艾娃總部長，我知道岱勒烏斯機關偵辦各種大小案件繁忙。」大臣重話抨擊：「二位公主對我國是次世代皇室的重要象徵，可是你們沒有把這案件放在第一位偵辦，你們的辦案態度，對我們聯邦國建立的和諧信賴關係是嚴重傷害。」

「赫勒克拿大臣，請容我說句話。」席多羅說：「貴國兩位公主也是我們寶貴的心苗。我們必定會投注最大心力將他們救回。」大臣生氣反問道：

「萊朵校長，學校也是受害者不是？這麼說你不打算解散學校體制是嗎？」

「赫勒克拿大臣，你應該知道，我們聖斐勒斯都不會屈服任何勢力的惡意脅迫，我相信貴國的立場也是堅定不移，與聯邦諸國意識和諧共治的信念不會因此而退縮。」

「當然，我國與各國的立場一直是持平等共榮的信賴默契，當然也不會接受屬於任何國家，或他種族體制的統治殖民。」赫勒克拿語調仍是很強硬：「但如果聯邦議會與汀歐部族部落請求救援協商機制破裂，我國必然會獨斷採取下一步動作。」

明知結果，硬要給難堪，塔努門人與哈路歐人種族之間長久的意識對抗造成的鴻溝，一直都是執行種族界境外任務的阻礙，透過聯邦國頂端管理層的政治交涉手段，如果沒有彌勒斯人幫忙協調，往往無門，甚至可能成為任務的危害因素。夏綠蒂說：

「赫勒克拿大臣，請你給我們兩天的時間，我們務必會確保兩位公主的性命，安全歸反。」

「還需要兩天的猶豫時間啊？」赫勒克拿大臣憤怒大罵。

「赫勒克拿大臣，你從學校畢業至今，也許面臨許多風雨。」席多羅緩慢而感性的說話，用一個師長的角度，情理商量：「我知道你的立場為難，身為意志者的前輩，我希望你能夠給予你的學弟妹們多一點信心。我們曾經歷過的危險事件還有過更嚴重的威脅不是？」赫勒克拿頓了一下，好似心臟遭突然的外力衝擊，想了幾秒鐘，他的態度軟化些：

「好吧。我會向我們女王說明現狀。莎拉艾娃總部長，我希望你能夠把岱勒烏斯掌握的所有情報，告知我國軍務司令部。」夏綠蒂回答：

「好的，敝機關單位會以全天嶺電與你們密切聯結傳遞最新情報。」赫勒克拿氣憤地說：

「你們本應該如此。」

赫勒克拿大臣切斷官方私人嶺電。即使被大臣怒罵，夏綠蒂仍不後悔機關的決議。席多羅說：

「莎拉艾娃總局長，雖然機關沒有在第一時間告知埃西美克斯王國一事有待商榷，但我還是支持你的做法。」夏綠蒂慎重說：

「我認為像這種攸關國家安全風險的案件，是否通報更需要小心謹慎。為何他們國家的政風部沒有獲得保鑣遭殺害的情報。他們國家情報體系中可能有組織內鬼安插。再說那些國家防衛軍經不起挑釁，他們等不及用武力解決事情，以證明國家權威，這對阿特蘭斯全面的和諧方針有害無益。」席多羅說：

「聖靈的預言已經驗證，這案件背後的含義不尋常，我們必須多加小心。」夏綠蒂認同說：「我知道，這是證明烏蘇魯庫諾斯再次活躍更有力的證據，無論用什麼手段，我們都必須儘快救出人質。我認為參與這次密令小隊的光野遼介會是影響預言變卦的關鍵。」

席多羅用手梳理鬍鬚，表情舒緩許多說：

「嗯，就讓我們看看他們會有什麼表現。」

說完嶺電頻幕消失，夏綠蒂從座位起身，她也準備動身，隨他的意念驅使，在他的面前出現一扇發光無實體的門扉，開門踏步而出。

24 會合

夜晚的伊爾德儂發出光線，建築表面水晶板全轉變為繽紛光源，圍繞伊爾德儂十八個球狀物體燈光彷彿巨型的地表崁燈時鐘。岱勒烏斯機關三十六小時不分晝夜持續發揮功能。

作戰策略會報室內，圓形投影平台投射許多任務相關情報，圍繞平台座位有十四個位子，最大可以容納兩個密令尖兵小隊的空間。哈格士托和枱葛茲已在等待，從推薦名單選出來的五名男女心苗，已經集合就位。他們彼此大眼瞪小眼，透露出彼此平常沒有聯繫，關係相當疏離。因任務性質需求，他們都穿著個人私服報到。會報室內的氣氛讓這些優秀的心苗只敢眉來眼去，第一次接觸枱葛茲分局長，察覺他的性情，識相地都不敢說話。現在是出任務前的倒數幾分鐘前，還沒看見西露可，連她的源氣都察覺不到。待在平台上的枱葛茲相當不悅，他對著哈格士托怒斥：「哈格士托，西露可到底在搞什麼？」

「不清楚，我已通知她馬上到這裡集合。」他讓枱葛茲主掌宣布任務內容的主席位置，哈格士托退而其次的站在一邊。

「所以我說壞胚種尖兵有不安定性。」枱葛茲咕噥道，轉頭聲控命令道：

「伊布塔！動用學園和伊特麻拉的所有監視機元，用尖兵私頻嶺電叫他馬上過來。」

《瞭解！》伊布塔回應。

「這就是你挑選的尖兵素質。」枱葛茲當著五名心苗面前直接羞辱哈格士托，他只能忍氣吞聲。

「時間有限，我們先開始吧。」柆葛茲說話壓迫感十足，他用那雙軍隊上將的嚴厲眼神掃視面前心苗，開始說明任務的執行綱領。

同一時間，西露可帶著遼介與修二來到伊爾德儂。他們走在一處狹窄的秘密通道內。牆上有橘黃色光帶，這是銜接整備隊人員進出的補給通道，謎樣的金屬零件、整備艦艇物資和各種道具，擺放堆疊在通道兩側，停在置物箱上的鳥型工作機元看見著他們。

西露可在兩個小時前接到哈格士托的指示，他們經由艦艇整備樓層通道直接從整備場登艦。走在光線偏暗的密道中，修二很興奮，俏皮說話：

「我還是第一次知道伊爾德儂裡有這樣的密道啊。」走在前面的遼介問：

「你有來過伊爾德儂？」修二說：「一年級生的時候校園導覽時有進來過。」遼介吐嘈道：「新生導覽最好是會帶著走這種密道參觀。」

「那時候我脫離參觀隊伍，在這棟樓裡轉了好久。」遼介又問：「你有看到什麼嗎？」

「沒有，最後我被困在水晶隔板間裡面動彈不得，還讓導覽隊伍看到。」遼介笑道：

「哈！那實在是很糗啊。」修二滑稽陳述道：

「是啊，那簡直被當作稀有動物觀賞，那時的新生導覽無聊透了。」遼介好奇又問：

「你們參觀了些什麼？」修二嘲諷問道：「痘子參觀博物館你知道是什麼感覺嗎？」

「那的確很無趣。」遼介笑道。

一群新生被當作盲人聾子一樣的校園導覽，基本修煉未成，晶牌也尚未植入煉晶球的狀態。什麼新奇東西都沒看見的匆忙校園導覽，也只不過是在各學院區、各機關開放空間走馬看花。

他們走到一處連接整備場的挑撥空間，轉角後的視線豁然開朗，映入眼簾的巨大東西讓遼介突然停下腳步。修二一頭撞上他的背，痛得摸臉抱怨：

「喂！別突然停下來啊！」

遼介等人看見那艘楓葉造型的大型船艦。底色塗裝如天空一般的青藍，少許黑色線條配色。用肉眼看如鏡子，能反射周圍環境光滑的金屬艦艇，長寬相當於一架波音B777大小，船體最高高度達十五公尺。中間鈍尖造型的機頭部，從外觀能看見駕駛艙。左右兩側尖端端點收風孔向後銜接兩具副引擎，復合銜接尾部核心主動力引擎，尾端三具噴射口。兩側機翼末端，兩瓣升降尾翼和兩片成對的轉向舵構造。登船口在船艦的正下方，後尾部下方還拖架著六角柱狀貨櫃艙。

遼介和修二抬頭仰望這艘船艦，兩人觀感不同，遼介新奇地掃視整個船艦外觀，修二卻是看傻眼說不出話來。

遼介吹了個口哨，修二走近西露可身旁問道：

「小露可前輩，這不會是我們任務配給的船艦吧？」西露可應聲：

「呀！沒錯。」修二懷疑說：「不要騙我，這種古董船艦還能夠正常飛行。」遼介問道：「這話怎麼說啊？」修二加以解釋道：

「光野，你應該知道吧？這是哈路歐人的老舊型運輸艦。」

或許在雅斯人的眼裡看起來，這可能是很新奇的移動載具，但是在塔努門人眼裡，這艘船簡直是，已經習慣核融合動力驅動科技時代的未來人，準備要搭上十三世紀，木造帆船戰艦的觀感。修二感到相當困惑。遼介說：「我知道，這是二十年前哈路歐人國度裡普遍常見的運輸艦機型。」修二吃驚問道：「既然你知道還敢搭乘這種幽靈船啊？而且還需要用既不衛生又不安定的化石燃料才能運轉動力啊。」遼介很信任地說：

「既然機關上面的人會選擇這樣的船艦一定有理由，只要能夠飛行就好啦。」

「感謝你的說明，小夥子。」從左邊船頭走過來的人是整備班組長。遼介問道：

「請問你是哪位？」

「老夫是雷夫・波本。岱勒烏斯伊特麻拉分局的船艦整備隊長。」灰白頭髮，帶著一頂八角圓頂帽。他也是名意志者，和那些第一線執行機關任務，獲得功績和美名的英傑們相比，實在是默默無名的小人物。他是晚了皮諾羅四屆的前輩，由於畢業最後的實力評價只有D1級，無法成為岱勒烏斯主力搜查尖兵，把畢生心力全都放在岱勒烏斯機關艦艇的建造和整備工作。他把意念託付於使用艦艇執行任務的幹部和尖兵身上。

「前輩啊。」修二用娛樂視角的見識問道：「我們看見的哈路歐人船艦，都是從哈路歐人的領土上用各種特別手法弄回來的，這是真的嗎？」西露可看向修二指正道：

「奈，娛樂，是謬誤，是謠言。」雷夫說：

「老夫不是很清楚年輕人的娛樂話題。我們岱勒烏斯的船艦，無論機型新舊，從零到完工都是由我們建造整備隊單獨建造從不委外。你們可以放心，這艘船艦雖然是哈路歐人的舊型運輸艦，但是它跟全新的船艦一樣，目前已進入最終測試作業程序，你們可以先上船等候。」從船艦後方引擎下方走過來的男子報告道：

「組長，ZEBEX018船艦的動力機元精路測試正常，船艦隨時可以起航了。」金髮綠眼，臉上有小雀斑，帶著跟雷夫一樣的帽子。他手上拿著維修建造的資訊面板來到雷夫面前。雷夫說：

「我會過去做最終確認。」看到不屬於整備隊的人出現，他不悅問道：

「這些人我沒見過，他們是執行任務的心苗嗎？」西露可辯解道：

「奈！西露可，不是，心苗。」柯狄朝西露可的身上打探一番，用不屑的眼神再看向遼介和修二，隨後問道：「組長，整備隊以外的人不能擅自進入整備場的不是嗎？」雷夫說：

「我稍早已有接到總局長的知會，這是經過正式程序申請事例。」柯狄斥責唧囔道：

「船艦整備場可不是公共活動空間。」雷夫適時教育說：

「柯狄你必須懂得變通。」柯狄冷笑道：「我是不知道長官在盤算什麼啦。要是這船艦發生什麼意外，責任可是我們要負責的。」雷夫又說：

「他們是任務執行的關係人，不至於對船艦造成危害。」

「是嘛？發生什麼意外可不要把問題丟到我們身上啊！」柯狄一臉煩悶話語打發，隨後回到自己的工作崗位，繼續做測試收尾工作。修二不滿說：

「你看那傢伙擺什麼臭架子啊！」雷夫嘆息道：

「唉。柯狄一直都嚮往獲得源將尖兵資格，只可惜他的D級路拉能力不被任用，屢次不合格機關的考試。自從畢業後就一直待在我們整備隊服務，難免把壯志不成的失意情緒發洩在後輩身上。」遼介爽朗說：

「看來每個人要追求生存目標都不容易啊。」雷夫說：

「是老夫督導無方，還請諸位多多包涵。」遼介向前走了一步，他抱著滿心信任說：

「大叔，多謝你們的用心，被機關要求在極短時間內迅速造出船艦，我相信我們可以透過這艘船艦順利完成救援任務。」雷夫臉上露出一絲欣慰默笑。遼介已迫不及待想要登艦。

「真的是遼介哥哥呢！」

聽見汐舒服的招呼聲，三人轉頭看向從另一邊通道進來的三名人影。小汐走在前面，穿著輕鬆簡便的白色長袖洋裝，披著暖活的粉色披肩。克勞德走在汐後面，上半身穿著碳黑色的防寒衣和低調長褲，披著破碎斗篷，背上背著回應者。走在最後面的是雅妮絲。

看到任務需要搭船艦，克勞德表情變得很緊張，見到遼介，克勞德問道：

「遼介兄也被岱勒烏斯徵招嗎？」遼介招手回應：

「哦！你們來啦！」

看見小汐西露可跑過去，雙手摟抱汐驚喜說：

「小汐妹妹！」小汐笑道：

「沒想到能夠和西露可姊姊一起出任務呢！」看兩人擁抱，左右貼臉親密友好的動作，遼介問道：

「你們認識啊？」汐笑瞇瞇說：「是啊！西露可姊姊一直都是寄宿在史密斯老師家啊。」

「那不是我們隔壁的鄰居嗎？」修二一副狀況外的表情問道：

「他們是？」遼介明亮語氣說：「是好夥伴啊。」

雅妮絲看到遼介，馬上搞懂這些事情之間發生的來龍去脈，她雙手交叉挺胸說：

「原來是這麼一回事。」她用犀利眼神盯著遼介責備：

「找個放牛班的摩基亞劍士作為密令任務小隊成員，你到底是想害死克勞德嗎？」

「怎麼會呢？妳還不懂他被寶具認定的潛在資質嗎？」遼介說：

「像他這種心苗出一次任務的經驗，比在校累積八百回的鬥競更俱有實質意義。」

「你們還有一名隊員呢？」雅妮絲問，遼介說：「這任務就由我們五人執行。」

雅妮絲看了西露可一眼，回過頭來又開始數落道：「你覺得這種危險層級高的救援任務，是精簡隊員就能夠順利執行的嗎？」遼介意挑逗笑問道：「還是說妳想跟我們一起去啊？」

「我怎麼可能——」雅妮絲其實有自願協助任務的權限和優先考量資格。她心裡實在放不下還是菜鳥實力的克勞德隨隊出任務，一個閃失拖累小隊全員，都有可能造成任務失敗。

「我逗你玩的。」遼介笑道，話鋒一轉反問正事：

「妳有重要案件要辦不是？」雅妮絲不悅，便扭小聲罵道：

「既然你知道，這種時候你還有心情胡鬧啊⋯⋯」

「我要給你重要口信，明天中午18點，在中央學院區的藍森棧道區第27號平台，我相信這個人可以協助你們破案。」聽進遼介的口信，雅妮絲表情充滿許多疑問：

「你怎麼——」雅妮絲還沒問完話，遼介又接著說：「我建議你啊，辦事時有時懂得人情義理轉圜的餘地，適時幫人一把，你會得到意想不到的收穫喔。」

「這麼說你跟兇手有接觸過嗎？」一思三級躍的明快推理思緒，雅妮絲表情相當嚴肅。遼介很是慎重說：「她也是個受害者，你就代替我幫她解決困難吧！」

「這種要求——」雅妮絲低頭短暫思考，眼神又瞪向遼介說：「等你回來我有一大堆事要跟你問清楚。」遼介又是逗弄說：「出任務前你就不會說些振奮人心的話嗎？」

「哼，你們之中要是有人死的話，我會惟你是問！」性子傲嬌的雅妮絲，實在是刀子嘴豆腐心。遼介苦笑道：

「齁，你別說這種不吉利的話啊。」雅妮絲又說：「而且你如果死的話，小希會哭鬧不休的。」不知不覺遼介在雅妮絲心中已經佔舉足輕重的分量。遼介爽快請托道：「那個大傻瓜啊？我們不在的時候，希的安全就拜託你多加照顧啦。」

「遼介哥哥，請你穿上這個吧。」小汐雙手遞上遼介的那件鮮紅色大衣外套。

「這是我的武道大衣外套？」遼介問聲，小汐又說：「嗯，我看小希姊姊縫補好就帶過來了。」話不多說，收下希的心意，遼介豪邁地立刻穿起，快活說：

「多謝啊！那麼我們上船吧！」雅妮絲向後退了一步，目送五人走向登船踏板。

「什麼！不會真的要搭船出任務吧？」克勞德滿頭冒著冷汗問道。汐走進克勞德身旁安撫道：「克勞德哥哥，有我們大家在沒問題喔！」克勞德還是很怕：「可是——」

汐從後面推著克勞德的背，克勞德很猶豫，半推半就跟上大家腳步。五人站在登船踏板上，像電梯一樣上昇至船艙內。

25 『侯佛』啟航

五人登上船艦前艙，他們四顧張望確認船內空間。映入眼簾的是單人座主舵駕駛艙，駕駛座之後有兩個副座位，後方寬敞空間左右靠窗雙人座椅相對應，圍繞著一張中央多功能航行記錄光桌。升降口弧形台階之後，左右後方各有一扇門可通往後艙。

「ＷＯＷ！這船內部設備比想像中的還要精緻嘛。」修二感嘆道。

「不然你還真以為被當作空投物資對待嗎？」遼介吐槽反問。

「我們小隊中真的有個很大包的天兵啊。」修二找樂子笑道。

「誰啊？」克勞德傻傻問聲，遼介說：「克勞德老弟啊，看來你這毛病真的改不了。」

「我有什麼病嗎？」克勞德不明白問聲，遼介一板正經說：「憨直鬼病。」

此時，那張光桌投射出莎拉艾娃的半身影像。

「各位密令尖兵小隊成員，我是岱勒烏斯總局長，夏綠蒂・莎拉艾娃。我為你們親自解說任務內容。」克勞德吃驚說：「哇！司法機關的大人物直接對我們下達任務執行綱領啊？」

「你擋到了。」西露可把克勞德推到她的左後方。克勞德說：

「前輩抱歉。」

「相信各位稍早都已經聽過歹徒的綁架聲明。你們的目標是前往荷斯庫窪高原。在狼嘯峽深處地底下有個古代哈路歐人建造的地下宮殿—斗斗圖姆遺跡。我們研判那是烏蘇魯庫諾斯一個公爵勢力的據點。你們必須潛入宮殿遺跡內部將人質救出。」隨著夏綠蒂說明，光桌上投影著目的地坐標位置，航行地圖，以及相關詳細情報。

夏綠蒂又繼續說，重點事項說明字竄在他們面前上昇跑過：「你們的任務執行綱領事項，第一、以救出埃西美克斯王國二位公主為前題，確保他們的人身安全，無論事件中有無第三方介入，最後把他們帶回聖斐勒斯都。第二、你們必須在限時兩天內完成救援任務。第三、任務中非必要，切忌與一般哈路歐人過度接觸或發生衝突。」

看到隨隊心苗都是任務菜鳥，她又特別說明：

「你們必須知道，尖兵執行任務的通則，在完成任務為前提之下，本機關不會限制你們攻堅戰術策略及戰鬥模式。在船艦的後艙裡已被妥一袋金幣以備不時之需。執行任務中會以西露可的個人機元保持聯繫，我們同時也會動用斥侯支援配合。如有發生任務額外的事態發生，西露可由你做主導判斷抉擇。致時你們的言行決定，不會代表岱勒烏斯的主觀立場，實行尖兵特別條例，小隊成員的倖存與否，本機關也不會多加著墨。」五人聽取夏綠蒂的任務執行內容，修二傻眼，克勞德驚呆，遼介越聽越是起勁，汐把持著平常心，西露可聽得頻頻點頭確認。夏綠蒂問道：「以上你們有任何問題嗎？」

任務菜鳥有話要問，修二先行舉手發問：

「既然時間有限，為什麼還讓我們搭這種哈路歐人的船艦啊？這不是很浪費時間嗎？」

「事實上我們並不會強致干涉尖兵執行任務的移動方式。」緊急時刻，夏綠蒂還是很有耐心回答：

「但你們五名成員體能上移動速度不一致，配給船艦是確保人員行動速度同步的最佳方式。」修二抱怨道：

「為什麼不讓我們用最新科技的船艦就好，哈路歐人根本察覺不到我們啊。」

「看來你把課堂上的東西都還給老師了。」遼介陶侃道：

「千年種族戰爭的三方和平調停協議中有名定，斐特安法爾聯邦的船艦不能航進哈路歐人的領土上，時機還未成熟以前，不能夠讓他們聽聞到任何船艦聲音或型態。這是防止傳授科技知識的條約細項內容。」

「我早忘了。」修二咕噥道：「那種無聊的歷史條約你竟然記得下去啊？」夏綠蒂又說：

「你們是密令尖兵小隊，要在別人的領土上拯救人質，千萬必須低調行事。」遼介問道：「最低調？難道哈路歐人的固有認知，人俱有特異飛行之類的能力是種忌畏又迷信的能力嗎？」夏綠蒂回答：「可以這麼說。少數俱有飛行能力的人種，只有在他們部族自己的領土上才能使用種族本能，在其他領土上也被視為禁止行為。這也是哈路歐人自己內定的生活常規。」遼介又問：「這麼說這艘船只憑肉眼能看見，事實上哈路歐人的科技無法偵測到嗎？」夏綠蒂沈穩笑道：

「沒錯，以那艘船艦的飛行速度，七個小時內就可到達目標地。你們在白天進行救援任務，這對汀歐人生活邁動的打擾程度是最低階的。」修二抱怨道：

「喉，這真是一艘烏龜船啊！」

「七個小時就當做是隨時備戰，養精蓄銳的緩衝時間吧。」遼介說完換克勞德發問：

「請問前輩能夠提供我們敵人的能力情報嗎？」面對菜鳥，又是提點：

「我們確切掌握到的歹徒資料情報，從船艦上的資料庫中可以調閱，你們可能碰上的敵人是漢考提勢力的幹部。但事實上我們對他們組織內部人員的變動無法精准掌握。」遼介補充說：

「那些只不過是作為參考資料罷了。接觸敵人的時候還要靠我們自己應變。」

「我懂了。」克勞德點頭應聲，夏綠蒂又說：

「你們必須留意漢考提，他曾經是聖斐勒斯都福明蒙德的教員，千年戰爭白熱化時期，他曾是我機關派遣的臥底。他經不起組織的侵蝕，輸給自己內心慾望，把靈魂賣給那個組織的大元帥，因此墮落而瘋狂。」克勞德驚訝問聲：

「曾是戰爭時期的教員，那他的實力相當厲害不是嗎？」修二諷刺笑道：

「管他是不是離職教員，現在做壞事就必須打扁他。」遼介慎重想想說：

「並沒這麼單純吧？莎拉艾娃前輩會這麼說，是提醒我們，他充分知道學校和機關運作的系統，戰技上和佈局設計的經驗應該相當豐富。特別要我們小心應敵對吧？」夏綠蒂含著肯定微笑說：

「沒錯，時間緊迫，你們必須在三分鐘內出發。」遼介又問：

「但是我們船艦的艦舵長呢？」夏綠蒂說：

「光野遼介，或許你還不知道你自己選擇的小隊成員就有一名優秀的艦舵長呢。」

遼介還沒問是誰，汐已經先坐上駕駛座，很熟練的依照駕駛步驟程序，開啟電路面板主電源，並且確認船艦的各部機件狀態。汐說：

「遼介哥哥，就讓我來駕駛這艘船吧。」

「你會駕駛哈路歐人的船艦嗎？」遼介感到很意外，他靠上駕駛座旁邊，探看汐的動作。

「嗯！」汐認真說：「我有修過空艇與船艦的駕駛實踐學分，許多的步驟可以透過內建導引機元幫助，這艘船的操作模式很容易的。」對塔努門人而言，十二歲就可以考取單人輕型空艇駕照，小汐又學過專業的船艦操作實作課程，或許對她而言這就跟駕駛電動玩具車一樣容易。遼介驚喜問道：

「噢！我還不知道你有修那種學分啊？」汐小聲笑道：

「嗯，很多無機系路拉在學會源造私人載具之前，必須先學會固有船艦操作啊。學會創造以前，必須先學得固有載具的操作基礎原理再創發。」

「不過你應該是歸類在神靈系路拉吧？」遼介問，汐笑容可掬地回應道：

「我只是想修個備用技能而已啊。」憑小汐的能力，她其實沒有必要學習這項技能，遼介實在佩服她勤學態度稱讚道：「這樣啊，你真好學啊。」

汐打開主核心引擎，外面響起轟然聲響，後方引擎啟動運轉。她一邊實行熱機程序一併問道：「話說起來需要取個船名嗎？或著說我們尖兵小隊的代號名稱。」

「西露可，由你來取名吧。」遼介轉頭看向西露可，西露可想想說：

「Hoffe。」

「這是個好名字啊。」遼介肯定這個名稱意義。

「那是什麼意思啊？」修二不懂的雅斯語言，湊過來問聲，遼介闊氣說：

「那是『希望』啊！」夏綠蒂道出身為長官的祝福：

「那麼密令尖兵小隊『侯佛』的各位，願源造神靈之主眷顧你們。」汐雙手相合放在胸口上微笑回覆道：「願賜你靈性與睿智同在。」

「那有什麼意義嗎？」遼介問道，那聽起來不像是章紋術。

「我們路拉之間常常這樣彼此招呼，是一種互相祝福的小咒語喔。」小汐說，並且叮嚀船上的大家：「船馬上就要啟航了，大家坐好囉！」克勞德把回應者拿到身前，慌張失措地大叫：「什麼！」

「你坐好了。」遼介把克勞德推到一側座位坐下，把安全裝置替他固定好，他的體型剛好坐滿座位。遼介和西露可立刻坐在副座上，修二看起來很興奮，隨性坐在另一邊座椅上。戴上安全裝置，克勞德更是緊張。他雙手緊抱著著回應者，表情看起來心臟快跳出來一樣。微幅震動，天幕形玻璃遮罩窗外的景色好像輸送帶，持續向下挪動。看到外面景色變化，克勞德面色發青，滿頭大汗。

「哈哈，你是在扮鬼臉嗎？」修二取笑，克勞德大叫：

「我討厭這種交通載具不可抗拒的外力晃動感啊！」

「阿德小弟，安靜，念章紋術。」

「嗯——Po Li Ra to si ru hon, Po Li Ra to si ru hon. Pa lu lu sa.....」克勞德閉緊雙眼，念著不知什麼章紋，好像遇上可怕災難隨口默念經文禱告的傳教士。

雅妮絲和雷夫隊長和整備船艦的人員目送著船艦昇上通往起降平台的垂直通道，雷夫帶頭對著船艦行禮送行。

此時柆葛茲還在作戰策略會報室對著幾名心苗精神訓話：「你們這些還需要包尿布才能做事的二年級心苗，兩年前沒有人能夠看好你們這些蠢才。」還沒等到西露可，嚴肅咆哮道：「那時候你們無法對斐特安法爾聯邦有任何貢獻。但是，今天你們將代表我們塔努門人的威信，你們將徹底擊潰那幫魔魍份子，從他們手中救出人質目標。」
幾個在座心苗只能忍氣吞聲，哈格士托認為柆葛茲說這種話不太恰當，這裡面還有雅斯界的心苗，柆葛茲分局長卻把這些心苗當作斐特安法爾聯邦的軍人教訓，把自己當作是陸軍上將逞威風。但是他的身份很尷尬，只能讓柆葛茲說到氣消為止。
此時伊布塔透過嶺電通報：「長官，預定的船艦已經在起降平台上，馬上就要啟航了。」他們看到船艦進入啟航程序。柆葛茲不敢置信地大吼：
「你說什麼！這是怎麼一回事！隨隊心苗都還在這裡，西露可人呢？」伊布塔通報道：
「報告長官，稍早我們在伊爾德儂的整備場通道發現西露可，她人已經先行上船了。」
「這是怎麼一回事？」柆葛茲命令道：「給我制止船艦的啟航，把起降閘門關上。」
克勞德閉著眼睛碎念章紋，從玻璃遮罩觀視窗看到起降通道盡頭，遠處冷硬閘門關上。修二問道：
「他們怎麼把閘門關上啦？」遼介指示道：「小汐，不管他我們立刻啟航！」西露可附和道：「西露可，同意！」修二問道：
「你們說笑的吧！難道要硬是撞破閘門嗎？我不認為這種船有裝載防衝撞屏障。」
「小汐，給我三秒鐘的空擋時間，我會解決那道礙事的閘門。」遼介指示道。
「船艦浮昇系統正常，浮上，引擎增壓噴射點火十三秒後將撞擊閘門。」汐很清楚遼介心裡打的主意。「好！『侯佛』出動！」遼介說。
「噗嗒！」西露看向遼介表示不滿：「那是，西露可，台詞！」
引擎如震雷巨響，渦輪點火噴發，三顆引擎發橘紅色光，船速瞬間提高超過時速九百公里衝飛而去。

強大離心力壓迫下，遼介伸直右手凝視船窗外，口中念道：

「He zei ma to sa, la ku ru sol to!『物性透離』」一輪三十公分章紋印一顯現，向前每五公分又開一道相同章紋，直線延伸至船頭前端。延遲三秒後，一發似白色火球光團擊飛而出，打在那道閘門上。一瞬間蔓延開來，閘門質地變成透明物質狀。修二大叫道：

「要撞牆啦！」克勞德雙手握著回應者長柄更緊了，他額頭緊貼劍鞘哀嚎：

「不會吧！」

侯佛號直接穿透閘門飛入天際，飛行在聖光學園中央區上空。侯佛號離開後那道發光化為分子光粒狀態的閘門變回原來的實體牆。

「呀呼！！」修二痛快大叫，汐回報船艦啟航狀況：「船翅與船舵系統正常，啟航很順利喔！」遼介氣勢也高昂說：

「很好！我們一路殺到荷斯庫窪高原吧！」西露可隨後也跟著歡呼叫好：

「Kuchen ba ya ja!」

侯佛號穿過稀薄如絹布的雲帶，轉向同時高速持續飛昇，把伊爾德儂遠遠拋在後頭。

26 牽動

作戰會報室中，在座等待出動的心苗看著監視投影，眼睜睜看見侯佛號飛走，心情各是五味雜成。

柆葛茲瞪了哈格士托一眼，命令道：「伊布塔，我要聯繫總局長。」柆葛茲當著心苗的面主動聯繫夏綠蒂，他簡直氣得跳腳：

「長官，請您說明這是怎麼一回事？」從夏綠蒂私人空間中可以看見柆葛茲半身立體投影。面對虎豹將軍性情的柆葛茲，夏綠蒂穩重微笑說明：

「柆葛茲分局長，這起案件升級由總部主導策動，這是埃西美克斯王國的要求，請你支援總部執行調度。」柆葛茲問道：

「那隊密令尖兵小隊的成員名單有誰？」夏綠蒂鎮定說：「這部分你不需知道，責任由我擔負，這是密令尖兵提出的要求。」柆葛茲氣憤質問道：「這種事學校的教務部和教職會的人不會信服！」

「我已經告知過萊朵校長，他接受這個方案。」夏綠蒂嚴肅說：「柆葛茲分局長，危及事件發生，我希望你放下個人成見，救出二位公主才是最重要的事。」

不服的人也包括柆葛茲自己，他一直在等這種大事件發生，能夠大顯神威表現自己能力。但過去有幾回發生危險層級高的事件，辦案統籌權總是被夏綠蒂接管執行，他不能忍受這種執行權利被剝奪的感覺。夏綠蒂又繼續說：

「因應現況，我對他們下達任務指令跟你擬定的內容一致。我希望現在在那邊報道的心苗持續待命，六個小時後，要再出動另外兩支尖兵小隊。」柆葛茲吃驚問道：

「這是波狀戰略救援行動？」夏綠蒂慎重又說：「是的，尖兵隊長我希望能夠找專家率隊。哈格士托，我需要再調度選出另外六名心苗，我要你們四位人力調度搜查分部長整理名單。」哈格士托乾脆接受指示：「好的，長官。」

・・・

海尼奧斯學院，棗苗學院長還在辦公。她依然穿著那套高潔素雅的和服，工作暫停，小做歇息，她推開窗戶仰頭看著滿天星斗。看見閃爍亮麗光點的楓葉狀星團劃過天空，她能夠感覺到遼介就在那艘船上。小嘴輕微浮動祝福：

「一路上小心。」

凍冷風吹過髮梢，嬌小而貴氣的身影為『侯佛』尖兵送行。她的目光閃動著，心裡實在放不下心，她絕不希望喪子的遺憾再次發生。棗苗之所以能夠說動泰典，讓遼介轉學進聖光學園，主要是治療他的愴星狀態，並不是為了修練或是獲得意志者的證明。她萬萬沒想到岱勒烏斯大膽的密令徵招遼介，要他參與這種無名無實的危險任務。

沒有尖兵資格的心苗，在沒有任何實績貢獻以前什麼都不是。戰死犧牲連評價的餘地都沒有。光野和真的犧牲，即使兒子成了為人景仰的意志者英雄，泰典還是對學校的一切失望，他對培育英雄沒興趣。哀莫大於心死，因此退隱雅斯界，回到光野宗家，不再干涉整體世界的變動，也不再對烏蘇魯庫諾斯造出的事端出手幫助，志心於培育宗家下一代繼承人。棗苗還願意付出，是因為遼介已經獨立不需她扶養教育，為了報答友人的恩情，她自願再對培育心苗工作付出一點心力。

棗苗轉頭回到她的學院長辦公室，那是和式擺設書齋。一張長方形黑晶檀木桌，上面擺設源氣變現的文房四寶。辦公桌旁有一盞層層堆疊，黃金質地的架子，看起來是相當昂貴的寵物遊戲塔，有隻謎樣生物盤臥在上面睡覺。是一條龍，白鱗身軀上發著祥瑞光芒，金色鬃毛和角爪幾乎跟架子融為一體，不仔細看還以為是一條突變白蛇。

「阿騰，阿騰，快起來。」

龍有聽沒到，鬍鬚垂掛，睡姿具足威嚴，透露祂天高一般的自尊。她提起紙扇，急促敲打架子三下硬是把龍叫醒。

「夠了，別敲了！汝就不能優雅叫人嗎？」棗苗說：「裝睡的神靈是叫不醒的。」

「孤是這學院的守護聖靈，黃龍。」這隻小龍挺起身子說：「你敢對孤不敬當心我降災懲罰學校。」

「整天無所事事只知道睡覺的聖靈，也只是條瞌睡蟲。」棗苗不理會這條龍的特殊身份，指責道：「如沒有武道會賽事根本沒有人會想起你的存在。」

「所以孤說那些心苗太過傲慢。」阿騰的龍鼻噴氣說：「現在知道謙遜的鬥士心苗已經寥寥無幾，還不知道鎮守學院安寧的是誰啊。」

「這不就是聖光學園培育意志者菁英的目的？」棗苗又說：「從心苗成長為意志者哪是一天性情就能夠速成的？你必需給年輕心苗成長的機會和時間。」阿騰鬱悶說：

「哼，這種夜深人靜的時辰，汝叫孤有什麼重要事嗎？」

「請你替我聯繫『尖兵』心苗。」

「這個時間你叫孤起來做這種小差事！」阿騰整個身子跳了起來，身子懸浮飄飛在半空中，祂的神性真的被氣醒：「汝這請願是當真？」

「現在這個時間學校教職員都在休息，岱勒烏斯機關現在為處理案件忙碌，沒有時間理會學院長的要求。」阿騰煩悶問道：「汝要孤聯繫哪個尖兵心苗？」

「我要你聯繫火神隼人。」棗苗說。

「那個陰沈的心苗啊。」守護聖靈是學校裡最高等的靈體，也算是屬於護國等級神靈，各所學院都有一支守護，祂們擁有諦觀感知能力，悉知每個在校心苗為人性情。阿騰語帶保留說：「此人雖然能力好，卻不太聽人使喚喔。」

「的確。」棗苗也很清楚，但是她想不到更適合的委託人：「他是三年級心苗中，少數能夠獨立完成重大委託的人才。他對越是棘手的委託越感興趣，我認為他不會拒絕。」

「汝要孤傳達他什麼？」阿騰問。

「我要他在密令尖兵小隊一行人，潛入荷斯庫窪高原地下宮殿之前，先行進去探查歹徒組織勢力的現狀。」棗苗說：「如遇見遼介和漢考提發生衝突，必要時刺殺漢考提。」

「哦？汝終究最疼愛的還是自己的兒孫啊。」阿騰笑道，想了想又說：

「不過孤並不討厭他，事實上還想看看他能為這世間做些什麼事。」

瞧見阿騰盤旋飛起，身子變作一團雲霧，隨後如水氣般消失，留下一句正氣笑聲：

「這麼一來，汝又欠孤一個人情囉！」

「我知道。」

她並不後悔對聖靈請願，無論如何她必須確保遼介性命，即使跟黃龍說定的學院長契約任期又延長也無所謂。就像護國大社祭祀氏神的巫女那樣，繼續維持恆久奉祀的契約。

・　・　・

同一時間，瑪汀麗格宿舍。已是晚禱靈修時間，蕾雅還穿著學生制服，身上披著正式場合穿戴的斗篷披肩，圍著絲巾，束上鑲著藍寶石金項圈，坐在雙人圓桌椅子上。小布安穩地趴在大腿上，睡的正香甜。蕾雅展開一道如手把梳妝鏡大小的章紋，從中旋繞白光頻幕，好像白色旋狀星雲。

這是穆塔嶺電系統的原始技術原理，嶺電還有許多限制，章紋術打開頻幕的方式較為自由，並且可以和雅斯界雙向聯繫，卻需要消耗施術者源氣，無法長時間開著。頻幕中映著一名銀紫色中年男子，面貌清秀，神韻堅定而有智慧，整體透露貴族瑞氣。

「蕾雅，聽說妳獲得尖兵資格，妳又朝意志者邁進一步了，恭喜妳。」

亞瑟・拉斯提克爾，他的話語磁性中夾帶一點感性，是魔導王家大家長之一，也是雅斯界法比倫斯工會幕後首席顧問，引領雅斯源動魔基亞意志者前進及發展方向。不單是聯邦政府，或是烏蘇魯庫諾斯的威脅，魔導王家始終沒有選擇立場，他們是中立監視者，和幾個勢力背後，至高存在的指導者一樣，一直都是守護整體世界平衡和諧，引領世界文明揚升工作。

「感念父親大人的讚許。」蕾雅很平靜，謙恭說：

「這只是個階段性標竿，不值得留戀的。」想起更重要事，亞瑟問道：「你調查那個光野武道師範培育的鬥士心苗有什麼結論嗎？」

「父親大人，我還沒有明確結論。以摩基亞心苗來說，光野遼介確實很優秀，她跟我們擁有魔導師血脈的子嗣一樣，他有很優秀的瞬間記憶和完全記憶能力。而且，他有成為魔導狂戰士資質。我認為他的能力可觀，現在神識迷惘，如果他的力量被那個組織利用，毫無疑問，會成為可怕災厄。」

「遭放逐血脈的子嗣是嗎？」亞瑟一副若有所思神色，慎重又說：「繼續對他採取密切調查。」

「是的。」蕾雅頷首點頭，蕾雅說：「有件事我想和父親大人您商量。」

蕾雅轉述王國二位公主的綁架事件之後，亞瑟表情絲毫不受影響。父女之間的對話凍結數秒，亞瑟沒有表示意見，蕾雅不敢擅自說話。

「你想介入那個事件嗎？」亞瑟問道：

「如果你只是想拯救人質的性命，介入不成問題。但你剛才說，光野遼介成為密令尖兵的小隊成員，莫非你想助他一臂之力？」

「我沒那麼想。」蕾雅鎮定搖頭否認又說：

「他是父親大人您要求的調查對象，我還不知道他身上流傳的血脈是哪種魔刻聖痕。如果他現在犧牲很可惜，我認為他也是制衡烏蘇魯庫諾斯的必要力量。」亞瑟表情嚴肅，思索了一分鐘之久，銀白色眉毛疏鬆開來。

「好吧。」亞瑟應許：「妳可以用自主尖兵的名義介入案件。」

「感謝父親大人的應許。」蕾雅說，亞瑟又問：「需要蒂雅和妳同行嗎？」蕾雅想想回答：「我認為不需要。」

「好。」亞瑟不忘囑咐叮嚀：「你必須銘記在心，所有行動凡事必須低調。我們魔導王家不能深入任何政治立場，包括阿特蘭斯界種族抗爭的問題也是，一點偏頗也不可。」蕾雅回話說：「我瞭解，這是我們魔導王家長久一來明訂，接受委託行事的準則。」亞瑟仁慈祝福道：「你知道就好，祝你心神和諧平安。」

「感念父親大人的祝福。」聽蕾雅說完，亞瑟切斷章紋頻幕。

看見蒂雅從外面端茶進來，蒂雅的差使獸也跟著進門，用尾巴把門帶上。蕾雅請求道：

「蒂雅，我明天下午和神崎學妹有約下午茶談話，有件事想要請你幫忙準備。」蒂雅能夠理解蕾雅的請求，說：「沒問題。話說起來，父親大人怎麼說呢？」蒂雅問道：

「我已經得到父親大人的允許了。」蕾雅吐息說。

「這麼說蕾雅要介入那個複雜的綁架事件？」蒂雅很擔心，她還是第一次見到蕾雅自願為一個調查中的心苗，投注這麼多心神，甚至是主動向父親，請示介入事件的想法。這種事蒂雅從來不敢行動。

「是的，我明早就會向學生會遞出自主行動申請。」蒂雅又問：

「你真的不需要我陪你一起去嗎？」

「嗯，這是我第一次用尖兵名義，申請自主行動。學校跟岱勒烏斯應該會特別關注。我們兩人如果一起出任務就太高調了，岱勒烏斯可能會過度解讀。萬一刺激到烏蘇魯庫諾斯，使其活潑化也不是一件好事。」

「說的也是。」

「我需要準備一些契紋石。」蕾雅表情認真，她也進入備戰狀態。蒂雅不安問道：

「蕾雅能夠陪我合奏幾首曲子嗎？」

「好啊。」蕾雅很樂意，她也清楚蒂雅擔憂的心情。

蕾雅微笑起身，把熟睡的小布放在椅子上。走向放在窗台邊的豎琴，把黑布取下，用纖細巧手撥弄琴弦，調整音調。

視線遠眺透出燈光的窗台，隱約聽見優美樂章，恰似兩姊妹透過音樂合奏溝通。清脆婉轉長笛音色多了一點不確定膽怯，伴奏的豎琴音色沉穩而舒緩，朦朧的琴聲和弦，長笛小調音樂逐漸安定。

27 論兵

侯佛號以穩定速度飛行在5萬公尺高空，在這個高度可以避開往來的各種空艇船艦、巨獸特級巡遊列車，或是任何移動載具耳目。進入到哈路歐人領土空域，更不會被輕易發現，他們已經飛離伊特麻拉，持續往西飛行。

船艦內五人或站或坐圍繞光桌，修二雙手肘撐在光桌上，瞪大眼睛緊盯著慢慢飄移的航行座標，不耐煩抱怨道：

「距離到達荷斯庫窪高原還有五個多小時，就沒有更快的航行路徑嗎？」

小汐讓船艦設定為內件機元領航飛行模式，離開艦舵長座位，站在光桌另一面，汐還是順從修二的意調閱航行資料，嘗試計算各種飛行路徑解釋道：

「不破學長，我們現在是逆風航行，無論航程路徑怎麼改變沒有更快的方案。如果勉強船艦極速飛行可能會弄壞引擎的。」

「難道不能用破風舵模式飛行嗎？那樣的方法應該可以縮短一半的時間吧。」遼介問道，就像乘風浪板從海浪間隙穿越航行，這個系統可以向前方空域直線打出一道無風隧道，把所有阻擋氣流隔絕在外。

「你們不要打那種鬼主意，我可不想在無意義的地方賣命啊。」克勞德極力反對，他知道那種飛行方式不只會讓他暈船，還會讓他落地後，面對敵人戰鬥的力氣盡失。他臉色發青，浮游感和隨時亂流來襲的晃動讓他極度不安，在船上需要雙手緊握欄杆扶手才能走動。

「我們的船艦沒有搭載破風舵系統。」小汐又說：「沒辦法預測廣域風流變化，也沒辦法從亂數風波中找無風阻帶航行，現在航行路徑最能確保安全抵達目的地喔。」

「我的天，到達前再叫我吧。」修二很是鬱悶，坐回身後位子上。

「我們必須充分運用這些時間。」遼介快活說，他站在汐對面，腰靠在矮牆欄杆上靠墊上，看起來輕鬆自在，正在研究組織幹部的資料。相較之下，腿軟的克勞德坐在地上，那或許能讓他得到多一點安心感。

「做重力特訓嗎？」修二抱怨道：「這船上又沒有搭載那種設備。」

「你現在就算是做五個小時的重力加倍訓練也沒有意義。」遼介說。

「那還能做什麼啊？」修二一手撐著臉頰鬱悶說。

「你什麼也不準備就要面對敵人嗎？」遼介反問：「我不認為他們會輕易讓我們靠近他們的據點本陣，甚至想盡辦法用各種手段殺掉我們。」

遼介把荷斯庫窪高原的地形資料叫了出來，包括高原本體還有五座部落都市，以及下游流域的原始莽林，好像逼真的縮小比例模型，就連瀑布和河川水位動態也完全呈現。

「我認為討論戰術沒有意義。」修二不以為意說：「見招拆招最簡單啦！」

「是喔？」遼介說笑道：「在學校的例行鬥競你每次敗給摩基亞和銳達佛赫心苗的根本原因，就是忽略戰術策略的重要性。你連一對一都無法勝出，更別說是敵人數量未知數，複雜多變的情況。」

「思考戰術什麼的，那對我來說只會綁手綁腳啊。」修二大動作跨出腳步，隔空對著遼介使力出拳，豪邁笑道：「我認為只要源氣爆發出來，確實擊倒敵人最乾脆啊。」遼介淡笑道：「那是我們源鬥士的戰鬥方法沒錯，如果你具備一擊擊倒風見或是島谷的實力當然可以這麼做。」

「呃，當我沒說」修二苦笑，遼介的吐嘲把修二拉回現實，遼介又說：

「現在我們必需討論小隊行進的配置，讓我們戰力發揮到兩百萬倍的發揮。」

「西露可，同意，作戰策略，重要！」西露可站在遼介旁邊，右手拿著一杯酒，那對她是最好的提神飲料。聽到要討論戰術策略，眼眸發出興奮又期待的亮光。

修二坐在位子上，看著這塊幅員遼闊的地形投影，右手撐著臉頰，興趣缺缺問道：

「我們降落的地點不是目的地坐標東南方一公里的狼嘯峽入口嗎?幹馬要看這麼大範圍的地型圖

啊？」遼介說：

「為了以防萬一，我認為必須摸清坐標半徑五十公里全方位的地形情報。」遼介聚精會神解讀地形地貌所有情報。

喝了一口白葡萄酒，西露可笑問道：「不破學弟，阿德小弟，誰厲害？」

「四個月前我們曾經較量過一場例行鬥競。」修二滿意又自豪地說：「那一場鬥競我們耗了很久，當時他使用那把大劍一直保持距離，拼命防禦。我一直無法有效擊中他。」那是他唯一一次對上摩基亞勝出的經驗。遼介也看向克勞德問道：

「結果呢？」

「是我輸了。」克勞德低著頭雙手食指點碰，小聲泄氣說：「因為體力不濟。」

「自從那次的鬥競之後，雅妮絲姊姊就開始指導克勞德哥哥的喔。」汐說到。

「你說他接受羅德加拿現任副學生會長的私下特訓啊？」修二瞠目結舌地問道，他不敢相信被雅妮絲摧殘還可以活下來：

「光野，你們豐臣家平時很熱鬧嘛。」遼介說笑道：

「改天你可以跟她較量一場一定很有趣。」修二感到背脊發涼說：

「別這樣，我還想長命千歲。」

「遼介哥哥，那麼我們該怎麼安排呢？」小汐問道。

遼介一手靠在食指指節靠在下巴思量一會兒，轉頭看向修二說：

「不破，你打前鋒，由你來開路，配合你的眼力和源氣感知，搜索前方的障礙和可疑人物，隨時調整行進方向。」修二雙手拳掌相擊，豪邁自信說：「就是開路先鋒嗎？包在本大爺身上吧。」

「小汐目前可以駕馭幾位天使呢？」遼介回過頭來，看向光桌對面的小汐問道，汐說：「如果運用憑依技術，我最多可以跟兩名天使配合作戰，但是還要看源氣的分配隨情況調整喔！」

「好，妳排在次鋒，協助不破定位和確認行進方向。」遼介請求道：「不破可能隨時需要你的支援。」小汐看向修二點頭微笑道：「沒問題，不破學長，請多指教喔！」

「我和小淑女搭配啊！好啊就這麼辦！」修二滑稽全寫在臉上，更是竊喜心想。

（真是讓我賺到了！）

「那我呢？」克勞德一手指著自己，憨直問道：

「克勞德老弟位置擺中堅，西露可在你身後，她發動夢色基粒子能力時，雖然可以把我們行蹤影藏起來。不過對方如果有路粒存在，會成為很大的漏洞。作為魔導劍士，你只要專注在防護對西露可造成威脅的人或物體就好。」克勞德點頭回應：「我懂了。」

「西露可你的能力能夠持續施展沒問題吧？」遼介看向身旁的西露可。

「奈。」西露可搖頭說：「近距離，武裝戰鬥，效果，減弱。」遼介又問：

「是因為夢色基粒子固體化的緣故嗎？」

「呀！」綜合四人狀況組成的小隊編制，遼介在心裏再一次確認，便說：「好吧，這不成問題，剩下由我墊後。」遼介反問大夥意見：「這樣的配置你們有任何意見嗎？」

「我沒意見。」修二爽快接受，克勞德也是默認點頭，小汐問道：
「遼介哥哥構思的是理想行進配置，可是如果意外發生怎麼辦呢？」遼介慎重說：
「如果我們意外分散，我們的目標不變，無論是誰先到達直接進去，我們直接在他們的要塞裡頭碰頭，這是最壞的狀況。我們視情況改變，記住不管遇上什麼敵人，突破他們不可戀戰，我們的目標主要是救出人質。」一想像到最糟情況，克勞德慌張問道：
「萬一我們真的分散了，我該怎麼辦是好？」遼介提示：
「那是最糟的情況，我和西露可會盡可能支援你。在這些剩餘時間，你先準備十道章紋術，釋放在靜置隨時可發動的狀態。」
「我該準備什麼章紋術才好？」克勞德無所適從，好像面臨期末考的學生，太緊張腦子一片空白，完全無法發揮。遼介一手搭在克勞德肩膀說：
「不用想太多，你只要準備最拿手屬性的章紋術就好。」
「我最拿手屬性的章紋啊。」克勞德很苦惱，在校成績七種屬性章紋系統術中六種屬性表現平庸，只有風屬性章紋略微突出，他試著靜下心來思考對策。
「剩下還有什麼應該注意的呢？」小汐又問，遼介囑咐道：「在船上的時間盡可能睡飽吃飽，我們下船後恐怕沒有休息飽餐的空閒。」修二招呼道：
「這樣啊，小露可前輩一起用餐吧！」西露可很開心，也一同邀約遼介：
「呀！遼介，一起。」
「等一下吧，我還在分析這些情報。」遼介把所有可以參考的情報資料都調出來，腦中預測各種敵人佈局的可能性，就好像玩將棋盤那樣縝密思考。預測各種佈局展開，延伸做出最佳的作戰應對。修二順口問道：

「小淑女學妹呢？」小汐說：「我有事要跟遼介哥哥說，等一會兒就過去。」修二等不及想跟美人一起用餐，快活說：「這樣啊，小露可前輩我們先吃吧！其他動頭腦的工作就交給光野吧！」西露可很關心說：

「可是，肚子空空，腦呆呆，不好。」

「多謝你關心。」遼介笑道：「你們先過去，我想想幾回戰略推演，隨後就過去。」

「好吧。」西露可不再多說，想著好吃的東西：「西露可，想吃，烤肉串。」

「有得吃就好了吧！」修二俏皮說：「我不認為岱勒烏斯會給我們奢侈的配給食物。」

「阿德小弟，一起，用餐。」西露可一同邀請，克勞德憨直應聲：

「呃…我要準備章紋術啊……」修二手臂跨在克勞德肩頸上，慫恿說：

「欸，那種事等吃飽飯再做！」克勞德說：

「可是…」修二隨後催促克勞德說：

「美女前輩邀約吃飯很難得，你拒絕她會被老天逞罰喔！」克勞德條直沒多想應聲：

「這樣啊…」三人從右門步入後船艙覓食而去，留下遼介和汐在前艙。

汐走到遼介身旁說：「遼介哥哥。」遼介看著光桌地形圖一邊問道：

「你想跟我說什麼？」汐說：

「關於小希姊姊的事情。」遼介看向汐問道：

「你們出門的時候，她人還好嗎？」汐皺眉搖頭說：

「小希姊姊她非常的擔心你。」遼介嘆息說：

「我想也是，她都是這樣盲操心。」汐想了想又說：

「也許是我多嘴，可是對小希姊姊來說，遼介哥哥存在的意義很重要，她是把你當做家人。」遼介點頭應聲：

「我知道，寶具偷盜事件對她有危險性，我才會採取獨自行動。」汐溫和勸說：

「我知道遼介哥哥是用心為姊姊設想的。當知道你被嫁禍成嫌疑犯的事時，我跟克勞德哥哥也很擔心你。我們是同樣寄宿在豐臣家的心苗，是兄弟姐妹，會互相照應關心是很自然的事情啊。」汐又說：

「這次密令尖兵任務，遼介哥哥會想到找我們合作幫忙，我很開心。下次你也要找小希姊姊一起啊，姊姊一定很樂意為哥哥做事的。」遼介想想說：

「我認為她要出任務還不夠成熟。」小汐說：

「那就遼介哥哥親自教姊姊嘛。我相信姊姊很願意向哥哥學習的。」遼介眼睛轉向光桌說：「嗯，這我會考慮。」汐心裡的一顆石頭放下，肚子也餓了。遼介想到什麼又問：

「話說起來，你從家裡拿這件大衣外套給我，你是什麼時候知道我被機關招募密令尖兵成員呢？」汐把持平常心說：

「那是因為我聽得見所有生命的心聲啊。」

「你有心電感應能力？」遼介驚奇問道，汐點點頭又說：

「嗯，從小當我發覺源氣之後，我就有這個能力了。我們學院老師們判定，這是神靈系路拉的一種能力『靈潔之心』。我現在能夠聽見自己身邊五十半徑公里內所有生命的心聲。我可以靠自己集中精神，過濾鎖定哪些人的心聲。」遼介感到新奇地又問：

「那是很棒的天賦啊！所以你早就知道我被機關徵招了嗎？」汐又說：

「嗯，還記得那天晚上，隼人哥哥在我們家前院突然襲擊遼介哥哥嗎？」遼介恍然大悟說：「原來是這麼一回事啊。」汐又繼續說：

「而且，今早我們學院裡，荷拉德古娜被綁架的事情在我們學生會幹部之間傳開，那時候我就覺得事情不單純了。」汐停了一下又說：

「然後，中午我在歐馮拉比諾學生會館用餐的時候，聽見了哥哥被羅德納拿亞樊達斯柯特騎士團拘捕的事情。在家裡從雅妮絲姊姊那裡得知，西露可姊姊被指名為此任務的密令尖兵小隊長。再說，會點名克勞德哥哥的，一定是遼介哥哥的建議。」

「原來如此啊，你真厲害！」小汐淡淡微笑，臉上浮上一絲紅潤說：

「嗯，距離抵達目的地還有很多時間可以運用，現在交給內建機元導航飛行，那我去後面吃點東西喔，我就不吵哥哥了！」遼介應聲：

「喔。」小汐轉身正要走向後艙門。遼介說：

「小汐。」汐轉頭看了過來問聲。

「什麼事？」

「多謝啊。」被遼介知道自己與眾不同的能力之後，汐聽見他仍然維持不變的親切澎湃心聲，完全接納的胸襟讓小汐感到很是舒服，說：

「這次也是我第一次接任務，還要請遼介哥哥多多關照喔！」遼介硬朗說：

「當然！包在我身上。」汐回了個笑容，她相信西露可，也很信賴遼介。

侯佛號持續飛行，船尾推進器噴孔的火光飛向遠方，穿入遠方雲層中。

28 發覺

豐臣家，希在床鋪上翻來覆去，始終無法熟睡。看著桌上時鐘，表示午夜一點六十九分，她覺這晚過得特別漫長。

希下床，把書桌上小水晶燈點開，桌上放著一封燙金邊白色信封，上面黏著魔導王家徽章膠泥印。早在遼介開始跟蕾雅共學以來，她知道遼介學習章紋術很有心得，前些日子提起勇氣寄信，和蕾雅學姊約談。這封蕾雅的回信上已寫上邀約時間和地點。今天下午二十一點，在瑪汀麗格宿舍。

嘆息一口氣，希拿起擺在桌上最珍愛的寶物，轉身坐在鬆軟沙發上。那是一幅回憶相框，舒服地光亮打在希臉上，生動油墨播放兒時回憶。

一對很年輕夫婦，帶著年幼的自己拌遊的畫面，從他們互動間能夠感受到父母對希無微不致照顧。

許多珍愛片段切換播放，想起父母耳提面命教導的一切，這些寶物總是能夠讓希提起精神。

「媽媽，爸爸，我該怎麼辦是好呢？」

希為自己的處境，無法替遼介分擔困難感到很懊惱。把相框放在茶几上，轉頭看向記錄板上的燈光，希感到疑惑，這麼晚的時間小汐和克勞德不在家。打開房門探看，走廊盡頭斜對角房門沒有亮光透出。原本這個時間如果雅妮絲已經回家，她應該會待在房間裡，忙著聯絡打理騎士團內部各種團務雜事。這棟大房子裡的源氣很冷清，只感覺到阿豐爸的氣息。

希下樓看見義毅坐在餐廳桌上喝著啤酒，配著娛樂嶺電頻幕打發時間。他看著影像入迷，希下樓來到他身旁都沒有察覺。希招呼問聲：

「阿豐爸？」

「哇！原來是小希啊？」收起驚嚇的義毅問道：

「這麼晚了還沒睡啊？」希關心問道：

「嗯，時間這麼晚了，小汐跟克勞德為什麼出門呢？」義毅說：

「岱勒烏斯機關下達密令徵招狀，他們出門接受委託任務啊。」義毅看起來很輕鬆，臉上浮現一點酒氣微動氣色，精神特別好。

「這樣啊——這麼重要的事情怎麼沒跟我說呢？」

希猜得到小汐和克勞德接下的任務不簡單。學校裡有些消失的心苗，是在接下學校和機關徵招任務後就沒再回來。多半被機關點名的心苗多半都會接受密令徵招。這些心苗完成任務的聲名大噪，沒回來的多半被同濟看成弱者，隨著時間逐漸被眾人遺忘。這是尚未成為意志者前，無名心苗犧牲的現實，這也是一種生存淘汰考驗的環節。雖然能夠被挑中的人材都是有實力心苗，但是接下危險任務能夠回來的又有幾人，同樣是豐臣家寄宿家庭的成員，希也為汐和克勞德的生命安全憂心。

「妳放心吧，他們會平安回來的。」義毅安撫道求：

「弄點宵夜來吃吧，你做的下酒菜很對味，而且都不會宿醉啊。」

「我知道了。」希點點頭走近廚房。她知道阿豐爸的用意，在豐臣家都是希在準備下酒菜，很多時候也順便陪著阿豐爸喝酒。希進廚房只不過十五分，就端來美味可口的下酒菜，涼的、熱的、生的，全都是義毅喜愛的好料，還有更多啤酒。

「阿豐爸，請慢用。」希表示敬意將酒菜送上桌。自己坐在一邊的椅子，給自己乘上一杯日式燒酒暖暖身子。

「噢！這真是讓人胃口大開啊！」義毅開懷大笑，一口涼拌牛角小卷，大口灌下啤酒，沈浸在享受美味佳餚和琥珀色黃湯的歡樂時光。

希小酌一杯酒，她喝一瓶日本酒，義毅可以喝上二十大壺啤酒，此時的義毅就好像有了一個成熟懂事的女兒，能夠陪伴分擔父親工作辛勞的幸福。

「你可以試著多喝一點啊！」不知喝下多少酒，義毅始終不醉，豪爽問道：

「既然做鬥士修煉，就要懂得喝酒啊。」

「阿豐爸也真是的我又沒有練醉拳，不需要練酒量吧？」

「誰說的？妳別傻傻的被世俗偏見套牢了。」義毅指教道：

「事實上，不沾酒也有醉韻才是醉拳最高境界。」希懵懂懵懂點頭問道：

「是嗎？」

「小希，你聽好了，練什麼門派武術都一樣。」義毅又說：

「喝酒只是個壯膽提昇氣魄的道具，使人不畏懼敵手，能夠勇猛制伏。所有的武道若沒有相當的膽量和氣魄，無論出什麼招，少了勇氣跟幹勁都只是花拳繡腿罷了。」希問道：

「所以獸王門的拳法也可以通用嗎？」

「通！當然通！那更可以提昇你的力氣，把所有猶豫拋除，那是一個境界。」義毅指教道：「你練的獸王拳絕活，源氣發勁的技巧是個關鍵啊。」

「這樣啊。」把義毅的教訓當做一回事，在腦海裡筆記一番，希賣弄小聰明想像：

「醉・獸王拳啊——」義毅又繼續說：

「你可能都沒注意到，我們倭瑞亞時常不知變通，固執用自身現狀思路修煉，反而因為自設框架而阻礙發展。你必須發揮想像力，不斷嘗試突破自我，同樣是獸王門絕活，但是你必須領悟出你自己獨有的武道，那才能讓你的拳和劍注入獨一無二的靈魂。」

「我的武道嗎？」希頷首思索，反省自己的毛病。義毅感性地又問：

「想像力不是你的強項嗎？」希問道：「遼介君也是這樣走過來，才變這麼厲害的嗎？」

「是啊！」義毅豪放指使道：「再去拿酒來，今天我要好好鍛鍊妳的酒膽。」

經阿豐爸的教導，她其實也可以拿茶或果汁來喝，不過她知道這麼做不夠意思，扼殺阿豐爸喝酒興致。她還是很識相地起身再去拿酒來：

「好的。」

這個時間能夠獲得義毅老師一對一指導，這是平時同班心苗都沒有的特級補習機會。希端來更多的啤酒和燒酒，坐在義毅身旁替他斟酒。俗不知希酒量還不錯，堪稱酒豪的義毅心情好，把自己灌醉了。他滿臉通紅嗝氣，一副輕飄飄臉色。

當希發覺放在客廳沙發上的大衣外套不見蹤影，她問道：

「阿豐爸有看到放在沙發上的大衣外套嗎？」義毅不以為意問聲：「什麼外套啊？」

「那是遼介君的武道大衣外套。」希說：「就是我剛才坐在那裡縫補的外套啊。」義毅不當一回事反問：「妳是不是喝醉了，忘記自己把外套拿到樓上去了？」希在意追問：

「我沒有，我明明剛才放在這裡的，怎麼會不見了呢？」希在客廳找了好幾回，隨後在客廳茶几上找到一張小汐留下的紙條。

——我已把姊姊縫補好的外套帶去給遼介哥哥了，請放心。小汐——

「阿豐爸！你知道小汐他們帶什麼東西出門嗎？」義毅說：

「剛才小夏緊急告知提前集合傳令，他們匆忙出門，我沒看到他們帶什麼東西。」

「阿豐爸，我有不祥的預感。」

「嗯？」義毅看了過來。希表情凝重，大膽直說：

「我認為遼介君也參與了岱勒烏斯的密令任務。」義毅大聲說：

「你真的醉了，他人應該在麻法亞瓦隆，被限制警護監視才對。」

「這張留言紙條是什麼？」希把紙條拿給義毅看又說：「這沒辦法說明小汐為什麼要帶走遼介君的外套，還有機關為什麼要指定克勞德作為隨隊成員？」換了一口氣又說：

「再說，如果執行密令任務的尖兵前輩，指定遼介君作為隨隊成員呢？」

聽進希的推論，義毅酒醉清醒了，被蒙在鼓裡的感受讓他相當生氣。他嘴邊咒罵老天，手上握著的水晶玻璃啤酒杯應聲粉碎一地。

29 交心

夜空中，烏蘇魯與岱赫拉的紫銀色光輝映在雲層上，兩顆衛星才剛昇上地平線。一顆閃爍光點穿出雲層，侯佛號飛過眼前，他們飛躍種族境界線，下方是廣大內陸湖—提歐斯卜赫。好似一面巨大無邊無際黑色鏡子，映著銀紫色光輝，湖面上偶爾有零星游動光點，水面下有夜行性龍魚游動，湖底也有水棲哈路歐人種活動蹤跡。

侯佛號後艙，從左側門進入看見矮牆分隔出來的走道，直達船尾膠囊休息艙。前後兩扇出入口可進入餐廳。一張長桌，一面連著矮牆的弧線加長型沙發，右側開放活動空間沿著長桌擺著三張活動式椅子，從餐廳任何角落可以看見通往前艙右門。桌上輸送孔，可從船底下的中央機元廚房送上食物。配給食物不是簡易軍人餐包，而是分子合成食材的美食餐點，即便只是一群第一次接受委託任務，機關還是沒有虧待這些菜鳥心苗，比起軍中特種部隊的伙食實在太奢侈。

桌上疊著好幾層餐盤，還有好幾隻烤串金屬竹籤，大快朵頤完西露可橫躺在沙發上呼呼大睡。克勞德坐在沙發尾角轉彎處，用食指指畫桌面，嘴上小聲碎念，心裡一邊盤算，努力掏出自己最有把握的章紋。汐坐在沙發上，遼介和修二坐在活動椅子上。遼介一邊享用餐點一邊和修二閒聊，汐也在旁邊聽。

「真佩服小露可前輩啊。」修二問道：「這種時候還有辦法睡成那樣，她真的有身為隊長的自覺嗎？」

「執行任務中，能夠隨時找機會回復體力是很重要的。」遼介說：

「她隨時可以熟睡，可見已經習慣這種壓力，她應該有很豐富的任務經驗。」

「西露可姊姊在校的成績表現就很優秀了。」汐也跟著說，她似乎是這艘船上最熟悉西露可的人了：

「身為岱勒烏斯的源將尖兵，好像完成很多機關指派的任務喔。」

「她是亞哈路歐人嗎？」遼介問道，小汐又說：

「她其實是彌哈人，是彌勒斯和哈路歐人的混血。」

「難怪她有那種異於常人的體重和能力啊。」遼介早已發覺西露可的身世可能不凡，小汐的話卻出乎意料，附和說：「她真的很與眾不同啊。」

兩人彼此不應該有交集，西露可會自主申請監視自己，遼介還是不懂為何西露可對他有那麼強的印象，看向汐問道：

「她一直都是寄宿在我們家隔壁的史密斯老師家？」汐點頭又說：

「嗯，那是我才十一歲剛住進豐臣家不久的時候，西露可姊姊以編入生身份，入學羅德家拿學院二年級。畢業後獲得聯邦國公民權後，還是繼續寄宿在他們家。」修二感到很佩服說：

「她的身份能夠獲得伊特厤柆人民的認同，看來她幹了很了不起的任務啊。」遼介不解問道：「這話怎麼說？只要在校表現優異畢業的心苗想住哪，在哪工作都很容易不是？」

「光野。」修二回答：「即便現在國家公家機關宣導，不得對哈路歐把持偏見歧視，不過還是有不少人無法忘掉千年戰爭時代的歷史包袱啊。她能夠成為岱勒烏斯任用的源將尖兵，獲得大家認同是一件很不容易的事啊。」小汐又繼續說：

「西露可姊姊，還會繼續寄宿在史密斯老師家還有其他因素喔！」

「糖醬燒烤龍魚卷好好吃——」西露可的夢話打斷三人閒聊，看她搔搔大腿翻過身去又繼續睡，連做夢也和吃的相關，對她天真樂觀心靈來說，到底是如何看待不友善言行和目光呢。修二手邊拿著湯匙指向遼介問道：

「話說光野啊，你有弱點嗎？」遼介隨口應答：「當然有，沒有人沒有弱點的吧？」修二很感興趣問道：

「說來聽聽啊，像你這種在低年級心苗中強到誇張的傢伙，到底罩門是什麼啊？」

好像玩真心話大冒險那樣刺激，遼介反問道：

「你想知道，就當做彼此的個人情報互相交換如何？」修二豪放笑道：

「好啊！你想問本大爺什麼都好。只要能夠問出你的弱點就值得了！」

「關於被列為機密事項的魔劍事件，你應該是當事人對吧？」遼介正經發問，頓時修二愣住，嬉鬧心情盡失。他表情僵硬不自然問到：

「這件事是誰和你提起的？」

「你應該知道，總是和我跟進跟出，有張大嘴巴的人是誰。」

「原來如此啊。」修二不悅又問：「你知道多少？」遼介答話：

「A班大夥都知道的程度，還有哈薇娣蒂。」提起這個獲得班上眾人愛戴的優秀心苗，修二感到沈重，低下頭轉向他處，露出切齒難耐臉色。修二是否要對遼介全盤托出而猶豫不決，氣氛頓時蕩到谷地。

「遼介哥哥。」聽到兩人內心聲音，汐皺起眉頭。她認為應該制止遼介繼續觸及修二傷疤，但是她沒有說出口。她知道一旦制止，這個尖兵小隊成員的牽絆很可能會支離破碎，無法合作進行任務。

遼介沒把問題抽回，關切注視眼神劃破凍冷空氣，僵持了幾分鐘，修二呵氣鬆口說：

「也是，哈薇娣蒂對神崎來說有特別意義，他會對你提起也是難免。」

回娑起那段他不能忘卻的事件，修二唉聲說：

「索羅那赫切是那把魔劍的名，原本是彌勒斯人英雄族長，帝拉司加爾的佩劍。要打個比方，和你們雅斯界相傳認知的提爾鋒很類似。」遼介問道：「那是一把嗜血的魔劍？」

「據說那把劍可以輕易擊碎烏蘇魯，要將大地切劃出河道深谷都不成問題。古時天上的庫諾譚就是被索羅那赫切一擊斬碎，對彌勒斯人而言，原本是一把象徵英雄王權的寶具。」遼介納悶又問：「聽起來是一把很了不起的寶具，為何會被冠上魔劍稱呼？」

「遼介哥哥，我也知道喔。」小汐提及魔劍典故：「那是在我們塔努門人還沒來到阿特蘭斯界以前的歷史。據說帝拉司加爾為了讓彌勒斯人靈性提升，用索羅那赫切把心性黑暗族群的彌勒斯同胞驅離阿特蘭斯，其中彌勒斯人民死傷慘重，那把聖劍也因此被詛咒。」小汐停了一下又繼續說：「帝拉司加爾平定聲亂之後，認為不再需要這把劍的力量，因此把它封印在萬王靈谷，特別建造了一個封印劍的墓穴。如果有意取得魔劍的人，若無法匹配索羅那赫切，持劍開鞘的人或許可以得到強大源氣加持，但他的人格和靈性會被抹滅，成為只知道殺戮的魔人，直到外族生機全滅為止。這是魔劍詛咒的傳說。」

這席話從小淑女口中提及格外弔詭，卻也平緩陰森氛圍。

「親身經歷過才知道，那是屬實的真說。」修二臉上蒙上一層陰影，苦澀滋味浮上心頭。遼介問道：「既然你劍術了得為何謀求寶具啊？」

光野家的武道很原始，不推崇固定或依賴某項兵器。依賴固有寶具力量也是禁忌思維。要求的是武者本身的強悍，精通各班武藝；智武雙運，瞬息萬變，順物所用，順地應之，是源神諭心流的中心理念。

因此，他無法理解謀求寶具的心裡。修二說：

「半年前的我，劍術項目獲得低年級生中最優秀心苗的評價。還獲得『神石劍豪』的稱號。那時我渴望謀求足已匹配自己的刀劍，坊間武器行看得見的都無法滿足我。」

「既然你家是刀劍鍛造名家出身，要求鍛造名刀劍不是很容易嗎？」遼介又問。

「別說了，我們家向來不會為自家人鍛造刀劍。鍛造工法或許稱得上名刀名劍，卻稱不上什麼厲害的寶具。」修二話語間夾帶一點哀愁說：「我們家堅持鍛造的刀劍只會隨配戴者心性強化並賦予屬性，起初跟普通刀劍沒什麼不同，只是堅固銳利些罷了。而且我父親性格古怪又頑固，他一向刀劍不賣錢，而是看請托人值不值得他鍛造刀劍，與其說是刀劍匠人，不如說是頑固藝術家。與其苦苦哀求他，受他嫌棄，不如自己外求刀劍更省事。」遼介又問道：

「你那時候還只是個一年級心苗，就在妄想寶具不會太早了嗎？」

「哪會啊，像蘭斯一樣，新生入學時就帶著寶具、法器入學的心苗大有人在。」修二辯解道：「而且，想辦法弄到寶具並不是什麼可恥的事情啊。」

「是嘛。」

這種事要是聽進泰典祖父耳裡，他一定會強烈抨擊，底子練得不夠扎實就想仰賴寶具道具能力，一定會被他罵得狗血淋頭。在他們宗家這麼做視為武者自認懦弱，祖父也不推崇基本流派絕活不成熟，就發展個人特質性向發展的武道思維，對創新流派的武道完全放不在眼裡。遼介卻沒有固執於武道守舊思維，他熟知宗家武道奧義宗旨和心法，卻有自己柔軟彈性見解。

在旁邊絞盡腦汁，準備章紋的克勞德抬頭問聲：「有事嗎？」修二隨口打發克勞德問話：

「沒事，你把章紋術準備好比較要緊啦。」

「是喔。」克勞德無心於其他事物，把注意力拉回自己的章紋準備課題上。

「蒂芬妮・哈薇娣蒂呢？」遼介又問，修二嘆息道：「事實上她比我還強，她使劍基礎信念是建立在對外界，人心接觸和有效的連結應對，不是自我膨脹的獨我信念。」

談起蒂芬妮修二格外起勁，一年級時的兩人之間有曖昧情愫，就只差一步沒對外宣稱和彌關係。遼介分析問道：

「是因為彌勒斯天生的靈性跟領悟力高？」

「或許吧，她一年級就已經領悟獸王劍法的精髓。」修二說：「我之所以有機會風光，是她在成績和實力表現上有所保留，我才能被排名在第一的位子。」遼介又問：

「我聽說她在班上原本是中心靈魂人物。」

「是啊，她真的不像彌勒斯常見的性情，人品高潔讓人無法高攀，待人裡外很直率。不過風見卻不認同她刻意保留實力的做法，她覺得『和諧的勇敢』在面臨危機時，會阻礙力量的發揮。那時她要刀法還小有名氣，她跟蒂芬妮之間是出了名的競爭對手。」遼介含笑說：「所以她才會選擇修練鬼宿修羅門的刀法啊。」修二自招，原來他早就修過戀愛學分，還是令人胃絞痛的三角關係。遼介又問：

「後來他們兩隨同你一起去找魔劍？」

「哈薇娣蒂他們族人的使命就是看守萬王靈谷，她自願做我的帶路嚮導，當時風見硬要跟去。」修二說，摸索記憶心情越是沈重：

「如果我當時接受她的提議，在墓穴前打消獲取魔劍的念頭，我們二年A班或許不會是現在這樣紛擾碎散的樣子。」回想蒂芬妮一路上，一直勸告修二的言行和身影，是那樣貼心親近，他卻執迷不悟，一心只為了獲得魔劍寶具，終究釀成悲劇。遼介問道：

「你們在墓穴裡究竟發生什麼事？」

「事實上我們很快就找到封印魔劍的墓穴，那些防範盜墓人的機關對每天接受嚴格體能訓練的鬥士心苗而言也稱不上阻礙。只不過，領先接觸劍塚的是哈薇娣蒂她在我跟風見的面前打破劍龕封印，將索羅那赫切拔出劍鞘，強大源氣和詛咒邪念附加在她身上，當她逐漸變成魔人，趁還保有自我意識前，她用自己的劍切腹了斷自己的生命。」當時蒂芬妮吶喊，催促兩人逃出魔劍塚靈室的聲音迴盪在修二腦海裡。修二感嘆說：

「最後封印魔劍的靈室崩塌，墓穴也整個消失，我跟風見在外頭等上三天三夜，始終沒等到她逃出來」修二話語中充滿懊悔：

「她當時看待劍術和源氣的心性比我還要成熟，如果身為彌勒斯人的她都沒能駕馭那把劍，我更不用說了。而我當時也沒有為大局自我了斷的勇氣，她的犧牲阻止了魔劍災厄降世，事實上把她封在四花聖第一位也不足以頌揚。可是學校把這件事當做心苗搗蛋，把事情化小，後續調查變成了機密檔案，我也不得而知了。」

修二後續每每想起這些事，蒂芬妮都是為了自己和熱愛的阿特蘭斯犧牲，自己卻為了獲得寶具而瘋狂，相比之下實在可恥之極。遼介感性說：

「原來如此，這就是你捨棄刀劍重新修練拳法的原因啊？」

「你想笑就笑吧！為追求寶具而癡狂，被班上那些傢伙罵無賴雜碎只是剛好而已。」修二把這些全盤托出，就算被唾棄恥笑也覺得罪有應得，他眼神看著那處。

「我不會笑你的。」遼介體恤修二心情，遼介一手拍在修二背上激勵道：

「既然那是你選擇的，那就好好發揮室宿玄蛇門的絕活吧！」

遼介自認自己的傲慢和自負失手殺傷小瞳，又有什麼資格嘲笑修二為魔劍而癡狂。兄弟相挺情誼之間，交織更多心心相繫的信賴。修二揮去那些不愉快問道：

「好了！你能說你的弱點是什麼嗎？」遼介不遲疑，毫無保留說：「水下空間。」

修二忍不住放聲大笑道：

「哈哈哈！光野啊！沒想到你實力那麼強，卻是一隻旱鴨啊？」修二前一分鐘哀愁消失，又戴上那副滑稽面具。遼介又說：「我只是討厭水下的封閉束縛感而已。」

「有什麼原因嗎？」這次換修二挖掘，遼介坦誠說笑自嘲：

「我年幼的時候因為和青梅竹馬玩抓鬼，不慎被他點中穴道，身子動彈不得掉進深水域中，差點沒被溺死啊。」

「哈哈哈哈！那實在是糗斃了！」

「對吧。」遼介很爽快，他並不介意童年糗事被當作笑料，夥伴之間更應該坦誠：

「你為何會獲得神石劍豪的名號啊？」修二說：「其實很莫名其妙，那只是因為我老媽是聯邦國監督晶石流動機關的重要搜查監督幹部啊。」

「是喔！聽起來很神啊。」遼介快活笑道，修二一手揮揮又說：

「現在一點也不神啦！比我神的是你！」遼介說：

「別這麼說，我只是略懂而已。」修二笑罵道：「你這傢伙。」

「哈哈哈！」兩個人笑成一片，拳拳相擊。在一旁用功的克勞德眼神看了過來，他只覺得他們說話聲量很吵，打擾到他用功。

汐鬆了一口氣，她還以為兩個血氣方剛的大男孩會因此反目成仇，大打出手。然而夥伴間磋磨點燃的友情火花，扭轉為舒暢和樂氣氛，臉上浮現放鬆微笑。即使他聽得清楚兩人內心聲音，卻無法預測男兒之間，奇妙友情羈絆的化學效應。

當這群尖兵小隊成員談笑間，沈浸在覓食和睡眠的時候，他們不知道危機已悄悄發生。在他們看不見的地方，引擎動力中樞，高熱的引擎內外管壁上，附著許多微小生物，身長相當於小指一節，好似白蟻的謎樣蟲類正一點一點侵蝕引擎管線，艦舵艙儀表板上，引擎系統亮起了保養檢查的黃色燈號。

30 豐臣英雄

伊特麻拉已迎來早晨曙光，哈格士托一夜未眠鎮守伊爾德儂指揮中心，他沒有休息空閒，現在又回到桑傑斯托羅德騎士團本部，關心其他案件後續報告。雅妮絲也在場關切。

義毅氣沖沖地從外頭闖進騎士團本部指揮中心，站在外面守衛的四年級心苗，見到海尼奧斯教員來訪，又是那個讓種族千年戰爭終結，意志者英雄之一的豐臣英雄，幾個後生晚輩識相讓開大門。

義毅走過指揮中心中間走道，絲毫不理會驚動那些情報部人員的驚訝目光，直接走上鈍鳶形發光平台，來到哈格士托跟前質問：

「哈格士托！你們瞞著我指派我的監護心苗出任務是吧！關於光野遼介。」哈格士托有聽沒到，只是冷靜閱覽投影在空間中的情報資料。

「豐臣老師——」雅妮絲從來沒看過義毅這麼生氣的面孔。

「回答我！你們為何准許一個『愴星』狀態的心苗出任務？」義毅再問一次，哈格士托應答：「我現在很忙，如果前輩只是想大吼大叫，請前輩離開本團部，您會妨礙到我騎士團的運作機能。」義毅生呼吸一口氣又問：

「是你們逼迫他接下任務嗎？」

「你不要搞錯了，我有給他選擇權，是他自己抉擇願意接下任務。」哈格士托別有意味笑道：「身為監護人和班導您似乎還不懂他是什麼一塊料，他比你認知的更有膽試和勤奮。像他那樣的人材接下任務為世間人們貢獻己力才是他的天職宿命，悠閒的校園生活對他無意義，也無法治癒他現在的愴星病狀。」

「你們不是有意把他當作負罪傭兵利用？」義毅凝視哈格士托。這是國家對有能力的重大罪犯，更生再發揮條例衍用概念，他知道機關內部有些人士保持，把具有潛力心苗當作一次性滅火器使用的心態。出任務導致心苗無謂犧牲也不聞不問。義毅更是反對用重大罪犯意識，輕易加諸在心苗身上。哈格士托眼神變得嚴肅反問：

「利用？我沒這麼想，你這種說法簡直把我當作那個組織的人是同類？」義毅質問道：

「告訴我他施行的行動計策內容。」面對這個擁有英雄頭銜的前輩，哈格士托沒理由有再瞞騙。決定把現狀況全部招供，哈格士托命令道：

「麻美，現在實行機關情報秘密管束第五條例。」
「了解。」麻美和在場情報人員戴上全罩式帽子繼續工作。
「觀月學生副會長，妳也回避一下吧。」哈格士托看向雅妮絲要求道。雅妮絲搖頭，慎重請求道：
「哈格士托前輩，這件案件通報時我也在場，對我們學院而言是重大案件，職責法理上我也有知情的權限對吧？」
「好吧。」哈格士托回過頭來面向義毅：
「就是你們認知的現狀，尖兵小隊成員名單對學校公開發佈的名單和實際上有差異。」
「你是說現在執行尖兵救援行動的成員沒有人知情？」義毅駭愕問道，雅妮絲也很吃驚。哈格士托說：
「知道的人除了我和麥克斯以外，上級人士只有莎拉艾娃長官和萊朵校長知情。」
聽進這些雅妮絲表情也很複雜，遼介甘願無名冒險，他是個可以為了完成任務，而捨棄榮耀名利的男人，她心情如水波蕩漾。義毅又說：
「你的權限應該可以拒絕這種無名無實的危險行動策略。」
「是很危險，不過他提議的策略應對是合理的，我很欣賞他的氣度和膽量，也很期待他的表現，他也必須證明自己的價值。」哈格士托嚴肅反問：「集團偷盜寶具暗件已經有證據證明他的清白，但是您知道為什麼學校裡教職會和機關裏的部分人士，仍然認為在破案前必須保留他的嫌疑嗎？」義毅不服氣反駁道：「那只是他們的偏見罷了。」
「前輩也知道不能夠用普通心苗看待他，他封印著強大源氣，不但如此，還有成長的潛力空間。

他究竟是救世還是滅世的存在姑且不論，他必須讓那些保守派的人閉嘴。否則這裡也沒有他的容身之地。」

「你要讓每個人都認同他是不可能的。」哈格士托反問道：

「保持疑慮和不安意見的人占半數，必須要平反他們的聲浪。您應該也不想看到自己監護管束的心苗，被當作不定時炸彈對待吧？」

「我管不了其他教員如何看待他，我相信他會有一番好作為，這就足夠了。」義毅說，眼神透露英雄氣魄，身為監護人他也不能坐視不管。

「知道這些情報您有何打算？」哈格士托笑了，這一點他也認同。

「那還用說，當然是趕上他們腳程。」義毅豪邁說：「我不知道是那個組織哪個分支家系惹出來的禍端，搞出這種事件，沙拉艾娃長官一定會有其他打算對吧？」

哈格士托看他左手纏繞章紋繃帶治療的模樣，語帶保留問道：

「可是前輩才剛出任務回來，接受那身傷的治療。現在又要再勞駕您出任務，這樣對你很不尊重。」

「笑話，這是出自於我自己的意願。這種時候哪能夠讓年輕人拼命，自己躲在後頭旁觀？」義毅笑道：「我還不像某些人年紀未老先衰，盡是把責任推給年輕心苗擔負！」

「是嗎，現在剛好有個空缺。」哈格士托滿意笑著，乘著義毅的興致徵求道：

「我可以替您介紹，如果是前輩擔任那個位置，我相信柆葛茲長官也不會有意見。」

「呵，他上任岱勒烏斯分局長的資歷還太淺。」義毅以一個尖兵前輩身份談笑評價：

「你們人力調度分部長別老是被他的官威打壓，偶爾也要表示主見啊。」

「您說的是。」哈格士托只是苦笑，他實在羨慕義毅的立場。

「哈格士托前輩，我也想參與救援行動。」雅妮絲問道，義毅硬朗說：

「你只要集中心力，協助把現在校內的寶具偷盜案件偵破就好！一心二用會削弱你的力量。」雅妮絲說：「可是，這個案件影響到國家維安程度了。這種高難度任務，應該越多人手協助越好不是嗎？」

「我也贊同豐臣英雄前輩。我懂你的心情，不過他們沒有你想像中的軟弱，相反的西露可和那幾個心苗加乘在一起，會產生意想不到的意融和作用。」哈格士托相信第一波密令尖兵小隊能夠直搗黃龍，把兩位公主安全救出。

「我瞭解了。」雅妮絲只好把雜念拋除腦後。哈格士托反過來問雅妮絲：

「話說起來，他特別指明你去造船場會面，他有說什麼嗎？」

「他留了一些口信給我。」哈格士托的提問又讓她想起遼介當時的言行，讓她冷靜認真心情變得心猿意馬，這很不像她自己，心中好像有什麼要蹦開的情愫：

「他要我跟某個人會面，他說他是破案的關鍵人物。」

「原來如此，你知道他為什麼指明你嗎？」哈格士托感到很不可思議，雅妮絲公式化思考說：

「或許只因為我是學生會副團長，認為我擁有執行和督導案件的偵辦權限吧。」

「不止如此，他是很信賴你，能夠代替他幫助那個人，進而圓滿破案。」哈格士托會想好好認識這個年輕小夥子，沒有一個密令尖兵小隊隨隊心苗讓他如此注目。

「圓融破案是嗎？」雅妮絲想了一下，還是不懂，她謹慎反問道：

「所以前輩認為這個人不是共犯？」

「肯定不是，那個人應該是個被迫害在惡意多數決下的犧牲者。」哈格士托推論道，他知道這案件對學生會長選舉會有嚴重影響：「你想想看，他不向學生會或是兩騎士團求助，而是特地找被裁贓受害心苗的原因。還有，我們學院騎士團制度最大的問題又是什麼？」

雅妮絲想想，斷然回答：「騎士團之間勢力分派的意識抗爭？」哈格士托說：

「正是如此，他應該有察覺到這個問題，他是覺得你能夠打破那個僵局把事情辦好。」

「這麼說！」經哈格士托的提示，雅妮絲才恍然大悟遼介說那些話的用意，她表情認真說：「我懂了，我會把這案件妥善收拾乾淨。」

雅妮絲抱著一定要破案決心，轉身離開桑傑斯托羅德情報中心。

31 躊躇十字路

雅妮絲走出桑傑斯托羅德騎士團本部情報中心，表情若有所思地走在白色長廊上，陽光穿透窗戶造成的幾何線條光影照映在地上。

走出裘西雷斯大門玄關，雅妮絲撞見在門柱旁等待的希，整晚沒睡，擔憂心情全塗在臉上。希不再等待阿豐，緊跟著雅妮絲身後走了好幾個街區，雅妮絲停下腳步，背對著希，用學生會幹部口氣問道：

「這個時間應該是你們海尼奧斯的晨稽古練武時間不是嗎？怎麼有空在我們羅德加拿逗留？」雅妮絲說，希畏縮身子反問：「豐臣家寄宿的成員都出任務了，我怎麼能夠不聞不問呢？」雅妮絲又問：「難道不是擔心遼介的事嗎？」

「你不懂，他對我的意義有多麼重要。」希低頭說：「小汐和克勞德也一樣，因為是家人所以會擔心。」

原生家族沒有了，如今這個豐臣家是她的歸宿，因此她特別珍惜現在所有的一切。

「這些實情知道了你又能怎麼辦？」雅妮絲轉過身來又問：

「你現在的身份處境，假裝什麼都不知道才是最幸福的不是嗎？」

「這件事情已經升級到威脅國家安全狀態，豐臣家裡的人都知道發生什麼事。」希越說越是激動，淚光婆娑：

「就只有我不知道，這不公平，我受夠這種被蒙在鼓裡的感受了！」雅妮絲嘆氣說：

「唉——你早餐應該還沒吃吧？」

「嗯——」

「找個地方坐下來談吧，這種事不方便在外面說。」雅妮絲說，希問：

「這個學院裡有那種地方嗎？」希是墨守成規的學生，平時沒事她自己不會跑到其他學院區域閑晃，她對羅德加拿學院很陌生。雅妮絲說：

「我們學院個人專屬的私密空間還不少。」雅妮絲決定帶她前往自己身為銳達佛赫心靈歸屬的地方。

又經過幾個街區，兩人來到瓦爾可麗提雅騎士團的團本部。希以為是個門禁森嚴的地方，這個深具歷史意義的騎士團竟然在做餐廳用途使用。看著外面大排長龍，門口還有穿漂亮制服外套的團員在外頭帶位招呼。從經營管理職到服務生都是騎士團成員，清一色都是女性。在開放的餐廳座位區，還能看到在中庭內廣場，團員團練或演武決鬥表演。許多男女心苗慕名而來，甚至其他學院的心苗和教員也會特地來光顧。

雅妮絲帶著希來到三樓私人包廂，隔壁就是團長室，從這間包廂窗戶向外看，視野絕佳，可以看到中庭廣場和各個房間狀況，透過這個窗戶觀察，雅妮絲可以看透騎士團內部很多事。

「我聽我們班上的心苗說過，瓦爾可麗提雅騎士團的早餐咖啡很有名，沒想到生意這麼好呢。」希第一次做雅妮絲的上賓，坐在位子上東張西望，看著包廂周遭裝飾擺設。雅妮絲很有自信說：「那是因為我們騎士團每個月，給予的資源都是固定的，想要增加收入來源都要看各騎士團各自發揮呢。」

一名團員送上兩人餐點，兩人份的洋式套餐，還有雅妮絲最愛吃的立體球花鬆餅，淋上香濃糖漿。為兩人服務的團員說：

「請雅妮絲姐慢用。」他綁著一束烏溜黑馬尾，耳朵上帶著銀黑色耳環，看起來是個雅斯界華人女孩。雅妮絲答謝道：

「謝謝你，麗玲。」希再也忍不住飢腸轆轆的肚子，動起刀叉大快朵頤，一口接著一口說：「這個洋式炒蛋真好吃！」雅妮絲說：

「我們瓦爾可麗提雅騎士團的早餐咖啡，是伊特麻拉榜上有名的呢！」希稱讚道：

「真的名副其實呢！」自從住進豐臣家之後，希每天都要負責做早餐，她不知有多久沒在外面用早餐，眼鼻和舌頭味蕾難得可以增廣見聞。這名團員對希很感興趣招呼：

「我知道你，戰場上的雅典娜。沒想到雅妮絲姐會帶來這樣的稀客呢！」希一時想不起來問道：「請問她是？」在學校裡希常常碰上她不認識的人主動跟他招呼。看她外套上騎士團識別章上面外加三顆六角星，是副團長職位，雅妮絲介紹道：

「他是我們騎士團現任的副團長，王麗玲。她跟我同年級，跟你一樣是來自於雅斯界，她出生亞洲東海都郡。」希驚喜說：

「我想起來了，你是有黑水銀女武神稱號的王麗玲學姐。」麗玲笑道：

「你也知道我的名號嗎？」

「雖然學姊接受挑戰鬥競的記錄不多，私人委託的功績很亮眼。」希時常從班上那群同窗姐妹聽來各學院心苗的事情，特別是米絲蒂，她常常帶來許多有名心苗的第一手情報。

「事實上都是些不值得一提的工作啦。」她不好意思地自謙，在團長面前她不敢自誇自己，雅妮絲不忘數落道：

「麗玲你又來了，我跟你說過多少次，過度謙虛會讓人瞧不起你，所有機會和榮耀都會被別人奪走喔！」

「我知道啊。話說你很久沒有在團部用早餐了呢。」麗玲只是笑笑反問，她很滿意現在的自己，覺得謙讓是種美德。

「我們寄宿家庭的家規，寄宿成員一定要在家裡用早餐啊。」雅妮絲說，麗玲請求道：

「我聽說過學妹的手藝很不錯，用過餐點後，一定要請你寫評論喔！」希雙手揮揮苦笑道：「我沒有利害到可以寫美食評論啦」麗玲說：

「我確實品嚐過，我們騎士團假日外出打獵時的野餐，雅妮絲帶的餐盒都是妳準備的對吧？大家都對你的手藝印象深刻，那真是令人難忘的美味啊！」

「那沒什麼，只是對家人的一份心意而已。」希縮著肩膀說：

「如果學姊們喜歡就太好了。」

「對了，麗玲，我有重要事跟他談。我沒有出這個包廂前，誰都不能進來收盤子喔。」

「好的，那我不再打擾你們了。」麗玲慎重回話，隨後拿著托盤退出包廂，一併把房門帶上。雅妮絲看著希品嚐一口培根，小口咀嚼品嚐美味的模樣，她開口說：

「那麼讓我們來談談，你想知道關於案件的哪些部分？」雅妮絲話鋒一轉，輕鬆無壓力的早餐氛圍，頓時變成野食地獄。希差點忘記來這裡吃早餐的目的，嚥下口中的食物說：「請告訴我機關指派遼介君任務的詳實來由，包括密令任務的內容。」

然而當雅妮絲把所有事都攤出來說之後，希精神飽受打擊，她再也沒有食慾。

「為什麼遼介君自願接下這種任務，而且選擇這麼危險的計策呢？」

「你自己問他啊。」雅妮絲冷凜直說：「能夠確信的是，他對自己很有自信，才敢下這麼大的賭注。他們把尖兵的權限充分發揮。」

希一時無法說話，臉色多了一分隨時可能會丟掉重要寶物的惶恐。雅妮絲數落道：

「這樣你滿意了嗎？你看你現在的處境知道了這些，只是造成你單方面增加精神負擔。」

「至少總比什麼都不知道的好——我不能夠什麼都不做——」

「我勸你放棄掉那個想法。」希激動問道：

「為什麼！難道我在校的成績還不夠證明嗎？」

「你的力量取決情緒的浮動，你太容易被周圍環境人事物牽動情緒，所有事全部從主觀本位思考行動，而看不清周圍現狀，以一名戰士而言是致命的缺陷。就算你鬥競成績表現好，在外面的戰鬥場合，仍無法成為能夠配合運用的戰力。」雅妮絲毫無保留點出希的缺點，並不是用語氣或力量壓迫，而是用現實經驗與邏輯做出評斷。聽入這些話，很傷很痛，重重的打擊希建立起來的自信。希抗拒反問道：

「我不懂小雅姊的意思？」雅妮絲冷酷問道：

「你有殺人的覺悟嗎？」

「殺人？」她不解雅妮絲為何這麼問，她從來沒想過自己要做一名殺手。

「在學校裡心苗的性命是被校規條例保障的，但是在外面的戰鬥，許多時候攸關性命死活。特別是尖兵委託任務，充斥危險。」雅妮絲嚴格地繼續說：

「敵人會想儘辦法摧毀你的全部。必要時你若沒有對抗斬殺敵人的覺悟，不但遭致自己死亡，更會成為戰場上夥伴的累贅。」希又問道：

「可是——蘭斯君都被徵招了，為什麼我沒有資格呢？」雅妮絲罵聲說：

「你不要拿其他人來說！他是他，你是你！」雅妮絲最看不慣這種談起別人處境，而無視自身問題的任性話。她忍不住動怒指責：

「作為意志者，能夠選擇的職業很多，沒有人逼你要跟兇惡匪徒搏鬥糾纏的工作，你自己缺乏資質跟我盧都沒有用。」

「但是我——」雅妮絲閉起眼睛，張開眼瞪著希又說：

「坦白說想成為『尖兵』意志者，就我看來你成不了氣候。」

「我該怎麼辦才好——」希的視線模糊成一片，淚水掉在桌上。到今為止的努力和抉擇全部都是為了遼介，卻被雅妮絲否定，她相當彷徨迷惘。雅妮絲訓斥道：

「那是你該思考的問題，心苗若不懂得獨立思考，還要他人為你抉擇。你身為二年級心苗問這種問題是否太幼稚了？」

「我——」眼看撥出談話的時間已用完，雅妮絲將自己的椅子向後退開，起身說：

「時間不早了，我還有事情要辦，你自己注意時間上課別遲到了。」

推開包廂扇門，雅妮絲停下腳步，用眼角餘光看著希低頭哭泣。她多麼希望這個傻妹妹能夠更懂事成熟，但是她沒有多餘時間陪伴希理清問題，學生會幹部責任在身，寶具竊盜事件的調查佔據她更多的心神。豐臣家成員外出任務，伊特麻拉現在處於內憂外患的情況，還有遼介託付他的真意，都成為激勵她辦案動力。

雅妮絲離開包廂，走在走廊上回想遼介傳達的口信，她決定隻身前往會會這個有苦難申的受害者。

希一個人待在包廂內，試著停止哭泣。自己彷彿站在抉擇的十字路口上，她告訴自己絕對不可以掉頭走回頭路，如果逃避問題她會成為無用的心苗。向右邊走是把當個躲在瓮裡的青蛙對外面的世事不聞不問，繼續當個平凡的優等生心苗，安分的被受大家保護就好。向左走是擁抱屬於自己的自由，不再管光野遼介，也許可以和柆朵泥，或著另外找其他男人締結和彌關係，過屬於自己的生活。前進要追上遼介腳步，現況卻有一道學校和周遭人士限制高牆擋住他的去路。

向右邊走不好，那會封閉自己，還會讓她跟遼介的距離越來越遠。向左邊走她不敢想像，她絕不想違背父母的期待，也不能把家人傳承下來的一切都拋棄。卡在十字路口中間，她感到好迷惘、好失落。

抬頭望著窗外天色，灰藍色雲朵逐漸遮去陽光。冷烈寒風吹動瓦爾可麗提雅騎士團的旗幟。她或許是眾人眼中需要被關在籠中好好飼育照顧的金絲雀，即使羽毛都長齊，鳥喙與角爪已足夠銳利，仍然不被認同，具足野外求生能力。她現在需要的是鳥籠閘門打開的機會，還有能夠讓她振翅高飛的強風。

32 調戲徵才

荷斯庫窪高原，狼嚎峽地底下斗斗圖姆宮殿。自從對外界嶺電公開綁架聲名之後，漢考提陣營進入全面戒備狀態。漢考提已把三百架妖狐機元兵啟動，佈局在各處重要區塊。在一處鑿出的岩石廊道中，每十公尺就有一處寬敞空間，各有沙漏狀結構柱支撐空洞，彷彿蟻穴相連相接。索亞對著結構柱設置章紋，微弱到常人無法察覺。

「索亞公爵？」突然一個聲音叫住他，索亞轉過身來看向巴里回話道：
「是你啊，古洛辛侯爵。」
「你在那裡做什麼？」
「我聽說這是古代哈路歐人留下的遺跡，難得到此一遊，想仔細參觀這座地下宮殿。」
「沒想到你會對哈路歐人的古蹟有興趣啊？」巴里問道：
「是啊，漢考提公爵如何安排我們的位置？」巴里停下腳步說：
「他跟我說，他把你安排在階梯迴廊頂層的穆塔機核監視中心。至於赫森斯尉士，安排在階梯迴廊中上層的角鬥場房間。」索亞持有疑慮問道：
「他不是把我們安排在中樞區域，防守人質的平台樓層嗎？」巴里又說：
「中樞區域交給我們的爵尉家眷負責。」索亞冷笑道：
「你們家的公爵似乎比起防守人質，更重視自身的性命不是？」
「你說什麼？」巴里故裝沒聽清楚，索亞又問：
「你是他的策士難道不覺得奇怪？竟然把中階家眷安排在防守人質，他打算本人躲在樓上主廳堂看戲嗎？」巴里說：
「我們主子一向都是充分運用我們能力的安排，無論什麼情況下，我們保障公爵性命是第一要件。」
索亞來此目的是幫助漢考提完成策略，沒想到漢考提把他和瞳當做為他保命的擋箭牌頭目使用。索亞不再多表示意見，回話道：

「我明白，至於赫森斯我會親自告知她。」

「我會跟您一起留守監視中心。如果你想參觀這座遺跡，我可以帶領您參觀，我熟知這地下遺跡所有區塊。」索亞答謝：

「好，那先謝過你為我帶路呢。」索亞跟著巴里的身後行動，表情浮現一抹微毫竊笑。

另一方面，瞳在巴里安排的房間休息。兩坪半大小房內，除了一張石桌，鋪著薄毯子的石床以外什麼都沒有。一盞鑲在牆壁上的綠色水晶燈照亮無窗空間，門口上方一排通風孔能夠換氣。這是古代哈路歐人隱士的起居室，對人類認知來說，更像是密不透風的牢房。

瞳躺在石床上，一手手腕放在額頭上歇息。眉頭深鎖嘆息，自從跟隨索亞一起行動以來，所到之處都是殺戮戰鬥，提防旁系分家家眷異己的騷擾，防範那些組織培育的新生小卒，為了奪她尉士位置的刺殺行動。面對組織內異己鬥爭，她還能把持全力戰鬥。但是，面對機關和尖兵正派人士的搜查討伐行動，每次戰鬥中屢次逃亡。在組織中活動，對她是種違背心性的煎熬，她實在佩服自己的父親，是如何執行機關臥底工作，卻還能夠堅定自己信念，不被組織染污。

聽見敲門聲，察覺門外人的源氣，瞳從石床上驚坐起身看向房門。還沒應門，漢考提大力推門而入。瞳問聲道：「您是漢考提公爵？」漢考提身子擋著門說：

「赫森斯尉士。」看他的臉色，瞳發覺自己陷入甕中之鱉的險境。她下床起身問道：

「這麼繁忙的時後，公爵您找我有事嗎？」

「巴里告訴你安排的位置了嗎？」瞳回答道：「我還沒接到任何消息。」漢考提笑罵道：「是嗎，他真是個飯桶，連傳話效率都這麼慢。」

「請問漢考提公爵，您是怎麼安排我的位置呢？」漢考提冷笑道：「你守備階梯迴廊中上層的角鬥場房間。比起那件事，我有事要和你談談。」漢考提把房門關上。瞳向後退縮問道：「公爵您這是？」

「你能力相當不平凡，在那個年輕人下面活動太浪費你的才能，不如成為我漢考提的眷屬，你可以奪取我爵尉家眷位置，只要你成為我的人，我絕不會虧待你。」瞳雖然厭惡這種感覺，還是給予三分禮數婉拒說：「很抱歉，我已經是索亞公爵的眷屬，我從來沒想過要在您的麾下活動。」漢考提咧嘴笑道：

「我想也是，我在烏蘇魯庫諾斯中活動多年，很少看到像你這種異例的人才甘願在組織裏活動。」瞳想逃跑，漢考提擋住唯一去路，除非動武否則她沒有其他逃生方法。然而沒有充分理由，擅自殺傷公爵在組織內不被允許，如沒有奪位覺悟就只有死罪，瞳說：

「我不知道您在說什麼。」

「你的那雙眼睛騙不過我，你源氣提升時，眼睛浮現的光紋樣是賽斐列特之眼，那是彌勒斯人，耶洛茵姆族傳授於塔努門人的一種至高瞳術。雅斯古代人稱之為上帝之眼。雅斯界曾有一時跟隨、篤信追隨耶和華的使徒，因為跟黑暗勢力戰爭而傳授的密術。西元世紀因新興宗教分歧，這秘術力量太強大，雅斯人的帝王懼怕這些力量，把這些使徒的後裔當作異教徒打壓，最後在雅斯界絕跡。」漢考提越說越是興奮：

「修練這項瞳術必須接受嚴格的靈魂選拔，唯有高潔心靈的人才能夠傳授，必須從年幼就開始修練的技術。阿特蘭斯種族千年戰爭中，修練這項技術的塔努門人曾大放異彩過，但在後面幾年的激烈大戰中死傷慘重，存活下來的寥寥無幾。沒想到你是那些殘存使徒的後人。這表示一件事，你根本不是自願加入我們組織。」

聽漢考提這麼說，瞳沈默不語。她沒想到組織裡有知道她能力歷史由來的幹部。漢考提又繼續說：「加入我烏蘇魯庫諾斯的人，各個懷抱不同目的，復仇、統治、權利、名譽、貪婪欲望，各有野心。修練白道高端技術的妳，本性在組織中是屬於『異端』存在，遲早會死無葬生之地。」瞳謹慎問道：

「漢考提公爵難道是為岱勒烏斯工作的前輩？」漢考提情緒異常亢奮說：「那些事我早已捨棄！如今我要取得元帥大位，統治阿特蘭斯，你的那雙稀世珍寶若能成為我的權勢之眼，我可以更快達成抱負。」聽進漢考提說出野心，瞳興趣缺缺說：

「很遺憾，我無法擅自離開索亞公爵，這是我成為他的家眷之後，就再也無法改變的事實。」漢考提冷笑道：「我雖然不知你跟他之間有什麼過節，但我可以幫你處理掉他，你為我奪取元帥位置，統治世界如何？」

瞳提起性子強硬拒絕：「我的事不需要漢考提公爵您費心。」瞳想要穿過漢考提左邊的空隙奪門而出，然而，漢考提甩手放出源氣，她冷不防地被幽黑獸類捆綁。瞳雙手連著腰被束縛，分身乏術，慌忙著急之下問聲：

「這是？」漢考提不懷好意說：

「你想上哪去？沒有得到你，我不會讓妳出那扇門。」

漢考提把瞳摔扔回床上，瞳使力想掙脫仍然動彈不得，那黑色氣團彷彿活生生的蛇類生物，頭部像沙蟲口部，對她肩頸，手臂和大腿含咬，她發覺自己的身子越來越使不上力氣，露出猥瑣笑容說：

「沒用的，我源造的幽獸跟真正的生物能力一樣。這些亞西米會放出特殊毒液讓你失去力氣，你很快精神就會恍惚。」漢考提靠近瞳，瞳吃力反抗說：

「別這樣——就算用這種方法我也不會答應成為你的眷屬！」漢考提笑道：

「我很喜歡你這種反骨強硬的性情，跟那些裝得溫柔婉約，假好心的狐狸精不同啊！」漢考提伸手撫摸她的大腿，另一手放出三條幽獸亞西米戲弄她的身子。瞳表情厭惡反抗道：

「你就算殺了我，我也不會讓你稱心如意——」漢考提說：

「我不可能殺掉你這難得人材，我可以賜予你費洛姆晶石，實現你的願望。你要是助我完成統治世界大業，可以滿足你更多慾望。」這種時候瞳想念起遼介身影，她仍拒絕道：

「不可能願望這種事，只有靠自己實現，身為意志者不能輕易仰賴惡魔的產物。」漢考提持續對瞳動手調戲說：

「我看你還能夠撐多久，這些毒液會讓你成癮。就算你百般不願意，身體也會很誠實，欲求這毒液，跟蜜糖一樣，你很快就會墮落自願成為我的家眷。」當他想進一步非禮的時候，瞳的那雙眼眸亮起神聖光紋樣。漢考提說：

「你看你的那雙眼多麼漂亮啊！」

「漢考提——」當他想強行猥褻，肖想得到瞳的時候，從身後傳來人聲。

漢考提身後突然展開一道幽黑團霧，幽黑旋繞頻幕出現一道紅眼人影，聲音不帶有感情，不像人聲呼喚。漢考提驚嚇之餘連忙起身問候：

「元帥您突然找我有什麼事嗎？」那道紅光眼睛散發恐怖氣息：

「你的計劃在對外發佈聲明之前，還沒對我報告內容細節。現在還有時間在那寵幸女娃嗎？」漢考提立刻放開小瞳的束縛，面對芬克帝歐元帥行禮致歉：

「懇請元帥饒恕，我這就馬上向您報告。」芬克帝歐責備道：

「你一再挑戰我的耐性，假如這次你的計劃沒能夠成功，你知道後果吧？」漢考提冒著冷汗，顯些膽怯回話：「是我知道，我有把握能夠完成這次誘發戰爭計劃行動。」

那道黑霧逐漸消失，漢考提一臉慌張，回看瞳一眼說：

「殘留在你身上的毒液短時間不會馬上消退。計劃達成後，我們再繼續談。那毒癮會讓你認識到誰才是真正的主子。」

說完漢考提沖忙開門離去，留著跪坐在石床上的瞳，她總算靠著賽斐洛斯之眼其一，美幻—蒂法特之眼的幻術效果驅走漢考提。

幽獸亞西米的毒液在他體內擴散開來，使她痛苦喘息，還想要被咬的毒癮湧上心頭。

漢考提疏忽瞳是個倭瑞雅。她一念專心，屏氣凝神。強力散發作用，使全身精孔全開，透過體內血管、經脈、氣脈強化流動。持續好幾分鐘的驅毒技術，施展女宿天女門絕活『玉體歸元』的效果，把漢考提注入的毒液全部逼出體外，毒癮也不會作效。當瞳遭遇漢考提非禮之後，瞳心裡想念遼介的心情如浪潮般湧上心頭。

「阿遼…」

33 夢中憶金蘭

看著光桌領航地圖上一點一點移動的航標，侯佛號飛在內陸湖上空，很快就可以飛越湖岸。然而，下方天氣很不穩定，綿延好幾百里厚實雲層，既看不到湖面也看不見陸地，雷暴閃光持續不間斷散佈，一下左一下右，這處空域瀰漫著詭異恐怖氛圍。

尾部機翅流風板吃力穩定機身平衡，坐在船內座椅上三分鐘一小晃，五分鐘一大晃，氣流極不穩定。

侯佛號仍以自動導航飛行，小汐不在艦舵長駕駛座上，也不見修二和克勞德身影。西露可已睡了一覺，精神飽滿地坐在位子上踢腳提振精神。而後一下檢視光桌，一下做伸展操打發時間，似乎船艦搖晃不影響她執行任務的情緒。

西露可雙膝跪在座椅上，手肘靠著扶手，雙手撐住臉頰，看著坐在另一邊副座上遼介的睡相。她看著遼介面容越是仔細，像小女孩般好奇表情，似懂非懂。她很想弄清楚為什麼當初在社區道路上與遼介插肩而過，自己回頭看著吹著口哨旋律的背影，她知道那不是一見鍾情，明明不認識卻有一種很強烈的熟悉感。懷念感覺讓她悸動不已，使她無法忘記這個男人的存在。今年的她已經275歲，那是從學校醫療部身體檢查報告得來的情報。她兒時記憶喪失，刻意回去摸索零碎記憶碎片，都是些黑灰色雜訊，那些影像使她感到恐懼，停止摸索自己的身世。因此無論是自己或是他人談起，她始終不相信記憶的事情。西露可小聲說：

「遼介。」她用手指逗弄遼介鼻頭和臉頰，調皮舉動使遼介轉過頭去繼續睡，西露可對遼介的反應感到很有趣，笑得很開心。

・　・　・

船艦搖搖晃晃對遼介好似搖籃作用，平時噩夢連連難得可以熟睡。意識朦朧之中，如夢似幻，一個晃動遼介從沙發上摔到地上，當他張開雙眼看見周遭傢俱陳列擺設，是他以前租的單人精緻套房客廳。當他抬起頭，額頭猛烈撞到茶几桌腳。他拂著額頭起身，這是他和小瞳開始同居後每天起床的標準模式。他有很強的自覺，意識自己應該在哈路歐人的船艦上，要前往拯救被兇惡歹徒綁架的兩位公主。很困惑是什麼時候回到雅斯，這間套房應該在和小瞳訣別後已經解約，搬離這個公寓。五官感受很真實，卻與現實充滿違和。

遼介感到懷念又困惑時，聽見臥室門打開的聲響。遼介轉頭看過去，失去已久的熟悉倩影。瞳・赫森斯穿著俏麗白色水手服，靛藍色的褶裙，她穿上烹飪圍裙，看起來已梳妝好，準備上學做早餐的樣子。

「阿遼，你起床了嗎？打擊異端犯罪的隔天不需我叫真難得呢！」

「是喔？」遼介一愣一愣地坐在地上。

「你坐在地上發什麼呆啊？」遼介看小瞳那雙迷人眼眸，沒有其他想法，不由得脫口說：「那是因為妳太美了。」

動人笑靨自然綻放開來，小瞳親暱嘟噥道：

「謝謝你的讚美啊，不過你再不起來刷牙洗臉上學會遲到喔！」遼介辯駁道：

「那不成問題，憑我的腳程速度一分鐘內就可以趕到學校。」

「不是那個問題，我們說好今天你要收拾桌面和洗碗盤對吧？」小瞳忍不住雙拳撐腰，腰桿向前傾數落：「愛賣弄聰明詭辯是阿遼的壞習慣啊。」現在看她那張說教臉色，遼介不管看多久都不覺得厭煩，以前他會直接回嘴，強勢辯解。

「我起來準備就是了。」遼介抓抓後頸提振精神，隨後起身，走向浴室盥洗間。

這是他們義結金蘭之後，自然磨合培養出來的溝通模式。

在光野宗家漫長的成長歲月中，祖父是教導他源神諭心流武術的師傅，祖母是傳授他各種技藝和知識的老師，嚴厲家教的苦悶生活中，從小天生堅強如頑石的心靈，再加上填鴨式教育高壓環境衝擊，造就他絕不輕易對泰典或是棗苗親近撒嬌，那是種自認軟弱和認輸的表現。因此她從來不知道何謂父愛母愛的溫暖。與小瞳邂逅開始，她是柆天托普機關指派監視保護他的同伴。一開始的邂逅火藥味十足，互相摩擦的火花帶給他另一種衝擊感觸。從一開始吵吵鬧鬧，偶而還會打鬧不休，好似官兵捉強盜的關係。最後變成似親似友的結拜義姊義弟關係。即使在宇宙乾坤上下無敵，再強大的龍王，也需要有個能夠安身休息的巢穴，小瞳給予的關愛，成為他心中的一塊暖熱基石。那段時間他感到無比安心，似乎可以隨時停下腳步歇息的落腳處。

轉身好想再看小瞳一眼，看著迷人身影，視線朦朧，她在廚房一邊打著蛋汁下鍋煎蛋，一邊哼著五音不全鼻音歌，不由得暖熱汗水從眼角滑下。

遼介打開水龍頭放水流，看著鏡中的自己。昔日殘留的戀慕情思和悲傷自責攪和在一起，強烈思念，促使他好想再看下去這場夢境。

梳洗後換上學校制服，回到客廳，幫忙小瞳把早餐端上桌，過程中他們之間談笑風生，卻沒有肢體碰觸。一桌和洋式早餐，鹽漬烤魚和洋式斯芙蕾蛋包配生菜沙拉。遼介一直看著小瞳，遲遲不動碗筷。小瞳問聲：

「怎麼了，我臉上有什麼東西嗎？」

「沒有啊。」遼介呆然搖頭。

「你不快開動的話，思芙蕾蛋包冷掉就不好吃囉。」小瞳笑道：「這是我看著名廚公開的食譜，改良過的口味包準好吃喔！」是那個自信又活潑大方的小瞳。但是他品嚐一口蛋包，卻是食之無味，嚐不到食物滑嫩口感和熱度。小瞳問道：

「味道覺得如何？」遼介乾脆讚美道：

「這很好吃！」

「真的嗎？你真可愛！」小瞳開懷笑道。

遼介得知瞳的死訊，來自於柆天托普機關幹員單方面告知，自己沒有管道，也沒有辦法查明死訊的真偽。他知道小瞳和義父一直都是浪跡天涯，四海為家，根本沒有固定的久居住址，就算有墓也不知從何找起。回到事件衝突現場什麼也找不到，他能夠確定自己鮮明記憶，和索亞衝突，中計親手殺傷小瞳的印象。認定小瞳已死是他自己最後做出的結論。即使知道是個夢，遼介還是很想問：「你真的還活著嗎？」

小瞳皺起眉頭，短暫呆滯，好像電視影像分秒停格的雜訊。她也被搞迷糊，逗趣笑容說：「你在說什麼傻話啊？我當然活得好好的啊！」臉頰紅潤尷尬說：

「那一次的事件，我和敵人頭目交手筋疲力竭，是你自己把源氣灌輸給我的不是嗎？」

遼介搖頭激動說，他好想挽回那個遺憾：

「我指的是你被索亞誘騙成為人質的那件事。」

「索亞是誰啊？你別看我用羽衣緞帶戰鬥就覺得我柔弱，我擁有尖兵資格，想要把我抓走並不是件容易的事情喔！」這很詭異，兩人同居的那段日子裡，小瞳從來沒有跟他提過阿特蘭斯界的種種事情，包括尖兵資格身份。他只能夠認定她曾偶爾拿在手中，用手指指畫把玩的閃亮晶牌，是心苗的學生證件，也是意志者的識別物。小瞳關心問道：

「看你的表情，發生什麼事了嗎？」

「我——」遼介實在難以啟齒，視線拼命想找尋，能夠提示記錄日期的裝置。但是坐在客廳中什麼也沒看見，他恨不得咒罵自己為什麼沒有在客廳擺上月曆。遼介問道：

「今天是幾月幾日星期幾呢？」

「那還用說，再過幾天是誰的生日呢？」小瞳那如豔陽般的笑容實在動人。

這個提示讓他想起，那次事件發生在自己生日當天。遼介很想說出究竟發生什麼事，他想阻止那件悲劇發生，但是一種壓迫胸口的感覺，使他無法說話。小瞳笑道：

「今天的阿遼好奇怪，比平常的你還要溫柔體貼好多喔！」

「我有嗎？」遼介覺得上氣不接下氣，好像突然變成水下空間的壓迫感，難以把話說清楚。

「到底發生了什麼事，能夠讓你表情這麼困擾呢？」小瞳海派地關切又說：「什麼事情都可以跟我商量啊，我們不是約定好的，彼此之間沒有秘密，有難同當的嗎？」小瞳說話一直都是直來直往，好像隨時都能夠敞開胸懷傾聽咨商的熱情大姊。

然而一種強烈拉力要把他的意識從空間抽離，這是蘇醒前的徵兆，有太多話想說，思緒閉塞，腦海中好像塞滿石頭，他只能簡短說話：

「如果我打傷你，你會恨我嗎？」遼介感傷，小瞳很驚訝，而後含著笑容說：

「我很驚訝你會這麼說。我用我的這雙眼睛見證你拯救過許多人，為雅普人打擊異端犯罪者。我相信你的作為，我們一起行動中無論發生什麼事，我都無怨尤。」小瞳又說：

「而且，我是接受精英教育培育出來的尖兵倭瑞亞，不會那麼容易受傷。」

小瞳一直都是那麼正向樂觀思考，悲劇發生前也是這樣，無論何時都能綻放如同向日葵盛開的笑容。一種鼻酸難過情緒充滿遼介意識：

「我能抱抱妳嗎？」遼介哽咽說：「只是一下子就好」

「可以啊。」

小瞳一點也不害臊，敞開胸懷。轉眼間遼介雙手環抱小瞳，抱得很緊。即使擁抱小瞳的身軀像岩石人柱一樣冰涼堅硬。撫摸那亮麗滑順的金色髮絲，不是懷念的濃豔香水味，而是可愛香草香。

「你真的好奇怪，平常愛跟我鬥嘴爭吵的火爆鬥神，今天特別體貼又會撒嬌呢？」

「我害怕失去你——你如果沒有了明天你會怎麼想？」

「這種事情誰也說不準啊。」遼介感覺到小瞳摟抱他背部的雙手，沒有溫度，傳達的是，如走馬燈一樣的回憶片段。小瞳感性說：

「沒有人知道明天會怎麼樣，但是我們有跨越突破命運的力量。只要我還有神識心跳，還感覺得到源氣流動，我就不會輕易放棄。我們不是發誓約定，雖然不是同年同月同日生，但願同日同時死嗎？」

「你說的我懂。」

「答應我好好照顧自己，我們的約定，那番力量絕不是用在復仇和洩憤的用途——」

「當然，我會用我的方法做給你看——」遼介把他頭移開，深情注視那雙漂亮眼眸。小瞳眯上眼睛，酥鬆肩頸抬起下巴，她似乎也渴望這樣的驚喜。遼介視線注視在性感紅唇上，再也不管周遭景物是否有變化。

唇唇相交還差一公分距離，突然間天搖地動，劇烈搖晃讓整個空間崩裂，耳邊響起刺耳警報聲。當遼介眼界視線一轉，兩人所在地方不再是他租約的套房客廳，而是毀壞荒廢城市街道上。血紅色天空，地面到處是崩塌裂縫，彷彿末日降臨景象。

「這究竟是？」遼介機警確認四周環境，當他再次回過頭來，小瞳那雙眼睛顯現光紋樣，臉蛋無血色，好像舞踏會石膏假面，眼睛含著淚珠，跟前一秒鐘氣色判若兩人。那是遼介噩夢中常夢見的小瞳，痛苦表情好似整個身體四分五裂，小聲說：

「阿遼。」

「小瞳你怎麼？」看到小瞳又是熱淚盈眶，他知道這個虛幻身影又要消失。

「用你的力量救救我——」小瞳哀求道：「無論發生什麼事請你相信我——」

小瞳的身子逐漸變成亮點粉灰消散，巨震再次發生，好像整個天都要塌下，地面都斷裂出深谷。四周刺耳警報聲參著西露可的呼喊：

「遼介！遼介！起來！」

「小瞳！」遼介又一次嚐到失去小瞳的失落感。

「我相信你——」直到小瞳的身軀剩下一顆頭，隨後整個消逝，又一陣劇烈遙晃，遼介整個人摔落裂開的萬丈深淵。

遼介大叫，驚魂未定的臉色嚇醒。當他醒過來，發覺自己早已摔落到副座旁的走道，西露可跨坐在他的腰上，遼介問道：

「西露可！？這是怎麼一回事？」

「遼介！起來！侯佛號，引擎，壞掉了！」理解西露可的話語，遼介驚愕地問道：

「你說什麼！」

聽見艦舵艙的警報聲響，船上燈光已轉換為緊急狀態的紅色，感受到船艦異常震動，不可預知的危難已經降臨他們身上。

34 喪失『侯佛』

伊爾德儂情報中心人員相當忙碌，全部都繃緊神經，一刻都不敢懈怠。哈格士托快步走進中心，來到柆葛茲面前。梅姬、哈蝶都在位子上，還有一名髮型低調的黑髮男性，他穿著前衛唐裝，發出銀光布釦和縫線紋，肩上有甲冑造型別緻袖子。回到位置上，哈格士托招呼道：

「長官。」柆葛茲嚴肅問道：

「你那邊的案件處理得如何了？」

「感謝長官的關心，那些案件進展還順利，剩下的交給賽拉歐斯副團長坐陣指示就足夠了，現在可以專注在這個案件上。」

「是嗎。」

「關於第二波的密令尖兵隊長，我找到適合的人選。」哈格士托直言提議道。

「說來聽聽。」柆葛茲問道，哈格士托不遲疑說：

「是豐臣英雄。」柆葛茲持有異議問道：「他才辦妥深入那個組織元帥的據點，偵查情報任務回來，負傷狀態你還想勞駕他嗎？」

「他已接受完治療，也知道所有案件的脈絡，他主動提出介入行動要求。」哈格士托極力推薦：「現在這個狀況我們需要借助意志者英雄的力量。」

　　柆葛茲知道義毅前輩的事跡，能力自然是無話可說。意志者英雄的身份享有許多禮遇，也抱括能夠自由聲請介入事件的權力。能夠與意志者英雄共事，是難得的機會。戰爭時代的英雄多半退居後位，隱居的隱姓埋名，養兒育女的也都封存實力，也有轉到其他單位服務繼續貢獻。就像繫上封繩的傳家寶刀一樣，不是危及狀態，意志者英雄本人沒有意願，機關沒有調動要求他們接受密令任務的權限。像義毅和恭子擔任學校教職員，多少還會接受一些委託案件，單獨行動。有豐臣英雄介入，讓柆葛茲興奮說：

「他是這麼說的？」哈格斯托又問：

「是的。兩個尖兵密令小隊的隊長人選確認了嗎？」柆葛茲說：

「另一個小隊的尖兵隊長由福明蒙德的王霆鈞老師帶隊。」

「第二波救援行動由兩位英雄尖兵帶隊嗎！」柆葛茲問道：

「豐臣英雄他人在哪？」

第二波準備發射兩隻鋭箭，帶給機關後勤人員士氣莫大的鼓舞作用。

「他在外面待命，要請他移駕作戰會報室和隨隊心苗認識嗎？」柆葛茲說：

「當然，王英雄已經在那裡待命。」在第三層圈擔任船艦系統監視的人員站起來對柆葛茲說：

「長官，第一波尖兵小隊的船艦發生異狀，您可能需要看看這個問題。」他用髮蠟梳得挺直的黑髮，高額頭黃皮膚，穿著制式外套。在情報中心能夠看到侯佛號的狀況，就好像宇宙航空局地面管制系統，能夠同步確認船艦的位置和內部機件系統所有狀況。

　　柆葛茲一臉驚訝，轉身看過來問道：

「何信，你說發生什麼事？」哈格士托也愣住了。

「ＺＥＢＮＸ０１８引擎動力系統發生故障訊號，從兩個小時前就亮起保養檢查提醒訊號，現在情況惡化，變成異常。」何信回答，柆葛茲命令道：

「把船艦的資料傳上來。」

「是！」當發光平台上，無數光粒子聚合，投影出縮小版侯佛號，看到引擎動力系統部位亮著危險異狀的橘紅光，抱括哈格士托，在場幾個人力調度分部長都驚嚇得無法說話。柆葛茲不敢置信，重話質問道：

「這是怎麼一回事？這是新造船艦，我們伊特麻拉分局的造船整備班技術應該沒有問題啊！」何信冷靜判斷說：

「ＺＥＢＮＸ０１８出發後一直是正常，但航程中間開始，從引擎部和液壓系統開始一點一點腐朽惡化，而且損壞速度異常驚人。」柆葛茲問道：

「這是有外力因素造成？」

「我們有辦法做什麼支援措施嗎？」哈格士托說。

「沒辦法。」何信吞了一口氣，回報噩耗：「如果不把損壞機件的原因排除，以這種崩毀式的損壞速度，再這樣下去，他們恐怕無法按照原定計劃到達目的地。」

「你說什麼！」

哈格士托緊握拳頭，他知道在他們身邊有組織的內奸設計，擾亂他們的救援行動。

侯佛號上。遼介不敢相信自己眼睛看見的景象，他手臂靠在艦舵長椅背上關切問道：

「小汐，到底發生什麼事？」汐面對亮起許多警告信號的機元儀表板，嬌小身子顫抖回答：「二號引擎過熱，給油幫補和冷卻系統失靈」

小汐叫出內建機元系統，正努力做補救措施。但識別引擎系統狀態示意面板，依然整個紅色一片，右邊引擎閃爍不停，異常字樣的信號燈配合警報聲，猶如野獸尖銳嘶吼反抗。補救措施無效，只能看著引擎系統損壞狀況持續惡化。

「剛才不是一切都還正常嗎？」遼介問道。

「我太大意了，從兩個小時前就亮起保養檢查燈號，那時數值都沒問題的——」小汐很自責自己沒有看好船：「現在間轉變成故障，這表示引擎有外力因素破壞有什麼東西導致引擎機件腐朽受損。」

「有辦法搶救嗎？」遼介問道。航程已超過一半，他們現在只能硬著頭皮繼續前進。

「太遲了。」小汐覺得很不樂觀，搖頭回話：「就算把耗損引擎的問題排除掉，現在固有機件損壞的程度，我們必須緊急迫降。」

現況內建機元已經與引擎系統斷線，只能夠用人力手動補修。最重要維持動力的燃料幫補系統受損和冷卻系統故障，汐也無能為力。她把自動駕駛轉為手動掌舵，並且把飛行高度降低。

只見侯佛號穿入厚厚雷暴雲層，持續降低高度，雲氣和冰晶像兇惡魔獸吞噬衝撞船身，後方羽翅導流板和尾翼船舵遭受強風摧殘，亂流使得船身發生不規律劇烈晃動。遼介問道：

「不破人呢？」

「我剛才請他下去動力室探查問題原因？」小汐說，看到登船口後方通往下方動力室的隱藏孔蓋開著，下方動力室發出紅通通的火光，不斷有熱氣冒上來。正當遼介打算跳下去，撞見修二爬著梯子上來。

「噗！哈！咳咳！」修二人看起來被動力室的高溫和油污氣體燻得蓬頭垢面，好在是個倭瑞亞，如果是普通人早就熱死在下面。

「不破！」遼介一手把修二拉起問道：「下面是什麼狀況？」修二大口深呼吸說：

「很不妙啊，那下面附著在引擎動力管線外壁的東西是源造生物，那是路拉的傑作，那些小蟲持續在侵蝕腐朽管線和金屬，除了破壞掉沒有其他辦法。」修二看引擎損壞的狀況，他忍不住埋怨道：「光野，這艘船被人動過手腳，我們被設計背叛了。」聽修二這麼一說，西露可尋求遼介意見：

「遼介，我們，計劃，被拆穿？」遼介慎重想想便說：

「我認為不至於。但是能夠肯定的是，機關裡真的有組織安排的人，設下圈套阻止我們的救援行動。這艘船如果事前被動過手腳的話，那麼不管是誰只要搭上這艘船的人都會遭殃。」

陷入危急時刻遼介冷靜地反向思考，如果他是敵陣軍師策士是怎麼想的。

「遼介哥哥我們該怎麼辦呢？」小汐回頭看向遼介尋求協助，事態緊急，她想不到其他解救方法。這是路拉兇手做的圈套，如不是本人自行除去或是本人失去意識知覺，除了破壞掉以外，沒有其他除去源造生物的方法。遼介突然有了一個很瘋狂的想法，提議道：

「如果用冰凍術或著水系章紋強制把引擎冷卻呢？」修二覺得不可行。吐嘲反問道：

「那這艘船不就變成一塊沒動力的大冰塊嗎？」

「這目的是讓船能夠安全迫降，至少不要讓引擎爆炸。」遼介解釋道，又問汐：

「小汐，我們現在距離目的地還有多遠的距離？」小汐看了一眼艦舵艙前的小型領航羅盤回答：

「距離我們西北西，還有八十培度，再過十五分鐘就能夠進入高原下游的原始森林地帶。」

「好！小汐，把下方貨櫃艙丟棄。調整船艄朝北北西飛行，提升飛行速度到最高航速，並且降低高度，我們能夠到哪就在那裡迫降吧！」

「我知道了。」

當遼介打算爬下去，實行冰凍章紋把引擎降溫，然而侯佛號等不及救援。一聲巨響，隨即船身劇烈搖晃，右側二號引擎發生爆炸，並且向右邊傾斜。遼介抓握住副座的椅背拔手，試圖站穩腳步，他忍不住咒罵道：

「又怎麼了！」

「二號引擎爆炸，左邊四號羽翅導流板失效！」小汐驚慌回報。

「可惡，難道連羽翅液壓系統都被侵蝕了嗎？」遼介仍不屈服連環危機，冷靜想著因應對策。汐又說：「再這樣下去可能撐不到降落。怎麼辦呢？」

尾端噴射器右邊的孔洞冒出火光和黑煙，侯佛號好不容易才調轉方向，拖著黑煙以十五度角急速向下降。

遼介還沒說話，西露可當機立斷提議道：「我們，跳船！」

三人都瞪大著眼睛看著西露可，隨然這不成問題，但是他們很有可能分散，無法按照原定理想方式，小隊一起行動。

沒有猶豫的時間，遼介附議贊同西露可的決定，詢問小汐：

「好吧！我們棄船，小汐，這艘船還能撐多久？」

「內建機元系統的風險評估，最多只能再撐十分鐘。」遼介立刻指示道：

「把船的高度降到離地一千公尺。在那之前，不破，我們去把克勞德帶過來。」

此時，待在後艙的克勞德，整個人被摔到右窗牆邊的前方角落，那三張活動式椅子滾向他。椅子和雜物壓在他身上一點也不礙事，但船身劇烈搖晃使他嚇得雙腿癱軟，動彈不得，他抱著欄杆哀嚎。這種際遇使他想起嬰孩時，因為船難跟家人失散，躺在搖籃襁褓中隨著滔天巨浪逐流的可怕記憶，那件黑斗篷就是用來包裹他的襁褓包巾縫製而成。他很後悔沒有早半個小時回到前艙座位，祈求這種折磨能夠早點結束。

右艙門自動開啟，遼介和修二從前艙跑進來，即使船身傾斜狀態，他們仍不礙事，身子取得平衡重心行進。

「克勞德沒事吧？」遼介關切問道：「振作一點啊！」克勞德哀怨地小聲問話：

「這船到底怎麼了——」遼介說：「詳細事情等一下再說，我們先帶你到前面去。

「好——」克勞德一愣一愣地回應。

「誒！這些礙事的東西！」修二隨口唧嚷，一邊拼命把壓在克勞德身上的東西遠遠扔到另一邊去。

「雙手給我。」話不多說，遼介雙手抓起克勞德的手腕，一邊對著修二說：

「不破，你幫忙抬他的腳。」

「真是的，這個巨大的天兵真會添人麻煩。」修二嘴上抱怨，但他還是照做提起克勞德的雙腳。雖然一個190公分高的人重量負荷對他們是小菜一碟，但搬運龐大的量體要在有限的船艙裡移動還是很費事，特別是那道聯絡艙門的寬度，無法讓他們三人一起通過。

遼介和修二兩人一前一後合力把克勞德抬到前艙登船口旁，讓他暫時以欄杆作為支撐。遼介隔空大聲問道：「小汐，我們現在高度在哪？」

「三千公尺，一分鐘之後可以到達設定高度。」小汐回報道。她把船舵和羽翅流風板的平衡機能開到最大極限，並且切回內建機元自動駕駛。眼看估算的臨界點倒數剩下不到五分鐘，左邊副引擎紅燈急促閃爍。

又一聲巨響，左側三號引擎也爆炸起火，同時遼介一拳把一面的窗牆擊破一個大洞，強烈風壓氣流頓時吹亂他們的頭髮，吸引力簡直要把他們拖到外面去。氣候惡劣，外頭漆黑迷濛的雲霧遮住他們的視線，看不清楚天地上下。

「遼介兄——你為何要打爆船艙？」克勞德撞見這個景象整個人嚇傻。遼介說：

「這是我們四人一致的決定，這艘船馬上就會爆炸，我們必須現在跳船。」

「不會吧？！」一切來得太突然，克勞德左顧右盼，想極力尋求其他人的否決意見。但是看他們表情堅定，無法翻案只有照做。看克勞德怕成這樣，遼介問道：

「你不會有懼高症吧？」摩基亞身體能力欠佳，像他這樣恨透刺激冒險行為的人不少，但是源動章紋術系統術中有許多輔助章紋可以彌補他們的弱點。克勞德說不出話：

「我沒有懼高症——只是——」遼介看著克勞德，硬朗地安撫道：

「阿德，放輕鬆點，有我們在可以幫助你。」

克勞德試著深呼吸，放掉一些壓力又說：

「我剛才準備的十道章紋術沒有對應墜落的章紋——」遼介及時指教：

「你放掉一道章紋，使用飛行章紋。」克勞德面色為難說：

「我還沒學飛行章紋術——」遼介沒注意到，飛行術是二年級第四學期才會學習的輔助章紋技能。

遼介又問：「落葉飄浮呢？」克勞德尷尬說：

「我一時想不起來——」克勞德的反應讓大家都傻眼，但是他會出這種紕漏遼介也是心裡有數。遼介問道：

「你會衝擊防盾吧？這是最基礎防禦章紋之一。」

「我會，只可是——」克勞德不知道遼介為何提這種基本防禦章紋，遼介對克勞德信心喊話：「落地時用衝擊防盾撞擊地面，你只需要適當的降落角度，相信我你絕對不會有問題。」汐說：「我來帶克勞德哥哥吧！憑依狀態的我帶著他落地沒問題的。」遼介點同意道：

「那再好不過了。你能夠信任小汐吧？」

「我懂了。」克勞德沒有另想方案的餘力，他只有相信遼介和小汐。他心裡還是很不安，如果念錯一個字就會摔死。

修二先行走向破洞前，抓著邊牆破洞的金屬鋼條，穩住腳步說：

「光野，你要我做先鋒對吧！那麼我先走一步啦！」還沒等到遼介回應，修二憑著敢死隊性情，放手先行跳入身手不見五指的雲霧中。遼介忍不住大罵：

「那個大蠢蛋，高度還沒到就先跳下！」不等指示先行跳下，降落點距離的誤差，他會遠遠落單一人。知道問題的嚴重性，西露可叫住遼介：

「遼介！」她深情的看向遼介三秒鐘說：「西露可，看緊，不破學弟。地上見！」

隨後西露可雙臂向後面部朝下，用企鵝入水姿態攢入雲霧裡，她實在很勇敢。

小汐把克勞德攙扶到破洞旁。此時侯佛號降低高度至雲層下方，陰雲籠罩的原始森林，下方黑麻麻一片看不清地貌。

「輪到我了，克勞德哥哥等我憑依變身之後，你再下來喔！」小汐說，她把佛粒葛拉赫遞給克勞德。

「我懂了。」他把劍鞘掛在背上。小汐說：「遼介哥哥會是我們最有力的墊後對吧？」小汐的問話，安撫了遼介一時亂序的焦躁。遼介只有坦然接受，把這些觸霉頭的雜念全拋丟說：「當然！」

「那麼我要下去囉。」強風吹亂汐的頭髮，臉上顯露微笑，隨後輕盈的身子腳尖一踏跳下。雙手展開彷佛鳥兒，離開船下方，從空中向下墜，詠唱道：

「我像您祈禱誠借力量！汝是宇宙之下守護天空之座，擁有浩瀚蒼穹羽翼，手持赤燄之劍的智者，擁護天主的大天使。第三月的穹宇天使，雷斯利歐，以真身聖臨我面前，與我憑依合身。」

源氣聚合的氣團具象成為一名紅髮天使，身上穿著雪銀色戰甲，佩戴火紅色劍，那雙豔紅色翅膀，長度達數十公尺，好像太空站太陽能板一樣巨大，祂只是振翅，雷暴雲層頓時煙消雲散。他們看得見滿天星斗，天色已轉變清澄夜色。雷斯利歐翱翔展翅飛了過來，身形和小汐合而為一。汐搖身一變，背上長出豔紅色翅膀，身上也換上和雷斯利歐相似的短裙戰甲。有了憑依天使的力量，她可以自由翱翔在空中，短時間她能夠運用天使的力量，身體能力也跟著強化，現在她的力氣可以輕易負荷克勞德的重量。拍動翅膀，羽翼劃破空氣，取得身子平衡。

看見與天使憑依合身的汐，把雷暴雲層和亂流都吹散，換來最適合跳傘的晴天，遼介和克勞德吃驚互相看了一會兒。克勞德問道：

「這就是小汐與天使合身的樣子？」

「換你了，我建議你要降落前再拔劍念章紋。」克勞德站上破洞邊緣，腳步猶豫應聲：

「嗯，可是——」遼介說：

「小汐會接住你的，下去吧。」

遼介推他一把，克勞德彷彿身穿重裝備潛水夫，笨重垂直跳下。撕破喉嚨的喊叫，汐拍動翅膀提升高度，翻身盤旋飛行，她清楚看見墜落克勞德的身影。

汐飛進克勞德，身上的雪銀色戰甲背心左右各射出四條發光的帶子，圈住克勞德的腰桿，和雙肩鴿子窩。拍動翅膀一次上昇，平衡重心。

「我接住克勞德哥哥了！」克勞德發覺墜落的失速感消失，多了飄浮的安心感，慢慢睜開眼睛看著地面。「我們就這樣找地方降落吧，我會告訴哥哥發動章紋的時機。」

「喔！」克勞德應聲回應，這個時候汐成為他的救生動力飛行傘。兩人向前飛行一段距離，尋找降落地點而去。

還在侯佛號上的遼介，他抓著破洞旁的金屬鋼條，回頭看看一路短暫搭乘的侯佛號船艙，他感謝造船的人員和侯佛號送他們一程來到荷斯庫窪地區。雖然覺得有點可惜，但他還是必須向前趕路，在限時內完成任務。

當遼介正要跳下船的時候，侯佛號已經到達倒數臨界點。船艦中主引擎位置高壓火流膨脹四竄，漲破引擎管線，連帶著整艘船發生大爆炸。一瞬間成為橘紅色大火球，船身四分五裂，大片船殼持續下墜，四散零件破片成為小火球，好像隕石夾帶無數顆火流星墜落在森林的某處。

35 驚險

爆炸一瞬間，伊爾德儂中央情報中心內，平台上投射的侯佛號船艦情報突然斷訊，船艦影像顯示喪失訊號字樣。

「失去ＺＥＢＮＸ０１８信號源」何信感到驚嚇，他沮喪回報：

「柆葛茲長官，我們喪失了ＺＥＢＮＸ０１８。」

情報中心頓時一片鴉雀無聲，驚嚇和絕望表情全寫在所有人員臉上，彷彿航空總署地勤人員看著升空的火箭爆炸。有人哭泣，有人顯露厭惡表情，把怒氣全指向那些該死的組織魔魍份子。

哈格士托撞見此事相當驚愕，他再也不能冷靜應對，鄉下佬從容不迫轉變為全面戰鬥狀態。蘇漢傑分部長忍不住問道：

「這到底會是誰做的！」哈蝶樂觀問道：「蘇老師有必要這麼衝動嗎？」漢傑說：

「我是為密令尖兵的成員擔心。」

「我們後勤幹部窮緊張也沒用啊。」哈蝶仍然有說有笑，她還沒放棄希望。哈格士托忍不住焦躁質問哈蝶：「發生這種事妳還笑得出來嗎？」

「阿格對他們失去信心怎麼行呢？」哈蝶說。

「密令尖兵小隊隨隊成員都是精心挑選的優秀心苗，只不過是代步移動船艦爆炸，應該傷不了他們吧？帶隊的又是西露可，我不認為第一波密令尖兵小隊這樣就失去作用喔。」雖然不俱有科學邏輯性的話語，但是哈蝶樂觀性情和擅於炒熱氣氛的特質，成為拯救後勤情報中心人員士氣的強心針。察覺問題嚴重性，梅姬皺起眉頭，尋求柆葛茲意見：

「長官——難道我們失——」柆葛茲氣憤地緊握拳頭說：

「梅姬，你不要擅自說那個字眼。在這重要時刻，說那些話會擾亂我們士氣。」握力使得滲出的血水滴落平台上，看柆葛茲的情緒，梅姬只好把話收回肚裡。

「伊布塔，暫停船艦建造作業。」柆葛茲隨後命令道：「給我確保限制建造ＺＥＢＮ０１８造艦維修班所有工作人員行動，還有調閱船艦出發前，十小時內造船廠所有定點監視機元影像，我要揪出對船艦動手腳的兇手。」

「是！」伊布塔回應，馬上動作調閱資料。哈格士托持有異議問道：

「長官，您要第一線情報人員分散心力去調查兇手，我認為不妥。現在停下建造作業，會趕不上第二波救援行動的出發預定時間！」柆葛茲質問道：
「沒有抓到兇手前，你能夠相信現在建造船艦的安全性嗎？」
「我們可以提高造艦的維安管制，加派輪休班檢驗建造中的船艦。如果我們因此延遲第二波出發時間，不就正中下懷了嗎？」柆葛茲逼問道：
「難道你想讓第二波密令尖兵小隊承擔那個風險嗎？」
「長官！」伊布塔回報道：「船艦建造維修班的人員，柯狄・霍克他人不在工作崗位上，也不在伊爾德儂內。」
「兇手露出狐狸尾巴了嗎？」柆葛茲氣憤說，隨後回頭看向哈格士托命令道：
「哈格士托，我要你帶人去拘捕柯狄・霍克。」
「長官，我是這案件第一線主辦幹部，請你讓我待在伊爾德儂坐陣協助。」哈格士托做夢也沒想到，他把騎士團的案子都託付給麻美，全心全意放在這件救援人質事件，卻被抽離，分配到第二線的搜查拘捕工作。柆葛茲重話壓迫道：
「哈格士托，我們必須團隊分工。」他連同被哈格士托瞞騙的怨氣一起發洩：
「我要你現在拘捕柯狄・霍克，問出他的底細，並且質詢同班作業人員口供。不能夠讓重要線索逃跑，這邊主要的工作交給梅姬和哈蝶負責就好。」
「可是！」哈格士托相當氣憤不滿，梅姬制止道：
「哈格士托。」梅姬嚴肅的提手制止哈格士托，搖頭不語示意，在這裡不能忤逆柆葛茲。哈格士托嘆息一口氣，忍下這股怨氣回應：

「好吧，我會把事情辦妥。」

哈格士托轉身闊步離開平台上，走向出入口。菈葛茲眼神餘光凝視著哈格士托離開的背影。此後伊布塔報告：

「長官，莎拉艾娃長官的嶺電來訊。」菈葛茲命令道：「立刻接上來。」

隨後夏綠蒂的嶺電頻道接通，她的全身投影站在他們面前，身高比穿著高跟靴子的梅姬還要高一點。

「長官！」菈葛茲招呼道，看向莎拉艾娃。

「菈葛茲分局長，我稍早獲得第一波救援行動船艦，確認已墜毀的消息。你是怎麼指示伊爾德儂分部的？」夏綠蒂表情不溫不火問道，她的問話重量卻是令人肅然起敬。

「我已經下令暫停船艦建造，並且確保建造船艦班人員進行詳細調查。我對現在船艦的安全性有疑慮。」梅姬想了想，看了菈葛茲一眼，夏綠蒂又問：

「哈格士托人呢？」她同時也看得到平台上的所有人員。

「我派他去拘捕對船艦ZEBN18動手腳的兇手和搜查幕後關連事件的調查。」

「是嗎？」夏綠蒂沒有多餘的時間指責，直接提案指示：

「我理解你的顧慮，我會從我提邁奧斯總部直接調派現有可用的船艦過去，請你們把兩支密令尖兵小隊人員整合，準備到隨時可以上船出任務的狀態。」

「我知道了。」長官下指令，菈葛茲只有配合總部的策略。夏綠蒂又說：

「我會親自隨船過去巡視壓陣指揮。」

「長官您要親自勞駕伊特麻拉嗎？」柆葛茲相當震驚，夏綠蒂已有一年多沒來伊特麻拉巡視，這一次事件把總局長從提邁奧斯吹了過來，柆葛茲暫時被褫奪分局指揮權，直到案件結束，成為副位協助。

夏綠蒂嚴正指示：

「現在事態緊急，在這些時間裡，伊爾德儂分部的人員配置不許更動。伊布塔君請你持續嘗試和西露可聯繫。蘇和泰勒斯分部長，請你們兩協助柆葛茲分局長辦事。」她認真起來真是風姿凜凜。睿智與美色，不輕易屈服劣勢壓力，讓人想起007M女士的處變不驚性情和靈機應變能力。

「瞭解。」伊布塔回答。

隨後嶺電斷訊，夏綠蒂的投影身形消失在他們之間。賽特問道柆葛茲：

「長官？」柆葛茲苦悶回應：

「按照莎拉艾娃長官的指示。」哈蝶一手食指指著自己問道：

「我呢？」

「就隨你便吧。」

柆葛茲心生焦躁，他沒有心情面對哈蝶樂天知命性格的堅定笑容，柆葛茲隨後離開情報中心總部，梅姬和漢傑也一同跟隨離去。

36　競敵？救星？

藍森棧道，那是位於中央學園區，連接下方中央廣場校區與上方鬥競廣場，以及聖斐勒斯都總圖的間隔地帶。在這處坡度稍嫌陡峭的山坡校區，從下面到上面就有八條步道，其中有許多的橫向棧道相連交匯許多聯絡平台，彷彿葉脈交織的網絡棧道。對路痴而言，是個在學校中很容易迷失的地方之一。

正午時分，雅妮絲快步爬上棧道階梯。遼介安排她跟這個關鍵人會面的地點會選擇在這人跡分散，又在最邊角轉折處27號平台。他知道這處棧道區哪裡人煙最少，雅妮絲很佩服遼介，只是轉學才兩個月就把學校公共區域摸透，連一般心苗都不太會注意到的隱蔽空間也知道。但她不知道，這是遼介為了找個能夠睡午覺，不被打擾地方獲得的經驗。

約五十平方公尺平台上，旁邊有長椅，平台上挖出好幾個空洞，幾顆神木成為天然樹篷亭子。四周林木圍繞，空出一片可以眺望遠處的天然景觀窗，左邊是中央學園區，右邊是海尼奧斯學院的風景。

當雅妮絲越接近27號平台，感覺到這個人的源氣很熟悉，爬上彎曲繞轉銜接平台的階梯，視線停在那名女性身上，她從長椅上起身看了過來。銀色發藍的長髮，帶著貝雷帽身穿制式外套。當雅妮絲看見卡蜜拉，撞見這名羅德加拿三年A班同班心苗。雅妮絲問道：

「卡蜜拉？」

「觀月副會長——」卡蜜拉一臉驚恐，她沒想到信賴的委託人會找來學生會第二把交椅，也是辦案的執行督導幹部。她熟知雅妮絲對學生規約條例嚴謹，一板一眼，無妥協餘地，她感到很絕望，深愛的格黎貝塔可能氣數已盡。雖然如此，卡蜜拉告訴自己不能逃走，這也是遼介刻意安排言下之意，她只能夠誠實面對雅妮絲。

「原來如此，是格黎貝塔嗎？」雅妮絲走上前，表情冷凜中帶著一絲鄙視笑容說：

「沒想到白銀角馬也墮落了嗎？」卡蜜拉苦澀無奈地說：

「現在的格黎貝塔已經不是那個光耀明媚的騎士團了……」

這是一級騎士團為壯大勢力，並吞弱小騎士團的潛在風險。如果團長統帥能力不足，容易被以下犯上，反取代奪位的問題時有所聞。也有團員合作推翻，強硬惡霸團長的例子，讓騎士團體質更好。很多時後被認為是騎士團淘汰舊血，更換新血的過程。騎士團組織因此盛衰很正常，但是像格黎貝塔，卻是個血淋淋的反面教材。雅妮絲也知道這些騎士團組織詬病，但這是羅德加拿學生組織運作時固有缺陷，難以根除的問題。雅妮絲嚴肅問道：

「你們沒有做任何的防範準備？」卡蜜拉解釋道：

「我本以為一切都在掌控之中，但是自從休斯團長被陷害之後，他們就一舉趁機造反。」卡蜜拉吐露苦水，雅妮絲冷言陳述事件：

「你指的是三個月前他出了嚴重差錯，導致肉體變質化，又遭鬥競對手重創的事件嗎？」雅妮絲又說調查結果：「桑傑斯托羅德介入調查後，發現有人在他的裝備上動手腳，卻沒有找到兇手遺留證據，案件就一直擱置。」

「那是瑋德命令菲爾做的。他們造了一副和休斯慣用裝備一模一樣的道具調包，讓休斯穿戴有問題的裝備上場鬥競。」雅妮絲驚訝質問道：

「這麼說，那些穿戴道具鬥競，因為道具問題而喪失戰鬥能力，敗戰的事件都是——」

「我知道這些事情不是說歉就能了事的——」卡蜜拉身子顫抖發冷說：

「但是我們都用多數決行動的組織，只有我，阻止不了他們瘋狂的行徑，那沒有半點榮譽可言，只有自私利益。」

「發生這種問題時，你為什麼不向學生會，或兩騎士團尋求協助？」

「我怎麼能夠說——瑋德盡是利用團員的把柄和弱點脅迫，只為了得到他個人的利益目的。這對許多團員夥伴有安全上的隱憂——而且——」

他不想要騎士團在最糟糕的情況下，被學校教職會和學生會做出懲處解散。九十年歷史的騎士團在他們身上以這種方式強制解散，她和團長和熱愛格黎貝塔的團員，對過去優秀前輩們無法交待，也沒臉見人。

「所以你找光野遼介的目的和理由，只是為了要私下肅清格黎貝塔嗎？」雅妮絲知道遼介骨子裡是個相當重情重義的熱血男兒，但是想助人的行義動機如果被有心人擅自利用，用來粉飾太平，回避罪責，她決不能放任這種事發生。卡蜜拉痛苦說：

「我——想要把甸多拜帖從格黎貝塔趕出去，把那些寶具還給失主，我只希望格黎貝塔不要再敗壞下去。」

「然後呢？你們想要就此逃避罪責嗎？」雅妮絲更是重話質問：「這樣你們也有臉面對那些畢業的學長前輩們嗎？」

「不是那樣的——」雅妮絲的逼問，把她與休斯團長事先談好的決定說出口，這是讓她感傷的抉擇：「這件案件了斷之後，我們已有自行解散格黎貝塔的覺悟。也許那樣做依然得不到寬恕，但至少不能夠讓無罪清白的團員夥伴染上半點汙點。」卡蜜拉反問道：「這點我認同，但遠離染污也是騎士必須要有的自覺不是？」

「我是輔佐團長的機要秘書騎士，這種事情發生，我能夠獨善其身置之度外嗎？現在只剩下我，我不能夠拋棄休斯團長。如果同樣的事情發生在你們騎士團，你能夠不講情義，輕易切割嗎？」

卡蜜拉激動說著，一絲晶瑩剔透的淚痕劃過臉頰。回想到前些日子，前團長交接時，特別交代她輔佐休斯，在過去的三個月以來，對她真的是痛苦折磨。許多團員見情況不對主動退團切割，其他附屬騎士團也都先後聲明獨立。還有好幾個交情深厚的夥伴邀她一起退團，她還是自願留下。甚至把幾名想幫忙的幹部推出去，只為了不讓他們被灌上共犯或包庇罪名。無力反抗和無意見的人被同流合污，或著睜一隻眼閉一隻眼，團裏唯一還有正知正見的只剩下卡蜜拉，現在只剩她一人孤軍奮戰。

雅妮絲很同情卡蜜拉的處境，但是情理上不知變通，過度強硬是她的缺點。

卡蜜拉防備的姿態不再多語，哀傷苦澀低頭看向那邊。兩人僵持好久都沒說話，實在不像是同班同學關係。一陣強烈冷風吹過，吹動兩人頭髮，各守持原則的兩人難以拉近距離。

談判不是雅妮絲的強項，她真希望布萊特出面協調。但他有意識偏頗桑卡休斯頓騎士團的利益，談判不夠公正，因此還是打消這個念頭。

兩人僵持十分鐘，這樣實在不好談話，她必須讓卡蜜拉配合調查。雅妮絲想了想，長歎一口氣，讓出一大步說：

「卡蜜拉，妳真的很熱愛你的騎士團，甸多拜帖的殘黨併吞一事實在很遺憾，但是用格黎貝塔的殼為非作歹仍必須追究罪責。我必須將涉案人全部繩之以法。」雅妮絲這麼說，卡蜜拉回話道：

「我瞭解——」卡蜜拉表情更是哀苦難受。

「我們能夠交換條件嗎？妳如果能夠配合我們辦案，把案子破了以後，我們可以再續談。」雅妮絲停了一下，慎重說：

「念在格黎貝塔過去以來，一直對學校和斐特安法爾聯邦國，治安維護上有不少的貢獻實績，對於罪狀的輕重判決或許有些從輕發落的空間。」

「謝謝妳——雅妮絲——」卡蜜拉苦澀愁容上多了一點微笑，她哭花了臉雙手摀著嘴鼻，她心裡滿是感激，更是佩服競敵騎士團代表的胸襟。

「看你的表現，剩下的請你跟我到貝卡西歐豐再說，我相信你能夠幫我們四校聯合特搜團隊很多忙。」雅妮絲走到卡蜜拉跟前。卡蜜拉哽咽說：

「我知道我會配合辦案——」

雅妮絲隨後帶著卡蜜拉向下的棧道樓梯走去，離開２７號平台。

３７　四散

伊特麻拉中午時間，荷斯庫窪高原地方才要迎來第一道曙光。陽光照射在樹頭上，放眼望去幅員遼闊的原始樹海，綿延數百公里，由一條河流分劃分出莽林流域。原始高喬木林立，林間底下即使是早晨，仍陰暗無比。嘎沙嘎沙，哇叟哇叟，稀奇鳥獸叫聲此起彼落，似乎隨時都會有兇禽猛獸竄出。

修二走在林木間到處都是樹根、氣根互相交錯纏繞，只是巨木樹根和交織的樹藤莖幹就可以形成高低落差，地勢險峻地形。跨越這些障礙對修二並不困難，在學校內就有各種越野障礙體能鍛鍊課程，地獄門障礙課程中，還有比這種地形還要嚴峻的關卡。只不過，修二是個大路癡，從摔落這片森林之後就已經迷失方向，運用他的身手和各種猛獸打交道，他只知道前進，沒察覺自己一直在迂迴打轉。

持續行進又過了兩個小時，莽林中光線變得充足許多，當感到有倦怠時，臨近有小溪流，修二停下來小歇一下，喝水潤喉。修二雙手截取冰水喝下，隨後坐在小溪旁樹根上休息。

當他心想遼介等人在哪，自己現在又在何處的時候，突然身後出現一隻龐然大物，體型像隻蛤蟆，身上鮮豔鱗甲，首頭部像蜥蜴一樣猙獰，後頭部有冠羽構造器官，持續抖晃。這隻迷樣生物發出怪異叫聲，比蛙鳴還要尖銳。

「這難道是鼅杜檬啊？」

怪物張牙舞爪蹦跳撲向修二，他及時跳開，躲避衝撞，閃避那條細長沾有毒液的捕食器官。

修二一次避開怪物攻擊，集中源氣於雙手上，一擊左手防衛性打擊，把鼅杜檬舌頭打掉，立刻撲襲猛進，右手突刺蛇形掌擊中怪物顎頸部位，一瞬間怪物的頭爆裂開來，圓滾滾的下半身向後倒去。從剛才到現在，修二不知道已經一擊必殺掉幾種猛獸。

隨後又從樹叢中竄出五隻鼅杜檬，修二的舉動似乎已惹怒牠們，將他團團包圍。修二喊聲說：

「又來？到底有完沒完啊！」

修二逃跑，他並不覺得難纏，只是懶得再跟這些猛獸打交道。

也不知道這種生物是如何互相聯繫同伴，前方出現同一族群的扈杜檬，包抄擋在前面。修二腳步一跳躍，用腿部下壓腿，直接踹爆怪物身子，繼續跑步前進。俗不知這些怪物擁有驚人智商，修二被趕到一處陡直樹藤岩壁凹窪處。數十隻扈杜檬重重包圍修二，彷彿迅猛龍團體狩獵本能。修二回過身來應戰，含笑說：

「呵，你們想吃我啊？本大爺才要讓你們見識見識誰才是獵物！」修二準備要一口氣解決掉這些怪物。

「等等！」

聽見熟悉女聲，修二尋覓四周找尋聲音來處，此時女性身影從樹藤岩壁頂上跳落修二面前，見到少女挺起背脊身影，修二驚呼道：

「是小露可前輩啊！」

「學弟，退下。」

西露可的出現，讓幾隻前頭的扈杜檬退後幾步，攻擊遲疑好幾拍。西露可挺胸向前走一步，這些野獸用鼻孔嗅覺辨認，動作猶豫，幾隻體型較大的互相面面相覷吼叫，好像在談話。修二問聲：

「你要做什麼？」遇見西露可走向前，幾隻扈杜檬先後威嚇吼叫。

西露可眼睛凝視牠們，聚氣在丹田一聲吼叫。高雅明亮吼聲同時釋放源氣，一時震攝氣場嚇壞這群聚扈杜檬，彷彿被優越上等龍族龍王威嚇教訓，全部一轟而散，已不知退避到多遠的地方去。

「這是？」不武無傷就能夠嚇退這群野獸，修二感到相當震撼，他驚奇問道：

「難道前輩懂龍族語嗎？還是？」

西露可沒多做解釋，只是回身若無其事笑道：

「學弟，走吧，趕路！」

「是嘛！」本人不想解釋，修二也不再追問，問起更在意的事：

「小露可前輩，現在又沒有強敵，妳沒有必要放出這麼強的源氣啊？」西露可說：

「這樣，不會，現蹤。」

「呃——你可以說清楚一點嗎？」

「總之，敵人，不會，發現。」

西露可放出廣域範圍夢色基粒子，他們的行進再也不會被任何猛獸打擾，也沒有人會發覺他們的存在，從她腦部放出的特殊粒子，能夠遮蓋任所有生物的五官知覺，會看到她意識貼付上假象的情境。

「這樣很方便啊！」當修二才要起步動身，西露可叫住他：

「學弟！那邊，不對，這邊。」這話讓修二摔了一跤，他看了過來，看著前輩手勢指著反方向，他才明白自己做了蠢事。

「好吧—妳帶路！」

修二洋洋傻傻，一笑置之，不知道正確方向在哪，安分跟在西露可身後。

他們走過路徑的另外一側，地被土地上逐漸有白色黏菌細絲擴散開來。他們前進方向前方地面、樹幹和岩石上隨處可見。

另一方面，距離兩人北方約二十公里森林內，長得像烏賊的謎樣生物，如蜘蛛猿動作在樹頭枝幹間擺盪。俯瞰視線中，汐和克勞德走在樹叢間。汐已經解除與雷斯利歐的憑依狀態，她目前修煉最多只能維持和天使憑依狀態三十分鐘。一天內又限制三次，她必需慎重選擇使用時機。克勞德走在她身後，背著回應者步伐蹣跚行走。走在前面開路的人影是汐召喚的另一名天使—聖德芬。祂身穿橄欖綠和黃色花樣衣著，外貌看起來是個女性，單手持短劍開路。走過的地方，草叢自動仰彎莖幹，讓出兩人可以輕易跋涉而過的小徑。

自從汐帶著克勞德平安降落後，克勞德擺脫搭船夢魘，現在他們面臨的是不知綿延幾十公里的原始莽林。他們很幸運，沒有碰到太多猛獸，這是聖德芬的能力，讓那些猛獸不敢肆意侵犯。已持續跋涉幾個小時的克勞德雙腳已經發痠。

「小汐——我們還要走多遠啊？」

「大概還要再走二十多公里吧？」小汐說，呼吸順應跋涉節奏，看起來體力比克勞德還要好。考慮到克勞德的體能強度，汐選擇走輕鬆路徑，卻必須迂迴繞遠路。汐說：「丘比特從天上帶回來的訊息，汀歐狼人部族的城市還在很遠的前方。我們的目的地是在那個高原之上喔。」

「可以休息一下嗎我走得好喘——」對於熟記章紋過少的摩基亞，又不懂活用的魔導劍士而言，長途跋涉實在辛苦。小汐停下腳步說：

「只能一下下喔，我們沒有太多充裕的時間。」

他們找了一個視野寬闊的林蔭地停留。坐在滿是藍色青苔岩石上歇息。聖德芬站在一旁，祂仍手握劍，面無表情持續保持戒心。

「唉——好累——」

「克勞德哥哥，真的需要多多鍛鍊體力呢！」

「嗯，真抱歉啊——」難得出任務一次，克勞德深深體會到自己應該克服的課題。喘息說：「好渴，這個時候要是有水可以喝就好了——」小汐說：

「這個我就辦不到了。我們剛才跋涉過河流，那是荷斯庫窪河的支流，這附近沒有水潭，想要喝水的話我們必須往回走。」小汐不知道前方還會碰到什麼阻礙，這時候過度指使天使做些多餘差事都會耗損她的源氣和精神力。

「或許那個章紋有辦法——」

克勞德想起蒂雅曾經在課堂上示範詠唱的章紋，他現在有充分時間可以詠唱誓詞章紋。他從劍鞘拔出回應者，雙手握劍柄劍尖刺向地中，釋放源氣，隨後從劍尖為中心點擴張劃出一幅直徑十五公分大小的迷你章紋陣：

「水泉精靈，艾絲芙娣，指引我靈泉處所，四方水脈，如淙潺清泉匯集我面前，三分歇止。」隨後一泓清泉竄起，取決於遠方水流，噴射達十幾公尺高，清泉如雨露撒下，夾帶涼風拂面，疲憊和喘息感也逐漸舒緩下來。汐驚喜說：

「哇！克勞德哥哥好厲害，什麼時候學會這種章紋呢？」

「這是我上誓詞章紋課時看著蒂雅學姊示範的，我只能夠開出這一小圈的章紋。」

「這樣就夠了啊！」小汐欽佩知足說，在學校課堂上要求開出一公尺寬以上的大水柱才算合格的上級章紋術。克勞德能夠掌握的水量，迷你可愛，測驗時會被判定為不合格，但這樣如間歇泉的小水柱，用來喝水解渴恰到好處。

克勞德抓取泉水咕嚕咕嚕大口喝下，他忍不住痛快叫好：

「噶哈——！這水真好喝！」

汐雙手取水，緩緩喝下泉水，臉上浮現喜樂笑靨，持續跋涉五小時的疲勞感一掃而空。她也坐下來歇歇腳。克勞德問：「不知道遼介兄他們怎麼樣了？」汐說：

「他在距離我們很遠的北方，西露可姊姊和不破學長在我們西南方，我們其實距離目的地最接近喔。」從一個小時前，汐發覺遼介的動向停止前進，她不知道發生了什麼事，她在船上聽到遼介下令調轉船艏方向時，聽到他內心安排的心思。落地後行進間，發覺這座幅員廣闊樹海中，還有其他人的氣息，更相信遼介應對策略蘊含特別巧思。

「這樣啊。」克勞德看著地上攀附生長的白色菌絲，用靴子磨蹭。這些菌絲像附著在軟泥表土上青苔一樣，輕易就能踩爛。克勞德說：

「話說起來，剛才感受到野獸一樣緊迫盯人的感覺，現在牠們自己遠離了，真是可喜可賀呢！」

克勞德的話讓汐再次提起戒心，他把殺氣誤認為野獸氣息。他還是個D級摩基亞，雖然對源氣感知判斷還很生疏，憑著魔導劍士的直覺還是能察知一些端倪。

相較之下，汐是個A級路拉，特別做過神靈系路拉的靈修課程，她能清楚感覺到兩男一女從三個方向保持距離監視他們，他們把源氣修飾縮小到動物程度。雖不易察覺，卻能夠依稀聽見他們的心聲，如小聲竊竊私語那般。意識充滿殺戮欲望，陰溼又黑暗。在學校裡汐很少聽到那樣讓她喘不過氣的兇惡心聲。這也是催促克勞德，不能停下腳步的原因。

稍早前他們監視壓迫的感覺消失，源氣往南方移動。以這個動向判斷，假設這座森林更遠的地方還有其他爪牙埋伏潛藏，那三人放棄鎖定追蹤她和克勞德的用意是什麼。想到這裡汐起身說：

「克勞德哥哥可以繼續移動了嗎？」

「嗯。」

克勞德起身把佛拉葛拉赫收回背上劍鞘，充分休息他們又可以繼續跋涉。曾幾何時，他們坐的石頭後面長出一顆拳頭大小的奇異菌類，白色菌根，菌蓋頂上滿是附著黑色滴狀物，如生物眼睛閃亮，映著兩人身影。

「我們必須跟西露可姊姊他們會合。」

「我們不是約好在地下宮殿裡面碰頭嗎？」

「在那之前，如果埋伏的壞人幹部們聯合聚集起來襲擊他們呢？」

克勞德停下腳步，少一根筋說：「可是，他們應該察覺不到他們的位置吧？」

小汐多一分嚴肅情緒說：

「我不知道他們是用什麼方法鎖定我們的位置，但是敵人裡面一定有路拉存在。」

「這樣啊？這樣真的不太好。」

克勞德很吃驚，他現在才意識到問題嚴重性，隨後跟上汐。他們前進方向的路徑地上隨處都佈滿白色菌絲，樹幹和岩石細縫中長出許多奇異菌類。

38 莽林圈套

在這座原始樹海某處，白色菌絲遍及表土，探尋這些菌絲源頭，一處看起來人為闢展的空曠處，四周茂密樹蔭遮蔽，中間有一座壞死的神木樹頭。看似如世外桃源般的地方，水平視線以下能見物卻全都附著白色菌絲。除了白色黑眼菇類以外，還有紅色與藍色菌類，紅色菌蓋像刺槍，藍色長的像鞭毛球，層層壁壘分明長在地上。

一名女性坐在樹頭上，黑直髮，瀏海上帶著菌絲狀髮箍，身穿黑色洋裝，上面有著蕾絲花紋布的白色菌絲，蓬鬆裙子蓋住樹頭，那些白色菌絲是從她的襯裙內雙腳下生長出來的。在她面前有十根菌根，每根上面蕈狀部位都長著一顆黑球，有大有小，上面映著西露可和修二的走動身影。好像監視器一樣，一顆是一個畫面，隨著兩人行動跋涉不斷跳換，可同時看見各種角度。左右邊各有六根褐色菌類，狀似黑膠盤放聲筒，上面有許多洞孔。她彷彿坐在一座菌類組成的情報站中。

「呵呵呵！不管你們怎麼走，都逃不出我這大美女的眼線！為了公爵你們必須死！」

呂綺絲看著另一邊大球菇畫面，她發覺汐和克勞德行動路徑改變，馬上對其中一顆褐色受話菇命令道：

「凱爾、哥伽，另外兩名目標往你們那邊過去了。你們必須在他們趕去會合前收拾掉那兩名目標。玻比、阿魯夫和卡雅他們已經過去支援你們了！」

「哼！妳還好意思命令人啊！」從孔洞中聽見一名男子聲音，呂綺絲頤指氣使地說：

「那是公爵親自下令的戰略方針，你們給我辦事就對了！」

「話說起來，公爵給我們的情報不正確，除了那個彌哈人以外，其他人都不是獵物名單中的目標，這是怎麼一回事？」另一個男子聲音，聽起來成熟俱有磁性。呂綺絲命令道：

「無論侵略者是什麼人，格殺勿論！」另一個年輕小夥子聲音滿是惡意抱怨道：

「妳這自戀女，只會躲遠遠的什麼事都丟給我們做啊！」

「喔！是嗎？凱爾你別忘了，沒有我的能力你們還有辦法鎖定獵物行蹤嗎？」呂綺絲笑罵道，凱爾又說：

「你只不過是用那張臉討公爵歡心，看你那身盤繞菌絲的模樣就令人做噁啊！」

「那是我長得太美了啊！」呂綺絲雙手捧著臉頰又說：「要不是公爵的命令，就憑我一個人的能力，也可以輕易解決掉那些獵物目標呢！」

「綺絲妹子，你給我看好目標的行蹤啊！如有一點怠慢，當心老夫告知公爵。」另一個聽起來是個中年老伯的聲音。呂綺絲諷刺譏笑道：

「呵呵呵，老伯想告狀也要你有辦法辦完事後，回去邀功再說啊！」玻比罵聲說：

「你這女人簡直太狂妄！」

「我現在是尉士領頭，公爵把這個位置給我，你還不懂其中意義嗎？老人家能力不足也要懂得讓賢退位，才不會組礙到整個分支家系勢力的發展啊。」呂綺絲話語彷彿獲得部長賞賜升遷職位的年輕職員，對一個被貶職的萬年課長指教，在他們組織中只有競爭意識，個人能否為組織貢獻能力，得到更多往上奪位的機會才是重點。

「別吵！該辦事了，你們吵鬧只會讓我分心！」哥伽抗議說：「凱爾我先動手了！」

「我警告你這廢物別礙到我喔！」

放聲筒另一邊兩人對話，呂綺絲再也不理會他們的口舌爭執，看向另一個落單人影。她實在搞不懂這個目標的行為。遼介的行徑不像趕著要走出這片森林到達高原邊，比較像在這座森林裡探險，原本在獵捕野獸，稍早又生火烤肉，現在看起來好像在探索，找尋什麼東西，看起來只是在做悠閒的叢林露營活動。感知他低弱源氣，還有這些意義不明的舉動，呂綺絲認為他很愚笨，不需特別留意，等到最後再收拾也不急。呂綺絲冷冷笑道：

「那麼，殺戮打獵開始了！」她眼神露出殺氣洶洶的目光。

西露可和修二持續往西北方向跋涉，自從他們匯合之後又行進兩個小時。他們行走路徑的前方，白色菌絲早已遍佈滿地。

「話說起來，這一帶森林的源氣怎麼異常的濃烈啊？」修二尋問西露可意見。

「原始森林，源氣濃，不奇怪。」西露可持續釋放夢色基粒子，她不認為有什麼異狀。在這無開發的原始莽林中，源氣濃厚並不稀奇。上千年的神木、岩石蘊藏的天然源氣容易讓人發生錯覺，這裡也是隨機能從外界獲取大量源氣的天然戰場。

「是嗎？總覺得從剛才開始就有一種被監視的壓迫感。實在讓人不愉快啊！」修二不悅地抱怨，不時回頭狼顧探看。

「學弟，錯覺。」西露可話才說完，突然間一股源氣夾帶殺氣飛射而來。

「小露可前輩！危險！」右後方一枚發光源氣圈環飛射而來，西露可向前翻滾避開，兩人錯開距離，直線持續飛射的前方樹木斷裂傾倒，停留在五十公尺處空轉，又飛旋回來，修二後翻避開大叫：

「好危險啊！」修二忍不住抱怨：「你看！我就說有其他人嘛！」

他們還來不及思考，又一發輪鋸飛了過來，這次軌跡試圖一次貫穿兩人。兩人分別左右兩個方向閃避。修二向後退避兩步，當他無心準備向後踩第三步的時後。

「小心！」

西露可飛撲，抱住修二身子把他推飛，彈碰的樹枝草葉一瞬間被埋藏在碎草土堆中的輪鋸切碎，隨後抽回草叢深處。要不是西露可察覺細緻的源氣，剛才那個陷阱修二的腳踝沒被鋸斷，也會被拖到殺手面前宰殺。當修二回過神來，發覺西露可身子壓在他身上，修二問道：

「小露可前輩，妳這不是幻覺吧？」柔軟胸部擠壓感觸，手摸西露可的腰，他有好一陣子不想再洗手。

西露可斷然說：「不是。」

西露可沒有多餘心力理睬肌膚之親問題，見識這種殺意濃厚的攻擊，表情很嚴肅。

「哈哈！沒有鋸斷獵物的腳踝真可惜啊！」

一名黃褐色短髮，身穿黑衣，衣袍上有銀色紋樣的男子出現在他們面前。他的右眼連著右耳附著綠色菌絲狀物體，好像一副單眼墨鏡。手腕上有著漢考提公爵勢力的烙印刺青，男子左右手各繫著一條源氣細繩，不斷打轉的輪鋸，好像溜溜球小狗散步，在原地持續高速打轉。

「你是哪位啊！」修二立即起身，終於碰上敵人爪牙，修二蓄積的亢奮情緒好似蓄滿熱力壓力鍋，施加一點刺激，爆發出激昂鬥志。

「凱爾・阿基里斯！踏進這片森林的人格殺勿論，去死吧！刷啦！」還沒等到回應，凱爾急性子甩出輪鋸，修二和西露可先後避開攻擊，落地的修二，眼看迎面而來的第二枚輪鋸，他迅速踢出前腳，雁型銳利光彈把輪鋸彈開。修二唧囔道：

「悶不吭聲的偷襲，你這傢伙真是欠揍！」

「還沒完！刷啦！」

西露可漂亮的反射動作躲避開來，她馬上把精神拉回，集中注意力放在應對敵人的攻擊上，她也察覺到這附近有其他陌生人的源氣。

「有破綻！」修二一避開輪鋸攻擊，大跳躍翻身踩踏凱爾，凱爾退後一步，身子左右擺晃避開，修二使出室宿冰牙彈，全力擊出掌鋒，凱爾以左手輪鋸當作防禦盾檔下。

「哈，這叫作從容不迫！刷啦！」

「你是倭瑞亞？」修二退開凱爾近身斬切，尋找下一波攻擊機會。

眼看輪鋸好像同時有溜溜球性能的血滴子，凱爾甩了又抽，急促連續攻擊，逼得修二連連後退。趁著修二引開凱爾注意力，西露可以巨木樹幹當做跳板高高跳起，空翻轉體一腳向下壓墜地，隨即發出巨響，地面爆發開來，沖天塵土揚起。凱爾避開的地面上爆出一個凹坑。

凱爾回過身同時向修二和西露可扔甩輪鋸。修二單手撐地翻身躲過。西露可來不及避開，用手臂將輪鋸打掉，手臂已割傷流血。

「哈哈！被我這鐵血輪鋸碰到手竟然沒斷！你這哈路歐人骨頭真不是普通的硬啊！」

凱爾更是露出獵殺強悍獵物的瘋狂癡笑。

突然間，一顆黃綠色的水球飛了過來，擊落地面，黃綠色液體四濺，蒸散煙霧腐蝕樹木和岩石，草皮和土壤已經一團黑。所幸在那之前西露可早一步跳開。

「哥伽！你這混帳到底是在打誰啊！」

凱爾大罵道。他們的視線方向不遠處，出現一名高瘦男子，棕色批背捲髮，帶著黑色面罩，身穿黑衣黑皮褲，外穿黑色大衣，上面有許多金屬釘扣，看起來很像重金屬搖滾樂手穿著。機械雙手指掌上有許多孔洞。

「是你太廢，我給你兩分鐘還沒能夠解決目標，你跟他們一起被腐蝕成枯骨都不可惜。」哥伽・蓋曼，跟凱爾的共通點是右眼也戴著綠色菌絲單眼墨鏡，脖子上也有相同的刺青烙印。性格看似冷沉，帶有一種科學殺人魔的陰冷性情。

「還有同夥啊?!」

遇見另一名爪牙出現，西露可當機立斷解除夢色基粒子廣泛區域遮罩效果，全力戰鬥。她一手聚合夢色基粒子，集束成為固體劍刃，那是一把砲劍刀，刀柄部位和刀身狀似迷幻的蕨類草葉植物。修二問：

「那是小露可學姊的武裝嗎？」西露可說：「呀！那個，倭瑞亞，你打！」
「一對一是嗎？」修二霸氣說：「這傢伙就交給本大爺對付吧！」
凱爾甩出更巨大的輪鋸，修二直線衝向前，壓低身子滑壘姿態，衝刺躲過輪鋸，貼近凱爾跟前，使出玄蛇冰牙拳，近距離和凱爾纏打在一起。修二積極攻勢讓凱爾被迫防禦，斷線的輪鋸好像大鐵餅，鋸斷好幾根大樹，最後砸破遠處大岩石。
另一邊，西露可精湛動作迂迴移動，避開哥伽丟扔的酸液彈，伺機逐步靠近，用手上的砲劍刀打散軌跡俱有威脅的酸彈。西露可勇猛撲身一揮砍，哥伽向後退去，一手扔出大顆酸液球。西露可不閃躲，單手刀劍拖地向前一掃擊，捲土飛揚的衝擊波撞擊，抵消掉大酸球。
面對危險的敵人西露可毫不退縮，緊握刀柄勇膽面對。哥伽陰冷笑道：
「公爵給的獵物名單中，你果然是最難解決的目標。妳實在很有實驗價值呢！」
「你，危險！」
西露可源造的砲劍刀變形，刀背刀柄一體成型，源氣固化之下變得跟斬馬刀一樣巨大。
「就讓我試試你的皮肉耐酸程度！這是PH負6程度的強酸彈！」
西露可單手持刀衝向前，拖著刀刃前進，眼看他雙手攤掌平拉一面酸液頻幕，彷彿液狀布幔，西露可雙手持刀橫劈，不管那張布的腐蝕強度，硬是把他整個人掃飛，重重摔在後方巨木樹幹上。
一顆一百多公分大的球團物體，向西露可衝撞而來，她橫著砲劍刀擋下。使力一推，那顆大球彈飛的草叢樹木全都被撞斷。

西露可走近仔細一看，眼前的球團物體伸出頭和四肢，那是一名矮胖身型，手腳粗短的老人家，他穿著一件深棕色金屬盔甲，全身都是厲刺。看他的外貌判斷，這把年紀還能夠像滑冰選手高速自轉，想必體態相當硬朗。西露可問聲：

「老人？」

玻比面容看起來像個邪惡小矮人，猥瑣地咧嘴笑道：

「你這漂亮的小女子，老夫要把你撞昏，然後抓回去再調教凌辱一番！」

哥伽偷襲，丟她綠酸彈，她閃避不及三顆被打中一顆。西露可跳到一旁，她的背上布袍破了一塊，露出損傷的合身束衣。

「唔——痛！」西露可其實可以放手一搏，但這麼一來她可能會播及到修二。

「玻比，你不要插手，她是我研究的材料。」哥伽不把玻比的年紀輩分當做一回事斥責：「實驗數據還沒足夠，你要是撞死她會破壞我寶貴的實驗對象！」

「不，這種美人獵物目標，就要當做玩具寵物調教一番。你把她毀容，只剩骨頭就太浪費她的天生麗質啦！」

修二一腳重重把凱爾踢飛說：

「小露可學姊！？」

此時一顆水球撞擊修二，不偏不移地打中他的腰。

「咕哇！」把修二整個人撞飛，一屁股碟坐在地上。

「你似乎沒有擔心他人的餘地呢！」聽見一名年輕女性聲音。

修二看過去，一名灰褐色長髮女子，面貌看起來不像是個會做壞事的單純玉女。她穿著全黑斗篷，脖子上帶著一顆血紅色石頭項圈。臉上無表情，比時裝走秀的模特兒還要僵硬。

「剛才那是水珠章紋？」修二立即反應道：「妳是摩基亞啊！」

「所有的獵物目標，女人該死，醜男該死。」她看到西露可的美色更是嫉妒地碎碎念：

「長得比我美的女人更該死。」修二起身問道：「那我咧？」卡雅看修二的模樣嗤之以鼻笑道：「哼哼，好色猴男是廢渣，死不足惜。」

「你就只會說該死的某某人嗎？」修二挑撥道：「該死的壞掉摩基亞。」

「你想跟卡雅作對嗎？」

「不敢！」修二搖頭說話，向後退到西露可身旁提議：

「小露可前輩，我們還是逃脫吧？」

「同意。」

「妳帶路！」修二說。隨後西露可雙手一掃砲劍刀，造出飛沙走石衝擊波，趁著視線不佳兩人拔腿就跑。

等到塵土散去，兩人身影已消失在他們的視線中。凱爾不是滋味咋舌說：

「切，逃跑的速度還挺快的嘛！」卡雅說：

「哼哼，他們只是做困獸之鬥而已，阿魯夫已經等著收拾他們了。」

「真可惜啊，阿魯夫會把他們燒成灰碳。」哥伽嘆息道。

「你們這些年輕人太容易放棄啦！老夫一定要活捉那個彌哈人小女子！」玻比循著兩人源氣追了上去。

修二跟緊西露可的腳程迅速逃跑。然而，伏兵已在前方等候多時，一名身高185的平頭男子，擋在他們前方，兇煞眼神和國字臉，那副眉毛形狀讓人想起漢考提公爵。在他的前方浮游一排長著蝙翅膀，酷似海馬生物。黑色棘皮外觀，持續拍動翅膀漂飛半空中。那名男子手拿雙刀，身穿黑色盔甲，軍刀與盔甲的造型都與那些海馬很相似。

「一起放火，把目標燒成灰燼吧！」

阿魯夫直指右手刀發號勢令，複數的羽翅海馬好像來福鎗兵隊排列，喇叭狀口部同時吐放高溫火焰，一瞬間現場陷入一片火海。

「被擋下了嗎？」

西露可釋放的源氣成為防護場擋攻擊，連同身後的修二也一起保護。一甩刀刃，衝擊波夾帶著塵土反擊。阿魯夫推派出一排海馬，當做犧牲肉盾使用。阿魯夫讚許道：

「妳相當的積極進取！」阿魯夫源造出更多的羽翅海馬。

「學弟，還好嗎？」西露可不忘問道身後的修二，修二切齒咬牙怒喝道：

「可惡！不應該是這樣的啊！」

修二很明白自己成為西露可的累贅，覺得太丟臉，這促使他提升源氣，激發他更強的鬥志。轉身面對後方追兵，眼看波比撞擊而來，修二衝向前一跳躍，像體操跳箱動作把波比當做跳板雙手向下一壓，靈機動作應對，讓波比一時卡在地上動彈不得。

修二才要落地，緊接後面襲來另三名殺手的攻擊，一時無法招架，修二只能用身子防禦試圖承受這波攻勢。

在這個千鈞一髮之際，一道巨大身影從天而降，雪白如棕櫚葉一樣巨大的羽翼擋下這波攻擊。

「這就是傳說中的天使嗎？」卡雅看那巨大的天使身影傻住了。

當修二發覺自己沒被打中，睜開眼看見阿克西亞。

「總算讓我們趕上了。不破學長還好嗎？」

「是小淑女啊！」修二驚呼道。

克勞德拔劍，念道觸動靜置章紋咒語：

「LA！風刃切斷！」

克勞德雙手用力一揮，壓縮空氣刃擊向凱爾和哥伽等人，逼著他們退後閃躲。趁著空擋，汐和克勞德趕過來支援西露可和修二背後。

「小汐妹妹，克勞德小弟！」從空中跳船空降之後，尖兵小隊成員能夠及時匯合，帶給西露可莫大信心。修二高興叫好：

「能夠在這座原始樹海裡碰頭真是太好了。」

見到分散的獵物目標會合在一起，凱爾怒罵道：

「卡雅、玻比你們到底在搞什麼！你們為啥沒有事先收拾掉他們！」卡雅不悅說：

「你跟我吵什麼，這是呂綺絲的策略，你有意見辦完事後跟他說啊！」

「你們年輕人沒能夠收拾掉那兩個目標好意思指責老夫嗎？」玻比一腳踱步，真可說是暴躁小矮人。

凱爾又問：

「蛤？你這個萬年尉士，有什麼權力指責我們啊！」阿魯夫還把持自覺斥責道：

「你們別吵了！清除掉目標才是我們現在的工作！」

「光野他人呢？」修二關切問聲，克勞德搖頭回答：

「不知道，我們沒有發現他。」他提起回應者，面對哥伽做出戰鬥姿態。

發覺這些敵人爪牙彼此間嚴重不合，分裂狀態對他們來說是個好消息，修二墊墊跳腳擺動身子，提振精神說：「這樣啊？我有一個好主意。」

「什麼主意啊？」克勞德問道。

汐聽見他熱血澎湃心思，露出認真微笑。修二大聲問道：

「把這些纏人的殺手擺平，大夥一起闖出這片樹海如何？」克勞德說：

「如果這些人這麼容易擺平就好了。」初次面對生死戰鬥的克勞德很緊張。汐說說：

「無論如何，我們必須互助合作才能夠脫離險境喔！」她同時操使聖德芬和阿克西亞，大膽讓動作迅敏的聖德分守護她，讓阿克西亞採取進攻，用強大力量的拳頭驅趕敵人。

39 午後契談

伊特麻拉已是下午二十一點。希一個人在瑪汀莉格宿舍外徘徊，上課時間沒有學生出入，希一臉猶豫彷徨，打算就此返回。聽見溫柔招呼聲：

「神崎學妹，非常抱歉讓你久等了。」

希轉身望向出入口外閘門，蕾雅從外面走進宿舍前院，身穿愛拉梅蒂斯學生制服，披著厚斗篷。希搖頭作聲：

「沒關係，是我沒守時，跟學姊約定的時間提早來等候。」

「怎麼了呢？」蕾雅關心問道：「妳的表情看起來很寂寞無助。」

希想要談話還是就此取消邀約，猶豫拿不定主意，難以啟齒：「我——」蕾雅邀請道：

「來我的宿舍寢室聊聊好嗎？你好像有很多問題對吧？」

「嗯——」

經過那道奇妙的入口玄關，在大廳中央玄關遇見貝迪勒女士，她依舊穿著那身執事服。蕾雅問安招呼：「貝迪勒女士午安。」貝迪勒女士問道：

「今天妳很早回來。」

「是的，她是我事先約好的學妹。」蕾雅說：。

「貝迪勒女士，午安。」希也跟著點頭請安。

貝迪勒女士十分友善歡迎：

「妳是神崎希小姐，歡迎妳來到瑪汀莉格宿舍作客。」

「貝迪勒女士，我會把她帶到我的宿舍寢室。」

「原來如此，我瞭解了。神崎小姐，請妳好好享受今天午後的美好時光。」希答謝道：

「謝謝。」

來到蕾雅宿舍寢室。蕾雅施展一枚微型章紋，再插入鑰匙開門。隔間成兩個房間，石壁與木頭的低沈調性，適合晚修的房間。拉開窗簾，點上矮櫃上的水晶燈增添光源，再點燃壁爐裡的火晶石堆，暖活房內空氣。當蕾雅正在準備適宜談話環境時，希看到擺在落地窗前的醒目東西，由黑布覆蓋大型樂器，希好奇問道：

「這個是什麼啊？」

「那是我每天晚修必須練習的課題，妳知道豎琴嗎？」蕾雅問道。

「我知道，那是很古老的樂器，跟古箏和枇杷一樣也是弦樂器。」

「妳學過古箏嗎？」蕾雅面色染上一點驚喜。

希卸下心房靦腆說：

「嗯，我以前學過，小時候家裡的巫女姊姊教過我。」蕾雅笑道：

「那是很棒的事，還不知道學妹也會彈奏樂器呢。」

在這個一舉一動說話都表現出優雅氣質的漂亮學姊面前，希揮揮手淺淡說：

「我只學過一點而已，不是很會彈。」

圓形鋪著茶巾空無一物的桌子上，兩張成對典雅椅子。蕾雅在桌子上輕點一下，啟動章紋印，右手一抓章紋中心，像一塊透明布，抓手隨處一放，事先精心準備好的下午茶套餐映入眼簾。五層輕食糕點盤架，都是希喜歡吃輕食糕點。在茶壺座上點上一圈橘紅色熱力章紋，燒水準備泡茶。見識意外驚喜，希彷彿跌倒忘記哭泣的小女孩，眼睛為之一亮問道：「哇！這些是什麼啊？」

「這是早上我請貝迪勒女士特別準備的下午茶，蒂雅施展了『時間靜止遮蓋』的章紋，這些餐點茶水跟剛做好的一樣新鮮。」

「謝謝學姊。」

蕾雅一手擺向對面的椅子，邀請道：

「請坐，妳想要說什麼儘管說，今天的時間是特別播空給你的。」

希坐在椅子上，看著和藹可親的學姊和桌上的精緻下午茶，眉頭微皺尷尬心想。

（我該說什麼好——）

小布爬著爬著來到希的椅腳邊，嗅著希的小腿腳踝確認味道，看見這隻白透著一點粉紅的小動物，希問道：

「這個孩子是？」蕾雅說：

「這孩子是我的差使獸，牠的名字是菈布蒂斯朵。」希忍不住問道：

「牠好可愛喔，我可以摸摸牠嗎？」

「可以啊。」

希伸手撫摸小布的鼻梁額頭，小布活潑磨蹭幾下。當希收手時，小步嗅嗅希手上殘留的微毫氣味，那是小步熟悉的氣味夾雜許多可疑味道。突然間，小布和剛才溫馴性情大不相同，拉長音ㄚ吼，雖然是稚嫩的吼叫，小布張開背上翅膀，張口露牙行為讓希嚇了一跳：

「哇！牠怎麼了？」

「小布，不可以。」蕾雅制止道：

「她是我很重要的客人，不是敵人喔。」小布轉過身來仰望蕾雅，吖吖嘶吼，眼睛彷彿在傳達什麼訊息。蕾雅點頭，鎮定含笑安撫說：

「沒關係，來，我不會有危險的。」

小布展開翅膀一跳，趴臥在蕾雅腳邊，持續小聲唉吼，感覺到小步在哭泣，那是對有恩人遭遇不測的哀傷。蕾雅溫地雙手將小布抱了起來，對著小步細語安撫：

「我知道，來，一切沒事喔。」

蕾雅將小布放在自己雙腿膝蓋上，慢慢撫摸，小布感到安全，溫順趴著。

「那孩子好聽妳的話喔。」蕾雅說：

「很抱歉嚇到妳了。這孩子很活潑，平常很少和外人接觸，遇到陌生人情緒有時候會很興奮。」希搔搔頭自我反省說：

「沒關係，是不是我撫摸的方式不對，牠不喜歡呢？」

懂得龍語的蕾雅從小布異常反應，她問道：

「請妳不要介意，這孩子很敏感，是我的戒哨護衛差使獸。你是不是有觸碰過光野君的東西，還有碰過生冷的肉類和刀叉？」

「嗯，我昨天有縫補過遼介的衣物，還有做過生魚片料理？」希很驚訝，她是第一次見識到龍類的驚人嗅覺能力，比貓狗還要靈敏。蕾雅苦笑道：

「果然是這樣，真抱歉這孩子誤以為你是個殘暴的人，傷害過遼介，現在又要對我不利。」

「這樣啊？」蕾雅持續安撫小布又說：

「自從在花園遭遇那件事之後，這孩子很喜歡光野君。」

希想起遼介現在的處境和無能為力的自己，感到很沮喪：

蕾雅提起茶壺替希倒入紅茶，暖活說話：

「我們來聊聊妳吧，你看起來心情不太好。」希感到一陣鼻酸說：

「我總是給人添麻煩——我只是被大家認為必須保護的對象，在重要的時候，身為意志者心苗卻什麼忙都幫不上，我只是個很重的包袱——」

「為什麼妳這麼覺得呢？」

希總算把所有事情全盤脫出口，眼睛淚光婆娑述說自己的感情和想法，蕾雅說：

「原還如此，你已經知道光野君受岱勒烏斯徵招出任務的事情了事嗎？」

「嗯——」蕾雅溫柔的微笑道：

「我們可以分幾個方面探討。」蕾雅明智給予意見：「首先，我認為銳達佛赫一向都是憑證據說話，用公式邏輯性思考行事，習慣把事情整理成幾個簡單選項。」蕾雅委婉舒服：

「我聽說觀月副會長，是個很嚴謹的學生幹部，她勢必會用最嚴格標準審視你的資格。事實上她會這麼說是為你好。」

「可是我們是寄宿家庭的宿友，是家人，她沒必要麼兇我啊。」希知道自己的不成熟，但覺得很無辜。

「正因為她把你當做家人才會更加苛責你。」蕾雅反問：

「但妳又是怎麼想的呢？」

「我不太確定，學姊認為我沒有作為戰士資格嗎？」

「你有沒有那個資格，這不是現在的時間點能夠獨斷評價的。不過，你是如何看待自己呢？」輕柔感性的語調，讓希傷痕累累地一顆心得到膚慰和療癒：

「我們每個人身上的源氣波紋都不同，體質上又有微妙差距。因此，追尋的道和答案不應該只有一個。」好像貼心善解人意的輔導學姊談話，讓希摔落谷底的鬱卒心情又起死回生。希又問：

「難道作為戰士就一定要殺人嗎？」

「戰場上是很現實的，為了彼此立場的目的衝突，死傷在所難免。」蕾雅說：

「不過那不代表就是解決事情的最佳方案。戰士也有疲累的時候，需要有很牢靠的助援分擔。情緒化或許是個缺點，但是柔軟感性和無限創造力是突破危難不可或缺的優勢。」蕾雅停了一口氣又說：

「當絕對的力量喪失，所有布展的計策失效，用邏輯思考理出來的選項又都是絕望的時後。能夠靈光一閃創造突破絕境的奇蹟，這是你擁有的特質不是嗎？」

「我有辦法嗎？」這也是阿豐爸教導提示自己的事情。蕾雅又說：

「我認為你的本質比起鬥士，更接近路拉。他人對你的評價是個忠告，該如何做還是我們自己怎麼抉擇不是嗎？」

蕾雅的膚慰促使希一絲熱淚滑下，總算有人能夠瞭解她。她感受到那股暖流，希把內心的話全部說了出來：

「可是不管我多麼的想爭取機會，想要為遼介君分擔。但是學校跟機關的人都認為我必須被保護，我覺得這樣一來跟他的距離就會越來越遠——我實在不想這樣——」蕾雅遞上手帕，安慰說：

「擦擦妳的淚水。」接下手帕拭淚，希難以為情地道謝：「謝謝學姊——」

「你真的很喜歡光野君呢。」蕾雅微笑說：「但是你可能要知道，現在的光野君可能沒有多餘心力照顧妳，即使如此你還是堅決不改變那個想法嗎？」

「即使這樣我也不會改變心意。」

「神崎學妹——」蕾雅體會到希的感情，微笑慎重說：

「當你想要幫助他之前，你必須知道他現在的情況。」

這些談話讓待在鳥籠內的金絲雀感到一陣和煦暖風吹來。看到甕口的絢麗天色，甕外有些鼓動聲音，促使小蛙想蹦跳，踢翻老甕的心情。希積極關切問道：

「請學姊告訴我，遼介君的學習狀況好嗎？」蕾雅慎重貼心問道：

「這會是相當嚴肅的話題，現在妳能夠承受嗎？」

「嗯—請學姊告訴我。」希點頭說：「這是我的今天來這裡的主要目的。」

「先喝口茶吧。妳的叉子都生根了呢。準備的這些茶食不都是妳喜歡的嗎？」

希雙手合十放在下嘴唇下巴處，答謝道：

「啊—真抱歉，那麼我開動了。」

蕾雅溫柔性情，讓希完全卸下鬥士強悍偽裝的假面盔甲，現在是個容易依賴，愛撒嬌的淘氣小女孩。希喝了一口花香醇厚的紅茶，她從五層餐盤塔中，取下金蟲梅派和卷心蛋糕，放到盤皿中。蕾雅說：

「那個沙畦蔓果派是我烘焙的。」

切了一口往嘴裡含放輕咬，酸甜滋味在舌頭上擴散開來，嘴巴鬆開微笑曲線，開心地說：「這個好好吃！還有這個豆粉黑糖卷心蛋糕也很好吃，造型做的好特殊喔！」蕾雅說明道：「這個黑糖卷心蛋糕是我請貝迪勒女士做的。」

「這種卷心蛋糕我在阿特蘭斯界沒見過，商店街也沒有賣，沒想到在這個宿舍有這麼特別的蛋糕耶！」蕾雅誠實說：「這個焦糖卷心蛋糕的做法其實是光野君告訴我的。他說這是他曾經看過的食譜，一字未露的告訴我。」聽蕾雅這麼一說，希心底感到酸酸的醋味說：「沒想到他也對烘焙蛋糕有興趣啊——」

「他告訴過我，從國中高中生時起一個人租屋，曾自己打工賺取生活費，偶然從和洋式定食料理餐廳，老闆秘傳筆記中看到的食譜。」希問聲：

「他有那樣的經歷啊——」

「從這件事情來看，我得知他俱有完全記憶跟瞬間記憶的能力。而且他只花兩個月不到的時間，就把二、三年級必修科目的章紋全部倒背如流，作為摩基亞的學習能力，他實在很有天賦。對於學習章紋術也表現得很積極。」希小聲說：

「學姊好像很瞭解遼介君的事情喔——」

「其實也不盡然。」

絲毫感覺不到半點厭惡感，溫和又能夠傾心談話，是種類似母愛的氛圍。希知道遼介的成長背景，因此能夠理解為什麼他願意對蕾雅透露述說自己。想到這名可敬可佩的學姊隨時都可能變成情敵，要比較競爭，自認侍女賽貂蟬的差距，心裡好像加壓幫浦，注入肚裡滿滿醋水：

「學姊好厲害喔—遼介君很少跟我說他的事情—能夠像這樣傾聽說話——」

「他時常不經意的隨口聊天，說些他自己的趣聞經歷。包括妳的事情，他也是常常掛在嘴邊說呢。」

希抬起頭來，心中小鵲喜問道：

「他也跟學姊說我的事情啊？」

「他總是說妳做的料理很好吃，很暖心暖胃，很需要特別留意照顧。但是在豐臣老師家裡扮演著很能幹的角色。」

「這樣啊——」從蕾雅口中聽到遼介對自己的評價，感到害羞。

「不只是妳的事情，他也常常提及小汐的事。」

「嗯——」希點點頭又繼續說：「在家裡他可以很快找到跟大家相處的方法，他在班上的成績也很好，鬥競戰績也漂亮，班上認同他的同學也越來越多。」

「是啊，他對於生活周遭的人都很用心。」

小步趴在蕾雅大腿上，呼嚕呼嚕睡得正香甜。想起與遼介共學的時光，三不五時隨口關心自己的事情，能幫得上忙，不能幫上忙的，都熱情爽快給予建議。希很在意兩人單獨共學時間累積的情感有多少，直問道：

「學姊對於遼介君的事情是怎麼想呢？」

蕾雅鎮靜微笑說：

「他是個很優秀的心苗。」

「誒？」

看希的表情，蕾雅提起雙手揮揮，顯些風趣尷尬說：

「不過你放心，我跟他之間不可能有結果，他現在也沒有把心思放在『和彌』談戀愛這種事情上。」

「學姊的話是什麼意思？」希很是在意地追問，蕾雅端莊說：

「與其說是沒有放在心上，不如說他是對這類事情刻意放置。實際上對章紋術的學習運用放入更多心力。」

「這樣啊———」希還是半信半疑。她困在自己小情小愛中苦惱，像一朵落入小水潭中打轉的紅山茶花。蕾雅語氣中添加一點嚴肅拉回正題：

「我想比起在意這些事，你可能需要知道更重要的事情。」希問道：

「那是關於什麼事？」

蕾雅說出遼介把自己的源氣封印俱危險性，又提到他身上詛咒的事情。希發覺這一切很不尋常，她實在擔心問：「他是中了是什麼樣的詛咒？」

「我還無法斷定那是什麼樣的詛咒。」蕾雅憂心說：「但是能夠造成長期心神疲勞狀態的，只有幻術類型的詛咒。他潛意識一直都在和詛咒對抗，現在以一個意志者心苗，他看待自己力量的做法太危險，他不能夠再這樣繼續下去。」希問道：

「我都不知道遼介君有這些問題——但是學姊為什麼願意跟我說他這麼私密的問題呢？學姊不也喜歡遼介君嗎？」蕾雅仍把持穩重，微笑說：

「身為特設指導共學的學姊，為他好，希望他透過學習成為公眾不可或缺的人材。我必須跟妳說，因為妳也關係著能否解決這些問題的重要因素。」

認識到學姊對遼介關切的層面已是不同層級，她知道不是和學姊爭風吃醋的時候，反省自己的不成熟，還沒理出頭緒，單純問道：

「我該怎麼做才好——」

「從妳跟我說的那些事情，你保持的心意很好。」

「但是我被學校跟機關保護，遼介君面臨危險難關我卻什麼都做不到。」

蕾雅給她一些指引，她是能夠打開鳥籠柵欄，給她機會的人。

「或許妳需要一些明確實績，證明妳的能力。」

「難道我在學校的努力還不夠證明嗎？」

「不是的。」蕾雅語重心長地緩緩述說：「妳現在的表現都是妳靠自己努力過來的成果，作為心苗累積相當的實力。妳現在需要改變的是心念，還有處事態度。」希皺眉又問：

「我的心念不正確嗎？」蕾雅又說：

「身為一個源動魔導士要懂得自理心神，但是光野君總是不顧自己，把重心放在周圍需要幫助的人事物上。」蕾雅的言語好像針灸治病，試圖給希解決毛病：

「妳跟他的狀況相反，無論平時或是戰場上，妳需要把多一點心力放在周圍的人事物上。」

「嗯，我可以幫他什麼忙呢？」蕾雅笑道：

「光野君現在需要的不是『和彌』陪伴，而是能夠長時間寄託信賴的堅強後援。雅斯與阿特蘭斯的現在與迫近的未來，意志者社會的變革與整體世界提攜需要他的力量。妳已經做好隨他一起做事的準備了嗎？你們很快會升上三年級，是必須對自己生涯做抉擇的時候。作為意志者妳想要做什麼呢？」

紅茶湯面倒映希的苦惱面容，想了許久，擠出了心裡答案：

「身為未婚妻，我想要成為遼介君的助緣。」

「你覺得光野君他是怎麼想呢？你覺得他是個甘願會與妳組織家庭，安份守己只當個普通無為意志者嗎？」這是個挑戰性問題，希心情小鹿亂撞，她從來沒有想過這麼深層面的事情，她只知道喜歡，附和遼介的想法和需求，又說：

「我不是很確定，但是我覺得他不是個安於現狀的人。當他開始學習章紋術以後，比起剛轉學進來的他感覺更加光彩快樂，他一直都在找事情做，他是忙不過來的人。」

「不只是學習章紋術，被你們豐臣家的人接納或多或少成為生存目標。妳也給他一點希望不是嗎？」

「這樣啊。」

「現實的情勢逼迫，轉學進來才不到三個月，如今他被岱勒烏斯指名為密令尖兵小隊成員，身為意志者一生要走的道路還很長遠，以後他一定是四處忙碌奔波，你想像現在這樣被排除在事件任務外，只能在家裡留守等他回來嗎？」希猛然搖頭，極力說出自己的抱負：

「當然不想，身為意志者，我想成為遼介君的助力。我不要老是被排除在事情外什麼都不知道，只是被大家保護的花瓶。」

「如果這是妳選擇的道路，那麼現在的妳，必須做些調適改變。」蕾雅說：「想想看，當你們都被卷進這次事件時，他為什麼乾脆轉頭，用保持距離的方式保護你呢？」

「我不知道——」蕾雅輕柔又說：

「我認為當一個有能力接受任務，隨時準備應敵的尖兵意志者，想跟隨在他身旁成為他的助力之前，你必須學會適當表示自己的主張，那是堅定自己信念和夥伴羈絆的根本。」

「我的主張嗎？」

回想起蒂芬妮姊拉拔，她也說過很多次，希捫心自問，當遼介被拉朵泥口舌攻擊當下，她沒有站出來替遼介說話，即使立場和心意是站在遼介這邊，她卻沒有勇氣站出來平反自己閨蜜引發的口舌風波。希發覺問題，心虛將目光移至地上。蕾雅又說：

「尖兵或著擔負任務的意志者面對的敵人相當危險，妳如果沒有十足勇氣和毅力捍衛你的主張，只要有一點縫隙破綻，他們會想儘辦法捉弄你。」蕾雅停了一下又繼續說：「一旦無法自己捍衛那份心意，你的純真善良容易被有心人操弄利用，變本加厲傷害你和身邊的人，你所重視的感情牽絆也會被摧毀殆盡。」

希毫無頭緒，但是她極力想跨出困境，猶豫之餘勇敢說：

「我——雖然不知道該怎麼做，但是我願意改變自己。」

面前這個單純可愛的學妹，極力想要改變現狀，願意突破挑戰自己命運的勇氣感到喜愛欽佩，這是蕾雅無法輕易挑戰的弱點。蕾雅臉上一抹舒服笑容給予肯定：

「我相信妳可以，所以想給你一個機會。」希問：「學姊要給我什麼機會？」

「我已經向我們學生會司法公安司長，席德申請了尖兵自主行動，也得到泰勒斯老師的許可。我決定以尖兵自主行動，協助二位埃西美克斯王國公主遭綁架的救援人質案件。」

「那不是遼介君他們執行的任務嗎？」希驚訝問道，蕾雅說：

「視情況而定，我隨時都有可能動身出發。如果你在剩下的十個小時內，能夠做出對學校或是機關有實質貢獻的實績，你就可以跟我一起同行。作為能夠說服學校跟岱勒烏斯機關的條件。」

「我知道了。」希的眼神清晰而認真，學姊的安慰讓她重拾自信，這道考驗也成為激勵推動她覺醒的契機。鳥籠柵欄已經開啟，暖風也刮了起來。

希深深感受蕾雅溫柔，寬容又有智慧，軟硬合度談話，什麼都可以聊。她心裡的不安、彷徨、厭惡、嫉妒、任性全部都完全包容接納，在蕾雅身上她找到了失去的母愛和老家巫女姊姊們的呵護照料感覺。使她好喜歡，好想更親近認識蕾雅。

「那個—雖然很失禮。我可以稱呼學姊的名字嗎？」希可愛又不失禮貌的小請求。蕾雅小吃驚，笑靨渲染開來，點頭說：

「可以啊，小汐也是這麼叫我的，妳對我不需要這麼拘謹禮數。」

「請蕾雅學姊以後也可以叫我的名字。」

與希談話間，蕾雅好像多了一個妹妹一樣，舒服說：

「嗯，小希，到時我會在貝洛戈德公園廣場等你。」

「好，我會在限時內證明我的能力。」

暖熱爐子轟轟作響，無雜質的火晶石閃耀橘紅光，外頭天空散佈陰沈後雲，寒風呼呼作響，但是少女的心炙熱澎湃。

40 尖兵 VS 魔魍

荷斯庫窪原始樹海中多處濃煙升起。巨木斷裂倒塌的聲音響起，西露可一行人持續與漢考提派出的尉士殺手戰鬥，造成了十多公頃林地毀壞，到處是被輪鋸斬斷遺留的樹頭，延燒的火苗，還有被強酸腐蝕的黑土地。

面對這群魔魍份子，敵我不分青紅皀白的兇狠攻勢，戰況陷入膠著。

修二已經遍體鱗傷，他仍屹立不搖纏著凱爾發動室蛇冰牙拳，配合冰牙連蹴壓制凱爾行動。踢出一發氣彈，修二衝向前，當凱爾擋下攻擊，緊接著一拳蛇形貫掌突擊，把凱爾打退七公。凱爾嘲笑道：

「哈哈！你這不知死活的雜碎還不倒下啊！」

「呵呵這種只能削鉛筆的鋸子。」修二笑了，他吼聲放話：「比起風見的玉羅天甲刀真的不夠看啦！」

修二衝上前去又跟凱爾又是一番周旋。

在不遠處，汐同時對付阿魯夫和玻比。阿克西亞接下玻比高速自轉衝撞，把他丟拋遠到遠處，使出蓋亞權能劍，把玻比逼退一公里。

聖德芬待在汐身旁護衛，祂用亮黃色的生命屏障，擋下海馬的噴射火焰。阿魯夫說：

「你驅使兩位天使剛好落入我們五角逆殺陣的圈套，我有充分的機會可以殺掉你！」

這是分散五個角點包圍中間目標的聯合攻擊陣型。默契好的夥伴能夠同時應敵，又不會傷到自己人。但這些組織爪牙之間沒有信賴感情，他們為了能夠多殺一個目標，個人能夠立下更多戰功，獲得公爵賞賜而瘋狂。對他們而言，整個包圍範圍都視為攻擊區域。其他各角點的同夥都是戰鬥擂台角樁，他們可以不顧一切肆意攻擊，即使因此波及同伴也無所謂。小汐說：

「我不會讓你輕易傷害到我的。」

阿克西亞龐大身軀從空中飛下，那雙粗壯腳步排山倒樹奔跑過來，又一拳揮出蓋亞權能劍，強烈能量衝擊波，一擊打消那群飄浮海馬。

趁著空擋，阿魯夫高高跳到空中，手持雙刀縱砍而下，聖德芬持劍擋住。然而事先源造的羽翅海馬，朝汐放出噴射火焰。阿克西亞及時用雙臂把汐抱起來，跳躍到另一邊，汐有驚無險地避開攻擊。

火焰直線噴射向遠處，差點擊中卡雅，她早三秒前扔出一道章紋擋下，那是一道兩百公分大的防禦章紋，上面有奇妙的紋字和圖形，不像雅斯文字。同時卡雅右手對著西露可指畫，念道咒紋：

「哆喇喇米沙，咔吧吸！」在她指尖尖端展畫巴掌大小的章紋印。不祥紅色光團，襲向西露可。她立即跳開，往她原本站立的地方一看，被紅光打中的樹叢和小獸在短暫數秒間化成石頭。

「石化術？」西露可訝異地看向卡雅，卡雅笑道：

「哼哼，像你這種漂亮女人，變成醜陋的枯繆石石像再好不過了！」西露可問聲：

「無法器？章紋術？」沒看到卡雅使用法器就能夠詠唱技術性章紋，表情嚴肅凝視：

「那是，違禁品？」

「哼哼，我只要有這塊費洛姆晶石，就可以隨心所欲發動任何章紋，甚至是禁術。變成枯繆石像吧！」卡雅脖子上戴著的血紅色石頭發光，卡雅右手上的章紋未消失，朝西露可連續發射紅光團，她只能閃躲找機會反擊。卡雅眼角看餘光，臉上無表情說：

「哼哼，殺了你們以後，留下那個俊俏的帥哥，我會把他石化成為我的搜藏品。」

「不行！」西露可避開紅色光團，舉起炮劍刀還以顏色，集束的粉紅色光束從刀背上砲口擊發而出，連續射擊，打得卡雅必須展畫防禦章紋防備：「呃！」

視線拉遠，克勞雙手緊握回應者，跨步使力揮砍，哥伽向後退步，他已讀透克勞德那套單調劍技，扔出大顆的綠酸球，克勞德持劍一喊靜置章紋：

「LA!炎刃切斬！」劍刃透過章紋切劃，炎刃把綠酸球切碎，哥伽遊刃有餘地避開。哥伽陰冷洞悉笑道：

「呵，你根本不是我的對手。你是風屬摩基亞，乘上炎系章紋的確是我的剋星，可惜還不夠力。你已經用了三道防禦章紋，三道攻擊章紋，你剩下的源氣究竟還能發動幾道章紋呢？」克勞德持劍喘息，他從來沒有這麼吃力過。

哥伽把克勞德分析得一清二楚，老實不做作的稚嫩表情更是讓他笑掉大牙：

「還有一個關鍵的因素，看你握劍發抖，遲遲不敢攻過來就知道，你沒有殺過人的經驗對吧？」克勞德就像受過訓練初次上戰場的新兵，面對殺傷敵人的恐懼心理。

「不如我免費讓你砍一下如何？這樣很便宜你的。」哥伽雙手自然放下，姿態破綻擺出。

「什麼？這——」

克勞德沒有辦法對放下武裝的人發動攻擊，純真仁愛的心腸是的心神本質。他反而動彈不得，額頭冒著冷汗，遲遲不敢動作。

卡雅發動的章紋比剛才還要大，直直扔向西露可，她躲過，持續飛向克勞德。西露可大叫道：

「阿德小弟！小心！」克勞德驚險大躍步緊急跳避，光團冷不防地打中哥伽，一聲淒厲哀嚎，一瞬間哥伽變成石頭。

「這是極屬性石化系類別的章紋？」狀態變化是極屬性類型章紋，使用技巧難度高，也有許多風險，石化術是屬於中高章紋，克勞德一臉驚嚇。凱爾不憤怒反而大聲嘲笑：

「哈！卡雅，哥伽被你石化術擊中啦！」

「那關我什麼事？」卡雅不以為意的笑罵道：「是他自己露出破綻，連五角逆殺陣都沒能確實執行，證明他根本是個廢物啊！」

聽這些魔魍份子的對話，又看看被石化的哥伽，克勞德身子顫抖，不只是同情，萌生的是憤怒。

「小女子！吃老夫一技刺棘衝撞！」玻比從那邊飛撲過來，用手臂盔甲上厲刺衝撞西露可，西露可架刀擋下，一腳踏地用腳步煞住衝擊，使力一抵便把玻比推開。

「你這彌哈人小女子實在力大無窮啊！」玻比仍不放棄，身子又開始高速自轉，衝撞過來。西露可抓著過度驚嚇克勞德的衣服躲開，玻比直接把石化的哥伽撞成碎塊，粉碎殘缺的模樣散落一地。停下來的玻比發現哥伽已死笑道：

「沒用的年輕人，擋在我面前，還是早死早超生吧！」凱爾表情更是癡狂說：「哈哈！我早就看不慣老是愛講邏輯屁道理的垃圾啦！」

克勞德氣哭了、他不懂這些人為何可以如此冷血無情，身子發抖怒言：

「為什麼——你們為什麼要這樣——」凱爾嘲笑道：

「蛤？他是不是頭殼壞掉啦！竟然為敵人哭喪啊！」修二唧噥道，踢出源氣彈把凱爾打退：「你們這些人笑什麼啊！」修二迅敏跳到克勞德身邊，大聲關切道：

「喂！你站著發什麼呆！給我振作點！」

發覺克勞德戰鬥意志不穩定，汐與西露可想辦法聚集到他身邊。

「克勞德哥哥——」

「你們，別過來！」西露可用砲劍刀對著另外三人擊發光束，牽制動作。

「小露可前輩，這很不妙啊！」敵方還有四人隨時準備再度對他們攻擊。

「你們這些人不可饒恕！」克勞德怒喝道，此時佛拉葛拉赫發動寶具能力。感受到修二純潔仁愛心靈氣息，再加上一點勇氣，同時感應到這群殺手的邪念，劍柄連著石突上的寶石發出耀眼白光，那些魔魍幹部動彈不得，眼睛好像針刺一樣痛苦：

「唔噢！」玻比痛苦的用手臂遮擋強光，凱爾痛苦哀嚎：

「這是什麼光啊！」卡雅也是轉頭回避：

「好刺眼——」阿魯夫用雙刀刀柄突出構造和拳頭檔著光芒，痛苦說：

「莫非他手上拿的是寶具啊？」

「這是怎麼一回事？」修二問道，查覺佛拉葛拉赫釋放出驚人的高騰源氣，汐說：

「這難道是回應者發動的力量！」

回應者發出的鋒芒間歇，劍鄂上的紋路線條仍走劃光芒，回應者好像與克勞德一體化，形成強大源氣襲捲身子四周，並且和克勞德的源氣融合在一起。

「佛拉葛拉赫在跟我對話？」阿魯夫指使道：「凱爾，玻比！趁這個空擋把他收拾掉！」隨即命令身前的海馬發射火焰。凱爾怒而不從回話：「阿魯夫！你沒有資格指揮我！」凱爾正準備扔出大銅鑼輪鋸。

此時，克勞德身上的源氣和精神力跳級性爆增，現在他能夠百分之百發揮章紋效果功率，以他為中心展開五公尺大的章紋陣，克勞德舉劍喊聲：

「LA！暴風絕壁！」

瞬間刮起巨大龍捲風參著光芒，把那些無禮攻擊全部抵消。風持續存在，如一道有形風牆守住身邊的尖兵成員，讓他們有充分時間可以構思對策。

「蘭斯！幹得好啊！」

修二佩服大聲叫好，他一直以為克勞德是無藥可救的膽小可憐蟲，是個累贅天兵。現在另眼相看，要不是有他在，他們可能就被迫停在這裡無法前進。

41 擊破圈套

十分鐘前，在這片原始樹海另一處，呂綺絲坐在神木樹頭上監視雙方戰鬥，面前黑球影像亮起一片刺眼白光，什麼都看不到。

「這是什麼光？」

從公爵得來的獵物名單目標情報有差異開始，呂綺絲就發覺不對勁。一個不起眼的摩基亞劍士發動寶具能力，一切施策誤判，她感到不祥預感。

「終於讓我找到了，沒想到躲在暗處偷窺的菌絲頭是個女人啊。」

呂綺絲往她身後樹叢枝頭上一看，一臉吃驚問聲：

「你是！？」

「我是路過的瘟神掃把星啊！」遼介嘲諷自娛，從樹枝頭上一躍著地，面對呂綺絲說：

「就是妳破解夢色基粒子效果，同時暗中把我們行蹤分享給同夥的對吧？」

呂綺絲很吃驚，誇張表情實在可惜她那副美貌。她不解問道：

「為什麼你能從我精心佈置的菌絲地網陣中，找到我確切位置？」遼介說：

「呵，我可是自幼在深山野林中長大的。自然界源氣和人為源氣的分別我清楚的很，就算在這濃厚源氣遮蓋感覺的地方也無礙。」

「不可能，我把源氣縮小到這樣細微，連那些垃圾都不知道我的位置在哪！」

「我的確是花了一點時間。不過，只要多仔細觀查妳源造絲菌散佈的脈向，就算佈散再遠再廣的菌絲脈絡必定有源頭。更何況是路拉，有意圖源造的東西。」遼介一手提起一顆黑眼菌菇。

「那是我源造黑眼骷髏菇！」遼介笑道：

「這一點是妳佈置不夠仔細啊。你把菌絲遍佈範圍太廣，在這麼一座原始森林中，菌絲只長在淺層表土不到0・5公分深度，而且，跟那些長年原生的菌類形狀完全不同。這怎麼看都是源造產物啊。」

「莫非你剛才那些意義不明的動作是」呂綺絲現在才發現，被愚弄的是自己。

「我必須這麼做才能玩過你這個菌菇頭啊！」遼介一手把握在手中的菌菇握碎，正氣凜然笑道：「我勸妳解除這些源造的菌絲，放我們走，否則你會很痛喔！」

綺絲簡直要笑壞肚子，說：

「呵呵呵！我這漂亮的臉只屬於公爵，如今你看到我的美貌，你馬上就得死！」

「是嗎？那就沒辦法了。」

遼介走近呂綺絲。踩過那些藍色毛菇，感應到源氣的瞬間，好像步兵踩進地雷陣地那樣連環爆炸。

遼介若無其事走過，加快速度，快跑越過那些藍毛菇地帶。接著綠色刺槍菇，好像無數迷你刺針飛彈飛了過來。遼介以月步・盪心皎月，空中轉體，輕輕鬆鬆靠近呂綺絲。遼介落地踩到那些刺槍菇，呂綺絲邪笑說：

「呵呵！你已中毒，馬上就會七孔流血死去！」

「是嗎？那是沒有使用章紋術防禦的情況吧？」遼介站好好的，沒有任何中毒症狀：「我事先使用了劇毒抗性章紋，現在我是百毒不侵吶！」

「什麼！你是個鬥士卻會使用章紋術？」

「你把源造物散步整座森林，只剩微毫的效果對我根本無用。」遼介扔出大顆源氣光彈，逼得綺絲跳開那個神木樹頭，脫掉澎大裙子。她精心打造的情報站瞬間被摧毀，呂綺絲哀嚎：「哇啊！」爆炸風壓把她摔飛在地上，遼介走上前去。

躺臥在地上的綺絲嬌弱爹氣哀求道：「很抱歉，我知道是我錯了」

「你這是？」

「求求你，行行好，你絕對不忍心傷害我這樣的美女對吧？」綺絲一副要哭出來的無辜臉色。遼介走近綺絲想要伸手攙扶。

「真是的，我感覺妳人不壞，要是老實早點認錯投降也不會變成這樣。」

遼介伸手就要去拉她的手，綺絲嘴角揚起心懷不軌的微笑，立即跳開來。在空中伸手射出源造細絲，充滿殺意咧嘴笑道：

「你去死吧！」

螺旋交織菌絲刺還沒貫穿心臟，遼介眼明手快一手抓握，空手捏碎。

「什麼！」落地的綺絲誤算遼介身為源鬥士的戰鬥反應，用美色誘惑的奇襲刺殺術，變得無用武之地。遼介感受到呂綺絲攻擊中夾帶的情緒說：

「你確實不壞，這一擊我是確實的感受到你的心思，陰暗殺機中夾帶著深沈悲傷絕望，我勸你別再做這種無意義的殺戮，人命不是你的遊戲玩物。」

「住口！你這來路不明的小伙子，根本不能懂我經歷的一切。」綺絲激動地吼叫：

「我從小就被生父賤賣成為雛妓，進入組織才讓我從獲新生。」

她對人生是破碎絕望的，組織用錢把她買下，並且接受組織的黑暗教育，用這份累積很久的怒氣報復世界。遼介慎重的語氣說：

「我或許不懂，但是殺戮復仇只會讓你那張漂亮臉蛋染上醜陋面霜。」

「你少自以為是了！」當綺絲怒罵又要再次發動攻擊，遼介凝視她的眼睛說：

「是嗎，我必須說美人多的是，但妳做這種事就算長的再美，做這種醜陋事也算不了美人。」

「哇啊！！」遼介一擊以諭心源勁掌，打飛了綺絲。這一瞬間，光芒和衝擊讓她回想過去，悲慘的過去還有一絲光明。

「媽媽———」她的生母曾經是疼愛她的，母親的笑容讓她傷痕累累的一顆心得到一點救贖，仇怨心順著淚水宣泄而出。

遼介不知把呂綺絲打飛到哪裡去，他只知道是往東邊打，這一瞬間，呂綺絲源造的所有菇類和菌絲全部消散。遼介嚴肅而感性說：

「抱歉，或許很痛，但是我們必須趕路。」

遼介放下拳頭，輕步使發源氣一躍，跳飛到樹冠頂上，看見遠處冒出黑煙，彷彿無數黑龍直上雲霄，不時傳來爆炸聲響。他加快步調飛躍趕去。

42 集結

克勞德持續施展暴風絕壁章紋，汗水淋灕喘息著，他撐上二十分鐘。在這道風牆外的四名魔魍份子還在虎視眈眈，等待著這道牆消散的時機。

「阿德小弟，好辛苦。」西露可關切道，小汐說：

「再這樣下去克勞德哥哥會精疲力竭的……」

「可是我們現在沒有擊退他們的辦法啊！」修二也是束手無策，克勞德喘息說：

「有一次機會…大家趁著風牆衝擊的亂流……這是擊倒他們的機會。」修二問道：

「如果是一人盯一人還有可能，但是蘭斯你會露出破綻吧？」小汐說：

「我會想辦法彌補這個缺。」修二問道：「小淑女學妹，你要怎麼做啊？」

汐把維持聖德芬和阿克西亞的源氣招回，另外召喚她最熟悉的天使莉蜜碧朵。

「汝是第七月的陽光天使，莉蜜碧朵，請汝以真身顯現，聖臨我面前，與我憑依合一。」

莉蜜碧朵立即出現，並且飛過來與汐憑依合身，祂親吻汐的額頭，那對翅膀懷抱著汐的身子，成為一團亮黃色光芒團。汐的背上長出翅膀與蜜莉蜜碧朵一樣，服裝也換上聖潔的白色裝束。修二驚訝問道：

「這就是神靈系路拉的得意技術，憑依合身嗎？」小汐準備好了戰鬥狀態問道：

「不破學長你準備好了嗎？」

「那還用說嗎！小露可前輩我們一起上吧！」

「呀！」西露可手握炮劍刀隨時準備進攻。

此時克勞德大聲吶喊，雙手握著回應者使勁用力一揮。

「哈啊！！」那道風牆頓時擴張碎裂。

「這是！？」玻比察覺不對勁，他們來不及防備，那道光芒風牆擴散成衝擊氣流，把四人一口氣吹飛。克勞德大吼道：「大家，趁現在！」

首先衝出去的是修二，貼近使出室蛇冰牙彈連擊：

「擊中你了！」修二連續拳拳到位打擊凱爾身子，接著冰蛇蹴擊，一腳重擊踢飛凱爾。

「咕喔！」凱爾被打飛撞斷了一直線的樹木。

西露可首先向卡雅發射源氣光束，當她以防護盾章紋抵擋，趁著光束打消防護盾，西露可壓低身子接近匍伏姿態，一腳蹬腿，單手拖刀一瞬間靠近卡雅，她驚呼道：

「什麼！我的鐵壁章紋竟然被打破了？」

「妳！西露可，討厭！」西露可單手從後方劈甩炮劍刀，把她掃倒在地上。

「呃！這是」卡雅看著西露可那雙凝視眼神，感到龐然巨獸的壓迫，使她無法動彈。

當兩個人在緊盯凱爾和卡雅的時候，汐飛在空中，身子發出蜜莉碧朵的金黃色光，使力展開那雙雪白羽翼，話語如歌頌詠唱好聽：

「曝曬撒下吧！陽光耀焰劍雨！」

展開雙翼瞬時射出的金黃色源氣，如無數散發狀的箭矢射向地面，然而阿魯夫源造海馬代替承受，他的動作比想像中更加敏捷。

「你想壓制我，想的美！」阿魯夫避開，同時驅使另一邊的四隻海馬朝汐對空噴射火焰。汐雙手推出，強力射出陽光耀焰劍，金色光束穿過那些火焰，直擊打消那些海馬。

「呵，戰場上想跟我鬥技鬥智？你還太嫩了！」

阿魯夫對著汐扔出左手的海馬軍刀，就像飛出去的迴旋鏢打轉，一瞬間臨時起意的動作，汐能夠及時閃避已是慶幸。

「哇，糟糕了！」趁著空檔，阿魯夫左手一把抓握身邊的一隻海馬尾部，立刻成為另一把軍刀，朝著克勞德跑去。

克勞德身軀疲憊的好像一塊大石壓在身上，動作反應相當遲鈍。面對迫近的阿魯夫，克勞德勉強再使出一技風刃術章紋，揮劍砍出風刃，比起平時還要強上五倍威力的風刃襲向阿魯夫。然而，阿魯夫移行速度增快，超前閃避焦點攻擊。

「呵！即使你施展的章文術攻擊威力大，沒能夠擊中我也是枉然。」

阿魯夫手持雙刀攻向克勞德，兩人刀劍相抗，使不上力的克勞德簡直快被壓垮。

「好重的力道⋯路拉怎麼可能有這麼強的體能？」阿魯夫用羞辱道：

「你們機關從那所學校臨時找來的心苗，只不過是濫竽充數的溫室軟苗，不知死亡恐懼和殺戮感覺的你們不可能是我們的對手！」

譏諷話語簡直要擊潰克勞德的信心，事實勝於雄辯，他根本沒有力氣對抗。

在空中的汐反遭海馬群的對空火焰牽制，看見三十幾隻分散於各處，逼得汐必須不斷飛行閃躲。

「受死吧你！」

阿魯夫重擊一抵把克勞德震退，一腳踹他大腿瓦解重心，左刀一揮把他手上防禦的回應者打飛，掉在另一邊地上。眼看阿魯夫接連著右手一刀刺向克勞德胸膛。

「克勞德哥哥！」

其他密令尖兵小隊夥伴都來不及拯救克勞德的一瞬間，一道單手持條狀物人影，截下這一刀。

「這是？」

跌坐在地上的克勞德看著穿著紅色武道大衣的挺拔背影，雖然個子比自己還要矮，存在感對他而言卻相當巨大。

「真是驚險啊。」遼介適時出現，手上握的條狀物是奇多拉樹氣根，與其說是一把劍，不如說是一把螺旋麻花狀的硬鞭。

透過劍勁傳達過來的殺意。遼介轉挑一撥敲刀，一瞬間的勁道把阿魯夫整個人向後揚翻，再使力一掃劃把阿魯夫打退七步。阿魯夫驚呼：

「你究竟是？」

「你身為路拉，使刀有這樣強的力道，用來殺戮實在可惜啊。」遼介眼神凝視，阿魯夫怒喝道：「半路上跑出來的傢伙啊！」

「生來就被教育，只知道殺戮而生實在可憐。」

剛才接下那一刀，遼介看透阿魯夫的眼神，他知道那是生來別無選擇，生活在黑暗環境教育成長過來的人。他在雅斯界也曾經與這類異端犯罪者交戰過，他曾經認為乾脆清除這些偏激份子，對社會而言是正當處置。但現在他不再這麼做，無論什麼樣的對手留下對方性命是他重新選擇的道。

「妨礙我者找死啊！」

「諭心十神劍！」遼介一聲明亮的喊聲：

阿魯夫手持雙刀高舉，遼介一擊橫向閃光劃過，阿魯夫手上雙刀應聲碎裂，隨後連續五下擊中阿魯夫身子。

「呃——不可能——」

一瞬間痛麻感彷彿電擊順著經脈走遍阿魯夫全身，雙腿一軟跪倒在地上。

「遼介哥哥！」汐把阿魯夫源造四散在各處的羽翅海馬清除後，從空中落地，遼介快活招呼道：「讓你們久等了！」

「遼介，擔心！」西露可擊退卡雅，也跑過來和尖兵小隊成員匯合，先後看著汐和西露可，遼介問道：「你們都還好嗎？」

「嗯——謝謝你，遼介兄——」克勞德還心有餘悸，他把回應者劍尖著地，支撐疲勞身軀起身。遼介說：「你或許需要更多的實際經驗吶。」

修二退後到他們三人身旁，面對凱爾的方向，語氣多了一點責備，招呼道：

「光野！你到底跑去哪摸魚啦？」

「抱歉啊！為了破除掉他們躲起來佈置的圈套的同夥，花了一點時間。」

從剛才卡雅就發現他們戴在右眼上的菌絲眼睛消失，現在原因明確，卡雅不敢置信問道：「難道是你破解了呂綺絲的菌絲地網陣？」凱爾笑道：

「哈，那個陰溼只會用美色誘惑公爵的婊子終究不能信任啊！」遼介反嘲諷道：

「是啊，要不是有她在，才能發揮你們這些人的最大戰力啊。」玻比洪亮聲音笑道：

「就算沒有她，老夫也能夠一口氣解決你們！」隨後身子自轉成球衝撞了過來。五人散開，遼介瞬間看穿玻比弱點，看著他高速打轉衝過頭，遼介轉身左手扔出一顆源氣光彈打中自轉著力點部位，把玻比遠遠彈飛。遼介轉頭說：

「西露可，你現在可以使用夢色積粒子的幻覺屏障能力了！」

「Danke! Es wurde gerettet!（謝謝！得救了！）」西露可放掉手上的炮劍刀，瞬時擴散的夢色基粒子壟罩現場，他們五人彼此看得見對方，敵人卻發生言行混亂狀態。

這些尉士殺手看見遼介帶著四人朝東南方向逃跑。凱爾癡狂的笑問：

「哈！懦弱的垃圾跑了嗎？」卡雅說：「你們休想逃跑！」

凱爾和卡雅無疑有他，玻比也一起追上去，一邊嘴上怒罵道：

「你這臭屁年輕人竟敢讓老夫顏面盡失啊！」

剩下阿魯夫，當他起身離去前回頭看了過來，眼神透露出懷疑的目光，掃視確認四周，隨後也趕去追逐意識中看見的幻影。

「呼，終於把他們支開了。」修二喘了一口氣，遼介讚賞說：

「沒想到妳的能力這麼有效啊？」克勞德氣喘吁吁問道：

「這…是怎麼一回事」遼介解釋道：「他們的大腦感觀被西露可的夢色基粒子遮蓋，他們可能看到的是我們逃跑的幻影。跟這些人纏鬥無意義，只會拖延消磨我們的時間和精力。」

「但是為什麼我們可以看得見彼此呢？」克勞德又問。

「或許是西露可放出來的夢色基粒子，是經過她自己意識製造的印象，她可以柔軟控制開放和限制對象，對吧？」西露可說：

「呀！夢色基粒子，廣域擴散，範圍內，西露可所想，夥伴，無害。」

「趁這個時候我們快走吧！」修二說，遼介說：

「是啊，我們沒有太多時間可以逗留了。」看克勞德的疲憊模樣，汐很是擔心說：

「可是，克勞德哥哥現在體力透支，他剛才發動回應者的力量，一下子釋放大量的源氣，現在精神疲憊。」

「這樣啊，我們剩餘時間只剩下一天半，很難預料到他們會不會在限時內做出對人質不利的事情。」遼介評估了一下又說：「我們至少要在今天西烏魯比蘇落入地平線以前，到達汀歐族部落都市。克勞德還能走嗎？」克勞德說：

「很抱歉——是我拖累大家，不如你們先走吧——我如果回復源氣至少有回應者可以加護。」克勞德沒想太多，他只知道不能夠再連累密令尖兵小隊的行進。但丟下克勞德一人他必死無疑，遼介認為不能這麼做，找他來參與任務是他的責任，一旦丟下克勞德繼續前進，他們的行為跟無情無義的魔魍份子沒什麼兩樣。遼介問道：

「不破，你現在體力還撐得住嗎？」

「我沒問題啊！怎麼？」修二看起來雖然滿身是傷，卻還是精神抖擻。

「不如我們同時把源氣分一些給克勞德吧！你還記得我們上課時有學過，除了同屬系以外，我們鬥士的源氣體質最適合輸給他們。」

「噢！你說行氣轉氣的技術啊？」修二還很乾脆說：「好啊！本大爺樂意奉陪！」

「你們要把源氣輸給我？」克勞德問道。

「你們學院應該也有教過相關的知識吧？」遼介反問。

「我學過一些理論——可是這麼一來會耗損你們的源氣，如果這後面又有敵人的爪牙埋伏，對你們很不利不是嗎？」遼介拍著克勞德肩膀又說：

「你客氣什麼呢？我們倭瑞亞什麼不強，就是體質抗性和源氣回復力最優啊。而且，我們有西露可的能力效果之下，暫時不會有威脅。」遼介說，克勞德又問：

「這樣啊——可是我們沒有章紋，也沒有學校醫護中心的輸氣機元裝置。你們要怎麼把源氣輸給我？」

「我們用最原始的方法。」遼介說：「直接透過手腳灌輸源氣給你，雖然方法有些粗魯，不過這是最快最直接的方法。」小汐也很想幫忙，關切提議道：

「遼介哥哥，不如我再一次召喚大天使長聖德芬，我可以請求她替你們治癒傷口和恢復源氣。」遼介另有想法說：

「那會使你耗損大量的源氣和精神吧？如果因此而無法源塑召喚天使，那麼對你也是很危險。」遼介說：

「現在妳保持足夠的源氣隨時戒備，可以支援西露可，以防萬一。」

遼介不只是對克勞德，更是替全隊夥伴都設想周到，汐願意接受遼介的提議，決定保留第三次憑依合身機會，因應突發狀況。小汐說：

「我知道了。」遼介催促說：

「把上衣脫掉吧，時間不會耗費太久，我們必須趕路。」

話不多說克勞德卸下斗篷和劍鞘，並且把上衣脫掉。他們找了一個石頭土丘讓他坐下，遼介與修二兩人一左一右站在他背後，一人伸出一手，掌貼在克勞德背上，他們把自身源氣透過掌鋒灌輸，就這麼持續十多分鐘，克勞德的體力和源氣逐漸復甦。

「你感覺如何？」遼介問道，克勞德感動答謝道：

「我好像又可以繼續走路了，真感謝你們。」

西露可已經先確定好方向，對大聲說：「呀！趕路了！」

四散的五人匯聚在一塊，暖厚情意相挺，夥伴彼此間的牽絆又增進了一層，他們繼續往西北方前進。

43 破甕出籠

伊特麻拉時間已是傍晚時間，西烏盧比蘇再過一個小時就要莫入海平面。位於貝卡西歐豐，由四所學生會組成，寶具偷盜案件特別搜查團隊會議室內。圓形會議室內中央一個圓形投影平台，放射四邊對角走道，切分出四個學院人員席位。一分二、二分四倍數座位配置，到最外邊有五階層次的桌椅。在場所有人都在閱讀從亞樊達斯柯特提供的詳細情報，彼此熱絡討論攻堅行動意見。犯罪集團和手法已經明朗，所有人士氣大振。

四張主掌搜查行動總督導席上，只有麥克斯在場，慎重說：

「以上你們看到的是今晚攻堅搜查行動中你們會遇上的罪犯名單，我希望你們其他學院幹部能夠協助逮捕所有犯罪心苗。」

「那是我們特別留下來的本意。」林詩織首先回覆，蒂塔莎也一起陪同。詩織站起身來說：「畢考特前輩，我會親自和另一名我們學院班級委員參與行動，我們可以和羅德加拿派出的幹部做第一線攻堅主力。」王襄問道：

「那是動用你們學院，替代舊有刑部番隊制度的特令狀指令行動條例嗎？」

「是的，這是避免制度僵化缺點。」這是已頒布一陣子時間的新條例，詩織還是再一次說明：「你們不需擔心，我學院各班級委員代表都具足高水準的戰力要求。」

「我們相當拭目以待呢。」坐在王襄身旁是一名藍皮膚金髮男子，他是彌勒斯人，平靜和諧說：「不如就讓我們協助預防突發狀況的應對，我們可以做第二線攻堅配置。」

席德・卡歐托斯眼神看向王襄，她沈默的點頭認同。針對羅德加拿辦案延宕，和內部騎士團鬥爭的弊病，間接傷害到愛拉梅蒂斯心苗的安危權益感到生氣。但現在他們必須遵守以破案為前提的原則，她只有配合，收下心中不滿。

「感謝席德主司官的支持，我們會盡權力阻止所有犯罪心苗反抗舉動。」說完詩織坐下。坐在福明蒙德座位上，除了緋朵莎以外，另一名男性路拉幹部起身說：

「前輩，確保搜查證據就交給我們負責吧，我會用我的六眼甲王潛入秘密蒐證。」

他有著棕綠色短髮，瀏海往右分，他是雷朵第三團副團長禾滋。身穿正規制服在學校中很罕見，那是幹部才會穿著的前衛背心。麥克斯對著坐在禾滋左邊的緋朵莎看了一下，問道：「緋朵莎副團長，妳可以從後方潛入確保犯罪人夥煉造道具證物嗎？」緋朵莎話不多說願意擔負這個位置說：「當然沒問題啊！」

「你應該需要背後支援吧？」禾滋說，緋朵莎難為情回答：

「我沒問題啦！」

「這不是鬧著玩的，你有時候有點冒失，會忘記注意你背後。」在正式場合鬧起小兩口鬥嘴，麥克斯實在佩服路拉心苗多元過真的個性。

「你怎麼這樣說我呢？」禾茲說得把緋朵莎面子都丟光，她十分不服氣，臉蛋紅了一片。

「不如這樣吧。」雅妮絲適時截斷唱雙簧鬧劇，正經提案道：

「林副會長，你們幹部一人協助支援緋朵莎副團長，正面攻堅行動由我跟你和布魯斯負責，我們後方有卡歐托斯司長和王司長支援，這樣的攻堅配置安排應該足夠。」

「這個策略施行可以保留。」詩織及時回覆，也提出建議：

「我認為如果後方攻堅幹部有風險，也可以加派心苗支援，同時需要一個提高效率的計策。」

「林副會長，問題在於潛入後方，確保犯罪證物的幹部同時面對過多嫌犯的威脅，可能太吃力。」王襄立即提案一個攻堅計策，她把格黎貝塔騎士團團部的建築配置立體圖投射放大繼續說：

「我們如果能夠把所有犯罪心苗，引誘到前面圓桌廳堂空間的話最理想。這是引蛇出洞，能夠一舉拘捕所有目標，又能夠減輕背後攻堅人的負擔，還可以確保搜查物證。這是一舉數得的方案。」

「關鍵在於，我們需要足夠誘人的誘餌啊。」詩織說。

此時一名維安管制心苗跑了進來，看他身穿制服外套款式是羅德加拿心苗，他站在門口傳話：

「抱歉打擾攻堅策略會議，林副會長，你們學院的心苗說有重要事要找您商量。」

詩織看向傳話心苗說：「請你替我傳話跟他說，我正在忙著偵辦案件，如有急事請直接洽詢駐留鳴海樓的學生會幹部。」傳話人員又說：

「她說她想極力爭取，為此案件盡一份心力。」

詩織和蒂塔莎眼神交會，他們感到困惑，心苗自己跑到這種嚴肅場合毛遂自薦。這種事情在廢除刑部番隊制度以後，除了學生會主動賦權，發函特命狀以外，用個人名義，對學校發生的案件主動表示關心，願意出力的心苗很少見。

詩織留在位子上繼續討論詳細策略，蒂塔莎接應。當蒂塔莎走出會議室自動門，看見神崎希待在門外等候，皺起眉頭指責道：

「神崎學妹？這個時間你怎麼可以來這裡！」

「學姊，我想要親手解決這個案件，你們安排我在哪個攻堅位置我都願意配合。」

「你知道你現在的處境不適合參與這件案子嗎？」蒂塔莎問話語氣比平常還要急促。

「我很清楚自己的處境。」希說：「可是學姊能夠體會，自己跟重視人的身形被罪犯利用栽贓的心情嗎？偷盜對象還是自己好友的傳家之寶，沒有什麼比這種事情更讓人不愉快的了，在情理上我有親自解決的資格吧？」

蒂塔莎勸阻道，語氣多了一點怒氣：

「你是學校和拉天托普機關認定的一級保護心苗，我們不能夠讓你冒這個風險。」

希就像瓮中智慧蛙，知道天空遙不可及，但她再也不甘心侷限於瓮中世界，試圖滾動瓮瓶，摔破這盅過慣的舒適老瓮罈。

「我知道我是雅斯日出之郡神祇代言者，是神崎一族倖存的嫡傳巫女。」希說：「但這並不代表就必須只能夠依賴各界保護。即使在這所學校就學時間受到大家特別照顧，可是我能夠一直受保護逃避一生嗎？我是意志者心苗，是『戰場上的雅典娜』。我是為了能夠貢獻己力而入學，我希望自己能夠培養成俱有實力的尖兵。如果連這點小事就怕事，那麼我才是虧對這身制服對吧？」

「神崎學妹妳——」蒂塔莎眉頭深鎖，她找不到阻止希的話語，現在她的氣勢非凡。

「呵，小蒂，就讓學妹試試看吧。」曾幾何時詩織也出來一探究竟，蒂塔莎很訝異的說：「小織這怎麼可以——」

「她說的有道理，意志者要面對的不是只有在校內的修煉，而是一生挑戰，更何況是我們源鬥士，我們是用魂魄和肉體直接碰撞獲得經驗，在無數戰鬥中累積歷練向上邁進。我們四年級所有心苗都必須接受『生存試驗』考核，她遲早必須學會獨當一面。」

「我認為這對學妹還太早了。」蒂塔莎擔心說：「如果這其中是『他們』刻意安排，有什麼暗算，學妹因此有什麼三長兩短，這是我們學生會的失職啊。」詩織又說：

「既然這是學妹的抉擇，傷亡風險由她自己負責。這是我們學校的基本鐵則不是嗎？」「我能夠理解學姊們的用心和苦衷。」希誠懇說話，更是說出自己的本意：「但是請學姊務必讓我參加特搜攻堅行動，親手解決這個案件，是我現在唯一能夠回報光野君心意的方法。」

「關於光野學弟嗎？你真的很喜歡他呢。」

無論男女性別，在學校裡許多心苗對心儀對象付出自己的心力，證明自己的心意，甚至有人賣命犧牲。詩織自己也是過來人，一、二年級時她全心全意支持無門派所屬，自行修練的奧圖曼李奇學生會長，一直到今天。即使司的個性霸道孤傲，跟他之間戀情少有進展，詩織仍然不後悔。觸碰相似心情，彷彿看見昨日的自己，她慎重說：

「不過現在攻堅搜查行動，開放給我們學院幹部的人數只有兩名，妳能夠代替我的位置擔任攻堅主力幹部嗎？」希震驚問聲：「我代替學姊的位置？」詩織語氣更嚴肅地問道：

「代理我的攻堅位置，意味著海尼奧斯的威信，你如果連累大家，或著讓攻堅行動失敗會讓我們學院成為笑柄。你有肩負這個重任的覺悟嗎？」希不再猶豫，一口答應：

「我願意擔負，我不會讓海尼奧斯丟臉的。」

「那好，我會用特令狀指派你和風見學妹參與攻堅行動。」確認學妹的意志，詩織不再多問，立刻指明希，宣告指派攻堅任務。蒂塔莎說試圖想扳回：

「小織不再多考慮一下嗎？把神崎學妹派出去其他人會怎麼想？」

「這你就不用擔心了，你剛才沒有聽到會議後續的攻堅推演內容。」詩織正經提及特搜攻堅行動決議：「為了徹底誘出瑋德・哈德斯所有明確的犯罪證據，雅妮絲和王襄追加提案一個奇計，畢考特前輩也認可了那個攻堅方案。我認為安排神崎學妹那個攻堅位置，再適合不過了。」

「好吧，既然你這麼認真，我不會阻止你的決定。」蒂塔莎只好放棄繼續辯駁。

「神崎學妹，你隨同我們一起進會議室吧。」詩織正式邀請許可，並且指示道：

「你坐在我們身後的位子聽取行動細節，晚一點由你親自轉達，傳令告知風見學妹攻堅內容。」

「瞭解了，我不會辜負學姊給我這個機會，我會完成攻堅行動！」

放下那些瑣碎的情緒包袱，希整個人精神抖擻，準備待戰。彷彿金絲雀看清楚籠子敞開閘門，乘著上昇風勢，拍動翅膀腳爪一蹬橫桿，飛出籠子，朝著清澄天空向上飛翔。這是金絲雀搖身一變，銳變進化為鳳凰的預兆。

44　部落都市──烙多

荷斯庫窪高原地方，遼介一行人經過持續四個小時快步調跋涉，他們爬越的坡度越來越明顯。在原始巨木隨處可見，高過成人身高的草叢，克勞德彎腰喘息問道：

「呃──呵──我們還要走多久啊？」他雙手搭在膝蓋上，汗如雨下，滴落地面。

殿後押隊的遼介跟上說：「一個小時前我跳上樹頂察看，目測高原的山壁已經很靠近，我們應該很快就會走出這片森林。」

「我快走不動了──」

「阿德小弟，挺住！」西露可給予激勵，汐走在前方三公尺處回過身來說：

「克勞德哥哥，我們快走出森林囉！」

「喂！你們快來看啊！」從前方十公尺處傳來修二吶喊：「前面有道城牆！」

再前進三百公尺，他們走出荷斯庫窪高原下游原始樹海，到達汀歐狼人部族部落都市邊陲圍牆。

西烏盧比蘇的位置已偏向西方，陽光被被陡直山壁擋住，左右邊遠處能夠看見遠處高原的山影。面對數十公尺高牆垣，左右綿延不知幾公里，每一百公尺上方有一座監視塔，還有設置類似機槍砲和飛彈塔的防衛軍火基座，三公尺以下牆垣上佈滿厲刺，還有火炮鎗孔。不仔細看還以為來到雅斯界上個紀元，某個戒備森嚴軍事設施的錯覺。如不是西露可的能力，他們可能會被當作第三類接觸的外星人對待。機槍火炮的問候。

「這道高牆是什麼啊？」克勞德簡直要發暈，好不容易越過樹海，這回是一道看起來很不友善的高牆，聳立在他們面前。汐說：

「我聽說過有些哈路歐人的部族為了防禦外敵入侵家園，而設置堅固的防衛牆。牆上配備能發射火藥子彈的砲孔和燃油噴火刺，我們似乎到達汀歐狼人部族的部落城市囉！」

修二說：「武力還在依賴火藥和黑油科技的武器啊？真是原始的文明啊。」遼介說：

「不破，你可能不知道，雅斯上個紀元的武器也是仰賴火藥跟石油的文明喔。」

「是喔！」修二傻笑應聲：「這我就不知道了。」克勞德好奇問道：

「真難想像這些管制森嚴的哈路歐人國家是怎麼跟外界往來的。」遼介又說：

「不就是我們搭的空艇或著地底鐵道嗎。」遼介往左邊走去，試圖找尋出入關口。

「光野，你要上哪去啊？」修二問道，遼介持續走頭也不回說：

「找城門進去啊，我們需要找能夠休息住宿的地方。」修二放聲制止道：

「等一下，莎拉艾娃局長不是說過，非必要避免和哈路歐人接觸嗎？」

「她是說非必要的話。但是我們之中有兩人需要好好休息，你自己也全身是傷不是嗎？」遼介回過身來又說：「我們潛入那些組織幹部的地下宮殿據點救出人質，遭遇的衝突勢必會比剛才還要艱困，我們若沒有回復到良好狀態，是如何跟他們的大頭目打交道？」

一種說不清的忌諱感受湧上修二心頭問道：「光野你會說哈路歐人的語言嗎？」

「西露可會！」西露可隨後跟上遼介的腳步。

「汀歐狼人不會給我們好臉色看的。」修二又說：

「發生衝突本大爺不奉陪喔！」他認知的哈路歐人，是個一言不合就會動武內鬥的野蠻民族。汐也跟著覆議：

「不破學長我認為沒問題喔。需要幫助的時候寬容些，與哈路歐人接觸，放下成見比較好喔！」修二看著疲憊克勞德的眼神，似乎想說些什麼，卻又不敢直言。修二不愉快說：「看什麼看啊！」克勞德小聲說：

「不破兄不需要這麼激動吧？又不是每個哈路歐人都是傳言中的那麼兇暴不能溝通。」

修二直指那些城牆上隨處可見的防衛武器說：

「會把防衛武器輕易讓外人看見，管制森嚴的部族，不是惡人也是半個善類。」

修二有如此強烈的抗拒感並不奇怪，人民多半都沒有直接與哈路歐人接觸的經驗，只是從固有常識認知，哈路歐人情感豐富而劇烈，為了物質利益可以自相殘殺的種族。遼介說：

「我們是意志者心苗，力量比他們大得多，面對他們那些武器根本無關痛癢吧？再說我在船上看過嶺航光桌地圖，我們若不進城是無法爬上那道垂直山壁的。」

他們來到一個哨口大門前，上方亮著紅燈的鋼鐵閘門緊咬地面，左右兩邊各站一名狼人衛兵看守，毛絨絨的強壯身軀，穿戴防護衣，身上掛著六角棒槌型槍械，垂掛左邊，左側斜插式鎗把和板機，右側有斜上斜下兩排彈夾。

西露可走上前招呼，衛兵注意到她走動聲音，同時舉起槍械，對著西露可方向瞄準。當他們確認西露可身形才把槍械放下。她和那兩名衛兵談話，聽不懂在講些什麼，只知衛兵好像在訓斥警告，西露可一副哀傷無助表情解釋。兩名狼人衛兵對看，討論了一下，隨後終於放行。

紅色燈號打轉，低沈金屬磨擦聲響起，柵欄升起，從圓弧形閘門穿透探看，看見汀歐狼人部落城市的街景。遼介問道：

「你是怎麼讓他們願意把門打開的啊？」西露可天真笑道：

「夢色基粒子，幻覺印象，狼人小孩，身形重疊。」遼介稱讚道：

「妳的能力真方便啊！」在那些衛兵五官所見，除了一名狼人小女孩以外，其他人的身影都沒看見，對那些哈路歐人而言，遼介等人的存在都變成鬼魅幽靈般的無形存在。

「我們趕快進城吧！」汐說，遼介歎為觀止地問聲：「這就是汀歐狼人的都市嗎？」

放眼望去整個城市建設在高原山體凹處，向內部延伸十幾公里直到山壁上，分著好幾個層次建設，每個台階層次都用斜坡道連接。灰土色鋼筋混泥土房屋，藍色屋瓦，多數房子屋頂造型像高角狼人頭上尖角。遠處區域有好幾棟醒目的高樓大廈，大街道兩側每十公尺就有一個金屬地樁，那是地坎式電纜。遼介看著街道上看板文字，嘗試念出名稱。

「烙多——難道這就是汀歐狼人第二大部落都市，烙多市嗎？」遼介佩服說：

「比想像中的還要先進繁榮嘛。」他是拿雅斯界幾個老城市相比，這讓他想起日出之郡的長崎市

「要是哈路歐人之間沒有互相征戰的應該會更進步吧？」汐說。

「話說起來，從剛才進城到現在除了那幾名士兵以外，半個人都沒看見啊。」修二很困惑，除了他們一行人以外，無論在大街或小巷就連半個狼人影子也沒看見，彷彿空城一樣寧靜。

「不破兄不知道嗎？」克勞德反問道：「汀歐狼人是所有哈路歐人部族中出名的夜行活動人種啊。」

遼介看街道上的時間裝置說：

「現在是下午二十點，這麼說現在對汀歐狼人來說現在等同於我們的深夜。」

修二尷尬笑道：「這樣啊！我們快點找旅館吧，在外面走越久看起來越像鬼城啊——」

然而，他們找了很多家旅店，全部都掛上已無空房的告示牌。持續在烙多城迴繞路找了許久，好不容易找到一家大型旅店，外頭玄關沒有無空房，謝絕旅客的告示。

西露可帶頭推門而入，大廳陰暗少有光線，左手邊客廳也是熄燈狀態，可見光源只有櫃檯窗口點著一盞油燈，窗框上弔掛著搖鈴鐘。

「沒人在櫃檯啊？」修二納悶問聲，遼介回答：「現在不是正常的住宿手續時間吧。」

西露可走上前，抓握搖鈴手把左右晃動，搖起響亮鐘聲。不久一名身形魁梧的狼人出來應門，他一副睡眼惺忪，打著哈欠，情緒很差吼聲怒罵道：

「吼啊！究竟是哪個沒常識的傢伙在這種時間上門响？」

「抱歉喔，我們是旅人，請問能否給我們兩個房間休息呢？」西露可現在說的是哈路歐人語言，遼介等人聽不太懂，說話方式不像是說塔努門官方話那樣結巴，答辯如流。掌櫃看看西露可身後的遼介

等人問道：

「你們有六人？這個季節還有人會攜家帶眷用步行跋涉旅行，真是罕見呴。」蒡色基粒子的影響下，他看到六名高矮胖瘦的狼人家族，三名大人三名孩童。西露可解釋道：

「為了讓子女在冬初最後的打獵時節，能夠學會一點打獵技能，我們途中耽擱很多時間，稍早才進城。」

掌櫃開啟計算裝置，那是七支柱狀金屬桿子，他分別拿了好幾顆黑色和紅色珠子串入桿子上，彷彿算盤裝置，面板顯示金額數字。掌櫃一副故意刁難臉色說：

「很遺憾，我們只剩下一個房間，這是房價，請你先付費才能開房間。」

三百枚金幣八千枚銀幣，那對汀歐人平民老百姓來說幾乎是一年的收入，看這個天價擺明掌櫃不打算接這筆生意。西露可請求道：

「很抱歉，我們旅途中掉了錢袋，能否請你想想辦法呢？」

「呴？沒錢還想住房啊！」掌櫃不屑地臉色，試圖驅趕說：「去去去，我們是精緻大旅店，可不是寺院流浪收容所。你想住宿另找別家呴！」

哈路歐人還是停留在使用貨幣買賣交易的社會，對於過慣塔努門人，無貨幣只需要掃描晶牌或身份證件就可以進行交易的生活實在不方便。西露可很是沮喪說：

「遼介，剩下，一間客房，不能住，沒錢——」遼介坦然接受說：

「我們擠一個房間不成問題，只是我們攜帶的那些錢，隨著侯佛號墜毀一起丟了，沒錢不能住也沒辦法。」

「我收的那袋錢不知道夠不夠。」克勞德說，修二問道：「你有帶錢？」

「是啊——」克勞德憨直說話，一邊在自己的斗篷袍子內摸索：「在飛船上發生狀況的時候，我確保了那袋錢，跋涉路途上可能掉了一些，我不知道裡面還剩多少。」

「愛死你了！蘭斯！」修二嘻哈表情伸手說：「先給我一枚作紀念吧。」

克勞德把那袋錢拿出來，修二還在肖想拿錢的時候，遼介速手一把抓將錢袋拿走，也不知道裡面有多少錢，就把一整袋錢全部撒在窗台上，遼介說：

「這些錢夠嗎？」

「才這麼一點連三百枚都不——」掌櫃仍不給好臉色看，直是抱怨，當他看見這些金幣後他瞠目結舌，表情嚇傻不敢再說話，遼介又問：

「怎麼了？」

「這——這是譚律札貨幣，還是金幣！」

清一色全是金幣，疊成塔堆算一算全部有兩百多枚。這是現在哈路歐人世界大部分國家通用的貨幣，一枚金幣相當於三佰枚汀歐部族發行金幣幣值。突然丟出連掌櫃都很少見的強勢貨幣，在他的概念中，只有部落王族有關聯的血親才有可能擁有這種金幣。

見到如此富裕，位高權重的人士來下榻，掌櫃兩手撐扶上半身連忙低頭道歉：

「非常抱歉，請寬恕草民小輩的無理——」遼介不清楚哈路歐人幣值，但看掌櫃判若兩人的應對態度，趁勢問道：「這些錢不夠嗎？」

「不不不，是在下草民沒說清楚，我只需要跟您拿一塊金幣就夠了。」掌櫃搓手壓低音量含笑說話，還對遼介說敬語。遼介闊氣說：

「那些錢全部是你的。」不管是譚律札幣還是汀歐幣，對他們而言這些金幣只是增加行動重量的普通石頭罷了。掌櫃備感壓力，驚訝問道：

「這客官的意思是要在我旅店長住嗎？」

「不，我們只需要入住七個小時。」順應西露可的說法，遼介說：「我知道時間已晚造成你們的困擾，但是你能夠提供房間的餐飲服務嗎？我們孩子到現在還沒吃東西。」

「草民瞭解，馬上為您們準備餐點。」遼介又要求道：

「另外，能夠請貴旅店為我們準備一台包船的飛船嗎？我們要上高原頂端。」掌櫃困惑問道：

「可問客官要上山做什麼？山頂上是神聖祖靈地，現在受王侯嚴格管制，沒有許可是不能搭船上山的。」遼介語氣加重說：

「你不需擔心，許可證我們有攜帶。請你們為我們預訂一艘二十九點起航的船。至於多餘的錢就充當特別保全服務和小費吧。」

「草民懂您的意思。」掌櫃表情沒有二話，趕緊雙手遞出鑰匙說：

「弊旅店能夠為您服務是我們的榮幸，感激您的到訪來宿，這是房間鑰匙喲。」

經過旅店服務生引領之下來到房間。房內很寬敞，所見之物全部都是堅硬質地的石頭製成，石桌石椅，高出一個階層疑似床鋪的石階，那是軟土質地石床。上面鋪著草蓆墊和軟泥石枕。女服務生恭敬接待說：

「這是我們旅店的王室房，是最高級的房間，請你們好好休息，從那個牆上設置的傳聲筒可以直接聯繫我們樓下的服務總機，我們隨時恭候服務。」

「這是給你的小費。」遼介塞了一枚金幣給女服務生，隨後指示要求：

「今天時間已晚，等你們送來餐點之後就不要再來打擾，長途打獵跋涉，我們需要充分的休息。」

「草民小女瞭解，稍後就會為您送上餐點。」服務生臉上充滿喜悅，突然收下天價小費她欣喜滿足地退出房間。修二兩手一攤失望問道：

「這就是他們最好的房間啊？」

「不破學長，這是軟土床，還有牆上的裝飾壁毯，對汀歐人來說這些是王族寢宮中才有的傢俱擺設喔！」修二嘆息道：

「好吧，我本不應該期待的——」遼介說：

「我們是出來執行任務的，有能夠宿泊歇息的地方就該謝天謝地了。」

西露可把黑袍脫下，顯露矯好身材，穩妥坐在石床邊。看見西露可脫衣動作，修二睜大雙眼看了過來。她拿起佩戴在手臂上的植物仿生機元—金香花球，試圖投射一些資訊。

「西露可你在做什麼啊？」遼介問道。

「聯繫，伊爾德儂，回報行蹤。」西露可沒忘記更重要的事情，這是讓他們能夠獲得外界情報唯一方法。她把金香花球根莖狀固定架展開，放在桌面上，手指觸碰花蕊型按鍵，金香球眼蕊部放出投射粒子，開設嶺電屏。

「說的也是。」遼介說：「自從侯佛號墜毀已經跟伊爾德儂情報中心斷訊九個小時了。與原定潛入斗斗圖姆的時間也晚了八個小時。不知道事件外界事態如何了？」

遼介原本打算直到任務完成前才回報。但是侯佛號墜毀後，後方情報中心一定有其他動作。在原始樹海裡和殺手衝突，表明對方已知道他們行蹤，他不認為那幫兇惡歹徒不會動手下一步，現在他們有主動聯繫伊爾德儂的必要，遼介在意地身子湊過去一探究竟。

「西露可，呼叫，伊爾德儂，請回應。」西露可說，嶺電頻幕放出投影訊號。一開始沙沙聲作響，還有一點雜訊干擾，回信的人影是伊布塔。

《這裡是伊爾德儂分部，密令尖兵『侯佛』請回應！》

「這是，『侯佛』尖兵隊長，西露可，伊爾德儂，請說。」伊布塔驚喜說：

《感謝老天，終於聯繫上你了，西露可尖兵！》西露可正經回報位置：

「西露可，『侯佛』，位置，部落都市，烙多。」伊布塔又問：

《你們在烙多！其他的隨隊成員呢？》遼介走近投影鏡頭內代表回話：

「回報伊爾德儂情報中心，我們隨隊四名心苗安全健在。」

《你是光野遼介？真是謝天謝地，你們都沒事！》伊布塔從投影的聲頻背後聽到情報中心想起振奮人心的歡呼聲。西露可直言問道：「柆葛茲長官？哈格士托團長？」

《哈格士托分部長現在不在位置上，他去拘捕對你們船艦動手腳的兇手。柆葛茲長官他現在去接應莎拉艾娃總局長，現在任務由提邁奧斯總局掌管指揮權，由伊爾德儂協助。》遼介請求道：

「伊爾德儂的情報大姊，你能告訴我們這些時間內漏掉的情報嗎？」

《好的。》伊布塔頓了一下，投影小頻幕上跳出伊布塔提供的資訊：

《從你們『侯佛』小隊出發後，莎拉艾娃長官就已經策動第二波密令尖兵──》

45　第二波出陣

伊特麻拉已是晚上，星光點點夜空中，一顆藍色流星飛過天際，仔細一看，那是一名女性，散發水晶藍色光，穿著水晶藍和金色合身裝甲，背後噴射背包展開形狀似蜂似蝶的羽翅，胸口上戴著岱勒烏斯金牌項鍊徽章。

眼看前方就是伊爾德儂，頂部開放式起降場已上打上通天亮度探照燈，已有許多人影在等候，柆葛茲帶頭接應，蘇漢傑和梅姬跟隨在後，兩支密令尖兵小隊也在後方等候。

那名女性從天而降，抬頭挺胸走向他們，柆葛茲繃緊神經問候招呼：

「莎拉艾娃長官，歡迎您親臨勞駕伊特麻拉。我已遵照您的指示。兩支密令尖兵小隊隨時可以出發。」

夏蒂微笑說：「感謝你的協助，柆葛茲分局長。」漢傑說：

「我還是第一次見到莎拉艾娃總局長正裝狀態。」泰勒斯問道：

「這就是久聞其名，六神之一，波西茲朵娜憑依形態嗎？」

看見夏綠蒂，義毅走過來打招呼：「小夏移動方式還是一樣高調啊！」

「是喔！」夏綠蒂含笑說：「這種緊急事態時後必須分秒必爭，我如果不帶頭飛過來，督促船艦加快速度，時程又會延遲，我們不能夠讓『他們』趁心如意。」

夏綠蒂仔細看看選出來的隨隊心苗，帶頭兩位意志者英雄，隨後看向柆葛茲問道：「原來如此，這就是柆葛茲分局長，你們選出來的第二波密令尖兵團隊嗎？」

「是的，長官！」

「阿毅和小鈞要帶隊嗎？」夏綠蒂問道，她似乎不忌諱在機關人員面前稱呼好友的匿名。義毅一手胳臂挎在霆鈞肩頸上說：

「霆鈞老弟他啊，想在退休前為機關再貢獻一點心力，回味當年英勇神武啊！」

「你放尊重點。都什麼年紀的人，還整天耍寶。」

霆鈞使力掙脫義毅的胳臂，他穿著一身輕盈貼身的閃亮釉黑裝甲，腰帶和額頭上戴著布巾，手腳穿戴輕型黃色花紋甲冑。彷彿天王天將穿著未來感的甲冑裝束。

「阿義你真的有辦法去嗎？」夏綠蒂關切問道：「你不是潛入他們芬克帝歐元帥勢力的據點，獲取組織情報資料才回來，你負傷有辦法率隊執行任務嗎？」

「哈哈，那還用說嗎！我已接受可羅老師的治療，這點傷無關緊要啦！」

義毅大動作擺動高舉負傷的手臂，幾乎報廢的左手，經過醫療部的特殊章紋解咒治療已經復原。

「是嗎，有你們兩人帶隊的話，或許能夠挫挫他們的銳氣。」

「我們要搭乘的艦艇呢？」霆鈞嚴肅問道，雖然是友人關係，卻給人一種神秘的距離感。

「已經到了。」夏綠蒂才說完，兩顆大型光團駛近，是大型船艦，如鏡子的特殊金屬合金船身，和整個夜空顏色都融和在一起。源氣驅動引擎的特殊放射狀構造，噴射氣流彷彿彗尾雲氣光芒持續放射。直到接近伊爾德儂上空，船身才顯現具體形狀，整體扁尖型，從下方看，彈頭形狀箭鏃的船身，尾部中心點放射如米字狀噴射器。兩艘船艦急停泊上空，立即垂直下降強風吹亂他們頭髮，降落在平台上。短暫三秒鐘時間就降下登船橋。柆葛茲吃驚問聲：

「這不是我們岱勒烏斯機關開發，用來支援源將尖兵的船艦，利普洛斯艦嗎？」

「特別事態就要用特別手段，憑哈路歐人的科技和肉眼無法觀測到我們岱勒烏斯船艦。」夏綠蒂說。

「你們應該知道事態又發生變化，兩個小時前聯邦議會與汀歐部族交涉破局，如我們不提供他們更多的鍊金工學科技知識，就不打算協助救出人質。」蘇漢傑生氣批判道：

「真是野蠻的民族，不幫忙拯救人質，還趁人之危敲詐啊！」梅姬冷靜發問道：

「汀歐狼人部族何時有這種膽量做這種利益交易呢？」

「那還用說，一定是汀歐狼人部族背後有烏蘇魯庫諾斯勢力在控制，並且傳授他們相關基礎知識。」

柆葛茲更是震怒說，漢傑想想問道：

「長官是指漢考提勢力和他們有接觸嗎？」

「你說呢？哈路歐人根本不懂鍊金工學知識，他們只知道狹隘單方向的科學謬論。」梅姬又說：

「我認為汀歐部族戰士也無法反抗他們組織的幹部，只有服從。」夏綠蒂又繼續說：

「因此，稍早埃西美克斯王國，已經派出王室國防軍艦隊前往施加壓力。」梅姬皺起眉頭說：「這種事不管說什麼，因為這樣就對哈路歐人派出軍隊施加壓力，這樣也太衝動了。」漢傑說：「那有什麼。野蠻民族就要用野蠻的方式溝通，如果不表示一點威嚴恫嚇，他們終究學不到教訓。」

「即使如此，我們也不能夠讓埃西美克斯王國軍，對汀歐部族發動軍事攻擊行動。」夏綠蒂慎重而公正地說：「我們真正敵人目標是那些組織的魔魍份子，把人質救出。而不是把怒火發洩在汀歐狼人部族上。我們岱勒烏斯機關的使命，不只是與烏蘇魯庫諾斯對抗，更是維繫阿特蘭斯整體的和諧不是？事實上被組織給利誘蒙蔽的汀歐狼人也是受害者。」

「阿義、小鈞，我要你們立刻出發，前往種族境界線上阻止他們艦隊的進軍。」夏綠蒂對義毅和霆鈞指示道。

一隻夜鷹機元從起降平台入內大門飛了出來，停在夏綠蒂手臂上，那是伊布塔從情報中心傳來的訊息：《莎拉艾娃長官，我有個捷報消息，稍早與西露可尖兵聯繫上，他們目前在汀歐狼人部落都市烙多停留，『侯佛』小隊成員都安然健在。》

「是嘛，這真是太好了。」岱勒烏斯再次燃起士氣，夏綠蒂安心說：

「伊布塔，請你幫我再度接通西露可，我等一下進情報中心後要親自與侯佛尖兵聯繫。」

《我瞭解了。》

切斷訊息後，夏綠蒂手臂一振，夜鶯機元展翅飛走。同時聽到捷報，義毅也露出引以為傲笑容，雖然沒有絕對證據，但他知道侯佛號成員必定安然無恙，他對自己監護的那群問題兒相當有信心：「看來我們是應該去增援加勢的時候了。」

夏綠蒂看向第二波兩支密令尖兵小隊說：

「時間緊迫，是上船的時候了。願源造神靈之主眷顧你們。」王霆鈞淺笑回應：

「願賜你靈性與睿智同在。」

「就包在我們身上！我們去去就回啊！」

義毅爽朗說，他和霆鈞分別帶頭帶著隨隊心苗上船。

上船後，登船橋立即收回。不需補給，兩艘利普洛斯艦再度升空，船身化為玻璃匿蹤模式沒入夜空，噴射氣流發光，成為兩顆光團飛離伊特厤拉。

46 危險遊戲

地下宮殿內。埋伏在荷斯庫窪高原下游原始樹海的尉士家眷，獵殺密令尖兵行動失手，組織幹部一旦行動失敗，等同於軍令狀生效，回到元所屬勢力據點只有一死。漢考提頓時喪失下層尉士戰力，他為此感到相當憤怒。固守在地下宮殿的眷屬幹部，全都進入戒備位置，所有妖狐機元兵，廣泛配置在宮殿各處角落，戒備森嚴。

一道人影潛行在廊道上，一頭柔軟狀似火焰髮型的男子，黑白相間髮色，背上佩戴武士太刀・冥笑。早兩個小時以前，火神隼人就已潛入他們的據點，他將自己源氣量縮小至微毫程度，如一顆沙石，一株草葉氣息。即便是侯爵幹部也沒有人發覺，他無聲迅速行動，身影藏在天幕型圓弧狀支柱上，用銳利目光窺視中樞空間上部平台狀況。

漢考提不悅問道：「兩位小娃兒的狀況如何了？」

「報告公爵，掛在牆上的還有很多精力，坐在地上的從剛才到現在一句話都不說。」伊歐斯說：「那個學校調教的犬仔，真的很能夠忍耐啊！」

漢考提走進探看兩位公主，荷拉德古娜坐在地上，手銬腳鐐緊靠。甦醒昏厥之間不知多少回，她不敢直視漢考提那張臉，對於一年級才剛分發學院，還在學習路拉基礎能力的心苗來說，這遭遇實在太可怕。她很佩服自己姊姊的勇氣和耐力，把魯托斯注意力全部都加註在自己身上，她才能免於被施暴。

布琉西邇朵相當勇敢，長時間遭到凌虐，臉上已留下淤青和血痕，即便她體魄不如源鬥士強壯耐打，兩年半經過數千場的鬥競焠鍊，精神耐力仍堅毅不摧，眼神瞪著漢考提。

「我必須承認你這個小娃兒很有耐力，銳達佛赫只憑肉身承受長時間拷打，還可以保持清醒實在不多見。」

「你們這些組織爪牙少看不起人了——」布琉西邇朵提抬頭正視漢考提說：

「我們埃西美克斯王國不會任憑你們擺佈。」

漢考提笑道：「是嗎，你們國家的防衛軍早就已經沈不住氣，違背聯邦法向種族境界線靠近，想必是要來這裡行報復行動吧？」布琉西邇朵驚愕說：

「你說什麼！母后向來冷靜不會這麼容易被挑釁動軍。一定是大臣和國防軍總司令自己策劃的行動。」漢考提邪笑道：

「那可難說，你們女王也是為人母親，兩個寶貝女兒在這，她必定會失態。更何況為了國家顏面，她一定會發動軍事行動。」荷拉德古娜指責說：

「你們不可饒恕，任何邪惡作為都會受到荷米斯的制裁。」漢考提恥笑道：

「哈，你也是個荷勒斯教信徒嗎？」荷柆德古娜小聲說話：「這有什麼好笑的」

她低著頭，瀏海遮住她的眼睛，雖然畏懼漢考提施加恐怖而顫抖，卻能明顯感受到她的不愉快：「荷勒斯教的信仰是指引我們塔努門人全體心靈提升，讓我們阿特蘭斯能夠和諧為一的道路。」漢考提笑道：

「什麼一遍祥和無爭世界，真是愚蠢至極的思想。這世上神不存在，我們就是主宰一切萬物，萬能的神啊。」他說話氣勢壓迫，簡直要把荷柆德古娜心靈壓垮。布琉西邇朵鄙視眼神凝視說：「你只不過是個自私的獨裁者！」

「你們王權治理國家的王室內部鬥爭家醜又有什麼不同？」漢考提笑道：

「為了王位爭權而互相陷害，謀權害命，事實上我們是同一種人啊！」

「你錯了！」布琉西邇朵指正道：「我跟你們這些分裂聯邦國，破壞種族和諧的魔魈份子不同。我爭奪王位並不是為了自我榮耀膨脹，而是承襲我國代代女王流傳下來的意志，為國家及全體人們努力保障福祉的決心。」

「你這小娃兒很會耍嘴皮。」漢考提相當憤怒，只不過是個少女，在他面前彰顯皇室成員的權威傲氣，他不悅命令道：

「古洛辛拿那個來！讓我們來玩玩有趣的遊戲吧。」

巴里拿來一條粗黑道具，分別接在綑綁兩少女繩索上，繩索連環相扣，分別用兩個鎖頭接上，分別有一個九個文字環，看起來是個密碼鎖裝置。從拷環流入蓄積源氣，繩索細絲亮起不祥紅光，兩條繩索相連之間投射的時間顯影開始倒數。

看見這不尋常裝置，布琉西邇朵神情多了一點緊張，身子搖晃抗拒問道：

「這是什麼？」漢考提冷笑道：

「只要這個鎖頭上時間歸零，這條源氣吸飽滿的繩索會讓你們痛不欲生，強制觸發你們體內的源氣，使自身焚燒成灰燼，連骨都不剩。你們只剩下不到一天的時間。」布琉西邇朵勇敢說：「你能為所欲為的時間也不多了！」

「很遺憾。他們到達不了這裡。」漢考提說：「為了表示我的仁慈，你們之中一人的密碼鎖解開就有活命機會。不過代價是，另外一人會立刻被燒死。」

「你不可能會把密碼告訴我們！」布琉西邇朵反駁，漢考提看向坐在地上的荷柆德古娜說：「你這放肆的小娃兒我不會給你活命的機會，劊子手就交給妳天真的小妹執行吧。」

「怎麼這樣——」漢考提隨後在荷柆德古娜耳邊小聲說話，布琉西邇朵驚恐睜大眼睛。

「剩下的時間好好品嚐這遊戲，恐怖絕望的滋味吧！」漢考提有意殘害玷污荷柆德古娜的善良性情：

「魯托斯，在巴里對你們下防守戒備配置命令之前，他們兩就交給你看守。坐在地上的小娃兒如果解開繩索，你讓她逃走沒關係。」

「遵命，公爵。」

隼人身影如火焰燃燒消散，他悄悄移動，轉眼間來到樓上主廳堂房間，躲在窗牆外的露石踏階處，透過岩石窗孔靜靜偷聽這些人的談話內容，索亞也在現場。

「公爵大人，你又說謊了，那兩道密碼轉輪是我設定的。而且那煉獄繩索如果單一鎖解開，兩個人同時都會被燒死不是?」巴里問道，他的語氣不像是指責，而是一種屬下對上司言行習慣的確認。漢考提現露出瘋狂性情笑道：

「沒錯，這是我們的最終目的，死前撕裂他們的信念，讓人囚自相殘殺，沒有比這個更省事又令人興奮的事啊。」

「公爵，這是怎麼一回事，為何把時間縮短一天，這跟我們聲明條件不同啊?」

漢考提不悅問道：

「伊歐斯爵尉你對我有意見?」伊歐斯激動問道：

「我們對塔努門人宣告的條件，難道不是讓埃西美克斯王國宣布，成為汀歐部族殖民地嗎?如果他們實行條件，公爵不會放走人質嗎?」

「伊歐斯，你讓我很失望!」漢考提憤怒地一手放出黑中冒著綠光源氣，一瞬間化作四隻雙頭兀鷹，相當於巨大狐蝠，祂們用勾爪把伊歐斯四肢拉扯吊在空中。他吼叫道：

「唔呴呴!」

「你應該知道散播恐怖意識，分裂和諧，促動種族戰爭是我們的目標。不管埃西美克斯王國是否實行條件要求，那兩名小娃兒都必須死。」漢考提說，一邊指使那些兀鷹使力拉扯手腳到緊繃狀態。

「公爵我知道…但是更改聲明條件是被允許的？讓斐特安法爾聯邦分裂不也等同煽動種族戰爭的契機？」

伊歐斯是個汀歐部族反叛軍戰士，相當於一個傭兵軍閥領袖，戰爭經歷對他來說是家常便飯，他跟隨漢考提，企圖借由各種手段謀得塔努門人土地，那會讓他名聲壯大。有機會成為汀歐部族戰士英雄，到時候汀歐部族軍隊戰士都會跟隨他，而且還能風光得到部族統領親賴，他可以名正言順享受榮華富貴。漢考提怒斥道：

「你的話很多啊！」

「公爵大人，請您息怒。」待在一旁的巴里上前，低頭彎腰求情說：

「現在這個緊急戒備的時候，伊歐斯爵尉是必要眷屬戰力，你現在不能殺他啊。」

47 細聞香草香

旅店王室房內，桌上疊滿飽餐後大量盤皿，大夥圍坐桌子，飽餐後體力已回復。遼介等人稍早前與夏綠蒂聯繫過，也商議好今晚潛入作戰策略。修二飽餐一頓，一臉悠哉樣手上拿著木籤剔牙。西露可與汐在一旁聊天說笑。克勞德正在做章紋術靜置準備。遼介從口袋中取出琉璃珠，看向修二說：

「不破，你拿著這顆珠子。」

修二看這顆清澄珠子，發出靛紫色光，伸手拿取夾在食指拇指間仔細玩賞，隨口問道：

「我在我媽的書房內見過各種琉璃，但我從來沒見過質量這麼上等的琉璃珠。這是什麼寶貝嗎？」

遼介淡笑道：

「那是能夠帶來幸運女神加護的護身符，你們拿著。你跟小汐和克勞德一起正面突破攻堅救援人質。這或許能夠讓你們更順利救出人質。」發覺琉璃珠發出的源氣，汐和西露可看了過來，克勞德也中斷用功。修二收下琉璃珠大聲笑道：

「喔！那本大爺肯定全力要救出二位公主啊！」

看到這顆熟悉的琉璃珠，汐眉頭微皺問道：

「遼介哥哥，那麼重要的東西擅自給我們，這樣好嗎？」遼介看向汐，瀟灑說：

「正因這個東西如此珍貴，我們攸關生死的行動更值得分享。我認為這能夠助你們突破萬難。我跟西露可雖然沒有運氣加持，但是能夠靠經驗和實力補足。你們任務完成後再還給我就好了。」聽進遼介心聲，小汐覺得很感動卻也很複雜，蕾雅學姊託付他的心意，跟他們三人牽絆同價重視，她不便拒絕遼介。遼介說：

「距離出發時間還有四個小時，剩下時間我們補眠一下吧。」克勞德應聲點頭：「說的也是。」

遼介又說：「床鋪有三張，大張的給西露可和小汐用，你們先睡吧。」

「遼介哥哥睡哪呢？」汐問，遼介指向窗戶說：

「我並不講究床鋪，我睡那邊窗台上就可以了。」

切息燈光，夜晚烙多城燈火通明，喧囂遍佈整個部落城市角落。從住宿旅店窗口探出，上空偶爾有空艇飛過，大街上汀歐狼人人潮往來湍急，疑似商店叫賣敲鑼打鼓聲此起彼落，汀歐狼人部族的一天才要開始。

遼介背靠臥在無玻璃窗框上，遠望烙多夜景，夜風吹動遼介髮絲，即將要潛入敵人據點本陣，公爵實力是未知數，壓力促發興奮感使他無法睡著。看著手中握持契紋石，亮紫色光，相當療癒心神。遼介另一手拿起從樹海中撿來的樹葉，吹起那段熟悉曲調。

「遼介？」轉頭看見西露可走近窗前，遼介放下草葉笛問道：

「西露可你還沒睡？」

「遼介，曲子，好聽。」西露可走近窗台，微笑說：「西露可，聽過。」

西露可跳到窗框上，窗台寬度兩人並肩靠著還有充裕空間，大膽貼靠在遼介身旁。她身高與遼介差不多，有著誘人身材曲線，可愛的香草味，遼介不覺得奇怪，納悶問道：

「你不是住在我們豐臣家隔壁，我時常吹這曲子不稀奇吧？」

西露可搖搖頭又說：「奈，那是，西露可，遇見，遼介，以前。」

「你以前在哪聽過這首曲子？」

「奈，西露可，記憶喪失——不記得。」西露可有點懊惱，遼介快活又問：

「我聽小汐說過你是彌哈人，來到汀歐狼人的領土上沒有特別的回想嗎？」

「奈，西露可，沒來過，烙多，好像。」西露可說：

「醫學部檢查，基因判讀。西露可，血脈，龍王人哈路歐。瑪奇帝歐度族，彌勒斯。」西露可說出冷硬的身體檢查報告，心情卻沒有太多迴響。遼介關心問道：

「難得踏上哈路歐人領土，你應該很開心吧？」

「奈，任務執行，不能，多想。」

「你沒有想過尋找故鄉嗎？」遼介爽朗說話中夾帶著一絲溫柔。

「西露可，故鄉，不知，在哪感覺，很遠。」說起來很無奈：「西露可，不可以，尋找，故鄉——為了，阿特蘭斯，和平。」

「這樣啊——」無意間觸碰到西露可敏感話題，遼介對西露可的身世感到不捨。然而西露可已習慣這一切，提起精神說：

「西露可，守護，阿特蘭斯！為了，生存，證明！」

「那相當不容易啊。」遼介心有戚戚焉佩服讚嘆：

遼介能夠體會西露可的處境，在雅斯界，擁有這份力量卻遭亞普人的排斥待遇，即便他努力做再多拯救被異端犯罪者迫害的人們，曾做過伸張正義的事跡，仍然不被雅普人認同。

「阿特蘭斯，和諧。西露可，唯一，願望。」西露可含笑說，把自己尋找故鄉的憧憬，擴大到對阿特蘭斯整體，懷有大仁大義胸襟。

「那是很遠大的夢想啊。」遼介驚訝說。

「西露可，努力！」活潑說出志向，這或許是一個人或多數人，一輩子努力都無法實現的夢想，相對激勵遼介，說：

「如果有我能夠幫忙的儘管跟我說喔！」

「Danke!——」西露可直率應聲：「首先，完成，救援任務。」遼介說：

「是啊！潛入作戰時我跟你搭當配合，還要請你多多支援吶！」西露可雙手握拳使力說：「呀！夥伴，合作，無敵！」

「是啊。」遼介爽朗笑道：「我們如果能夠儘早救出人質，對他們的負擔也會減輕許多。」西露可帶點稚氣，很認真說：

「西露可，努力，力量全開！」

遼介提起草葉笛，繼續吹奏那段曲調，與夜風調和在一起。聽著舒服的音樂，不知不覺西露可睡著了，頭靠在遼介肩上。遼介轉頭看過來，小驚訝面容轉為柔情微笑。而後望著遠處高原山巔天際線，銀紫色光照應山壁上。

這晚遼介對西露可的認知，不再只是監視眼線或是因緣際會一起出任務的密令尖兵小隊長，而是個懷抱遠大夢想的可愛朋友。

48 訓誡

地下要塞內，布琉西邇朵被拘束在石牆上。她不知已過了多久，也不知道外面是白天還是黑夜，但兩個小時前，魯托斯還在對他嚴刑拷打，現在坐在地上打瞌睡。看著那條時間倒數的繩索轉盤裝置，趁著看守人打瞌睡，布琉西邇朵試著用身體力量搖動鎖鏈。

「荷拉，你醒著嗎？」荷拉德古娜無法抬頭，視線看著魯托斯回答：

「嗯——姊姊什麼事呢？」布琉西邇朵說：

「趁著那個哈路歐人睡覺，你解掉那條繩索轉盤快逃走。」

荷拉不為所動，搖搖頭說：

「我不能夠這麼做，我如果解開這繩索姊姊就會被燒死。」布琉西邇朵訓誡道：

「傻瓜，這不是在說情緒語言的時候，我們如果都死了，那誰為國家和人民謀福祉？女王位子怎麼能夠沒人繼位？」

「就因為姊姊這麼說，所以繼位人選非姊姊莫屬。我知道自己不適合治理國家，我沒有君王英武魄力，也沒有處理國家大事的理性睿智。而且如果姊姊犧牲的話，母親會傷心的。」

「你也是繼承星雷拉血統的人，這種時候由不得你懦弱任性。」布琉西邇朵又教訓道：

「如果我有個三長兩短，繼位人除了你以外，沒有別人。你怎能讓我國就這麼解散？你要知道聯邦國之中一旦有任何國家陷入紛亂，整個長治久安的和平盛世就會消失。」

荷拉閉起眼睛緩緩說：

「即使如此我還是沒辦法這麼做——而且荷勒斯教的教導，愛護所有生命，不得殺生，不得為非作歹。因果罪業，必定要償還的。」

「因果啊——」布琉西邇朵發覺自己做的壞事，心生懺悔嘆息道：

「你從小就善良溫順，就連兩個大姊陷害欺壓也悶不吭聲。你是善良人，應該可以帶給我們塔努門人全人類更多貢獻，你不能夠就這麼死在這種地方。」荷拉視線看著遠方，回想兒時記憶平靜述說：

「還記得那個時候，伊瑪夏荻大姊設下圈套，把我們關在水牢裡想殺我們，是布琉姊姊你用劍殺傷保護我對吧？」

經荷拉德古娜提起，讓布琉西邇朵想起當年，還年幼時初次發覺自身源氣的過程。她被大姐所傷，命在旦夕，眼看還幼小的荷拉要被伊瑪夏狄用水球章紋術溺死，她發覺自身源氣能力，變質聚合成金色短劍，劃傷伊瑪夏荻。事後親衛隊士兵趕來救援，將兩人分開，從那件事之後他們再也沒有見過伊瑪夏狄。荷拉又繼續說：

「雖然母后和大臣沒有告訴我們大姊後來怎麼了。如果她因為那次事件而死，那麼我也是罪人不是嗎？」布琉哀傷說：

「你真傻——這個時候還說這種事——」荷拉又說：

「就算我解開這條繩索，我又能夠逃到哪裡去呢，我對這個地方不熟。那些歹徒也不知道在外面準備什麼陷阱。我不懂怎麼計算生存風險機率，但是我覺得逃走跟這條繩索束縛一樣危險。不如跟姊姊在一起，直到最後，就算死也甘願。」

布琉西邇朵並不相信神蹟或是好運，她只知道用實際的經驗和權謀力量看待所有事情。但被源封鎊環封住源氣，自己無法突破危難感到無能為力。雖沒有看見荷拉的臉，好久沒和荷拉說話，她緊張心情感到平和。

「荷拉你真是——」荷拉德古娜笑道：

「我跟姊姊好像有好久沒有像這樣說話了呢？或許祈禱能夠讓奇蹟發生也說不定呢！」布琉反省自己傲慢應聲：

「是啊——但願奇蹟能夠發生。」

布琉西邇朵抬頭仰望奇特形狀的天幕，她很久沒有感到這種淚腺旺盛的感觸。這是她出生以來第一次對外界力量祈禱。

49 瑋德

夜晚厚重雲朵乘馳飛過，偶爾點點星光從縫隙中探露。貝洛戈德廣場公園中，蕾雅披著斗篷披肩。凍冷寒風吹拂，吹動誘人髮絲。她左手握著蜜斯提朵，右手拿著另一顆琉璃珠，腳下劃出一道章紋陣，源氣徐徐浮動。耳邊聽進遠處腳下商店街的熱鬧喧囂，遠眺著羅德加拿方向，時間一分一秒流逝，眼看與希約定的時間剩下不多。

與商店街溫度相反，羅德加拿學院亞樊區一角巷道區塊，少有路人經過。在格黎貝塔騎士團本部外，雅妮絲帶領四名雅樊達斯柯特團員，在附近找掩護定點封鎖監視，愛拉梅蒂斯也派出四名闇屬學會C4級心苗，輔助封鎖線戒備。他們分成兩組人馬包圍，攻堅行動已經開始。

一隻黑色甲蟲從縫隙中爬進室內，爬付在牆壁上，那是隻頭部有著三對紅眼，前端兩副大鉗子。透過甲蟲傳達影像，內部發生現況都被禾滋看在眼裏。他坐在屋頂上，錄取犯罪心苗犯罪證據。

騎士團部內團契空間中，三名人影豎立在圓桌邊。瑋德、史巴利，還有一名金髮披肩女性，她從制服外套內離口袋中取出一個銀黑色貝殼道具，一副不情願地交到瑋德手中說到：「瑋德，這樣你滿意了吧。」

「我確實收到了。」接下貝殼瑋德冷笑說。

史巴利靠上來竊喜說：「嘻嘻，幹得好啊，柯絲娜妹子。要不是有妳協助，這麼多寶具法器還找不到藏匿地方呢。」

她很想就此跳船洗手不幹，提起一點勇氣說：

「我順你意配合保管好幾回，按照原先約定，這麼一來所有賬就一筆勾銷。我跟你已經不相欠了。」

瑋德變本加厲說：

「妳欠我的借款的確算清了，不過你弟的份還沒算呢！」

「你說什麼？這跟原本說好的不一樣。這一次幫你做完之後，和你所有借債一筆勾銷的！」

「我說的話算數！」瑋德說：「你弟不願配合行動，還擅自退團，違背承諾的等價罪罰可是很重的呢。」

等價交換，那是阿特蘭斯人類的固有思維。在阿特蘭斯塔努門人發展的社會，貨幣早已無形化，基本家庭單位或個人都過著小富小康的生活，不愁吃穿。醫療科技發達，少有疾病的社會。大家都堅信貢獻自己能力，能夠獲得阿特蘭斯人文明共榮和進步。充分運用源氣，以科學結合章紋，乘上煉金工學為基礎的先進社會。平常人少欲團結共制外患，更有能力的人，欲望多半成為發展動力，推動社會文明進步。與彌勒斯密切交流開始，阿特蘭斯人社會的等價交換認知，逐漸發展成無償施予。

然而部分有能力人，把等價交換信仰發展成另一種極端，衍伸出各種極端迫害意識。無論是權力、名譽、錢財、女色，謀求際遇等等，獲得相當利益，必定要付出相對犧牲，甚至是等價罪與罰。瑋德就是認同這種意識信仰的人士。

柯絲娜小聲說：「他已經事先獲得休斯團長許可才退團的。」

瑋德俊白的瓜子臉突然性情大變，怒罵道：「他的許可關我屁事！」

少女摸著胸口苦苦哀求：「難道我們家姐弟借債，我一個人擔這些事情還不夠嗎？」

「我可是花了上千萬貝勒替你們家老子積欠伊埔赫茲賭場的債務，那在我們雅斯界可是上億上兆的天文數字呢！你以為我這麼容易就放過你們姐弟兩嗎？」

這是柯絲娜無法抹滅的夢魘，認知已逃不出魔爪，對於解救家事問題的信賴感，轉換為說不盡懊悔與衝心。少女心傷痕累累，眼眸中積著後悔又是懼怕淚水：

「你這個人怎麼可以這樣──」

瑋德走近柯絲娜，一手摸著少女臉頰，動手調戲說：

「事到如今妳在這船上，妳就捨命陪君子做到底吧！還是說妳想要我把私人借債此事呈告雅樊達斯科特呢？」

「這——」柯絲娜心底厭惡感全寫在臉上，卻無法抗拒眼前掌握自己把柄的男人，只能任憑擺佈。

瑋德又說：

「不能對吧？只要被發現此事，妳會被剝奪雅樊達斯科特騎士的名位，被轟出那幫精英騎士團！妳想要成為伊埔赫茲，源將騎警的夢想就會因此幻滅。」

瑋德戲言笑語，少女流下無能為力淚水。

聽見門口厚重布幔拍打聲音，卡蜜拉喊聲制止：

「你給我住手！瑋德！」史巴利嚇一大跳問聲：

「是卡蜜拉大姐啊！？」

瑋德不以為意一手抵著柯絲娜下巴，看了過來招呼道：

「呦！這個時間是什麼風把妳吹來了？」柯絲娜一副陷入晃神容貌，看了過來：

「卡蜜拉——」卡蜜拉放聲訓斥道：

「瑋德，你們所做的一切不可饒恕！馬上給我交出偷盜的那些寶具。」

瑋德將次元貝遠遠拋扔到另一頭地上笑道：「呵，還是那些老掉牙的話啊！我就放在那邊，妳有本事就去拿啊！」

卡蜜拉處在原地不動，右手從腰際取出細筒狀金屬柄，如細身咖啡罐，一手在握恰到好處。她全身釋放大量源氣，轉化為高頻率密度振動光子，一口氣集束光子軍刀，擺出戰鬥姿態，義正嚴詞說：

「你們做的事完全背離銳達佛赫榮譽信條，今天我要以休斯團長的代理身份對你們進行肅清處置！給我滾出格黎貝塔騎士團，甸多拜帖！」

「什麼?!」史巴利驚嚇之餘，反射動作雙手放出黏質源做出防備動作。瑋德輕蔑笑道：

「呵!就憑妳一個人，連個身份名位也沒有的女人，也有能力說出『肅清』的字眼嗎?妳真愛說笑!」

瑋德釋放源氣，他推了柯絲娜背一把，向卡蜜拉所在方向推送，把柯絲娜當作掩護障礙，隨後源塑刺狀冰鋸刀，闊手揮刀。

卡蜜拉以靈活步伐避開，一手扶握著柯絲娜手臂，有驚無險一刀將瑋德刺擊化解，配合踢腳把瑋德踹開。柯絲娜很是後悔說：

「很抱歉──我早不應該幫他們保管那些偷盜來的寶具──」

「沒事了，這裡交給我來處理!」

「妳要一個人對付他們全部人嗎?」

「妳先退到團部外面，晚一點再說，現在事態緊急!」

「可是──」

等不及兩人把話說完，眼看冰盾撞擊而來。卡蜜拉推開柯絲娜，左手釋放源氣與之相抵撞。手轉光子軍刀一切，將瑋德鋸刀冰刺削切而過。瑋德看看自己手上鋸刀碎裂狀態，險惡笑道：

「呵，妳那光子振動頻率又增強了嗎！」卡蜜拉手持軍刀，直指瑋德訓斥道：

「瑋德！我必須告訴你，我沒有其他光鮮亮麗的騎士名位身份，那是我自身的抉擇！」瑋德嘲笑道：

「笑話，妳還能有什麼抉擇？」

「我以格黎貝塔騎士團的一份子引以為榮！」

「呵！格黎貝塔的驕傲是嗎？跛腳的馬兒還能搞出什麼名堂啊！」

「像你這種做盡喪盡天良事的敗類，根本無法體會忠誠愛護騎士團的價值！」

卡蜜拉單闊刀擺置定位。

瑋德重新源造一把凍刺鋸刀，砍劃而來。兩人展開刀鋒劍戰，雙方快刀廝殺，面對瑋德冰錐彈凍氣，卡蜜拉使以光刀縱斷一揮切，便把凍氣切散。此時卡蜜拉沒有追擊，反倒是向後退去，左手以源氣變化光子能量團撞擊地面，造出強光與聲響。瑋德沒搞清楚卡蜜拉的用意，轉頭向史巴利斥責：

「史巴利！你在那裡發什麼呆啊？還不會援護我壓制她的動作嗎！」

「喔喔！那你可不要被我丟中啊！」

史巴利一副嘻皮笑臉，左手肘腕懷抱一大團綠色源氣團，右手分著一顆顆扔拋，好像打泥巴球戰連續扔投。卡蜜拉敏捷翻身跳開，手腕迅速轉柄切劃，藍光刀刃絢麗迷人的軌跡，將史巴利丟過來的黏球彈一一精準打散。

趁著史巴利牽制攻擊，露出空擋破綻，瑋德雙排刀刃上刃刺好像電鋸鏈帶連動切轉，產生凍寒空氣，就連切裂的地面也瞬間凍結一層厚霜。卡蜜拉毫不退縮，以閃亮勾魂光刃伺機反攻。

從團部裡面房間傳來幾個人抱怨聲，佩蒂問道：「外面怎麼這麼吵啊？」
「該不會是史巴利和瑋德在私人討教吧？」貝克猜想道，黑寇拉笑罵道：
「哼哼！他才沒有那種膽量。」佩蒂綁著大麻花馬尾，一手掀開布幕門問道：
「瑋德，史巴利，你們在幹什麼呀！古鶻來了嗎？」
「這源氣的感覺是柯絲娜，還有卡蜜拉？」
皮特帶頭先從裡面出來，四個人隨後跟出來，佩蒂半身藏在門扉布幔裡探頭問道：
「瑋德和史巴利聯手在對付卡蜜拉！這是什麼餘興節目啊？」
皮特一副耐人尋味笑容臆測：「肯定是卡蜜拉哪根經不對，想要反咬騎士團吧。」
「背叛騎士團，決不允許！」一瞬間，貝克右手手臂源塑裝備金屬棕色臂甲，左手臂出現銳利二刃臂刀武裝，挺著壯碩背脊站上前，準備助陣。皮特叫住他：
「等一下，貝克兄。這麼有趣的戰鬥先讓他們倆玩玩。瑋德如果能制衡她，才能證明他能夠擁有統率騎士團的資格。」
黑寇粒一副袖手旁觀樣，冷言嘲諷道：「哼哼，我倒要看看這齣鬧劇他要怎麼收拾。」
眼角餘光看到五人在一旁看熱鬧，激發瑋德不得敗戰情緒，他更是凶狠攻擊。趁著把卡蜜拉壓制，無法靈活逃脫的時候，史巴利一手扔出三條黏黏手，軌跡詭異地從三個方向齊攻。
此時，三張六角形薄布源氣適時擴展開來，接住史巴利攻擊，像一張韌性極佳的奈米薄布隔空截取，包裹成三顆排球大小球團，彷彿彈跳球直接把史巴利撞倒在地上。
「唔啊！這是？」

看向一旁的柯絲娜協助支援戰鬥，面容仍是心神不寧。卡蜜拉問聲：

「柯絲娜？」

「我想妳可能需要幫助——」柯絲娜發動源氣對峙，瑋德惡笑道：

「呵！野狗終究還是野狗，還敢反咬救命恩人！真不知好歹啊！」

瑋德僵硬指爪一推掌，擊出無數冰錐彈，集中力不足的柯絲娜無法全力應對，遺漏的冰錐厲刺劃傷她雙臂雙腳，身子重創的她痛苦哀嚎：

「哇啊啊！」

柯絲娜翻仰倒在地上。瑋德手握冰鋸刀一掃，凍氣襲捲之下，柯絲娜腰部雙腿一下瞬間遭凍結。卡蜜拉快步前來，一手施展光子防護立場抵消，單手快刀斬擊，把視線中危害的冰錐彈全部打掉，將史巴利形跡可疑的黏黏手俐落砍落。卡蜜拉同時護著柯絲娜的安危，戰鬥負荷加倍吃力。關切問道：「妳不要緊吧？」

柯絲娜淚流滿面懺悔說：「對不起—是我的懦弱連累了格黎貝塔，我早應該拒絕他的援助還債的—天下終究沒有不勞而獲的事情——」

卡蜜拉一手擴張光子防護立場，喘息說：「妳錯了—漢薩學長曾經說過，接受援助並非可恥之事，即使是銳達弗赫心苗也一樣——正因為曾獲得他人的救治幫助，我們更能夠體會濟弱扶傾此事，榮譽價值的可貴。錯的是這些利誘人心弱點，只為己利私欲賣命行事的爛人！」

「嗯——」瑋德恥笑放話：

「呦！妳還有心情說這種倒胃口的話啊？我看妳已經分身乏術了！」
他扔出冰盾撞擊卡蜜拉腰腹部，將她連人帶盾撞翻倒在一旁。
「哇啊！」
「卡蜜拉！」
卡蜜拉一手抱著肚子一時無法起身，柯絲娜無法動彈，眼睜睜看著瑋德手持冰鋸刀，走近卡蜜拉。
他舉刀狂傲笑道：「是她自己自願受騙的人愚蠢，這就是弱肉強食世界的真理。也不知道甘願被騙上當的人自己罪惡重大。像妳這忠貞不二，信己無私的狂犬，同情這種人也是罪孽。」
面對瑋德的壓力，身子也遭凍結，卡蜜拉不畏懼，露出鎮靜笑容指責瑋道：
「就算如此，你也沒有資格玩弄人心。像你這種人根本不配當銳達佛赫，你不配稱作意志者！」
「你——」瑋德一怒之下闊刀高舉，眼看就要一刀劈下。
當瑋德就要手起刀落，聽見一聲明亮女聲，如鳳凰鳴啼：
「住手！」隨即一顆嫣紅色源氣光彈飛了過來，瑋德及時退避，看向門口放聲問道：
「是誰在那！」

50　攻堅

希穿著海尼奧斯學生制服，身子發出飽滿源氣，以氣勢制敵說：
「放了他們，瑋德・哈德斯！請你別再作惡下去了！」

「呵呵，我還以為是誰。」瑋德不把警告放在眼裡笑道：「一個海尼奧斯的鬥士後輩心苗非請自來，膽敢闖進我騎士團部撒野，你已經觸犯學園條例。妳給我滾！」

希還沒說出來意，另一名隨後跟進的金髮少年冷凜神色指正道：

「你錯了，這是聖斐勒斯都四學生會聯合特搜攻堅行動，她現在是海尼奧斯特令執行幹部。」撞見這名少年瑋德驚呼：

「你是布魯斯・葛雷賓札特！」布魯斯手持晶牌投射亞樊達斯柯特騎士團徽章，發覺自己早已中了圈套。瑋德目光怒瞪卡蜜拉大罵道：

「卡蜜拉！你這混帳，竟敢背叛我們格黎貝塔的弟兄！」

看到瑋德那張怒目神色和刻薄言行，希問道：

「是你們偽裝我的身形偷盜他人的寶具法器嗎？」視窗東發，瑋德長笑道：

「呵呵呵，是又如何！」瑋德又怒又笑：「就是我偽裝光野遼介，至於你嘛？就是在那邊的黑蔻拉偽裝你的。」

「你們為什麼要做這種事？」希悲傷大過於憤怒：「冒用他人身份去偷盜好友的寶具，污損他人名譽，破壞人家的友誼，你們做這種事一點也不覺得羞愧嗎？」

「哈—哈哈哈！」瑋德嘲笑笑到肚子發疼，那是丹田無力喘息笑聲：

「你不知道嗎？就是因為有這種需求的人存在，才有這種賺錢的方式啊！為了彼此的利益，這種委託盈利事本來就沒有錯。」

希的苦心勸告招來瑋德扭曲詭辯，她怒氣增添三分，瑋德還不自覺惹怒戰場上的雅典娜的下場。布魯斯收回晶牌站上前借話冷言說：

「神崎同學，這種人既不是銳達佛赫，也不是異端，他是個魔魎份子，你對他勸說再多也沒用。」希一副愁怒表情不語。布魯斯看向瑋德說逮捕令：

「瑋德・哈德斯，你們甸多拜帖餘黨利用格黎貝塔騎士團名義，不止偽裝栽贓他人偷盜寶具法器，還威逼利誘強迫騎士團多數團員違犯複數條例事項，所有證據確鑿，我們要立即拘捕你們！」瑋德邪笑，源造冰鋸刀和冰盾反抗道：

「呵呵！亞樊達斯柯特的走狗！你有辦法就來拘捕我們啊！你們也給我上，若能夠多殺一名攻堅幹部，我就給你們多加一倍的盟饋金！」

大多數人都遲疑不動，如果反抗幹部甚至招致死亡，那等於是拿自己的學生晶牌當作賭注，那只有逃亡一途。就此被捕認罪，還有可能避免軟禁刑期增加。

「瑋德兄，你說這話當真？」史巴利問，瑋德笑道：「當然，我一元不少付你全額！」

坐在另一頭挑高橫梁上的小女孩揮手招呼道：「心，才不會聽你的使喚呢！」

看見黑崎心坐在高處那雙腳晃呀晃，當眾在外人面前造反，讓瑋德顏面無光大罵道：

「又是妳！老是愛跟我唱反調——」

「唄—噠！」心一手食指拉下眼皮，吐舌做鬼臉嘲笑說：「瑋德做事實在太笨太愚蠢了，所有的事情都是你從中作梗，拱出李巖昊學長，慫恿策劃陷害休斯團長的也是你。我早就看透你的手法，我才不要為你個人利益做牛做馬呢！」瑋　看向皮特等人。皮特看情勢不對冷靜切割道：

「很遺憾，瑋德這回我不會再為你拼命。我們就此棄械認罪，你們說是吧？」黑蔻拉也跟著冷笑道：

「哼哼，再說我可不記得你有實權可以命令我呢！」

以皮特為首的幾個團員都表示不服。原本一起犯罪只為了分一杯羹共事，現在樹倒猢猻散，一見情勢不對就收手，嚐到用盡利益操弄人的反噬滋味，瑋德怒罵道：

「你們這些沒用的膽小傢伙！鎶薩侯德，給我出來！」

一身穿著黑金甲壯漢從裡頭出來，手上拿的兵器看似巨大的黑金色鎚子，鎚面上有三面彎圓斧刃。他用鼻孔出氣問道：

「呴呴！是什麼鼠輩來騷擾嗎？」

瑋德邪笑，揮動冰鋸刀指使道：「鎶薩侯德、史巴利，若我們能夠脫困他們的攻堅包圍，我不會虧待你們！」

「看來你們這些人真是不知好歹。」布魯斯冷靜說，他散發凍冷源氣，左手扳開左腰上的軍刀柄扣環，右手拔刀而出，一瞬間集中成為亮直而銳利的刀刃，對著希提示道：

「神崎同學，當心地會很滑！」

希源造兩雙成對的日月雙劍，讓四把劍浮游在空中。

「你想做什麼！」瑋德手持鋸刀一掃，冷冽的凍氣刃朝希襲來，

希輕盈踏步轉身躲過，快步跑向前，雙手再源聚一對金銀雙劍，墊步逼近瑋德，揮出銀劍引誘瑋德盾防，隨即劃出金劍，劍光一閃，瑋德的盾瞬間被擊碎，接著一腳踢擊把瑋德打退十步。

「什麼！」瑋德不敢置信地看向希，一個二年級女鬥士心苗一瞬間破他招。

「瑋德！這是警告，我們要制伏你！」一瞬間希源氣強度如嫣紅山茶花怒綻芬芳。

瑋德怒罵叫囂扔出冰盾：「你這個找死的女倭瑞亞！」希輕盈踏步跳越，身輕一躍跳到圓桌上。瑋德轉身快刀劈甩而來，希手持雙劍，迅敏拆解他的鋸刀連擊。短暫幾秒間，她已拆解瑋德五招，找到時機反擊反制。她以雙劍連擊，又劃又封，瑋德無法使出冰錐彈凍氣。

另一邊，布魯斯同時對付鎶薩侯德和史巴利，他手持軍刀快刀斬擊，一邊打消史巴利扔丟的黏彈，一邊閃躲鎶薩侯德三刃鎚斧攻擊。他翻到鎶薩侯德背後，把他高大壯碩身子當作掩護，史巴利扔擲黏彈全打在鎶薩侯德身上，鎶薩侯德動作被迫遲鈍。他大吼道：

「史巴利你這傢伙別妨礙我喲！」

「鎶薩侯德兄這不能怪我啊！」史巴利無法稱心對布魯斯發動攻擊，唧囔道：

「你這傢伙別老是狡猾閃躲，有種放馬過來啊！」

「呵，笑話。」布魯斯離開鎶薩侯德身後，握刀發動攻擊。

「腳步滑溜的鼠輩，我看你往哪裡躲喲！」鎶薩侯德轉身高舉三刃鎚斧重鎚而落，豪邁連續鎚擊，使地板破裂震盪。布魯斯步步後退，等到鎶薩侯德動作遲緩下來，不退反攻，手持那把八十公分長軍刀，使出五型劍法，水木型併用劍技，揮刀迅敏快速，刀光多重詭局，轉眼間已造成鎶薩侯德身上多處刀傷。

「唷啊！」鎶薩侯德雙臂放下鎚斧，呈現負傷停頓狀態。

「你這個只會使低溫源氣的學弟也沒啥了不起啊！瑋德兄都比你強多啦！」史巴利使以四隻黏黏手襲擊布魯斯。布魯斯冷凜眼神一盯，抽刀斬斷那些動作詭異的綠黏手，刀刃散發的凍氣把那些黏質地物質凍成碎屑。

趁著希和布魯斯正在與瑋德等人戰鬥中，所有人注意都在攻堅幹部身上時，席德利用隱形章紋悄悄移動，他穿著寶具火爐戰甲，白銀色盔甲發著白光源氣。他施展光系章紋，『爐火走步』，靴子上燃起白色爐火，即使走過冰塊也不會遭到冰封凍結。

席德一拳打破結冰牆面，找尋掉落在地上銀黑色貝殼膠囊。

倒在地上的卡蜜拉和柯絲娜，目睹著兩人力抗瑋德率領的抗拒行動，他們兩人很驚訝，兩個二年級心苗能夠壓制高年級心苗。

「嘿，你們沒事吧？」王襄趁這個時候瞧瞧來到他們身邊。

「你是？」卡蜜拉問聲。

王襄話不多說，一手指畫太極八卦章紋，從裡面拿出她的法器，那是一把拂塵─四聖諦，陽山銅與超乙太合金製的桿子。前端鑲著四顆珠子，銀絲毛鬚輕柔垂放。她一邊說：

「先不管我是誰，搜查證據已經完備，你們快趁這個時候離開攻堅現場。」

王襄隨手甩動法器，使毛鬚點劃兩人凍結部位，熱印章紋讓凍住的冰塊逐漸融化。

「可是──」柯絲娜還有一點猶豫，她為自己所做的傻事感到羞恥，很想盡一份心力。等不及她說話，王襄嚴肅催促兩人道：「快點！免得被他們的打鬥播及。」

卡蜜拉一手拉起柯絲娜的手，半強迫勸說：

「我知道了，柯絲娜剩下的就交給攻堅幹部處理吧！」柯絲娜放下念頭，隨同卡蜜拉離開現場。

布魯斯持續與兩人戰鬥，他擋下三刃鎚斧，使勁一推，推開握斧大臂，緊接快刀掃劃，連帶凍冷源氣掃退鍀薩侯德。

「就讓我告訴你們這些犯罪份子，我能夠成為菁英騎士隊長的真正實力。冰河境界！」

布魯斯將軍刀一刀刺入底上，一瞬間身子散發高漲源氣，凍冷寒風如強烈氣旋擴散，觸及寒氣地面全結上一層冰。包括圓桌底和椅子，牆角木桶箱子都無一倖免，連同投降的幾名共犯的雙腳也都被凍住，他們再也沒有逃跑的機會。

鍀薩侯德高舉三刃鎚斧，捶擊地面脫身，當他才要擊落，連身子和雙臂鴿子窩也被凍住。「呴啊！？」

「這怎麼可能？我施展的綠黏手全被結凍了！」史巴利也是動彈不得，兩條襲向布魯斯的黏黏手在空中結凍。布魯斯同時封止兩人動作，隨即單手兩刀掃劃劍氣，展現華麗戰技，冷沉瀟灑說：

「瑋德・哈德斯頂多只是把水氣結凍化作武裝作戰而已，而我是把所有接觸自身源氣的物體全部都凍結，這是不同的戰術概念呢！」

希站在圓桌上與瑋德持續過招，她持續散發源氣，源鬥士熱氣騰騰的源氣爆發狀態，把凍氣隔絕在外。雙劍挑截，而後穩穩接下冰鋸刀，使力對抗瑋德使刀的勁道。

瑋德壓刀威嚇道：「你這女倭瑞亞挺好強的嘛！」

「我必須制伏你！」一瞬間，希用轉腰擊劍劍勁把瑋德推開，再連斬劍氣將瑋德擊退。漂浮在半空中的四把劍，順應希的意識靈活來去，從不同角度接續發射源氣光束。瑋德使盾擋下，飛馳刺擊而來的四把劍，讓他忙碌防禦。

趁著上風氣勢，希積極攻擊，騰空不斷轉身，雙手轉臂快劍連斬，瞬時連切就是八下，她把瑋德的防禦逼到極限。

瑋德使力抵制一推把希推開。希的攻擊還未結束，利用腳步發出的源氣扶正身子。左手銀劍橫置，右手金劍在左腰閃耀，一瞬間空對地撲襲。下一秒，希劃劍而出的身影已出現在瑋德身後。希使出日月劍法奧義，日月輪斬劍，再加上空對地耀光瞬閃。劍技和氣勢被壓制，瑋德中傷緩步退後，身子搖晃晃，切齒咬牙面孔，仍然不願束手就擒：

「唔！這怎麼可能我精心設計的計劃就這麼泡湯——」

「我們已經掌握了攻堅現場。」布魯斯說：「你們還是投降吧，瑋德・哈德斯。」

從裡頭傳來破窗碎裂的巨大聲響，一道縱段劍氣波打破隔間牆，緋朵拉的小鷹把一名金髮褐色肌的男子叼在半空中，而後扔下，那名男子摔落牆邊，倒臥在瓦礫堆中沒有起身的跡象。從破壞的牆壁破洞中看見風見綾和緋朵菈。綾嚴肅批判道：

「這個只會仿造他人寶具，沒有半點戰力的騎士也敢做不法勾檔嗎？」

緋朵菈高舉右手，小鷹飛下停在手臂上，她和小鷹說話：「真是乖孩子呢！」她隨後看向布魯斯左手招手，活潑說：

「賓札特學弟！裡面我們已經搞定囉！」

「我也確保了遭偷盜的寶具法器。」席德找到銀黑色貝殼膠囊，確保偷盜的寶具，他還發覺殿多拜帖另一項罪狀：

「瑋德・哈德斯和殿多拜帖餘黨諸位，你們私下與他人秘密交易三級以上晶石，這是重罪喔。我們還要加諸你們違反晶石秘密橫向交易條例罪狀。」

「瑋德，我們在外面已設下包圍網，你已經沒有逃脫的機會。」

布魯斯走近瑋德，瑋德歇斯底里地罵道：「可惡！」眼看精心設計的計劃全部泡湯，慌忙之際，瑋德向後退去，把堆放一旁的置物堆和蒐藏晶石寶箱全部扔在地上，阻止攻堅幹部靠近，試圖找機會逃跑。李巖旲破牆而出，他從另外一面分隔牆竄出。撞見李巖旲那凶神惡煞眼神，希驚訝問聲：「你是李巖旲學長？」

眼看所有的努力全都付出東流，李巖旲不甘心怒喝，整個騎士團團部都在震盪：

「你們這些學校機關的法制走狗，妨礙我們騎士團營業利益，我死也要跟你們拼命啊！」

「你一個人想要底抗四學院學生會聯合攻堅行動？」風見綾說：

「來啊！有本事你們就取我性命啊！」巖旲仍不把這些攻堅幹部看在眼裡。巖旲爆發源氣，源質變化為鉛合土，造出層層塊狀鉛土牆。

風見綾劈斬玉羅天甲刀，擊出沖天劍氣，擊破右側鉛合土壁。席德右手手甲展開變形，成為一種類似撞釘槍攻擊武裝。一拳打擊左側鉛合土牆，瞬間快語念道咒紋。在牆上展開一道八十公分章紋，傾刻間牆面應聲崩毀。風見綾勸戒道：「你只是做無謂的困獸之鬥！」

「並非如此，我要一口氣把你們全部人都一起收拾掉！」巖旲取出一顆煉晶球大小水滴狀物體，那是膠囊形態針劑，他握於手中，光線照射下，透著紅光液體劇烈晃動。

「他打算使用道具嗎？」席德問道。緋朵拉吹了一聲口哨指示道：

「披比斯，奪走他手裏的東西！」小鷹直線衝向巖昊右手，巖昊用粗壯拳臂揮打小鷹。

「你開什麼玩笑！！！」巖昊大吼，毫不遲疑把針劑往自己胸口注射。液體注入體內，頓時濃縮液態源煉製藥物擴散巖昊全身。巖昊身上源氣好像沸騰似增昇。

「喝啊啊——！！」撕裂理性咆哮，那副結實肌肉皮膚變成紅色，肌肉也瞬間脹擴，體格變得比姆薩侯德還要巨大，彷彿小隻版金剛。他口吐白沫張口吼叫，眼神已拋丟理性，陷入狂暴狀態。

雅妮絲待在外面把握封鎖線，督導攻堅行動的問道：「這異樣的強大源氣是怎麼回事？犯罪心苗人夥中，應該沒有這種程度的危險份子存在啊！」

在雅妮絲身後的女性心苗，正拿著攜帶式測定儀器，驚慌說：「觀月副會長不好了，李巖昊源氣波紋發生劇變，強度測定達到A３等級！達到八十萬ＧＢ——」

「你說什麼！這怎麼可能？」雅妮絲一臉驚愕，她很想叫測量隊員關掉那個只會讓人恐慌的測定機元。但是他們不能那麼做，隨時測量現場多方源氣，是他們羅德加拿辦案攻堅行動標準作業項目，這些都會成為今後辦案與分析研究用的資料。

「莫非他們之中有人使用違禁品道具？」旁邊隨行攻堅人員冒著冷汗猜測。

攻堅現場大夥都將注意力放在李巖昊身上，布魯斯也驚覺轉頭看過去，眼看已掌握攻堅拘捕的收網步調，只是一個閃失狀況失控。見到突發狀況，瑋德嘴角揚起不詭笑容。希吃驚問道：

「這是怎麼一回事？李巖昊的身子又變大了！」第一次面對實際戰場，希從未見過這種狀況。王裏的第六感告訴自己危險迫近，驚覺問聲：

「這是藥物作用引起的狂暴化！他難道想自掘墳墓嗎？」席德向後退去，鎮靜說笑：

「看來我們釣到意外的大魚了呢！」王襄指責道：

「席德！你還有閒暇心情說笑啊？」

「注意，他要攻過來了！」席德仍然正靜應對，準備施展章紋陣。巖昊發吼，一陣狂暴亂打，好似打地鼠動作，一拳一拳重擊現場所有人。

以希為首先後跳開巖昊襲擊，地面結凍冰塊應聲碎裂。落地的風見綾快步衝向巖昊，腳步一蹬使出瞬獄衝天劍。一刀刺入巖昊心窩部位。綾說：「我擊中了！」然而巖昊好像無痛覺，視線向下瞪向綾。綾訝然問聲：「這是？」巖昊用身子卡住綾的甲刀，她無法拔刀也砍不動巖昊胸膛。綾陷入無防備狀態，下一秒巖昊雙手一拍夾，把綾一拋甩：「唔！」巖昊雙手相握鎚擊，把綾重重打飛：「哇啊！」

綾起身，不甘示弱再次發動攻擊，當她括刀跳飛衝向巖昊，巖昊卻被巨大鉛合土大手，抓握住，指掌使力擠壓。

「呃——啊——啊！」

「小綾！」

希快步奔向巖昊，眼看另一隻鉛合土大手迎面拍打過來，希一瞬間飛躍起來，左手銀劍切劃下方手腕部位，下一秒轉向另外一隻手，雙劍連擊切斷，希把綾救了下來。巖昊一聲吼叫：「咕响！」一拳鉛合土大拳頭打向希。

席德趕忙跳飛過來，一拳用崩解章紋讓那顆大拳頭化為粉土。他隨口說：

「戰鬥時你最好別背對敵人喔。」希答謝道：「謝謝你的支援，卡歐托斯學長。」

巖昊連同心、貝蒂和皮特等人也一起攻擊。被布魯斯凍住身子的皮特，冷不防地直接被大手掌拍飛哀嚎：「咕喔！」撞倒在牆角落。席德問道：

「他的意識已經敵我不分了嗎？」王襄也問道。

「為什麼風見學妹沒有傷到他？」

布魯斯趕過來支援，揮刀一掃，用冰凍住腳步，困住他的動作。布魯斯說：

「看來他將身體自行變質鉛土化。而且第五密度的鉛合土是很堅硬的！」

看到巖昊紅色身軀逐漸變作亞鉛金屬的色澤，王襄不敢置信又問：「但是這種技術你們銳達佛赫運用在自身肉體，不是有無法復原『正常肉體』的風險嗎？」布魯斯冷凜說：

「那不是我們應該在意的問題，我們必須馬上制止他的動作。」

巖昊吼聲咆哮，再次用鉛合土拳頭瘋狂亂打，整棟建築量體結構牆柱都碎裂，眼看整個騎士團團部就要崩毀。此時王襄扔出一顆契源石，隨手甩動撫塵念道章紋咒語，巨大章紋陣把崩塌的斷垣殘壁碎石，以反重力浮在半空中。王襄說：

「趁現在把崩塌的瓦礫屋頂摧毀掉！」綾挺起身子說：

「給我消失，修羅轟天劍！」綾左手聚集大顆源氣光球，往半空中丟拋，下一秒雙手反刀刃向上對空一劃，一道虹月狀劍氣衝撞源氣大球，連帶著一起撞擊浮在半空中的鋼筋混泥土，刀光劍氣衝破屋瓦衝向天際。劇烈的劍氣波將那些鋼筋混泥土破壞成碎屑。

王襄隨手再甩動一次撫塵，反重力章紋陣消失，沙石碎屑散落在地上。呈幾何時，李巖昊的身子超過了十公尺。外場封鎖攻堅現場人員也都看見。

「唔呴呴——」李巖昊對天咆哮，身子彷彿龐然巨獸般，雙手一振凍住雙腳的冰塊全碎裂開來，他源聚第五密度鉛合土，眼看又要準備大開殺戒。男心苗隊員驚呼問道：

「觀月副會長這是！？」

遇見突發事態，身為A級心苗的雅妮絲馬上挺身而出，脫掉制服外套，束衣裝束早已事先穿好。她指示旁邊騎士團心苗隊員請求道：

「幫我立刻傳喚柯比蒂翁學姊過來。」

「是！」雅妮絲站上前，漂亮女孩，威風凜凜說：

「沒想到這次攻堅行動還是需要我出手解決呢！」

身子散發飽含電氣源氣，綠色系裝甲穿著在她身上，雙手各具現一把電磁砲砲管，左右肩甲上浮動能量場護盾上，有著兩隻長長的電磁加農砲裝置，腰際兩側擺著兩隻超電流矛叉裝置。這是雅妮絲女武神三形態其中之一，大地女武神全武裝狀態。

雅妮絲高舉右手，射出一發大型電磁彈，擊中李巖昊脖子部位。攻擊見效，彷彿被高壓電板打擊一樣，李巖昊看了過來。雅妮絲跑了過去，翻過斷垣殘壁，一跳躍就是三米高，在空中雙手同時連續發射三發電磁光彈，著地在第一線攻堅位置，對著身旁的希命令道：

「我看你還是退下吧，你實際攻堅戰鬥的經驗還太生疏。」希搖頭拒絕道：

「不要，我要阻止他！這是我安排在這個位置的責任啊！」希知道不協助眾人的力量阻止巖昊，逮捕犯案人員，他沒有臉見遼介。布魯斯冷沉含笑說：

「副會長，你就讓她充分發揮吧。神崎同學具備制伏瑋德的實力。」

希走向前去，提高身上源氣強度，順應意識源造六副金銀雙　設置在半空中。而後把手上雙劍相合，銀　變成劍鞘形態，成為一把華麗日月雙形劍。她單手握劍放在自己左腰，右手握柄，跨步做出居合　動作。面對巖昊，希發出喊聲，墊步衝向前對李巖昊，再次發動另一波攻勢。

51 防阻·對峙

位於斐特安法爾聯邦最西邊的國家，霍普赫都以西三十公里空域中，一艘扁尖雪茄狀，船頭如鎚頭鯊造型，尾端左右連接上方一體連成弧狀的大型銀色船艦，昏黃夕陽還沒落下，特殊金屬合金如玻璃一般折射日光。這艘母艦前後上下左右圍繞二十艘護衛艦，看每艘船上都有象徵皇室徽，是埃西美克斯王國皇室防衛軍艦隊。看這些船艦保持高速往西南方前進。母艦艦橋上，一名年紀看起來已經過了七十的老伯，坐在年輕艦長後方位置上，留著鬍鬚批著軍官斗篷，胸前掛著象徵將領階級識別金鍊，釦子從左掛到右邊，肩膀有猛獸盤據的金色肩甲裝飾。前方艦舵情報兵回報：

「艦長，在繼續前進兩百培度就到達種族境界線。」

年輕的艦長忍不住累積十年軍人的好戰心，謀求戰場的征戰激奮情緒指揮道：

「很好，持續前進，要讓汀歐狼人部族知道祖護那幫歹徒，戲弄我埃西美克斯王國的憤怒！」

提督保持冷靜，沈著凝視艦長，看向前窗外的風景。提督接獲皇室政風部決定，即使擔心兩公主性命安危，女王如此沈不住氣，下令出兵威嚇行動，他感到不以為然。艦隊出發前，他曾接獲女王貼身親衛侍女的密令信函，救出二位公主。會需要調動大規模艦隊執行，就算是因為汀歐狼人對埃西美克斯王國無禮挑撥而恫嚇，宣告國家威信。但這是違背聯邦議會秘密出兵，如果有什麼閃失，造成汀歐狼人部族毀滅，導致與彌勒斯人關係發生裂痕，或引發不可挽回情況，這是埃西美克斯王國的失態，可能會動搖本國在聯邦議會中王室屬性國家的領導地位。他懷疑是護衛軍司令部元帥慫恿女王出兵。然而，他只是個艦隊提督，實行王國護衛軍命令是他的義務，他只能按照軍隊紀律行事。心裡祈禱著有什麼人可以阻止他們愚蠢進軍行動。

領航羅盤發出緊告信號，艦長問道：「發生什麼事了？」

「前方種族境界線前，出現兩艘船艦。」艦長問道：

「船型和所屬呢？」經過分析船艦型號後，情報人員吃驚說：

「這是利普洛斯艦，艦長是岱勒烏斯機關！」

「誒！到底是誰泄露情報，可惡的岱勒烏斯機關，在這個時候跑出來攪局。」艦長氣憤說：「給我持續前進，船艦提高至最高航速。」

「艦長，對方要求我方嶺電聯繫。」艦長煩躁抱怨道：「沒辦法，給我接過來！」

嶺電投影顯現王霆鈞的半身影像，警告道：

「我是岱勒烏斯機關指派，密令尖兵隊長，王霆鈞。前方埃西美克斯王國艦隊請注意，未經過聯邦國議會允許，貴國擅自出兵臨近種族境界線已抵觸種族和平協議規章。請立刻調轉回航。」

「我是埃西美克斯王國赫魯西斯艦隊母艦艦長，伊洛格。」即使面對岱勒烏斯緝查警告，伊洛格艦長仍威嚇道：「讓開，我國的威信不能容忍汀歐狼人部族揉捻欺壓。」

王霆鈞冷沉說：

「停止你們的進軍。」帶點一絲神秘感，說話有威壓感：「各國組織防衛軍除了在聯邦軍請求，或者斐特安法爾聯邦國土危難警戒事態狀況以外，不得在所屬國領土之外實行任何軍事行動。如今你們已觸犯聯邦國議會，組織私有防衛軍認可協議規約。貴艦隊若不回航，我將阻止你們的進軍，不惜動用武力嚇阻。」

伊洛格憤怒說：「汀歐狼人部族袒護那幫歹徒，還借此機會威脅聯邦議會，要求傳授科技知識當作協助救人條件，漠視這種卑鄙行為是對我國的侮辱，必須讓他們知道教訓。」

「住口，伊洛格艦長。注意你說話的口氣。」伊洛格轉頭看向身後的提督問道：

「普魯茲提督？」普魯茲提督低沈帶有磁性聲音說：「你難道不知道他是王英雄嗎？」

「他就是對結束千年戰爭有功意志者英雄之一的王英雄？」伊洛格吃驚表情看向嶺電頻幕中的人影，他和多數人民一樣，只知道歷史典故提到的人名，卻不知其人樣貌，種族戰爭結束後，機關將他們的面貌聲形情報隱藏公開，不只是個人要求，更是避免有心人士偽裝冒用身型利用，只有少數的心苗和意志者菁英知情。

伊洛格還是半信半疑地問道：

「那種赫赫有名的英雄人物怎麼可能出現在這裡？沒人知道他長什麼樣，提督怎麼知道他就是王英雄。」

「戰爭時代我曾受到他的拯救，那是二十三年前的往事。我不會忘記他的長相。」普魯茲停了一下對著嶺電頻幕說話：

「王英雄，我艦隊是接受我國政風部和防衛軍司令部的命令，只是停在臨近境界線上對汀歐部族做警告用意，絕無故意挑起戰爭意圖。」

「你們請回吧。」霆鈞冷言告誡：「貴國做這種軍事行動只是一廂情願，對拯救貴國二位公主沒有實質幫助。」

「呵，提督你是否老糊塗了，忘記我們艦隊出征目的？」伊洛格艦長仗著軍人自尊和威風說：「這是攸關我國二位公主性命安危，就算他真的是意志者英雄，袒護那些卑鄙野蠻哈路歐人的行徑，這稱得上正義嗎？」

「可笑。」霆鈞冷笑，嚴正反問：「你們動用防衛軍武力，把汀歐人部落城市摧毀，以示貴國威信，這也是貴國所謂的正義？貴國未經過慎重考量的軍事行動，對聯邦國建制的和諧盛世是一種風險隱憂。你們還不自知嗎？」伊洛格艦長反問道：

「你的意思是說，要我們等著二位公主被那幫歹徒殺害嗎？」

「我們已經掌握情況。聯邦國和諧共榮發展的基礎就是信賴，貴國如對我機關不信任，我深感遺憾。」

「我們必須救出二位公主，就算是強行突破，也要將艦隊開到汀歐狼人部落領土上。」伊洛格艦長武斷切掉嶺電訊息，威武命令道：

「全艦隊聽令，全速前進，放出戰鬥機元，以最大船速突破！」普魯茲提督嘆息道：

「太愚蠢了。」

面對意志者英雄想動用武力牽制，簡直是有勇無謀。伊洛格艦長跟平常塔努門人一樣，源氣值平均都是屬於F級程度，他們頂多只能用有限少量源氣，間接促使源氣動力機運轉。作為防衛軍軍官，伊洛格艦長只能動用現成有限的源氣武裝和機元作戰。然而，對哈路歐人來說塔努門人的科技武力認知簡直是螻蟻對神人的差距。伊洛格艦長仗著塔努門人技術建造的船艦武力，認為對汀歐人部落城市施加壓力，就能夠趁心如意。

利普洛斯艦上，王霆鈞透過嶺電內頻對另一艘船上的義毅說：

「埃西美克斯王國防衛軍發動了攻擊行動。」義毅笑道：

「他們已中了計還不自知，那些好戰的軍人真是沉不住氣啊。」

「追根究底還不是第一波密令尖兵未能在短時間內完成任務，才會演變成這種局面嗎？」霆鈞冷言追究責任，指使義毅說：

「如果他們一再拖延，乾脆由你去救出人質吧！這邊由我擋下他們的行軍。」

義毅乾脆說：「好吧，你自己多手下留情啊，他們也只是中計而過度激憤，再加上單純執行防衛軍上級命令罷了。」

「呵，我自有阻止他們的分寸。」王霆鈞說：「你還是放多一點心思在那些未成熟的心苗上吧。」

義毅硬朗笑道：「當然，現在也是應該去接他們回家的時候了！」

嶺電訊號中斷，另一艘利普洛斯艦立即轉頭，航向荷斯庫窪高原，只是三秒，那艘利普洛斯艦已消失在視線中。

面對即將飛來冒犯的防衛軍艦隊戰鬥機元，王霆鈞對著艦舵長說：「艦舵長，請把船艦定位在此處，打開迎戰艙門，我要親自會會那些二頭熱的蠢才。」

「王英雄前輩，需要我們支援嗎？」坐在位子上其中一名男心苗問道。王霆鈞冷沉笑道：

「你們待在船上見習就好，若不想被播及就給我安分待在船上。」

利普洛斯艦前方大型六角形艙門開啟，王霆鈞快步跑出船艦外，墊步一跳浮上飛入空中。身子彷彿噴射機一樣高速飛離利普洛斯艦。

赫魯西斯艦隊母艦上，領航羅盤上出現源氣反應，人員回報道：

「艦長，剛才嶺電訊號上的人獨自一人迎戰我軍。」伊洛格艦長下令道：

「發動攻擊，給我牽制他的行動，我倒要看看他有多大本事能夠擋下我軍前進。」

王霆鈞一個人隻身飛遠十公里遠，他漂浮在半空中，還未看到艦隊就先看到許多戰鬥機元飛了過來，六瓣狀如鐵砲百合造型，六翼向後延伸機翼構造。王霆鈞冷笑道：

「來了嗎？就這點數量的戰鬥機元也想攻破那些魔魍份子的巢穴嗎？實在太天真了。」

數以百計的戰鬥機元，同時開啟花蕊型火炮裝置，對王霆均發動等離子光彈攻擊，這些都是無人駕駛的戰鬥機元。王霆鈞靈活閃避，一陣空中追逐，把王英雄團團包圍，即使如此，他仍不以為意，瞬間身子放出源氣震盪，彷彿暴風吹亂那些機元的陣勢。他一手源造金色直鞭神器，舉高吶喊道：

「契約代言人，我王霆鈞在此，誠請雷帝權現真身。九天應元雷聲普化天尊聖臨，賜我化諸惡為烏有之力！」一時間雷雲呈風起雲湧之勢，四處聚集而來，雷光四處打下，形勢彷彿雷帝前來的召喚儀式場合。

一團金色巨大光團從雷雲中降至，撞擊在王霆軍身上。一瞬間王霆鈞身子和雙眼發出金色光芒，手持金色硬鞭，隨手揮擊就是金色雷光乍落。王霆鈞此時與雷帝合而為一，所有雷光風暴都成為他的制敵武器。

雷鞭一掃，就是億萬伏特雷電乍落，一面戰鬥機元在巨大雷光劈擊中化為烏有。頓時防衛軍艦隊放出的戰鬥機元，全部成為毫無殺傷力玩具，只是數秒間全部消失。

「艦長，剛才放出的戰鬥機元一瞬間全被殲滅了。」艦上所有人都一臉震驚，伊洛格道：

「這就是戰爭時代，被賦予英雄名號意志者的實力？」船員又問：

「艦長這該怎麼辦是好？」這時伊洛格艦長才知到提督的話全部屬實，卻已經為時已晚，為自己的錯誤判斷只能咬緊牙關，逞強說：「沒辦法了，強行突破他——」

「慢著！」普魯茲提督罵聲制止道：「伊洛格艦長你連冷靜判斷能力都丟失了嗎？」提督隨後親自下令：「全艦隊聽令，在此空域停泊，收回所有戰鬥機元，不許再有任何戰鬥行為。」其他的護衛艦艦長同時應答：「瞭解。」

這是普魯茲提督現在唯一能夠做的事情，按兵不動是唯一不再引來王英雄嚇阻，又不冒犯軍令任務的辦法。

王霆鈞視線中殘存戰鬥機元全部飛離，逃之夭夭，他隨手放下雷鞭說：

「收回戰鬥機元了嗎？看樣子那個提督還是明理之人。」王霆鈞坐鎮停留，漂浮在半空中，準備長時間意識對峙，他嘴邊說：

「話說那個人的兒子，你沒有太多的時間可以磨耗了。」

雷雲還在，範圍擴及遠方，籠罩停止進軍懸浮空中的赫魯西斯艦隊。

52 潛入作戰

荷斯庫窪高原地區已是晚間三十三點，夜間進行潛入救援的侯佛小隊一行人搭船上高原，半途中跳下船沿著狼嚎峽進入岩石群峰山區。隊中不見遼介和西露可身影，汐、修二與克勞德已順利找到地下宮殿出入口，那是一個巨大岩窟洞穴，三人躲在一處小岩堆後方探查洞穴情況，身子較高的兩人探出頭來，克勞德打破寧靜問道：

「這就是地下宮殿遺跡的正面出入口嗎？」

「不會錯的。」汐說肯定說：「我感覺得有膨大的源氣在這地底下，有好多人在裡面。」修二壓抑不住亢奮情緒說：

「我們衝進去大鬧一場，救出人質吧！」修二迫不及待一手壓在岩石堆翻身一跳，跳到洞窟入口前空曠處，身子放出亮黃色源氣。

「不破學長請等一下！洞穴裏面前段很暗，克勞德哥哥看不清楚喔！」小汐從岩石堆旁邊繞過去，來到修二身後。

「是喔！」修二說：「你有什麼好辦法嗎？我們鬥士只要把源氣聚在眼睛，強化視覺，不會有夜盲問題。」

此時汐同時召喚三位天使，蜜莉碧朵，阿克西亞，還有九月的星月天使，耶爾斯特，祂有著橙色的大捲髮，穿著白色洋裝，上半身穿著弓兵特有的裝甲，下半身穿著輕裝裙甲，腳上穿著厚底涼鞋式戰靴。手上戴著一把銀色星月弓，上面鑲著寶石，彷彿天上星斗一樣絢麗。同時召喚三位天使護駕，神聖光芒驅趕黑暗，他們四周變得光亮無比。修二佩服道：

「一次召喚三位天使啊？」

「是啊。」汐也做好潛入作戰的準備，微笑道：「這樣一來我們都看得清楚了！」修二挺胸大聲發號勢令：「那我們進去吧！」克勞德遲遲躲在岩石堆後面觀望說：

「你們等我一下啊！」他連忙趕上兩人腳步進入洞窟。

漆黑洞穴中，偶爾聽見水滴滴落聲，配合氣流通過風化孔洞的低沈聲音，彷彿管風琴低音伴奏陰森旋律。克勞德毛骨悚然地問聲：

「那是人聲嗎？」小汐說：

「那不是喔，那只是風通過孔洞的聲音。我聽見人的心聲還在更裏面的地底下喔！」克勞德膽小說：

「這洞穴比想像中的還要陰森——」修二闊聲笑道：「哈哈！不管是什麼東西跑出來，本大爺會把他們全部打爆！」小汐尷尬地苦笑道：「不破學長——」他聽見修二心聲，單純而勇敢，其他占滿意識全部是面臨戰鬥狀態的亢奮心。小汐認為同樣是顯而易懂的單純男生，一個是謙虛到缺乏自信的善良人哥哥，另一個是自信到天不怕地不怕的超自信家學長，像兩個孩子一樣，兩人互補之下，隨時調整行進步調的她最辛苦。

洞窟中頂上無數鐘乳石中，一顆固定式監視機元轉了過來，拍攝到三人身影。

主廳房內，伊歐斯傳令嶺電影像稟報：

「公爵大人，代勒烏斯派出的鼠輩潛入入口洞窟。」漢考提就在等著這一刻，他興奮咧嘴笑道：「我已經察覺到他們的源氣，讓他們進來。」伊歐斯又說：

「不過少了兩個人，他們上哪去了？」漢考提說：

「看不出來嗎？這是欺敵戰術。八成是那個彌哈人小娃兒的能力讓他們身影藏起來了，他們肯定會出現。放出機元兵總戰力。路特爵尉留守監視中心，你們三名爵尉馬上就定位，守好中樞區域各階平台，在他們接觸人質前給我收拾掉他們。」伊歐斯回話道：

「遵命！」隨後切斷嶺電影像。

・　・　・

漆黑狹窄的隧道山徑上，從踏腳地面連接到頂部，這是岩峰群山景象，是以前不可考哈路歐人祖先開鑿的隧道型棧道。左邊看出去是懸崖，抬頭向上看陡直山壁令人脖子發酸。向下看是河谷深不見底，但能夠依稀聽見水流湍急聲響。

從山洞小徑那邊一團橘黃光逼近，兩個人影向這邊快步走過來。遼介手上拿著一支木棒，上面鑲著燃油火把，走在前面開路。西露可走在遼介身後一步，肩膀上金香球花機元開著縮小立體地圖，不時確認兩人位置，同時觀察修二等人潛入狀況。兩人行走山洞小徑步調穩健不遲疑。遼介問道：「他們已經潛入地下要塞了嗎？」西露可說：

「呀！行進速度，二十分後，進入，地下宮殿，正面入口廣場。」遼介認真說：

「那麼我們也得加快腳步才行！我們絆住對方公爵，就能夠爭取他們救援人質的時間。」

「呀！快走！」西露可認同附和。

兩人加快腳程，繼續前進五分鐘路程，西露可說：

「到了！」兩人走近懸崖邊，看向對面山壁向下方深谷看去。遼介說：

「這裡下方八百公尺處就是地下要塞的上層迴廊嗎？」西露可問道：

「怎麼進去？」遼介提議道：

「我先下去找踏腳處，確認後會用火把跟你打信號，妳再下來啊。」遼介右手拿著木棒腳步一跳，雙腳踏著七十度斜坡向下滑行，腳步使力踩踏，岩石被遼介踏出凹痕。西露可等不及，一躍而下，她雙手抱著遼介肩膀，遼介驚訝問道：

「西露可你怎麼？」西露可說：

「西露可，遼介，一起！」遼介驚慌說：「你別亂晃，我重心會不穩啊！」遼介好不容易找回平衡感，前方等著他們的是垂直斷崖。遼介大叫：

「不好！會摔下去啊！」遼介煞不住腳步，兩人一起摔落深谷。

當遼介回過神來，發覺摔跌在突出岩石塊上，他向深谷上方看說：

「看來我們掉落相當深啊！」遼介發現西露可倒臥在身旁，起身搖搖她的肩膀呼喚：

「西露可你沒事吧？」西露可被搖醒，一副若無其事表情起身，坐臥姿態說：

「西露可，沒事。」遼介問道：

「沒事就好，你怎麼不等我確定踏階處再下來呢？」西露可堅持說：

「行動，分散，不允許。」遼介苦笑說：

「真拿你沒辦法。小心點，如果再摔下去就回不來了。」

遼介把西露可牽起身子。凸出岩塊上能夠讓兩人活動空間有限，下面又是無止盡懸崖，遼介踩穩腳步一手摟著西露可的腰。

西露可右手摸摸金香球花機元，在半空中投射出立體地圖，遼介湊過來看了一下，發現事情不妙問聲：「我們墜落處比預計還要深500公尺啊？」西露可問道：

「遼介，怎麼辦？」兩人所在位置很尷尬，照明用火把已經丟失，兩人只能用自體發出源氣光亮勉強照亮四周。遼介當機立斷說：

「我們再向上爬回去只是浪費時間。不如我們就從這邊直接闖進去吧！」西露可點頭又問道：「西露可，同意，怎麼做？」遼介說：「你抓好我，我要施展章紋術打洞。」確認西露可摟住他的腰，遼介左手右手同時張開兩種章紋，先詠唱凍霜章紋：

「Lei sa va ta tsu mei sa to! ——」遼介右手一圈三十公分章紋隨之發亮。外環亮光走劃一圈，隨即一顆凍霜球打在對岸岩壁上，一連就是扔出六顆，使岩壁凍結。隨後遼介用左手章紋詠唱熔岩彈章紋：

「Do Ku Ja Ra Di Mei Sa Vo Ka! ——」

遼介左手章紋印也轉了一圈，連發三顆熔岩彈，打在凍結岩壁上。極凍和高溫交互作用，使那塊集中攻擊的岩壁變得比周圍還要脆弱。連續數次循環，最後一發熔岩彈打在上面，遼介左手摟抱西露可說：

「抓好了，我們要攻進去了！」西露可點頭應聲：「呀！」

遼介帶著西露可腳步一跳躍，一口氣飛躍三十公尺寬河谷，他同時聚集源氣在右手拳頭上，一聲轟隆巨響把岩壁打穿一個大洞，就像擊破威風蛋糕牆壁一樣，輕輕鬆鬆一拳打破岩牆外壁。

兩人順利突襲潛入斗斗圖姆宮殿。遼介站在裝飾牆邊上，好似海螺貝類弧狀踏腳處。遼介放下西露可，她感到刺激過癮叫好道：

「呀呀！遼介！Erstaunlich！」遼介轉話稱讚道：

「應該佩服的是岱勒烏斯機關，告知我們這座地下宮殿的情報一點也沒錯啊！」

當他們確認位置後，遼介又說：「我們現在在岩橋迴廊塔中段，計劃有所變動，看來我們多了三十層階梯要爬呢！」遼介原本打算侵入上部迴廊，攻破漢考提勢力管制中樞監視房間，然後闖入主廳堂，直接對付漢考提公爵。

遼介從大衣口袋中取出紫晶色契紋石，透過右手聚集源氣，晶石發出靛紫色光芒，遼介看著晶石變形，變成一把契紋晶劍。感受灌輸於劍身龐大源氣，暖和而舒服。遼介感嘆道：「這就是蕾雅託付我的心意嗎！」透過這把契紋晶劍遼介才體會到蕾雅身份和能力遠遠比他想像還要特別，層次和一般貴族心苗大不相同。西露可也源塑慣用利器，這是直筒砲劍刀，比起刀劍砲管構造更為凸顯。他催促遼介說：

「遼介，趕路了！」遼介硬朗說：「是啊！」兩人向上方樓層階梯跑去。

・・・

另一邊，修二等人進入洞穴不知已過多久，洞穴裡地勢很急，呈幾何時三人腳下岩床已變成哈路歐人身形尺度的斜面階梯，洞穴頂端也是天一般高，繞過視線前方轉折處就是要塞正面玄關廣場，克勞德說：

「潛入歹徒根據地比想像中還要容易呢。」

「哈哈！」修二笑道：「我看是察覺到本大爺的源氣都逃之夭夭了吧！」

修二才說完一道黑影出現在他們面前，壯碩如牛的軀幹轉過身來，是狐狸頭機元兵，離地懸浮三十公分。感應到三人源氣，機元兵胸口集束能量，突然對他們發動光彈攻擊。三人立即散開應對，汐問聲：

「這是敵人？」

「終於出現了嗎？」修二問聲。那隻機元兵雙手爪發出光劍，向他們飛了過來。修二不閃躲跑向前，速度比機元兵反應還要快，光劍還沒砍下，修二一跳起來一套連拳打在機元兵胸膛上，接著一擊蛇形貫手，砰的一聲打爆機元兵，那些金屬殼四分五裂散落一地。

「這些是戰鬥用機元兵？」克勞德問道，修二雙手持續發亮，輕鬆笑道：

「呵，只不過是給人累積經驗的廢鐵罷了。」

他們後面來了五架機元兵，擋住他們退路，同時對他們發出光彈，阿克西亞挺身而出用胸膛擋下光彈攻擊。蜜莉碧朵展翅飄飛在後方空中，放出陽光耀焰劍，一口氣破壞掉後面三架敵人。而後，前方機元兵放出光劍衝了過來，克勞德拔出回應者，一步上前，一劍劈斬，第二劍反手回切斬斷兩架機元兵。汐看了過來問聲：

「克勞德哥哥？」

「這是怎麼一回事？」佛拉葛拉赫發光，不斷發出源氣，他覺得現在使起回應者比平時還要輕盈許多，源氣透過他的身體也不覺得疲憊，格外輕鬆。他納悶問道：

「使起劍來變得輕鬆許多，我一點也不覺得吃力啊？」

修二一腳踢碎機元兵，落地笑道：「呵，你忘了嗎？我跟光野對你灌輸源氣時，你的血脈、氣脈和精孔全部被打開啦！我們打通你身體系統裡的淤積，你現在身子釋放和吸收源氣是暢通無阻啊！」

「真的嗎？」克勞德還不敢相信，自己施展寶具戰鬥變得如此輕鬆。修二指使道：

「小淑女的背後就交給你防守啦！」修二帶著兩人向前跑去。

三人經過視線彎曲轉角，迎面看見斗斗圖姆遺跡正面廣場。黑夜一般高天花板之下，映入眼簾的是好像城堡似的宮殿建築，多層次樓層構造，樓上還有樓，無數支撐洞穴的漏斗狀粗大岩柱體聳立其中。空間中點綴光源的綠色水晶，地上牆邊隨處可見。

然而，修二等人沒有多餘心情佩服洞穴裡，史前哈路歐人的鬼斧神工。視線中見到能夠站立的廣場，連絡橋，各個平台上到處都是機元兵，數以百計全部都朝他們看了過來。克勞德吃驚說：

「這些戰鬥機元數量好驚人！」修二雙手相合柔動手腕，隨性甩動，露出準備大鬧一場的笑容說：

「這簡直是一支軍團級別的機元兵團嘛！」汐憂心問道：

「這麼多的戰鬥機元，難道他們打算發動侵略戰爭嗎？」修二一副玩樂口吻說：

「呵，我提議一個好玩的遊戲。」克勞德問道：「什麼遊戲啊？」修二又說：

「看誰能夠先摧毀一千架機元兵如何！」聽見修二心聲，小汐才要發聲阻止：

「等一下，不破學長——」汐還來不及制止，修二一個人跑向前去，跳躍起來把其中一架機元兵當做跳板，直接踩爆頭部，跳到一群機元兵中央，隨即展開一場熱鬥。解讀修二心思，小汐很頭疼，修二激奮情緒像勇猛野獸一樣，熱血鬥志勝過解救人質目的。

修二一次出掌一次踢腿就是擊破一架機元兵。眼看漂浮在空中的機元兵準備發射光彈，修二先發制人連續踢腿，踢出三發源氣彈，摧毀掉那三架機元兵。修二腳步落地，左邊和右邊機元兵人海圍了上來，修二左右看了看，站穩步伐，準備發動第二波攻勢。

此時小汐指揮阿克西亞，一拳蓋亞權能劍，一口氣摧毀掉右邊一整排機元兵。一道白光風刃，將另外一邊七架敵人劈成兩半。汐和克勞德跟著趕上來支援，小汐勸阻道：

「不破學長，一下子太出風頭，陷入敵陣中戰鬥，無形中會增加身體疲勞的，我們必須保留一些精力面對他們的爪牙幹部才行喔！」小汐建言沒聽進去，修二一掌玄室冰牙彈又摧毀掉一架機元兵，頗有自信說：

「你說什麼啊！本大爺正打得起勁！再說我們越是活躍光野他們就會更輕鬆啊！」小汐苦笑提醒：

「我們的工作是負責救出人質才對喔。」然而修二還是沒聽進去，身後的克勞德雙手胳臂熱活地揮劍應敵，趁著空擋對汐提議道：

「小汐，我們還是開出一條前進道路吧！」

「說的也是，耶爾斯特，阿克西亞麻煩請您們幫我們開路。」

阿克西亞左右兩次蓋亞權能劍先摧毀擋在前排機元兵。看見遠處主通道聯絡橋上的敵人，耶爾斯特提起星月弓，拉弓同時，弓身平行展開成三具弓柄，拉開一放同時放出三發紅色能量矢，紅光箭如三顆彗星飛射而出，將聯絡橋上機元兵全部破壞。克勞德手持回應者一掃，掃飛圍上來的敵人，看了過來。見識眼前景象，修二吃驚到下巴簡直要掉到地上，他望之興嘆說：

「這太犯規了啦！」克勞德靠了過來，淡定反問：

「你說什麼，這不是A級心苗本來應該具備的實力嗎？」修二現在才發覺，自己提議要玩累積滅敵數量遊戲的人，最自不量力的是自己。修二不服輸說：「呵，真是有趣啊！」小汐說：

「趁現在我們通過聯絡橋吧！人質還在裡面的中樞區域喔！」

趁著機元兵散亂，重整陣勢空擋，三人跑上聯絡橋，修二帶頭往宮殿裡突破前進。

53 瓦子．戰侯擾局．驚見赫森斯

一道藍色閃光劃過眼前，三隻機元兵遭到破壞。遼介快步跑在階梯上，西露可跟在身後右手持砲劍刀，左手托著刀拖，彷彿來福散彈鎗射擊姿態，一砲就把機元兵胸口部轟出大洞，當場垮在地上。西露可熟練身手，支援遼介進擊，一砲一砲確實解決前進路徑上的敵人，快步前進。當兩人來到一處中間平台，眼看平台上有一百多架機元兵待機應敵，他們還沒看過來，遼介運用閃步技術，劃劍攻擊，一瞬間就把平台上所有機元兵摧毀掉，手持契紋晶劍保持戰鬥狀態的遼介問道：「我們現在到哪了？」

西露可確認後回答道：

「二分之一，還有，十五層。」

「這樣不行，我們必須找更快的捷徑！」當遼介才說完，平台上連接的門扉開啟，漢考提的寵物機元瓦子跑到聯絡橋上，對他們嘶吼。

遼介持劍把持警戒，西露可馬上對瓦子發砲攻擊。瓦子動作敏捷躲過西露可的砲擊，連續避開三發光彈。隨後對他們發吼，從它眼睛顯現漢考提的嶺電投射影像。

「歡迎你來到我的勢力據點。」遼介問道：「你就是漢考提？」漢考提輕蔑恥笑道：

「哈哈！正是，我必須讚許你的膽量和小聰明，神塚椿之子！」遼介感到很意外，一個敵方大將人物會提起母親名字，遼介把疑問放在一旁，舉劍指向漢考提，豪邁說下戰帖宣言：「我是光野遼介，漢考提你在那裡洗好脖子等著，我這就上去收拾你！」

漢考提咧嘴笑道：

「哈哈，你如果這麼想送死的話，就跟著我的機元獸上來吧！你爬樓塔階梯太慢了！」　嶺電影像斷訊消失，隨後瓦子低聲嘶吼，轉身跑開。

遼介西露可兩人互相看了看，遼介說：「我們追吧！」兩人跟著跑進層樓廊道中，他們追上瓦子。龐大身形待在前方十公尺處，等到確認兩人趕上牠又回頭繼續跑走。瓦子和他們之間始終保持一定距離，接近五公尺已是極限。

兩人持續追逐，瓦子跑進小房間，門扉關了起來。他們跑上前去，不過幾秒鐘的時間，石門再度開啟，瓦子不見蹤影。

遼介他們也跟著進入小房間內，等到兩人踏上中間石板，小房間發生震動，彷彿電梯一樣浮昇力向上抬昇。

十秒鐘後停了下來，前方沈重石板門緩緩開啟。他們來到一處寬敞房間，房裏有六支漏斗狀柱體結構，正六角點支撐，上方挑高的空間達好幾十米，上方有網狀型窗戶，地面上的紋理不時透出光紋，仔細一看才發覺這是個角鬪競技場。

兩人進入這處寬敞空間沒看見瓦子，遼介問道：「那隻機元獸上哪去了？」

另外一邊的扇門是唯一前進通路，然而一名身穿黑色薄紗開高岔戰鬥禮服，過膝蓋超長金髮女性擋住他們的去路。感受這熟悉的源氣，還有那張漂亮臉蛋，遼介篤定站在他們面前的就是他失散多年的拜把義姊，瞳・赫森斯。兩人視線相交，遼介無法相信這一切，困惑又駭愕問聲：「小瞳？」小瞳也很驚訝，小聲回應：「阿遼？！」她萬萬沒想到自己掛念的心上人會以這種形式再次重逢。

一旁的西露可感到驚訝茫然，試想兩人關係。眼神交會之間，時間彷彿停滯，凍冷氣氛讓彼此難以開口。遼介一直以為小瞳已經死去，現在卻出現在面前。他所認知的小瞳應該是熱情洋溢，正義感十足的女性，他很難相信小瞳會替組織的人辦壞事。小瞳那副驚嚇表情，轉為悲傷苦澀。遼介對小瞳困惑不解轉為寬容，更多感觸是自己狂妄和驕傲殺傷小瞳的自責。遼介前進一步問聲：「小瞳，我不知道你還活著。」

小瞳瞬間隨手抽甩緞帶，如鞭抽甩響亮，嚇阻遼介前進。她表情難過說：

「阿遼，別過來！」小瞳散發源氣，源聚羽衣緞帶纏繞在她雙手臂手肘及腰間，跟以前印象中純白色羽衣緞帶有別，染上一層墨紅。

「這是為什麼？」遼介停下腳步，小瞳深感歉意說：

「你如果過來我就必須對你發動攻擊——」遼介能夠理解小瞳既尷尬又危險的立場，他決定不前進，這對小瞳是雙重壓力。遼介也覺得沒有必要與小瞳戰鬥，情深緩慢說：

「好，這樣就好，我只想問清楚一些事。」兩人相隔十公尺對話，遼介想問什麼小瞳也是心裡有數，她表情更加苦澀傷感。遼介問道：

「那次事件究竟發生了什麼事？」小瞳低著頭說：

「那個時候我被索亞抓住，你跟他之間激烈交戰時身負重傷——」小瞳一邊回想當時真實狀況一邊述說：「我使力掙脫他的鎖鏈束縛，和他交戰中使用了『賽斐洛特之眼其一，『蓋布拉之眼—巖峻』的幻術效果。我以為可以妥當壓制他可是他事先準備對應章文術，幻術效果反彈轉嫁到你的身上——』遼介在意問道：

「我那時有打傷你嗎？」小瞳緩緩點頭，答覆顯些曖昧，遼介深感歉意說：

「對不起——」小瞳搖搖頭小聲說：

「應該道歉的是我，因為我的失誤，讓你變成現在這個樣子。」她知道獨自做的決定很自私，失蹤不見人，讓遼介獨自報償這一切痛苦，這不是身為義姊應該做的事。瞳察覺遼介身上的源氣大不如前，再次重逢見到那個自信又驕傲，有著火爆鬥神・素盞烏尊代號的強悍男人，因自己疏忽而變成愴星，她打從心底好內疚。遼介硬朗說：

「這是我自願的，因為你讓我知道使用這分力量責任的重要性，這是我們之間的約定不是嗎？」

「阿遼——」遼介回答讓小瞳感到欣慰，酸澀喜悅苦笑。遼介感性問道：

「為什麼你什麼都不說就消失？」小瞳悲傷的眼眸含著淚光說：

「因為我跟惡魔做了交易——」遼介直覺想到索亞問道：

「難道是索亞那傢伙用什麼手段強逼你？」小瞳搖搖頭，雙手放在胸口痛苦地說：

「那是因為——我好想查明殺害我父親的真兇，這是我跟索亞之間私下訂定等價交換條件——」不認同尋仇報復思想的小瞳，會想要查明殺父兇手，甚至做出違背她正義感性情的事。遼介覺得這其中事情不單純，語氣加重追問：

「難道沒有其他方法嗎？你沒有必要這樣做賤自己，和那些人做這種事妳應該覺得很痛苦吧？」看遼介那雙眼睛，小瞳感到背德的罪惡感和不捨，簡直心如刀割，她把目光看向他處說：

「兇手身份很隱秘，祂的存在不是正常管道能夠接觸的——只有在組織裏活動我才有機會接觸那個人——」

「你說謊，你是否有什麼事情沒對我說？」遼介覺得小瞳話中有話：

「我們結拜姐弟之間不存在秘密不是嗎？」小瞳這麼做是別有用心，她的覺知告訴自己應該對遼介坦誠，但是看著遼介那雙眼實在難以啟齒。她多麼想要擁抱遼介，好好說話，但是等價交換的報償條件是絕對的，她不能夠跟遼介有任何親密聯繫，兩個公爵在樓上看著她的一舉一動，等價交換詛咒會要她的命，也就打破了在父親面前和日月星斗之下的誓言。小瞳苦澀小聲說話：

「那是因為——」小瞳還沒說完話，嚝啷一聲，茵佳打破樓上的網狀窗戶。

「赫森斯尉士！」茵佳身穿組織開發給上級鬥士穿著黑色戰甲。一身漆黑晶亮，紅色晶石鑲在胸甲胸口部位，手裡拿著一把顯眼雙頭戰戟，她對小瞳叱喝道：

「我們公爵大人如此寬厚對待你，你竟然在鬥競場上跟敵人唧唧我我！」小瞳驚訝問聲：「蘿戈瓦侯爵？」

「你這個叛徒！我要親手將你連同敵人一起解決掉！」茵佳一躍而下，她不是瞄準遼介而是對瞳發動攻擊。手持雙頭戟砍劃而落，瞳腳步輕盈一跳避開，茵佳落地後接著耍劃戰戟，一套連動轉劃，而後又劈又刺。小瞳腳步靈活閃躲，同時用曼妙靈巧緞帶使出女宿天女鬥絕技，『天寶舞衣曲』，纏繞阻止蘿戈瓦兵器，瞳不悅問道：

「你這是什麼意思？」茵佳使力把瞳甩開，精準用戟刃切斷緞帶。茵佳怒斥道：

「你還有臉說那種話！潛伏組織裡的內奸都不得好死！納命來！」

茵佳掃劃戰戟，砍出一道源氣波鋒，瞳轉身跳飛閃躲。茵佳緊追上小瞳步伐，突刺而來，閃避不及的小瞳腰部被劃傷，她早一步用緞帶纏住茵佳的腿部，忍著傷痛，使力一甩，用遠心力把茵佳遠遠甩開。小瞳摸著負傷部位，她沒辦法對茵佳發動傷害性攻擊，現在要是被組織其他人發覺，告發上級幹部，首先性命不保的是她。

「小瞳！」遼介飛奔而進，出劍劃向茵佳，早一秒察覺的茵佳手持雙頭戟擋下，猛力一推把遼介推開。遼介驚訝說：「好驚人的力氣？」茵佳左手聚集源氣大球，隨手扔向遼介，遼介閃躲而過，轟隆一聲，那顆八十公分大源氣光球把遼介身後的牆轟出一個大洞。遼介自問道：「這女人難道毀了這個地下宮殿也無所謂嗎？」

遼介加快速度，之字迂迴前進，使用轉步，轉心破天，腳步踏轉移動，利用超音速做出實相分身，從另外一邊切入進攻。只是短暫幾秒動作，卻被茵佳看穿，她先發制人一掃戰戟，逼迫遼介退開。遼介察覺茵佳的實力非比尋常，不只是力氣驚人，動態視力、敏捷度和反應力都是上級者，那是殺戮戰場上猛將的身手，遼介佩服說：

「這女人不好對付啊！」

「遼介！」在後方的西露可手持砲劍刀展開牽制攻擊，一連發砲三顆光彈，然而茵佳雙手高速轉動戰戟長桿擋下砲擊。等到茵佳動作停下來，西露可做出時間差第四發更強力的光彈擊中茵佳，產生爆炸粉塵。

粉塵消散，她身子毫髮無傷。一把雙頭戟在她雙手間轉動耍劃，靈活自如，攻防隨心所欲，彷彿呂布一樣彪悍。茵佳霸氣喊聲說：

「我是漢考提公爵的右手戰侯，茵佳・蘿戈瓦！你們這些妨礙公爵大人偉大霸業的人，我要一口氣將你們全部收拾掉！」

茵佳高舉戰戟雙手高速轉動，而後定點高舉，聚集源氣於戰戟尖端，使力向地上劈擊，強大破壞力產生劇烈震盪，劈擊破壞點向八個方向斷裂開來。茵佳強大力道把一層厚實樓層板擊碎，發生坍塌。

「真是驚險啊！」遼介跳向結構柱旁邊未坍塌樓層板上，先後確認兩人狀況：

「西露可？」西露可跳到另一根柱子旁，她向遼介招招手：

「遼介！這裡！」而後遼介尋找小瞳身影問聲：

「小瞳呢？」

坍塌前頃刻間，小瞳早一步用緞帶射向邊牆樓層突出結構，纏繞在上面，身子盪到樓下，一腳踢破窗戶踏入樓層走廊。她看了遼介一眼，他們之間目光沒有對上，小瞳一副苦澀又無奈神情默默離去。

「呵，叛徒逃走了嗎?我等一下再收拾！」茵佳笑道，隨後看向遼介說：

「接下來是你!光野遼介，我不會讓你有機會接觸公爵大人！」茵佳從另外一邊柱子跳飛過來，當她踏上遼介面前地板，手持戰戟劈劃而來，西露可即時一手抵著砲劍刀擋下。茵佳說：「是你這個彌哈人啊！」西露可嚴肅表情喊聲抵抗：

「傷害!遼介!不允許！」吃驚問聲：「西露可!?」遼介滿腦子思緒都是小瞳剛才說的話，西露可抵抗著茵佳大聲喊道：

「遼介!前進!執行作戰！」

「可是你！」遼介不願先走，猶豫糾葛之間，茵佳施加壓力說：

「你們誰都別想離開！」西露可吼聲大喊：

「快走!哈啊啊！！」西露可身子瞬時釋放更強大源氣，使出最大力氣腳步一蹬，壓退茵佳，兩個人一起墜落深不見底的下方空間。

「西露可！」眼睜睜看著西露可和茵佳身影墜落消失，遼介對事情突然發展感到訝然，對自己的分神自責罵道：「可惡，我在搞什麼啊！」遼介意識到如果他沒有分心，就不會變成這樣。他猛然搖頭提醒自己回過神來，把注意力放在應該執行的救援作戰上。

看見通往向上樓層出入口開啟，遼介起身飛躍而去，踏上懸空地板，隨著他跑過下方摟空樓層板石塊發生崩塌掉落，遼介驚險跳進裡面廊道。

遼介左右顧盼，沒想到瓦子待在不遠處，它對遼介低聲嘶吼，和遼介對上眼後，瓦子轉頭跑走，遼介別無選擇只有跟著追上瓦子身影，繼續向上樓層邁進。

54　三打爵尉哈路歐

修二等人同心協力應敵，他們已經潛入地下宮殿中心區域。或許是托琉璃珠的守護加持，潛入行動特別順暢，一路上都沒碰到頭目敵人。克勞德一劍把中樞空間大門前兩架守衛機元兵砍成兩段。小汐來到大門前說：

「這後面就是宮殿的核心中樞，兩位公主就在上面的第四層平台上。」

三人面前冷硬的高大石門擋住他們，左右都有一個密碼鑰匙裝置，門上面的紋路發亮，克勞德問道：「可是沒有密碼鑰匙這門打不開啊？」修二上前大聲笑道：「哈哈！讓開，讓本大爺來，這根本不需要什麼鑰匙。」汐和克勞德兩人相左右退開，修二大吼一聲，聚集源氣，一腳踢擊，石門應聲四分五裂打破一個大洞。克勞德吃驚佩服說：

「好強的破壞力啊！」修二雙手叉腰很是得意說：「哈哈，這種方法省事直接多了！」小汐苦笑說：

「不破學長——這有點超過耶——」修二又說：

「我們進去吧。」說完大搖大擺走進去。

三人走進要塞中樞空間，他們向上方平台仰望，從底層到頂端天花板挑高數百米，支撐空間巨大柱子像一棟滔天高樓大廈，修二問道：

「好壯觀啊？」克勞德看那顆柱子上遙不可及的巨大紅色晶石問道：

「好巨大的能量晶石啊！」修二驚訝問聲：

「這種暗沈不祥的光，色澤有如心臟般的血紅，這難道是費洛姆晶石？」經修二這麼說克勞德相當駭異問道：

「這就是課本中提到，國家禁止運用的違禁品？費洛姆晶石。」修二篤定說：

「我小時候曾經在我媽的書房見過幾顆，因為這種石頭俱有魔性源氣，封藏在密封的水晶瓶中。」克勞德又問：

「可是那不是很稀有的晶石嗎？」修二又說：

「費洛姆晶石沒有固定形狀，結晶體狀是濃縮化的固體狀態，我還是第一次見到這麼巨大的啊。」

修二原本參與任務，只是想要逞英雄，拯救漂亮美人，直到現在看到這麼大顆的國家嚴禁物品，他才發覺兇手組織不單純。克勞德想起先前遭遇尉士殺手時，卡雅脖子上戴著那顆晶石，問道：

「那個叫做卡雅的摩基亞身上好像也帶著這種晶石。難道那個組織大量持有這種晶石嗎？」修二說：

「誰知道，我只知道我們面對的敵人很不妙！」小汐催促說：「我們趕快上去吧！」

三人尋著階梯爬上第二層平台，那些台座上剛製造完成的機元兵全部圍了過來，三人合力突破重圍，循著通往第三層平台階梯。然而一名肥碩魁梧的身影擋住他們去路，手拿粗大鎖鏈，前端連接形狀粗暴鈍器。一看見三人，魯托斯立刻拋甩鎖鏈鎚，三人即時散開，他瞄準的地面破裂開來。修二驚訝問聲：

「是哈路歐人啊！」等不到人喘息，魯托斯瞄準汐再次發動攻擊，克勞德衝上前，手持回應者一橫，擋下鎚擊。趁著鍊鎚反彈至空中，克勞德一劍破壞掉鈍器，聯動二次切劃斬斷鎖鏈。

魯托斯看看斷裂鎖鏈，不以為意地丟在一旁，馬上另造一條，修二感到石破天驚說：

「這個哈路歐人竟然會使用源氣技術！」克勞德推測說：

「而且還是固體金屬系銳達佛赫。」小汐仍保持平常心說：

「不破學長不需太驚訝。只要理解源氣的真理，就會知道這種能力技術並不是我們塔努門或彌勒斯的專利能力喔！」

魯托斯吐出舌頭，舌上釘著一顆約三克拉費洛姆晶石，他性情更加火爆狂笑：

「响响响！只要有公爵大人賜予這顆石頭，我的力量就源源不絕！」

克勞德施展炎刃風痕章紋，使力揮動回應者，一道火焰旋風刃打中魯托斯，產生爆炸。克勞德說：

「小汐，不破兄！趁這個時候你們還是先走一程吧！」這時小汐猶豫說：

「可是他是銳達佛赫，屬性上這對克勞德哥哥太吃力了——」小汐不放心克勞德一個人對付敵方爵尉幹部。然而克勞德已下定決心說：

「我沒關係，這個敵人我會盡全力擊倒，我們越早接觸人質，確保安全比較重要啊！」修二給予激勵笑問道：

「我們會在上面碰面對吧？」克勞德頓了一下，認真說：「恩，是啊！」修二不再多說放聲說：

「那麼我們待會見啦！」他跑上前去，一步大跳躍，飛越過魯托斯頭頂上，跳到階梯上後繼續向樓上跑去。小汐說：

「克勞德哥哥請多加小心喔！」說完小汐展開腳步靴子羽翼，直接飛上地三層平台。

克勞德看著煙灰中晃動身影，鎖鏈鎚直接從煙霧中扔鎚過來，克勞德向後跳了一步躲避攻擊。魯托斯單手抽回鎖鏈，讓大鎚在空中高速旋轉環繞，發出哄哄低沈聲音，好像大型電風扇，將那些煙灰火星全都吹散。

讓兩個侵入者脫逃過去，魯托斯相當憤怒大吼道：

「老鼠休想溜過呴！」眼看鎚子飛了過來，克勞德持劍嘴巴出聲，展劃衝擊防盾章紋，把鎚擊擋下。魯托斯龐大身子蹦跳至空中，直接甩下鎖鏈鎚，克勞德承受不住重搥擊，摔跌在地上。魯托斯雖體型魁梧，體力和戰鬥持續耐力高，克勞德起身還來不及思考，魯托斯蹦地而來一掃鎖鏈鎚，克勞德整個人被甩飛哀嚎：「唔啊！」

粗獷鎖鏈打在不擅長耐打的摩基亞身上，只是被打中一下就是皮開肉綻，克勞德痛得無法動彈。魯托斯笑道：「被我擊中的老鼠休想逃走呴！」

面對這名可能會讓他丟失性命的龐然大物，克勞德起身跨步舉劍，劍尖指向魯托斯勇敢應敵。

・　・　・

汐和修二繼續爬上第三層平台，隨處可見灰色石柱，一柱柱有如石筍，遍及平台所見之處，他們彷彿置身於詭異空間。仔細看每顆柱子像藤蔓植物節理纏繞，地面也是相同質地，粗糙如水泥。修二忍不住說：「這層平台是怎麼搞的，這也是他們爪牙的傑作嗎？」汐提高警覺跟在修二身後說：「小心一點喔，這是駐守這層平台的爪牙設置的陣勢。」

他們走過敵人特別佈置的陣地，汐能夠清楚聽見駐守這一層平台幹部內心聲音。小汐大聲呼喊道：「不破學長小心左前方！」

突然間放射而來的水泥渦流，修二緊急向前撲臥，他差一點就被封成水泥人柱。

「這究竟是！」蜜莉碧朵伸手發出陽光耀焰劍，牽制視線遠方的人影。一時垂直向上升起水泥柱擋下陽光耀焰劍矢的攻擊。那是雙手臂垂地宛如異型身軀的人影，薩布發笑：

「咯咯咯！侵入者，阻止，變成石柱！」隨後兩道水泥渦流分別襲向兩人，修二驚險躲過，翻身倒法，翻滾後立即起身，看向敵人說：

「他也是哈路歐人嗎！這驚人的源氣量究竟是？」小汐跳飛了起來，耶爾斯特展開羽翼，拉開星月弓，這次弓柄沒有張開，集中一發紅色能量箭矢，如一顆巨大紅色彗星，直接射向薩布臉部，發生能量爆炸。

趁著這個時候，小汐對修二說：「不破學長，請你先上樓解救人質吧！」修二問道：

「你沒問題嗎？這傢伙的能力很不妙啊！」小汐把持平常心說：

「我沒問題的！我三十分鐘內就可以擊倒他。」修二又問道：

「就本大爺一個人解救人質嗎？」小汐認真說：

「我相信不破學長，要是能夠發揮優點，一定能夠擊倒卡歐斯侯爵的。」

修二不明白小汐的意思，單純地大笑道：

「哈哈！這樣啊！交給本大爺吧！」

獨自一人解救人質，這種難得獨秀英雄救美的機會讓他興奮沖昏頭。

修二什麼也不多想就離去，找到前往第四層平台階梯。前面擋著一道水泥牆，修二身子發出源氣，先一拳蛇形貫掌打穿牆壁，接著第二拳發勁，一擊就把水泥牆擊垮，他一副自信笑容快步爬上階梯。

薩布一點也不理會修二上樓，源氣在他雙手中間變質化為水泥沙石，那圓亮的眼睛和笑聲很癡狂：「咯咯咯！水泥！」眼看薩布雙手從中間向兩邊一擴，水泥如波浪般襲來，小汐輕盈身子跳飛起來避過浪頭，那些水泥波浪平息打在地面上，不只是石柱，地面也加厚了一層粗糙水泥。

耶爾斯特即時飛上前，以強攻之勢再發射一發星月箭矢打在薩布胸口上。薩布哀嚎大叫：「咯啊！！」他蹦跳而來雙臂像猩猩一樣猛烈捶擊地面，然而小汐已不在原地，她躲在另外一邊柱子後面。

小汐知道薩布設置這些石柱陣地用意，是在阻礙獵物逃脫的木樁陷阱，但同時對身子嬌小的她而言，也是藏身最佳掩護。她想到一個方法可以有效對抗，甚至是擊倒薩布。小汐將蜜莉碧朵和耶爾斯特化為源氣光收回，再一次召喚阿克西亞：

「汝是上帝所創造，那孕育樂園的搖籃，沒有什麼比汝更強壯，汝是第五月蓋亞天使，阿克西亞，請汝賜我強壯力量，與我憑依合一。」

阿克西亞巨大身形化為光芒與小汐的身子碰觸。光芒散去，汐搖身一變，身上穿著白色小背心，下半身穿著跟阿克西亞褲裙。小汐背上展開兩對雪白又強壯的羽翼。

「咯咯！找到你了！」薩布用力甩臂把小汐身後石柱打斷，小汐跳飛起來，張開羽翼轉身向後飛。薩布張手一推，彷彿樹枝狀水泥爪飛了過來，小汐及時向下俯衝，再一次展翅極速撲向魯托斯，突襲讓薩布一個措手不及，她的拳頭發出神聖光芒，精力十足的喊聲：

「蓋亞權能劍！衝擊！」汐小小拳頭直接打在薩布手臂上，薩布大吼哀嚎：

「咯喔喔！！」

強大力量衝擊把薩布遠遠打退。薩布坐倒在牆邊，眼神透露出猶豫困惑，他搞不清楚為什麼如此嬌小的女孩能夠使出如此強勁力道。汐運用這一天最後一次憑依合身，不到三分鐘就把戰況掌握。

・　・　・

修二爬上第四層中樞平台。視線所見空間和二、三層環形平台不同，第四層平台特別寬敞，中樞大柱子下方分成八根樑柱連接至四周邊牆，像隻章魚底盤空間。修二看兩名人質被綁在中央台階牆柱上，他向兩名女孩打招呼道：「嘿！美女們！本大爺來救你們啦！」

即使布琉西邇朵全身是傷，她還是把持一口氣在，看向修二問道：「你是誰？哪個機關派你來的？」

修二豪邁說。

「本大爺是不破修二，我是岱勒烏斯機關指派，要來將你們救出去的密令尖兵。」布琉她質疑問道：

「騙人，岱勒烏斯不可能會派出像你這樣的病弱心苗？」修二不服氣說：

「我們費盡辛苦長途跋涉冒險來這救你們，妳這麼說太不可愛了吧！」

「你們？」布琉西邇朵問道：「你們的密令尖兵小隊隊長是誰？其他成員呢？」修二問話：「囉唆！這是我們的作戰策略，你懂吧！」

修二一副抱怨表情走上前，疏於防範。布琉西邇朵突然大喊：「笨蛋！這是陷阱！」

突然一道身影從修二頭上跳下，耳邊聽見哈路歐人的聲音：「呷噢！」所幸修二及時跳開，地面上被踢破一個凹坑。修二面向敵人，立刻做出戰鬥姿態應對，伊歐斯說：

「你能躲過我的偷襲晌？」修二直指伊歐斯說：

「你是那個在全頻嶺電上，公開綁架聲明的那個汀歐狼人？」伊歐斯吼聲說：

「咱是伊歐斯晌！沒想到你能夠溜過魯托斯和薩布的鎮守到達這個樓層，塔努門的小夥子，咱會在俘虜面前殺掉你。」卡歐斯突然扔出一顆源氣光彈，修二馬上避開，下一秒卡歐斯的身影已經來到他的身後防禦死角，雙手扔出一顆更大的源氣光彈，修二驚呼道：

「什麼！」修二冷不防的被擊中，被打退五公尺。當他才要站穩腳步，移動速度飛快的卡歐斯發動第三次攻擊，修二整個人被源氣團撞飛。

修二爬起身來再次應敵，當卡歐斯試圖再次找背後死角攻擊，修二一個墊步，後迴旋蛇咬踢掉卡歐斯聚氣手掌，隨後腳步切進使出室宿冰牙彈，把卡歐斯打退。

「這就是室宿冰牙彈的威力！」修二才說完，卡歐斯近距離迫近右側說：

「如果你把咱當作是樓下的那兩個蠢才，你會死得很難看晌！」

卡歐斯一掌指爪聚氣一抓，修二疏忽大意哀嚎：「咕哇！」修二不但被打飛，連衣服也被撕碎，他整個人翻滾臥倒在地上。伊歐斯霸氣笑道：「你的反應很慢晌！」

然而修二爬起身來，他笑了。

「呵，純種哈露毆人能夠打出這種程度的光彈，這真有意思。」卡歐斯問聲：

「响？你還能夠爬起來嗎？」修二一手擦掉臉上血痕，豪邁笑道：「第二回合才要開始罷了！」卡歐斯嘲笑道：「只有那一點力量也想逞強响？」

修二說：「是不是逞強你說的不算啊！」修二大吼，衝向卡歐斯，展開一波拳腳反攻，和伊歐斯展開近距離互搏格鬥。

55 席多羅

伊特麻拉尼翁格蘭，中式書齋空間，大面無接縫玻璃上有著木格子窗，冬季厚重雲層來去流逝快速。白霧飄泊在地上，彷彿仙人出入樓閣清幽舒爽。這處校長室會隨著席多羅會見的人不同而改變環境狀態。席多羅正在批閱各式公文卷宗，書齋前面空曠處顯現一道門扉，雙扇石拱門。

「萊朵校長，我是華澄，我帶來關於校內集團寶具偷盜傷害事件，調查的最新報告和諸多待審公文前來。」

「請進。」

一名手中拿著羽扇的女性推開門扉進入書齋，當她進門，門一關上，那扇石門立即消失。她從書齋正中寬敞處走向席多羅辦公桌，她在距離桌子三公尺處停下腳步。她把羽扇放在胸前，對著席多羅行禮。席多羅批閱公文面色從容問道：

「我稍早聽說了一些，妳說點詳細的來聽聽。」

「是的，事件發展如校長您預料的一樣。」

這名黑髮女性身上穿著設計感前衛漢服，肩上披著黑披肩，穿戴珠寶髮飾。她是諸葛華澄。她是去年度從愛拉梅蒂斯學院，以第二名成績畢業的心苗。現在是席多羅校長專用見習秘書，專門收集呈報學校各部門公文卷宗，無論對內對外機密公告都以最快速度，將席多羅意旨確實執行，回傳給校內各部門或指定人。

雖然她不曾參與過愛拉梅蒂斯學生會幹部工作，公部門工作經驗缺乏，有的經驗都是些危險度低的私人委託工作。以意志者而言，實際爭鬥經驗少，但是席多羅現在比較喜歡用這種沒有學生會幹部經驗的低調人材。前任秘書是從教職會上來的老鳥，能力與工作效率都無話可說，卻是烏蘇魯庫諾斯安排在學校內的間諜。曾因透露許多情報，導致過去執行任務人員傷亡慘重。席多羅耗費很多心力才把那個間諜處理掉，還差點要他的命。因此他現在喜歡用成績優秀，沒有太多實務經驗的畢業菜鳥。

「根據亞樊達斯柯特從各學院學生會調查情報彙整內容。」華澄謹慎報告：「偷盜份子是格黎貝塔附隨騎士團，殿多拜帖的心苗策動，除了偷盜寶具外，販賣道具有詐騙瑕疵嫌疑，並且有秘密交換利益，影響多場例行鬥競公平性。而埃西美克斯王國的公主，布琉西邇朵・星雷拉・歐比克思汀五世也涉嫌與該騎士團利益交換，她還賄賂亞樊達斯柯特的幹部。」

「擅於依賴寶具道具是部分心苗選擇的道。」席多羅淡定說：「為了爭搶優秀人才而使用手段設計。這些違規犯罪行為本應該執行，雅樊達斯柯特不敢對案件深入調查，只因為涉案人是埃西美克斯王國的公主嗎？」席多羅不認為這次事件，只是個單純的心苗犯罪行為。

「我想羅德加拿學生會不敢細查，岱勒烏斯的建議對此案偵辦的速度遲緩，應該還有其他因素。」

華澄停了一下，語氣謹慎：「格黎貝塔的犯案只是個設局預備，促發學校內動亂的平台事件。這事件背後有『烏蘇魯庫諾斯』影子存在。」

聽見華澄提起這個名稱，席多羅停下手邊批閱簽字用的沾水筆，視線看向華澄臉蛋，表情變得嚴肅問道：「這是『他們』暗中策動的事件？這其中有明確證據嗎？」

「情報指出，格黎貝塔附隨騎士團殿多拜帖的心苗成員瑋德．哈德斯與安．哈德斯這對兄妹或許是與烏蘇魯庫諾斯早有接觸。瑋德哈德斯在攻堅衝突中逃逸，目前伊特麻拉國內找不到他的下落。他能夠無聲無息逃逸到國境外，只有他們的爪牙秘密協助一途。」

「再者，」華澄繼續說明：「目前羅德加拿學生會選舉剩下不到兩個月，若無法破案，不但可能破壞四學院學生會間和諧信賴。學生會會長選舉結果也會對安．哈德斯有利。如果他們真的是『烏蘇魯庫諾斯』哪個元帥分支家系公爵勢力佈局的棋子，讓他們掌握一個學院學生會力量，對聖斐勒斯都而言是個嚴重威脅。」透過華澄提醒，平時從容華貴的席多羅面色凝重說：「是嗎，一年過得真快啊。」

「還有此事件中銳達佛赫心苗，李嚴昊使用的違禁品藥物，根據醫療部人員的化驗報告研判，證實那件違禁品跟最近在雅斯界流傳的新型毒品，是同一種藥物，而那種藥物很可能是『烏蘇魯庫諾斯』研發的新型麻藥道具。」席多羅嘆了一口氣說：「違禁品是嗎？」

學校對於不成熟心苗沈迷或誤用違禁品一事很重視。學校內嚴格空管這類事件，卻始終防不勝防，像雜草一樣，破獲一宗案件，類似案件還是會再度發生，即使對心苗重點宣導教育，仍然還有心苗禁不起誘惑誤入歧途。學校用罰則處罰心苗，給予最多機會與最大的耐心，最後手段只有透過學校設置的學生會及各層級治安防衛機制，在接觸案發及取締現場做第一時間去蕪存菁處置，這是岱勒烏斯賦予各學院學生會司法系統公權力。華澄又繼續說：

「還無法得知帶進這學校中散布藥物的嫌犯人夥。這是到現在為止彙整的情報資料。」華澄右手持羽扇，左手從斗篷披肩內裏章紋中取出一卷卷宗公文，席多羅旋繞食指，卷宗就這麼從華澄的手中漂浮到他面前的桌上。

「我懂了。」席多羅摸了一把鬍鬚，若有所思想了一下。

如果調查目標是往來兩界的『尖兵』或是意志者還容易，學校教職員就困難許多。席多羅對這種事很無奈，『烏蘇魯庫諾斯』在學校內暗藏的爪牙通常把他們的尾巴和俐齒隱藏的很好。學校給予教職員的隱私與研究空間盡可能給予自由與信任，如沒有掌握明確證據，司法部門無法對教職員隱私空間潛入搜查。然而這些壞事沒有壓倒他，氣息仍然很正定。席多羅已經兩百四十七歲，他在聖菲勒斯嘟學園奉獻任職有一百八十多年經歷，目睹學校與伊特厤拉變革，可以說是活的歷史寶典。年長意志者中還願意長年在校服務的教職員實為罕見。

席多羅滿臉皺紋表情緩和些，攤開卷宗問道：「關於這案件還有什麼特別趣事嗎？」

「我認為值得慶幸的是，這次四學院聯合特搜攻堅行動看到更多希望。各學生會雖然各有自尊立場與不同行事方針，但合作攻堅還是很團結，有效率執行。這證明四校亂數組合心苗，破解關卡的教育課程有明顯成效。最後觀月雅妮絲心苗和臨時調度的柯比蒂翁心苗合力制伏狂暴化的李巖昊。這其中神崎希心苗也成為關鍵的攻堅主戰力。」

「『神祇代言者』神崎宗家嫡傳巫女出頭了嗎？她應當更成熟些再出來貢獻才合適。」

「我也這麼認為。」華澄說：「不過據我所知她是出於自己的意志。可能是被周圍人事刺激。」席多羅神情凝重沈思，華澄又說：「有件事我想校長可能需要多加留意。今年度接受『生存試煉』心苗，到上周為止已確認超過三分一心苗死亡。根據『岱勒烏斯』和『拉天托普』兩個機關情報追蹤，有百分之八十的人，是死於直接及間接與烏蘇魯庫諾斯有關聯的工作。依照往年數據判斷，『生存試煉』通過考驗者可能只剩下不到三成，我認為這是個嚴重警訊。」席多羅嘆了一口長氣說：

「唉——如同聖靈預言，果真再度開始活躍了嗎？」席多羅對兩界社會造成危機感到憂心。華澄問道：「萊朵校長，您好像對埃西美克斯王國兩位公主心苗綁架案件不緊張。」

「我相信身為源將尖兵的西露可和光野遼介等人可以完成任務。」席多羅對密令尖兵把持著信心，話語中多了一點感慨：「但願上一代結下的恩怨能夠安然了斷。」

華澄又說：「這麼一來，真的如預言所說，光野英雄的子女都以各種形式接觸烏蘇魯庫諾斯了。」席多羅說：「血脈牽連命運因果不可逆，他們會是新世代戰局關鍵。」

華澄態度保守問道：「校長您是怎麼看待光野遼介的呢？」

席多羅曾經以學校岱勒烏斯司法部長身份，長時間輔導光野和真，那個被列為一代英雄人物過去，在聖光學院是個被列為讓人頭痛的『異端』心苗。他目睹了和真成長歷程，也包括最終隕落犧牲事跡，為此他曾感到惋惜。當遼介轉進學校時，他相信是血緣牽絆的命運牽引。近期從各界打聽遼介表現，雖然在校評價正反兩極，以一個鑑定為愴星心苗而言，遼介在校表現還算活躍，而現在隨同密令尖兵深入敵人巢穴拯救人質，這點使他感到一點欣慰。他似乎能夠遇見新一代推動時代變革浪潮明星已經升起，就像那時與遼介面談時發生預兆，一隻青色鳥兒飛來停留嬉戲的驚喜。

「他與司・奧途曼李奇和其他人都具不同特質。他雖放蕩不羈，才智出眾，器量卻非比尋常。」華澄擔憂問道：「但這可能也是世事變革，局勢混亂動盪的焦點。」

「擁有帝王氣息的人材必然不能輕易駕馭。」席多羅一板正經地說：「無論什麼世界，帝王或英雄年輕時期，無論是什麼樣的樸石，都必須接受時代世事焠鍊考驗。讓我們看看他的今後造化吧。」

席多羅目光遠眺窗外遠方景色，心中還是有些許不安，那個組織常見做法，這次綁架事件太過單純，他不認為組織其他勢力會輕易放過這個引發動亂的機會。

56 對決漢考提

遼介緊追瓦子來到上層主廳房外廊道，即使漢考提特別安排機元獸帶領走捷徑，一路上遭遇機元兵仍然對他發動攻擊。遼介手持契紋晶劍飛快的動作經過，那些機元兵還來不及反應，遼介身影已經突破，下一秒，機元兵群體發生連鎖性爆炸。

遼介來到主廳房前，沈重的門扉緩慢開啟。遼介感受到房間裡的人源氣強大，縱然如此，遼介仍不遲疑踏門而入。

主廳堂中，漢考提坐在那張哈路歐人骨，毛皮覆蓋王位上。瓦子動作像大型貓科動物一樣在一旁遊走窺視，不時發出低吼。漢考提往遼介身上打探一番笑道：

「繼承神塚椿血脈力量的年輕人，你讓我見識一場很有趣的相見歡戲碼啊。」遼介凜然說：「你想說什麼？我對我母親並不熟。」漢考提冷笑問道：「是嗎？你和我麾下眷屬赫森斯尉士之間，似乎有相當深厚情誼不是？」遼介把持戒心說：

「是又如何？」漢考提含笑說：「一旦加入我們的人，就是烏蘇魯庫諾斯的眷屬再也無法脫身。你什麼也不知道，就協助那幫人辦事，你應該想想今後推演，你們非友就是敵人，你捨得跟她刀刃相向？」

這一席話小瞳也聽見了，她躲在暗處偷聽，眼睛瞳孔上顯現特別的光紋樣，那是『賽斐洛特之眼』之一，『耶索特—基礎』紋樣，運用這個能力她可以把自己源氣在三十分鐘內變化性質，不只是縮小隱藏自己源氣，甚至可以轉變為其他三系意志者性質源氣運用。缺點是一旦使用這個能力，同樣時間內她無法任意調整波紋性質，也無法使源氣跳躍性增強。現在她把自身源氣轉變為和機元兵源氣同一種波紋，就連漢考提也沒有察覺。

漢考提說話臉色不為所動。遼介笑道：

「我們的確是金蘭結義之交，不過這與你無關。」漢考提說：

「赫森斯尉士在我組織分家勢力麾下是相當優秀的人材。你可知道，當她知道你參與機關的入侵行動時，她非常憂心，甚至苦苦哀求我饒你一死。你雖然是那所學校和岱勒烏斯派出的走狗，念在你們還有一點情義關係，我也不想看到情義忠貞的男女因為世事無常互相廝殺。我可以法外開恩，收你為我麾下尉士，這麼一來你們就能破鏡重圓，你意下如何？」

這的確是個誘人交易，誰不想借此跟情人義姐敘舊，再也不分離。但是遼介並不買賬。遼介直覺這個老狐狸心懷不軌，瀟灑回絕道：

「呵，我不需要你的假好心成全我們，你想套牢我之前不先做詳細人際調查嗎？小瞳她是絕不會臣服在你這種惡徒之下，為得這種事苦苦哀求根本不可能。她為人是嫉惡如仇，我如果接受你提議和你們為伍，進去苟活為非作歹之前，就先被她教訓個七天七夜不完，比死還累啊。」

遼介唇舌辯駁工夫把漢考提打回原型，情緒低沈說：

「小子，人心是會變的，更何況是女人，會隨境遇善變，最不能信賴。」

遼介毫不猶豫說：

「無論如何我還是相信她，在剛才和她對話過，我更確信，這其中一定是你們搞什麼鬼伎倆。」漢考提耐心已達到界限，語氣多了點躁怒味：

「成為我們烏蘇魯庫諾斯的眷屬，身心靈全都是效忠奉獻組織，除了你自己成為眷屬一途，她別無選擇。機關會把她歸類為魔魍份子。」

「是嗎？那我倒是無所謂。」遼介眼神回盯，硬朗氣息中夾帶怒火，直指漢考提又說：

「她是個心懷正知正見的好女人，會跟你們混在一起做這種事是奇怪之極。什麼等價交換的，你們一定用卑鄙手段逼迫她接受代償。你還想說服我成為組織眷屬，我向你們討公道都來不及了！」

躲在暗處偷聽的小瞳感到很安慰，一手放在胸口上，咀嚼遼介心意，酸澀容顏中夾帶一點舒服喜悅，覺得自己在組織內行動受苦受難都是值得。

「這麼說你是不願意？」漢考提逼問，遼介斷然拒絕道：

「當然，我從來不會臣服任何人任何組織之下，尤其是你這種順手玩弄我們結義情誼的老傢伙，我死也不會成為你們的眷屬！」漢考提想利用兩人關係得到小瞳的詭計未能得逞，還讓遼介在自己面前高談闊論，對他簡直是奇恥大辱：

「小子我以為神塚椿之子是個識時務應變的聰明人，沒想到跟你父親一樣是個蠢驢。你以為就憑那種程度能夠傷我一分毫，簡直是自不量力！」

「有何不可，我會用我的方式陪你玩玩。」遼介笑道，走向前，瓦子擋在前面，張開嘴巴，等離子激光彈迎面襲來，遼介一劍輕揮就把光彈打消。瓦子利用高速奔跑擾亂遼介判斷，隨後朝他撲襲。遼介避開瓦子前肢銳利腳爪，利用月步和閃步應對，抓到瓦子撲襲時機，一步衝上前，一劍俐落揮砍，當著漢考提的面把瓦子砍成殘疾廢鐵。漢考提從座中起身，他再也忍無可忍怒吼道：

「你這小子找死嗎！」

眼看漢考提激發驚人源氣，源造生物是隻張牙舞爪獸類，混沌如一團黑霧，朝遼介攻擊，遼介別疑有他一劍刺向那隻如惡虎一樣的氣團怪物。遼介刺了一空，吃驚問聲：

「什麼?」頃刻間那隻幽黑怪物把遼介撲飛，他落地踩穩腳步才要看向漢考提，兩隻雙頭兀鷹襲向他，羽翼如利刃連續飛過折磨幾回，遼介那身紅色大衣外套被劃破，遼介出劍回擊對那些兀鷹絲毫無傷，兩隻同時用腳爪俯衝把遼介撞倒在地。

遼介起身看向漢考提說：「你把希細心替我縫補好的大衣弄破，這可有你好受了！」隨後把那件武道大衣外套脫下，匡噹一聲扔到一旁地上，露出強壯體魄。漢考提狂笑道：「啊哈—沒用的！我源造的幽獸是靈體生物，沒有物質實體，會自由分散，你的劍招根本起不了作用！」遼介笑道：

「是嗎?這挺有意思的啊！」看遼介還能笑，漢考提逼問道：

「你似乎不知道自己的處境，看我怎麼玩死你這小子！」這一回漢考提源造幽獸貌似一隻大型蜥蜴，肉食倒鉤俐齒，還有刺鎗狀犄角，張口咆哮的強風吹亂遼介頭髮，這實在不像是靈體生物。遼介右手向後擺定，左手招招笑道：

「正合我意，放馬過來啊！」遼介體力仍然保持滿檔，他已達到惹怒漢考提的目的。

貌似巨型恐龍的幽獸把遼介撞退，遼介右手握劍向後跳開，而後一次空翻轉體躲避，左右同時撞擊過來的雙頭兀鷹。眼看一旁虎視眈眈的厲齒虎撲襲過來，遼介左手放出一顆源氣光彈，身子轉身避開同時，隨手一拋，讓撲襲而來的惡虎自個撞擊光彈，瞬間化作一團黑霧撞散在牆壁上。漢考提一怒之下伸出左手，三頭蛇形身沙蟲嘴的怪物從三個方向狠咬遼介雙手臂和右腳，措手不及的遼介吃驚問聲：

「這是！？」漢考提隨手一甩，遼介整個人被甩飛，重重的在牆壁上：「唔！」

強力咬牙和甩拋離心力相乘，使得遼介傷患部位留下撕裂性咬痕，血跡斑斑。

漢考提持續使役這些幽獸，遼介心裡盤算心想：（厲齒虎、雙頭卡撒、布克斯獸、然後是三頭亞西米嗎？這老傢伙是很典型的生物系路拉，他到底還能變出幾種幽獸？）

面對漢考提源造四種兇猛怪獸，遼介無畏懼起身繼續戰鬥。漢考提動用了第四隻幽獸，他正一點一點摸清漢考提的戰鬥模式和性情。

57 虛像・茵佳・索亞行動

位於中樞監視房內，一名哈路歐人正在監視多數監視影像，額頭和頭上有尖角，長相像牛鬼。他注視遼介等人在各處陷入戰鬥衝突的狀況，他沒有察覺到從身後靠近人影的氣息，當他發覺時，冰涼銳利的刀鋒已橫架在脖子上。

「這是！？」這名哈路歐人從機元裝置金屬外框隱約看見男子身影，隼人說：

「站起身來，手放開界面台。」這名哈路歐人照著隼人命令起身，他看到身後作業用機元兵崗位上，只剩下地上發黑的燒焦痕跡。隼人說：

「你如果試圖反抗，就會跟那些機元兵一樣燒成炭灰，路特。」路特故裝鎮靜問道：

「你是什麼人？」隼人要脅道：

「你不需知道，如果想保命的話，告訴我那條煉獄繩索解鎖密碼。」

「我不知道什麼密碼啊！」路特心慌之餘額頭冒汗。隼人發出源氣，那把刀刃上燃起黃綠色火焰，逼問道：

「這把冥笑・綠炎牙能夠揭穿惡人慌言，如果你有半點假話，你馬上就會化成灰燼。」路特驚慌之下，把知道的事一股腦兒全部招供：

「我真的不知道啊！設定那條煉獄繩索密碼的人是古洛辛侯爵，就連公爵也不知道，我怎麼可能知道啊！」那副令人心生恐懼的牛鬼臉孔，變成膽小鬼怪滑稽表情。

「你能從這裡穆塔機元核調出解除繩索的方法嗎？」路特古靈精怪地說：

「我不太確定喔！但這裡面的確存放著，有關於我們公爵大人勢力所有情報訊息啊。」

「給我查出來。」路特只有照做：

「我查就是了——」路特輸入眷屬身份密碼，開始查詢機元核內部記錄資料，火焰發出熱氣逼得路特無法耍小動作。隼人緊逼說：

「動作快，你想拖延時間也沒有用。」隼人眼神認真，路特急得發慌回應：

「我知道——請仁兄息怒啊！」他手邊操作機元界面。當他調閱出關於煉獄繩索情報，路特說：「找到了，煉獄繩索是一種組織內部用來拷問處刑的道具。」隼人說：

「我不需要知道道具百科事典介紹，你給我查出破解辦法。」路特又說：

「一條鎖鏈單一解鎖即可，兩道密碼轉輪情況字母正反相對排列，必須同時解鎖。除此之外，除非受刑人自我了結生命以外沒有其他方法啊。」隼人又問：

「這裡面沒有記錄密碼嗎？」

「沒有啊！」隼人很乾脆地收刀說：「哼！你的性命我暫且放過一馬。」

隼人對斬殺比自己弱小的敵人沒有興趣，冷漠地準備離去。然而他感覺到身後傳來驚人，路特眼看綠炎牙脅迫危機解除，路特膽小如鼠性情瞬間變作凶神惡煞鬼臉，手邊拿起源聚現狼牙棒餡笑道：

「哈哈，鬼鬼祟祟的塔努門小鬼，別想逃跑啊！」

當路特舉起狼牙棒準備猛力扎向隼人，下一秒路特揮了一空，視線中好像擊中隼人。但是隼人的真身不在那，那是神速動作造出的殘像。他出現在路特身後，路特吃驚問道：

「我沒擊中你嗎？」隼人冷言說：

「你連超高速殘像都不會分辨嗎？」路特還沒反應過來，他什麼痛覺也沒感覺到，只發覺自己身子上下逐漸分離，路特不明白的問聲：

「這究竟是——」隼人早在剛才路特捶擊的時候，他神速一刀斬過路特。隼人冷酷說：

「真是愚蠢。」頓時達上千度高溫青藍色火焰燒起，路特哀嚎道：「是藍色火焰？」一劍冥笑青炎劍，路特身子燒成一大團火球。

「唔啊啊！！！」在淒厲哀嚎聲中，路特的身影化為灰燼消失。

隼人將冥笑收回背後刀鞘中，冷酷說了一句：「真是令人無法起勁的傢伙。」

隼人看了一眼監視頻幕上正在與漢考提戰鬥的遼介身影，隨後離開中樞監視中心。

・　・　・

從角鬥競技樓層板塌陷處八百公尺下方空間，四周照映紅光，鍊金鎔爐正在運轉。從宮殿地底下礦場採集來的陽山銅原礦都送到這裡，透過精緻煉造製成機元兵零件材料。即使置身於鎔爐室中，室溫卻意外冰涼。

掉落這處空間的西露可與茵佳持續戰鬥多時，西露可身上負傷，茵佳穿著黑晶色戰甲破碎不全。西露可雙手握著砲艦刀與稍早形狀已不同，那是一把大斬刀。這把量體笨重的砲劍刀西露可耍起來一點也不費力。

「你這個彌哈人給我倒下！」眼看茵佳扔丟兩顆光球，西露可閃避其中一顆，雙手使刀反彈掉第二顆，擋下茵佳強而有力的戰戟刺擊。使力抗衡間，發出金屬磨擦的吭嗆聲，火花噴散。西露可咬牙喊聲：

「西露可，不會輸！」

西露可腳步踩穩使力一推，推掉戟刃，轉刀一掃把茵佳掃退。

「你們這些只會在機關底下混吃求生存的走狗，根本不懂漢考提公爵的雄心壯志，只要有力量就可以掌握世界！」茵佳一掃雙頭戟，西露可跳過銳利波鋒，闊刀向前匍伏突擊應聲：「不可以！那是，退步！」

茵佳斜橫著長桿擋下，迅敏一推一掃，西露可被擊中，即使血流滿地，仍然屹立不搖，那雙紅瞳凝視茵佳，連軍神關老爺都感到敬佩，茵佳不懂，是什麼能夠比自己對公爵忠義奉獻更強悍的意念，茵佳問道：

「為什麼！你們這種只懂得聽從機關命令行事的走狗，能夠有這樣強悍的意志啊？」

「西露可不為，一人，只為，大家！」西露可手持大斬刀展開變形，夢色基粒子氣旋散發，西露可雙手架起斬刀再次展開攻擊說：「守護，阿特蘭斯，和諧！」

「哼，什麼共治共榮一片和諧的社會，根本癡人說夢！這世上只有弱肉強食才是真理！」

茵佳先下手為強，她高高跳起來，跳到桃粉紅色霧氣中，她不斷尋找西露可身影，輪轉胳臂，斬了又劃，劃了又掃，她的意識中西露可一直沒有倒地，五官七感知覺陷入西露可同調幻覺印象中。

「你這個只知道閃躲的懦夫！弱者就乖乖的受人統治就好了！」茵佳陷入怒氣嗔狂狀態，一直在跟西露可的幻影戰鬥，她左顧右盼露出破綻。趁這個時候西露可手持大斬刀匍匐猛進，從茵佳正面一刀斬劃。茵加意識反應過來：

「咕唔！這是？」雙頭戰戟斷成兩截，那身黑晶色戰甲應聲粉碎，茵佳倒地失去意識。西露可感性說：

「守護，阿特蘭斯，守護，故鄉。」西露可手上大斬刀恢復原狀，找到鍊金鎔爐室出入口，她一臉堅定神情跑出去，尋找回到上面樓層出路。

•　　　　•　　　　•

當斗斗圖姆各處都陷入戰鬥衝突，索亞待在隱秘處，他施展章紋『諦觀臨視』，那是白魔法屬性的一種高階探索用章紋，在立體光球中，運用爐光合成同步播放現場投影模型。他可以看到宮殿中所有人衝突狀態，正如他所預料的漢考提公爵勢力已陷入劣勢。他對於遼介出現在密令尖兵小隊中不覺得驚訝，反而像看見有趣戲碼的觀眾一樣，冷笑靜觀其變。待在一旁的巴里也看著投影，看見畫面中的伊歐斯狀態，忍不住罵道：

「這個廢材伊歐斯，竟然連一個小毛猴都解決不了！」索亞說：

「古洛辛侯爵，我看你還是別花多餘心力在我身上。如果他們順利救出人質那麼所有計劃都會毀於一旦。」巴里說：

「呵，他們不知道煉獄繩索的密碼，不可能救出人質。」索亞又說：

「你別小看那個能夠使喚諸多天使少女的能力，她如果召喚御前天使來解救的話，解一道煉獄繩索何其容易，這麼一來人質馬上就會被救出。」這麼一聽巴里心慌了，他急忙離開房間，嘴邊生氣說：

「那些沒用的東西，由我來直接殺死人質。」

等到巴里離去，索亞咧嘴一笑，這一切計算都符合預期，漢考提中了計，這等同王壓王死棋局面，人質被救出已是時間早晚問題。他看著和漢考提戰鬥的遼介，露出詭異笑容說：

「呵呵，你終究開始學會使用章紋系統術了是嗎?光野遼介。」

索亞開始執行組織內定規則。他穿著那件斗篷寶具發出光紋，趁亂之中隻身行動，隱秘在結構柱上啟動奇異紋樣紅色章紋，多數章紋串聯在一起，中間最大章紋釋放源氣外圈光環逐漸縮短。

「那麼，岱勒烏斯機關派出的密令尖兵，讓我見識見識你們有多少韌性。」

索亞露出邪冷默笑，行動如飄忽不定幽魂靜悄悄地移行。

58 力搏逆勢

魯托斯一技甩扔，把克勞德整個人掃飛，佛拉葛拉赫掉落一旁。倒在地上的克勞德無法起身，耳邊嗡嗡聲模糊不清，依稀聽見魯托斯的嘲笑聲：

「咰咰！你這個塔努門人好弱咰！」

傷口痛覺幾乎讓他快要昏迷，視線朦朧，腦海意識中想起那個讓他印象深刻的紅色背影，模糊卻很鮮豔，給予懦弱的他莫大勇氣。

（我還不能倒下——）

指頭動了一下，克勞德還不想放棄，他抬起頭來，朝著回應者伸手。魯托斯說：

「受死吧！」克勞德使力翻身驚險躲過鎖鏈鎚致命重擊，順勢撿起回應者，忍著傷痛挺起背脊。克勞德念道章紋：

「ＬＡ！暴風防盾！」克勞德雙手持劍前端劃出一道章紋，四周氣流壓縮集中於章紋上，成為一道亮綠色旋風盾，反彈掉魯托斯鎖鏈鎚攻擊。

此時回應者彷彿有脈動似的頻頻發光，克勞德感覺到佛拉葛拉赫在對自己意識對話。

（守持仁愛心子民，順應純潔魂魄牽引，詠唱聖賢言靈，吾即賜予汝，碎裂一切黑暗邪念之光。）

「刃如同我心，光如同我魂——」克勞德小聲說，魯托斯大聲嘲笑：

「你在那碎碎念什麼？我要一口氣把你搗成肉醬啊！」魯托斯源造鎖鏈前端鈍器變得相當巨大，相當一台汽車大小，在空中甩動迴旋，眼看就要扔扎過來，克勞德此時高舉回應者繼續念道：

「無懼黑暗，諸惡無侵，淨化一切光！」剎那間回應者發出強烈光芒，魯托斯刺痛得睜不開眼，痛苦哀嚎：「唔噢！我的眼睛啊！」

巨鎚重重掉落在一旁。趁著空擋，克勞德橫置回應者，詠唱誓詞章紋，解放回應者大量源氣，站立地面四周，劃上一道絢麗精緻章紋，詠唱誓詞章紋：

「風神波西茲朵娜在此，我向您誠借神聖之風！我能駕馭諸風聖靈，女神敷慰傷痛之淚，匯聚一處，撕裂暴虐諸惡！靈風之嗔！」空間中氣流和源氣全部壓縮聚集在回應者尖端一點，不斷擴張，成為一顆壓縮風球，發出綠色光大球。

克勞德持劍使勁一揮，壓縮風球擊出，擊中魯托斯腳邊，綠色光球並未消失，隨即擴張暴風成為一個巨大氣流場，頓時魯托斯被風壓封住動作，他震驚大吼：

「這是！」

銳利風刃將碰觸物體全部切碎，持續十五秒後，強大氣流場爆破碎散開來，魯托斯受到重創，鎖鏈鎚也被削成碎鐵。趁著魯托斯陷入混亂之際，克勞德念道一段章紋：

「Lei Fasi la ti lasa!——」克勞德腳步乘風推進，一劍劃過魯托斯身子。魯托斯大吼：「咕响响！！」魯托斯挨了克勞德一劍重創，倒地不起。克勞德看著手上的佛拉葛拉赫光芒消失，他是真正見識到，和這把寶具雙向溝通後展現的力量。

克勞德心有餘悸看著倒在地上的魯托斯，隨後仰望通往上面樓層階梯說：「我得趕上去跟大家會合才行——」

第四層平台上，修二和伊歐斯戰鬥還在持續。修二確實抓住伊歐斯的偷襲戰法，迴旋蛇咬，擊出蛇形貫掌，把伊歐斯逼退。修二笑道：

「怎麼啦？比起剛才你的速度變慢了嗎？」伊歐斯說：

「塔努門的小鬼，咱必須承認你的體力，不過你必須死，讓你見識咱真正實力！」伊歐斯源氣爆發，將自身鍛鍊實力全開，如狼嚎的吼聲：「响啊！！」修二雙手防衛動作遮擋強風，踏穩腳步緩緩向後推移，修二驚訝問聲：「這才是這個哈路歐人的全力嗎？」

伊歐斯雙手掌聚氣笑道：「我曾經懼怕你們塔努門人，不只是擁有深奧難懂的科技武力，還有簡直跟神一樣的可怕力量，直到漢考提強迫逼出我這身力量，我擁有這源氣技術，你們塔努門人就只是弱者响！」修二嘲笑道：

「的確很驚人啊，不過又如何呢？同樣有哈路歐人血源，我們班上的梅莉露大姊戰鬥智商比你聰明多！戰法比你還堂堂正正，你也只不過是只懂得怕強欺弱的野獸嘛！」

「梅莉露是誰啊？！」

伊歐斯憤怒扔出兩顆源氣大球，修二閃躲腳踢源氣彈，伊歐斯從他身後出現，手掌銳利指爪向他快速抓切，修二防不勝防被抓傷，一爪上勾又把修二打飛。來來回回，修二用失血和燃燒精力換取戰鬥感覺。

「你這哈路歐人是怎麼啦？」修二再次起身問道：「你無法持續使用氣彈攻擊是嗎？」

「哼，我如果殺你無意間失手殺死人質，那就虧大了啊！」

「哦？沒想到你這個綁架聲名的歹徒，對人質還講究仁義啊！」

「未得到履行條件以前殺掉人質，那麼所有談判都會破滅，這並不符合我要的利益。」

「如果我們聯邦國的機關不履行條件呢？」修二笑問，伊歐斯說：

「如果是我們部族戰士的做法會放生年幼者，不過如果是公爵大人的意思，那只有撕票一途咘。」

「沒想到你這個哈路歐人還有一點原則，很有趣嘛！」

伊歐斯不明白，為何修二的源氣和自己相差懸殊，不知恐懼，還能笑得出來。修二臉上含笑，身子搖搖欲墜，源氣如燃燒意志般持續上昇，不知上限扶搖直上。伊歐斯驚慌說：「為什麼咱殺不死這個塔努門小鬼咘？」

「你讓我看到你的底線，就是你的敗因！你仰賴氣彈攻擊，卻不知道本大爺每天都是用肉身承受源氣彈茶毒，比起風見的源氣光彈，你的攻擊根本是軟泡泡啊！」伊歐斯經不住挑釁大吼：「風見又是哪位啊！」

他憤怒使出爪掌攻擊，一時看不清楚，修二雙手迅速纏住伊歐斯手臂。伊歐斯吃驚作聲：

「這是？」修二轉腰掃腿把伊歐斯絆倒甩開。修二發吼說：

「我才不是塔努門小鬼，本大爺是不破修二！」修二積極突進使出快拳連打，一拳一拳確實打在伊歐斯身上，緊連著蛇咬連踢。眼神一盯，一腳窩心蛇咬，重重踢飛伊歐斯，隨後將身上源氣全部集中在後腳，使勁向前一踢，踢出一發大顆黃色氣彈，直接擊中滯空伊歐斯的肚子。伊歐斯吼叫著：「唔呴呴！！！」

修二使出這套冰蛇荒咬拳，伊歐斯整個人被氣彈遠遠打飛撞破欄杆牆柱，摔落到樓下。修二源氣還不夠充足，第一次使出室宿玄蛇門祕技，雖稱不上練成，卻成功擊退伊歐斯，一時間發出強氣彈攻擊，修二身子呈現虛脫狀態，嘴邊喘息道：

「可惡——這招還是有無法克服的缺點啊——」修二打完這一戰，眼看人質就近在咫尺，疲憊身子卻不給面子，疲軟倒地，失去意識。

同一時間，汐在第三層平台上對峙薩布。薩布把他身形藏了起來，他塑造了好幾假石像分身，薩布單純癡狂心聲。

（水泥！水泥！水泥！！）

除了水泥字彙以外什麼都沒有，讓汐很頭疼。他鬼鬼祟祟地總是用偷襲手段攻擊，汐被受牽制，無法確實打中薩布。他身體雖然龐大，行動卻跟老鼠一樣刁鑽，一動一逃，一打一跑，兩人來來往往始終沒有勝負。當汐想直接飛上第四層平台，薩布又跑出來從她背後偷襲，小汐始終無法擺脫薩布的侵擾。

小汐看著自己背心上的金屬徽章光輝逐漸暗淡，苦惱說：

「真糟糕，再這樣下去，憑依合身時間會用完的——」眼看與阿克西亞憑依合身時限剩下不到三分鐘，小汐想到一個唯一能夠有效打倒薩布的辦法。汐腳步一蹬地，展翅高高飛起來，在上空使出蓋亞權能劍，一手向下一推，衝擊波向四周擴散，瞬間破壞掉好幾根石柱與石像。

汐發現行薩布的行蹤，振翅俯衝飛向薩布，眼看薩布雙手推擊，水泥質地的樹枝狀觸手襲向她，汐瞬間提升至超音速突進，避過薩布攻擊，直接貼近薩布胸前。一拳擊出，被擊飛的薩布倒在遠處地上，再也沒有起身。

汐降落地面，憑依合身也正好解除，汐萬萬沒想到遇上一個愚痴敵人會讓她陷入苦戰，喘息說：

「再來只能夠靠我們自己救出人質了——」

她雖然還有一些體力，但是殘存源氣要在短時間召喚天使有困難。

小汐起身轉頭看向連接第二層平台的階梯，看見克勞德爬上來傷痕累累的身影，連忙上前攙扶慰問道：

「克勞德哥哥！你全身是傷不要緊嗎？」修二喘息回答道：

「嗯，我應該還能夠撐著爬上去——不破兄呢？」汐說：

「他已經先到上面去了，守在樓上的頭目現在正好被打敗囉。」才說完他們看見伊歐斯從樓上墜落，經過他們所在的平台旁邊，隨後聽到底層傳來巨大聲響。克勞德問道：

「這麼一摔沒死也是重傷吧？」

兩人從三樓平台欄杆向下探看，伊歐斯沒有動靜。小汐說：

「趁著這個時候我們趕快上去救出人質吧。」

克勞德點頭回應，兩人找尋階梯向樓上平台前進。

59 衝擊

面對布克斯衝撞，遼介把劍橫置抵擋，順勢腳步踏轉，身子轉到一旁。他持續與漢考提使役的幽獸來回打交道好幾回，遼介已熟悉漢考提的攻擊思路，踏穩腳步起身看向漢考提。漢考提道：

「我必須承認你這小子還有點骨氣。」遼介笑道：

「呵，真不虧是福明蒙德的離職教員，老傢伙，你能變的把戲挺多的嘛！」漢考提咧嘴瘋癲笑道：

「哈！想提舊事，隨著那女人背叛，我早已把那一切給葬送。現在恨不得把那所學校摧毀掉！」遼介問道：

「喔?難道不是為了企圖謀權奪位，還是想要征服阿特蘭斯嗎？」漢考提怒問道：

「你這小子又知道什麼？」遼介笑道：「從機關掌握的情報就知道你這老狐狸在想什麼啦！我是不知道你們組織內規如何，生產大量戰鬥用機元兵，不是企圖想謀反，想以下奪上位，要不然就是想掀起戰爭不是？」

漢考提察覺到自己被摸透心思，心生想除掉後患的焦躁。憤怒說：

「小子你知道太多了！」

遼介從地上撿起契紋晶劍，一邊說：「不是我知道太多，情報推敲一下，只要略懂一點謀略的策士都知道你心底盤算什麼。」漢考提大怒道：

「你這小子真的不想活啦！」遼介說：「我也是有備而來！」遼介解放濃縮在契源晶劍中的源氣，光芒轉變為溫暖膨大的氣旋，籠罩整個空間，並且與遼介的氣融合在一起。即使遼介大量提升強度，漢考提仍恥笑道：

「小子，這點程度的源氣還不夠格打倒我！我漢考提之所以能夠穩坐公爵位子多年，可不是浪得虛名！」漢考提發散黑霧，造成身心強大壓迫，如果膽量不夠的人，可能因此嚇得魂飛魄散。遼介卻不為所動，遼介氣息一吐，發出的源氣風黑將霧氣場吹開。

脫掉大衣外套後的遼介動作輕盈神速，無論漢考提再次塑造多少隻幽獸，都被遼介以巧妙方式打散。又打消一隻卡撒，看見漢考提呈現無防備狀態，遼介身子一瞬間出現在他面前，源氣集中右拳打在漢考提身上。遼介問聲：「這是？」

他打中一層濃厚的黑霧氣團。是第五隻幽獸，又厚又硬，一顆頭莫名地撞開遼介。他問聲道：「那難道是金剛龜魷？」漢考提笑道：

「哈哈，我歷經多年的戰場經驗，你們倭瑞亞的弱點就是沉不氣啊！」

這時漢考提才拿出真本領，他把五隻幽獸都集合在身上。右手甲是厲齒虎，左手甲是三頭亞西米，胸鎧是黑吉斯，雙腳裝甲是布克斯，頭盔是卡撒。漢考提穿上一件幽獸戰甲。無論遼介嘗試放出多少次光彈攻擊。都傷不了漢考提，那件黑霧戰甲持續膨脹，漢考提說：「我等級是超A級，你這點程度的掌鋒根本傷不了我啊！」

遼介退後了一步，重新調整氣息笑道：「老傢伙如果用單純鬥士定位分析我，那就大錯特錯了。」

遼介雙手相合手勢，嘴邊念道咒紋：「La Fi za to ser hu me de ——」

隨著遼介念道咒紋，主廳房內地上畫出一輪大型章紋陣，包括漢考提腳下也在其中，漢考提大吃一驚：「這是章紋陣！？」見識地上複雜發章紋陣發出閃滅不定光芒，漢考提驚覺不妙大喊道：「你休想施展章紋陣！」眼看漢考提射出左手三頭亞西米，確實咬在遼介身上，遼介卻不為所動繼續念道末段咒紋：

「—— Lei mei he-sa de gu da ！」

遼介右手把持手印，左手向下一蓋，一時發出強光章紋陣，放射強大氣流場，持續向上吹，把漢考提源造變現的幽獸全部吹散：「唔噢！我的幽獸戰甲竟然消失了？」

「這是光屬性與極屬性相乘章紋，『源解離相』所有源氣聚現，源造物無都會強致吹散。這麼一來你就真的手無寸鐵了呢！」遼介用他全身精神力和源氣發動百分百的效果功率，把漢考提源造幽獸能力封止住。漢考提驚愣問道：

「你沒有使用寶具，難道你這小子繼承了那個女人魔刻聖痕血脈？」

「似乎真的是如此呢！」

漢考提從他的王座拿起一把獵刀，拔刀就對遼介發動一波攻擊。遼介運用止心萬遁技術，施展章紋效果的同時，總是以靈活身手持續回避。

漢考提一把年紀身軀，體力有限，持續用獵刀攻擊，沒幾分鐘已氣喘如牛。

「老傢伙別勉強，省省一些體力。你不如說說為和聽到信賴這字彙為何讓你充滿這麼重的憎恨和怨氣，難道全都是因為你口中所說，那個背叛你的女人？」躲在一旁偷聽的小瞳感到大吃一驚，她很佩服遼介，竟然想要試圖說服這個狂人。
漢考提毀容半邊臉奇癢無比，漢考提亢奮說：
「她是我曾經愛過的女人。」漢考提想起讓他曾一度魂牽夢縈，渾然忘我的女人—神塚椿。漢考提說：「那時她年僅十七，她還是在校生的時候是亞薇涅的愛徒，因為遞送公文而認識。」
年輕時候，漢考提在福明蒙德是個熱心教學的教職員，一度曾經是教育二年級路拉心苗戰技教官。那時亞微涅是愛拉梅蒂斯學院學部長，神塚椿作為她的學生曾多次替亞薇涅跑腿，寄送機密公文。漢考提初次見面就對她留下深刻印象。漢考提仍繼續說：
「我曾一度出任務，因傷重影響而無法執行教職工作，沒經過亞薇涅的允許，她特地送來自己精心鍊製的治療丹藥和食材。」遼介說：
「聽起來她是個會主動關心師長的體貼學生啊。」漢考提說：
「當時她實在是個令人陶醉喜愛的女人啊。」不只是貌如天仙美色，漢考提被她細心溫暖，樂善好施的氣質吸引。遼介聽出端倪，反問道：
「那時你莫非對心苗存有非分之想？」漢考提說：「哼！你少用你們雅斯價值思維評論，在學校裡只要心苗年紀成年，師生戀並非忌諱之事。兩者有意公開聲明便能結為連理。我以為持長計議可有收獲，能夠和她鍾情眷屬。」遼介不予置評笑問：
「然後呢？」漢考提嗔怒說：
「我以為她是知道操守的節制女性，沒想到是個很會招蜂引蝶的狐狸精。」當時漢考提埋下不純迷戀種子，他氣憤說：「因種族千年戰爭突然發展至戰況白熱化階段，我接受那個狗屁機關任務，成為我烏蘇魯庫諾斯裡內應臥底。我把她當作我執行任務煎熬的精神糧食。結果愚痴的是我，做組織臥底工作一做就是三年，戰事未停更加混亂，我們組織變得更加壯大活躍。當我再次遇見她時，身邊卻有別的男人，而且有一群可貴世交戰友。而她竟然成為機關所屬源將尖兵，我跟她之間還交戰過幾回！」

說到這漢考提說話簡直氣得發癲：

「最終我被機關當作棄子，我原本信任她能夠幫助我脫離組織。然而戰鬥中我傷重倒地，我親眼看見她與那個狂妄小子在一起，眼睜睜看我被活埋。那個女人終究已變心，背叛了我的期待。這張臉就是她所賜。」漢考提說到這，看著遼介哼聲笑道：

「說來真可笑，事隔多年，沒想到現在站在我面前的，是那個女人和那混小子的心血結晶，真是諷刺啊！」

遼介聽聽漢考提的遭遇，思緒沈靜幾秒，英挺神韻注視漢考提問道：

「你真以為所見的就是事實?真實如你所想的那樣?背叛什麼的只是你自己妄想吧？」漢考提怒聲問道：

「你有什麼證據這麼說?」遼介英姿颯爽笑道：「我雖然對父母的事不熟。但是相信夥伴這種事根本不需要什麼證據，證據就在自己心中。如果自己不相信了，那不就代表你否定那段曾經在一起相處的時光，那可貴的情誼?背叛的不是他人而是你自己啊！」

漢考提當時已知道神塚椿和光野和真有親密關係，在組織裡活動他經不住誘惑，為了想得到癡心妄想的女人而行等價交換。然而事與願違，終究得不到神塚椿的愛，失心瘋的漢考提在組織內不但獲得權勢位置，性情變得癲狂自我。最後成為謀得更大權勢，欲求酒池肉林垂手可得，統治世界的野心狂人。漢考提惱怒罵聲說：

「只知道耍嘴皮的小子，我看你施展這章紋還能夠撐多久！」

漢考提再次動刀刺向遼介。遼介靈活閃避，周旋幾回過後，他一腳拌倒漢考提，另一腿踢掉漢考提手上獵刀。把刀硬踩在地上。漢考提源造使役幽獸能力被封，現在的他對遼介毫無辦法。時間一秒一秒地流逝。

60 危難・奇蹟

修二睜開眼睛，意識到把伊歐斯打下樓，一時放鬆之下疼痛和疲憊感湧現。修二起身，搖搖晃晃走近中間檯座上布琉面前。修二打算扯斷那條煉獄繩索。荷拉德古娜哀求制止：

「住手，你不能隨便弄斷這條繩索，否則我們會被燒死的——」修二吃驚大叫：

「你說什麼！」修二看傻了眼，連忙問道：「難道沒有解開這條繩索的辦法嗎？」荷拉德古娜搖搖頭說：

「如果能夠轉對轉輪上的密碼或許有解，可是我們不曉得——」看裝置倒數時間所剩不多，人質被綑在面前，修二卻束手無策。布琉西邇朵大叫道：

「小心你後面！」修二立刻避開，翻倒在旁邊，視線往敵人看去，兩隻凝膠狀生物豎立而起。修二問道：「這驚人的源氣量，這是源造生物？」還沒等到修二搞清楚這謎樣生物真正形貌，兩團怪物在空中打轉，像兩團水球衝撞修二，他被撞倒在地。身子遍體鱗傷，精神疲憊狀態之下，修二已無力再戰。他發覺周遭圍繞十二隻同樣的凝膠狀生物。修二看見巴里出現，沒什麼記性質問道：

「你又是哪位啊？」

「我是漢考提公爵眷屬，巴里・古洛辛，位階侯爵。我代公爵旨意傳話，機關派出的尖兵走狗，我必須佩服你們能夠攻破我們據點來到這裡，但你們的幸運就到此為止了。」巴里說話還帶點紳士禮數，他身上散發驚人源氣，隱藏強烈殺意。

「那可不行！」修二起身準備再戰，他看準兩隻怪物的攻擊軌跡，左右手先後貫手將其擊破。然而成群無數的凝膠團結合成一大團，把修二撞飛：「咕哇！」

「你是做無謂掙扎，我經心源造的穆斯古，可不是常見的自然原生穆斯古，他們的智力比猩猩還要高。」

此時，兩道空氣光刃，從一邊飛過來斬除圍剿在修二四周的穆斯古。

「不破學長！」汐和克勞德出現在階梯入口處，修二趴臥在地上轉頭看過去問道：

「是你們啊？」巴里冷冷笑道：

「呵，哈路歐終究是哈路歐，連那所學校低年級心苗都無法確實收拾，我奉著公爵命令來此，把你們一塊剷除！」克勞德身子已是千瘡百孔，持劍守在汐身前說：

「小汐，你別離開我身後喔——」用完一天限制三次合身憑依，現在汐沒有多餘源氣能夠召喚天使，展開羽翼靴的羽翼已經是極限。修二緩緩爬起身來，看向巴里舉起雙臂再次應敵。被綁在石壁上的布琉西邇朵笑道：

「你如果小看聖斐勒斯都培育的心苗，慘遭滑鐵盧的是你們呢！」

巴里被刺激到，身為漢考提左手策士參謀，他是掌握兵符第二人，他陰險笑道：

「我看膽大妄為的是你們這些年輕小鬼頭呢！不入虎穴焉得虎子。但這虎穴，你們進得來，不見得能夠全身而退！」巴里手拿信號機，招來大量機元兵，全部從下方飛上來，從外圈將他們團團包圍。巴里一手舉高，彈一個響指，四名人影從拱弧形樑柱上方一躍而下。看見這些熟悉敵人身形，修二驚呼道：

「你們是！」手中持續耍玩轉動輪鋸的男子笑道：

「哈哈！想到這次可以把你們四分五裂真爽啊！」穿著一身黑袍，脖子細著血紅色晶石女摩基亞說：

「不見呂綺絲，現在是證明我能力的時候，你們都是我戰功行賞首級。」

全身穿刺棘鎧甲的侏儒老人，表情猥瑣笑道：

「哼哼，老夫沒看到那個彌哈人女子，抓個能使役天使的女孩來調教也罷。」

手持海馬形狀雙刀的高大男子，舉起右手刀說：「這次你們休想逃走！」

這些殺手尉士圍在中央台座四周，巴里自行源造更多隻穆斯古。面對這洋蔥同心圓陣勢，三人好不容易來到第四層平台，精疲力竭，陷入劣勢。修二切齒咬牙笑道：

「這實在不太妙啊──」修二仍不放棄希望，緊握雙拳顫抖。巴里指使道：

「你們幾個給我上，如果能夠殺死他們，就饒你們一死。」四人之間參雜好幾隻穆斯古向他們逼近。正當三人陷入絕望危機之時。

突然間以修二為中心，散發強烈源氣風，也吹亂了巴里心思問道：

「那是什麼！難道你們帶著什麼法器道具？」

源氣震盪，震退圍上來的敵人。修二褲子口袋的琉璃珠發出湛藍光芒，源氣頻頻震動，他把珠子放在掌心中，眼看珠子上顯現一個奇妙的文字：

「這珠子是怎麼回事啊？」

突然間修二面前出現一道兩百公分大章紋陣，中心點擴張成為一隧道口，從隧道口另一邊突然飛出六把劍，金銀各三把立刻刺穿好幾隻穆斯古，直直朝巴里胸膛飛刺而去，嚇得巴里急忙雙手抱頭大叫，摔跌在地上。

下一秒，從隧道洞口跳飛出來一名少女身影，栗紅色頭髮，手持金銀雙暈光輝雙劍，少女原地轉腰，掃劃雙劍，將身邊周遭的穆斯古連斬切碎。希的奇襲讓敵人一個措手不及，她墊步一跳，一劍劃傷凱爾手臂，順勢腳步一踢把他踢飛。隨著章紋陣光芒黯淡，隧道口也跟著消失。趴臥在地上的巴里一臉吃驚看了過來。

希增援出戰，馬上擊退凱爾，她趕過來確認大家的傷勢。

汐感到十分驚喜地問聲：「小希姊姊！」修二也不知所以然地驚呼問道：

「你是神崎！你怎麼來啦？」希說：

「不破君跟阿德請喝下這個。」事態緊急，希還沒說明來意，隨手扔拋藥水給修二，他一把接住藥水瓶問道：「這是什麼恢復藥水嗎？」克勞德驚呼道：

「琥珀色，這難道是尼特加藥水？這一瓶賣價不便宜啊！」希想到什麼又說：

「那是赫爾摩多和雷文斯雙重效果的回復藥水喔。對了，小綾要我代她傳話給不破君。她說不破君如果未能夠完成任務，就會被強迫剝奪A班出席資格喔！」修二唧囔抱怨：「哪有這樣的，她根本是惡魔啊！」希又說：

「趁我引開敵人注意時，你們快喝藥水補給！」

希一步站上前，凱爾舔著自己手臂傷患處，不是滋味說：

「你這女人！找死啊！刷拉！」希先發制人前進，飛快避過凱爾兩顆鐵血輪鋸，一劍金劍沒擊中，接連第二劍銀劍擊中凱爾腹部，他應聲大叫：「唔喔喔！」

使力一揮切把凱爾擊飛撞到柱子上。

見識希漂亮身手，修二也想加入戰局，一手轉開藥水瓶蓋子，沒喝下幾口，藥水經過舌頭喉頭的苦嗆刺激感，讓他吐了一半出來：「噗！哇啊—這什麼啊！難喝死了！」修二手臂粗獷擦過嘴巴，看了看藥水瓶。小汐說：

「不破學長，良藥苦口啊，讓戰場上喝藥水的人，如果不想再喝第二瓶，就必須努力一口氣拿下戰果，這是鍊製藥水的人初衷喔！」修二質疑問道：「這種東西不是給人喝的吧？剩下的你們喝吧！」苦辣口感，雖苦後生津，修二不想再多喝一口，便把藥水拋給克勞德。他們看向希同時對付四名尉士，克勞德默默地在喝藥水。

希持雙劍與阿魯夫雙刀來回拆解三招，她更勝一籌轉腰劃劍振退阿魯夫。

「你這鬼丫頭是哪裡過出來的！」眼看卡雅施展石化術，才要念道章紋咒語，希眼神一盯說：「阻止她的章紋！」懸浮在空中的六把劍劍尖轉向卡雅，同時發射源氣光束，卡雅大叫：「這是？哇啊啊！」金銀雙劍光束連射攻擊，打得卡雅無法招架。

眼看一顆大刺球高速旋轉衝撞過來，希跳開閃躲，隨手把兩把雙劍化為源氣，打向玻比，把他彈開。頃刻間，希身子聚氣於雙手，快步上前接住玻比刺球身，雙掌一手上一下，一推把玻比扔向阿魯夫，把他們兩人撞倒在一起。希一個人就把四名尉士打趴在地。不再猶豫的希，專心戰鬥，修二一副唉呦表情，為倒在地上的四人叫痛。這種已有心上人的女人，認真起來少有人能抵，修二自認玩不起。

巴里源造一隻巨大穆斯古，成為水團狀把希撞退。

「這是你源造生物嗎？」被逼著跳開的希看向巴里。巴里斥責道：

「你們這些沒用的東西，連一個女孩都打不過！」四名負傷尉士狼狽起身。希眼睛看向那隻巨大的穆斯古，六把劍從四周同時刺中，一時間化為源氣光，炸裂開來。巴裡嚇得抱頭遮顏防備。希說：

「不管什麼樣的源造東西，破壞掉就對囉。」

修二和克勞德把包圍在外面的機元兵給摧毀，眼看陣勢被破解，巴里一怒之下，對人質動手，源造一隻穆斯古伸出刺刃，刺向人質。巴里說：

「不管你動作多快，我只要殺了他們，我們就已達到目的！」

「不會讓你們得逞的。」

聽見一名優雅女性勸阻聲，拘束兩位公主台座地面劃上一道章紋陣，圈在外面的防護立場，把挾持人質的穆斯古吹飛為烏有。

『無我身意』章紋效果解除，蕾雅手握密斯提朵法杖現身，強大源氣如徐徐微風吹過在場所有人。包括兩位公主在內，克勞德和修二身上嚴重傷口都逐漸治癒。布琉西邇朵驚訝問道：「你是艾爾蒙朵・拉斯提克爾魔導王家的千金？」

眼看圍上來的機元兵要對蕾雅發動等離子光彈攻擊，全部被拱罩型立場隔絕在外，接應攻擊的地方都亮起一枚章紋，隨著蕾雅小聲細語念道咒文。

擋在防護罩上的光彈全數反彈，一氣呵成，全部反射打到每隻機元兵身上，立即毀壞，蕾雅輕而易舉化解伏兵。

目睹蕾雅優雅戰鬥，在場的人都說不出話來。克勞德感到望塵莫及，很是欽佩。吞下一口氣問聲：

「你是蒂雅・艾爾蒙朵・拉斯提克爾學姊嗎？」小汐指正道：

「克勞德哥哥，她是蕾雅學姊喔！」

見到這名稀世貴族大美女，巴里指使尉士眷屬說：

「你是雅斯界，那個魔導王家的新生代千金!這麼美好的獵物自己踏進我們據點，你們馬上把她拿下！」遠本對希持有敵意的四名尉士把注意力轉移到這個更俱有價值，出身名家的大獵物身上。

然而，蕾雅不急不徐，微笑又念另一道章紋：「ＯＭ！瓦卡沙藩哆羅！」蕾雅施展章紋，隨手甩動法杖，前端白光如閃電同時打在五人身上，如一環白光章紋鍊，束縛他們雙手於腰間，那白色光環彷彿緊箍咒，越是嗔怒越是使力收縮緊縛，包括巴里在內他們只能跪地求饒。蕾雅輕鬆壓制在場所有敵人幹部。修二擊破三台機元兵，一臉豬哥樣驚嘆道：

「大美人學姊，妳這太厲害了吧！」小汐說：

「沒想到蕾雅學姊會是遼介哥哥所說的幸運女神呢！」修二湊過來說：

「何止是幸運女神，連勝利女神都來參一腳啊！光野也真會蓋啊！」希現在才注意到遼介不在場，十分在意的問道：「遼介君還有西露可前輩呢？」汐說：

「遼介哥哥正在樓上和漢考提公爵戰鬥。」希擔心說：

「那我們必須去幫助遼介君，他現在有辦法打倒敵方大將嗎？」蕾雅勸阻道：

「小希，這個地下宮殿裡已經被設置大量章紋陣，情況危險。你待在這邊幫忙解救人質，不宜單獨擅自行動。」希感覺樓上主廳房內強大源氣，很想上去幫忙：

「可是——」小汐安撫說：「小希姊姊就聽蕾雅學姊的話吧，遼介哥哥沒問題的。」

蕾雅說：「我有件事情需要確認一下，如果可能我會嘗試解開那些章紋。」當蕾雅進入這地下要空間時就發覺不對勁，抬頭看到那顆巨大費洛母晶石，讓她心裡不安，事情沒有她想像中單純。克勞德問道：

「學姊不在這裡，他們不會趁機作亂嗎？」蕾雅說：

「你們不需擔心，沒有我解開他們的咒印束縛，他們無法動彈，也不能施展源氣技術的。請你們盡快解救人質。」說完蕾雅手提法器桿子輕敲地面，施展特化性移動章紋，身子變成花瓣飄飛至他處。修二大聲說：

「可是我們沒有密碼解不開那條繩索啊！」小汐說：「我會想想辦法理解那條繩索的構造。由我來解密碼，請你們掩護我好嗎？」修二說：「這種事情包在我們身上吧。」

修二、克勞德守在左右隨時應付殘存機元兵。希看緊巴里等人，汐走近兩公主面前，拿起那條串聯在一起的煉獄繩索，小心翼翼地研究，這條繩索觸媒裝置時間只剩下五分鐘。

61 美幻・白焰・漢考提

遼介用章紋壓制漢考提持續超過五分鐘，他全身汗水淋灕，喘息急促。

漢考提笑道：「哈哈！我看你撐不了多久了！一個鬥士耍這種猴戲章紋壓制我，你以為封印自己的實力就殺得了我嗎？」遼介目視漢考提一舉一動，喘息笑道：

「呵——打從一開始我就沒有取你性命的打算啦——」漢考驚訝問聲：

「你這小子究竟在打什麼主意？莫非！」遼介笑道：

「沒錯！我特地上來會見你並不是來收拾你，而是讓我那些夥伴有充足時間能救出人質！一旦任務完成，我也會先走一步。」漢考提：

「你真以為自己能夠全身而退？」遼介自信笑道：「三十六計一走了之，比起奮命一搏容易多了。我的那些夥伴也在等我和他們會合呢！」漢考提急躁攻擊，嘴上大罵：

「小子，友情信賴什麼的只是你自作多情罷了！」

「呵，我跟你這不信任夥伴的老傢伙不同——」眼看遼介施展的章紋陣消失，向上吹的源氣光粒也逐漸消散揮發，遼介說：我先走一步啦！」

漢考提大怒道：「你休想逃走！」

等到攻擊時機，漢考提源造三隻雙頭卡撒，五隻厲齒虎，以兇猛之勢襲來。遼介以閃步向後退去。然而主廳堂唯一出入口緊閉，遼介能夠脫逃方法只剩下漢考提身後那扇大面網狀窗框。漢考提源造大量幽獸擋住生路。

遼介右手臂遭三頭亞西米咬中，眼看幽獸群起攻擊。此時從那處突然飛射一條墨紅色緞帶截斷了亞西米的頭，遼介趁機月步，一躍翻身越過幽獸群體上方。那些幽獸撞成一團，這時從頭頂上快速捲動而落的緞帶，把幽獸全都壓垮，打回霧氣原形。

見識到熟悉攻擊模式，還有源氣氣息，遼介落地看向那名女性身影問道：

「這攻擊模式？難道是小瞳！」

下一秒，兩條緞帶刺傷漢考提胳臂，漢考提哀嚎道：

「唔噢！赫森斯尉士？你這是什麼意思？」小瞳不悅說：「漢考提公爵，我不允許你傷害我的義弟！」

這兩個結義拜把男女身處不同立場，卻在此時義氣相挺，得不到美女人材，讓嚐盡嫉妒滋味的漢考提大怒叱喝道：「妳膽敢傷我，協助敵人傷害上級公爵這是死罪！」

瞳振振有詞說：「漢考提，我只要取代你的公爵位置，這一切是合理的。我已經得到伊娃元帥和芬克帝歐元帥的同意。」漢考提一怒之下對小瞳發動攻擊，怒罵道：

「你這個賤女娃！看我怎麼收拾你！」

小瞳施展天女羽衣曲舞動曼妙身軀，靈活甩動緞帶，成為一個攻防兼具領域，靠近的幽獸全都被切散。趁隙之中，瞳手掌一推，手指彈射出源氣緞帶，綑住漢考提的手腳四肢和腰幹，漢考提問聲：「這是？」使力把漢考提甩繞迴轉，漢考提大聲哀嚎：

「唔喔喔！」先前伊娃公爵打傷部位劇痛發作，使得小瞳無法使出全力，手指緞帶一放把漢考提摔在地上。小瞳說：

「漢考提，既然弱肉強食，強者才能居上位是組織的運作模式，那麼我就用組織的規則打倒你！」

漢考提起身，怒吼道：

「哈哈！太天真啦！我漢考提坐擁這個位子二十多年，從來沒有人讓我感到威脅，我要將你們這對狗男女一起收拾！」漢考提身上再次穿起那副幽獸戰甲，右手厲齒虎吐放混沌氣彈，左手放射亞西米，先後攻擊兩人。

遼介閃避亞西米撕咬，瞳一甩緞帶彈飛混沌氣彈。隨著瞳身上的源氣發生變化，她雙眼浮現特殊的美麗光紋樣，她向漢考提眼睛一盯。漢考提吃驚問道：

「那是賽斐洛特之眼？」小瞳說：

「這是其一帝法朵之眼，漢考提，意識在美夢幻覺中消逝吧。」漢考提大怒道：

「在你的幻術作效之前，我先殺掉你！」漢考提雙手相合放射混沌源氣同時把兩人給擊飛，重重摔飛在地上。

「尼特拉老師——」

當漢考提深陷暴怒狀態，聽見熟悉女聲，轉頭一看，是那個讓他既憎恨又癡心妄想的女性。漢考提看見奇異幻象，不由得問聲：「妳是小椿？」

神塚椿穿著當時源將尖兵衣著出現在遠處，漢考提罵道：「你現在才出現在我面前，是想來嘲笑我嗎！」漢考提看見椿沒有多語，只是苦笑，抱著歉意面容看著漢考提。

「我現在不需要你的同情！」漢考提怒目凝視，想要指使幽獸攻擊。他精神已陷入幻術混亂狀態。

趁著漢考提不注意，突然間三把燃燒青色火焰苦無，從他處飛射而來，分別刺插在地上，當漢考提發覺時，為時已晚，無聲輕快步伐逼近，冥笑細彎鋒利刀刃從背後貫穿漢考提胸膛，漢考提不明不白問聲：「這是？」待在暗處的隼人現身，冷徹說：

「冥笑・無盡白焰刃。」

隼人拔刀抽離，漢考提雙膝無力跪在地上，殘留在他身上的白焰瞬間蔓延開來，漢考提痛苦哀嚎道：「唔喔喔！！！這白色火焰究竟是！」隼人看著漢考提冷酷說：

「這冥界地獄的白焰，是把罪人源氣當作燃料，直到燒盡你一切為止。」遼介看著漢考提被隼人刺殺過程，他感到啞然，殺掉漢考提並不是他的原定計劃。

漢考提身上幽獸戰甲成為最佳助燃物，他全身被白焰燒灼。痛不欲生之時，神塚椿來到漢考提面前，祂伸出手來，輕柔細語說：

「尼特拉老師，很抱歉讓您久等了。」

「原來如此——你是來帶我走的？小椿——」白焰劇烈燃燒中，漢考提身影化為灰燼，意識也隨著夢幻泡影一起消逝。發覺漢考提死前陷入混亂狀態，遼介看向小瞳問道：

「小瞳你剛才讓他看見什麼幻象嗎？」小瞳點點頭，語氣多一分暖意同情說：

「嗯，千年戰爭遺留的烙印，他的一切停留在那場悲劇，或許這能讓他得到一點救贖。」遼介轉頭看向那邊，隼人正在收刀，舉手高揮招呼道：

「這不是隼人兄嗎？你也是特地來協助拯救人質任務嗎？」隼人冷冷說：

「不，我是接受私人委託任務罷了。」而後用銳利目光凝視遼介質問道：「你真愚蠢，自己已陷入絕境，還不願解開封印應敵嗎？」

「那是因為受某些人的影響啊！」遼介闊氣笑道，視線瞄向小瞳。隼人一瞬間拔刀指向遼介咽喉說：

「光野遼介，有朝一日，當你解放全力之時，我火神隼人要向你決鬥。」

「喔！那麼你可能要等上一輩子啊！」隼人哼聲問道：

「你以為事事都如你所願嗎？」遼介闊氣笑道：

「當然不可能，但是無論發生什麼事，我都會用我的方式解決。」隼人冷笑道：

「我道要看你有多少能耐。」說完隼人俐落動作收刀。遼介尋找小瞳身影問聲：

「小瞳？」她撿起大衣外套，走近遼介身邊。遼介轉過身來有話要說：

「小瞳我──」遼介還來不及說話，瞳很靠近一手食指放在遼介嘴唇上，噓聲制止遼介嘴巴，迷人笑道：「阿遼，你應該完成你們的任務對吧？」

「可是你？」遼介有很多話要說，但是瞳總是以大事大局為重。她雙手撐起那件武道大衣外套披在遼介肩膀上，彷彿把她的話，她的心意交付給遼介。這是她曾經找人特地為遼介量身設計訂做的外套。

瞳激勵說：

「我的事你不需擔心，如果你們任務失敗我不會饒你喔！」遼介也懂小瞳的意思，他只好先把兩人私事擱置一旁說：「好吧，那我們去去就來！」

說完遼介雙手聚集源氣，擊發源氣光彈，打破那扇網狀格子窗。隨後便跑向前一躍而下，隼人凝視瞳一眼，隨後也迅速離去。

小瞳看著遼介離去背影，流露苦澀笑靨。當時她為了保住遼介的性命，而和索亞做等價交換，從此開始在組織內過著水深火熱，如地獄般殺戮生活。再次遇見遼介，使他在正義心腸上刻印下罪惡傷痕，痛苦難當。一切言不由衷，都轉為淚水緩緩流下臉頰。為了把持遵守和遼介之間的誓言，小瞳只能咬緊牙關活下去。

62 喪鐘

雷雲籠罩，強風吹動王霆君衣襟。他與埃西美克斯王國防衛軍艦隊對峙，維持神靈憑依狀態持續超過兩個小時。王霆鈞發覺自己手上源氣發生揮發現象。他不以為意地再次遙視前方艦隊群。

突然他察覺艦隊上空產生龐大源氣，王霆鈞眉頭一皺，發覺源氣強度已超越人類能夠駕馭之大。他把雷雲驅散，才發現艦隊上空展劃數十道長達五公尺大型章紋陣，王霆鈞嘗試探查施展章紋陣摩基亞位置，但是肉眼能見之處始終找不到任何人影。

赫魯西斯艦隊母艦艦橋內，響起刺耳警報聲，艦長問道：

「發生什麼事了？」

「艦長！」前方船員緊張通報道：「艦隊上空發生巨大源氣反應！」

伊洛格艦長額頭冒汗說：

「難道是他搞的？」船員立即回報：

「艦長！這是不同源氣反應，數值達到S等級。」源氣強度超出艦上搭在感應裝置上限，發生故障毀壞現象。伊洛格艦長立刻下令道：

「可惡！全艦隊散開，轉反舵全速撤離！」然而提督看透這狀況已有所覺悟，異常冷靜說：「已經太遲——所有的後事發展全部託付於新生代年輕意志吧——」

上空章紋陣落下紅色光束，如密集大雨落下，防護罩承受不住攻擊，直接貫穿艦橋。一片紅光洗禮，哀鴻遍野，死傷無數。赫魯西斯艦隊遭到毀壞性打擊，彷彿玩具模型被切裂，碎散剝離，脹裂爆炸。只是幾秒鐘章紋陣曝射，艦隊已潰不成軍，船艦殘骸開始向下墜落。

下一傾刻間，艦隊下方重疊展劃六重圓形章紋陣，最大直徑達五百公尺，這個空域以主要章紋為中心點，源氣光持續聚集，能量持續上昇，產生一個歧異點，張開一個微型黑洞，短時間內把所有艦隊殘骸全部吸入，就連那些逃生小艇也無法擺脫強大吸引力。三分鐘後黑洞收縮成一點，在消失前，能量衝擊波造成下方地上大規模破壞。成為一個蝶狀凹坑。

王霆鈞在追擊這個兇手時，他只見到一個不確定身形影子消失。王霆鈞肅穆低語道：

「被他逃掉了嗎？」

見識這無仁慈攻擊，還有異於常人強大源氣。彷彿是組織對外宣示再興活躍，而刻意敲打喪鐘序曲行徑。王霆鈞發覺事態嚴重性，面色凝重，心裡似乎有所盤算，隨後轉身飛回伊普洛茲艦。

另一方面，豐臣義毅率領密令尖兵小隊搭乘伊普洛斯艦，已抵達荷斯庫洼高原狼嘯峽上空多時，隱形狀態停泊。艦舵長通報道：

「豐臣英雄，地下宮殿內有設置多重章紋術反應，而且，已經發生崩毀現象。」

「你說什麼？」義毅問聲：

此時從伊爾德儂傳來夏綠蒂嶺電訊息：

「阿義，發生突發狀況，埃西美克斯王國防衛軍艦隊在剛才遭到他們的偷襲，已經被摧毀消失。」

「有這種事？船艦數量那麼大的艦隊被摧毀，難道是他們的元帥親自動手了？」夏綠蒂下指令說：

義毅吃驚問道：

「你們先回來吧，小鈞已經在回程路上了。」義毅說：

「可是『侯佛』小隊還在下面。」夏綠蒂又說：

「你放心，稍早西露可傳來訊息，他們已確保兩名心苗人質安全。」義毅吃驚反應：

「這樣啊———」雖然夏綠睇親自下回航令，不過察覺熟悉的久違氣息，義毅斷然指示：

「艦舵長放我下去，你們不需等我，立刻返航回伊特麻拉。」艦舵長困惑問道：

「可是，這麼一來您跟『侯佛』小隊如何回去？」

「你們不用管這些，我自己會找方法回去。」

「好吧，祝你們平安歸來。」

義毅走出船外甲板，快步奔跑一躍而下。放下義毅後，艙門關起的伊普洛茲艦調轉船艄，加速航駛離狼嘯峽空域。

・　・　・

同一時間，斗斗圖姆中樞區域第四層平台上，小汐正嘗試理解那條煉獄繩索，現在她只能靠自己靈潔之心能力讀取巴里心思，從中找尋密碼。但是巴里異常冷靜，他沈默不語，沒有引線誘因，關於密碼的事情一直沒有浮現。遼介與隼人從上方主廳房窗口一躍而下。在一旁守衛的克勞德見到隼人驚訝問道：

「火神兄你什麼時候來的啊？」隼人冷笑說：

「呵，你自己用腦袋想想吧。」聽隼人這麼說克勞德還是一臉茫然。

遼介看見希，腳步著地吃驚招呼：

「希，你怎麼會在這裡啊？」希轉頭看了過來，起身連忙跑過來關心：

「遼介君！我跟蕾雅學姊一起過來的。」

「是喔！沒想到你們真的會來啊！」希好不容易才能夠跟蕾雅來到這裡，但是一看到遼介，那些煎熬都覺得無所謂問道：

「你的傷好嚴重，不要緊嗎？」遼介看了看自己的傷，不以為意笑道：

「小傻瓜，這傷不要緊，死不了人啦。」希臉蛋紅潤，還是放不下心說：

「真是的你總是讓人家替你擔心——」遼介應聲：

「嗯，抱歉啊。」遼介看向在那邊忙著理解那條繩索的汐，遼介又問：

「人質還沒脫困嗎？」隼人說：

「那條繩索的觸媒裝置，兩道密碼轉輪密碼是同一個字，相對倒反排列，必須同時解鎖，那個叫古洛辛的知道解除密碼。」希點頭皺眉頭說：

「嗯，可是那個古洛辛先生明明知道密，卻什麼都不肯說。」

修二一手揪起巴里衣領，逼問說：「果然是如此，你這傢伙！還是不肯說嗎？」巴里異常冷靜笑道：「呵，我無所謂。」。

「讓開！」隼人一把推開修二，拔刀架在巴里脖子上，身子釋放源氣，冥笑燃起黃綠色火焰，冷凜眼神逼迫道：

「我用這綠炎牙審問你，你如果說出錯誤密碼，先被燒死的是你。」巴里淡笑道：

「呵，既然我們公爵已死，你們殺了我乾脆點。」遼介嚴肅制止道：

「等一下，我們不是來這裡殺人的。」修二說：

「光野，都什麼結骨眼了，你還要袒護這種人。剛才要不是神崎和學姊特地過來支援，我們早就被這些傢伙殺了。」遼介又說：

「你忘記我們任務目的了嗎？他對主子忠心耿耿，現在漢考提已死，對他來說死不足危懼，你們再逼問他也沒用。」修二氣沖沖質問道：

「那你說該怎麼辦啊！難道磕頭求他說出密碼嗎？」遼介又說：

「你們如果問出錯誤密碼，要是他死了我們任務馬上失敗。」隼人覺得這話還有一點道理，就此收刀罷手。修二暴怒轉向那邊大吼：

「真可惡啊！」

他們這一程歷經千辛來到這裡，不知用多少血汗拼命，好不容易才能掌控，壓制敵人，現在卻無法拯救人質。巴里嘲笑道：

「呵，那道轉輪密碼有九碼，三十九個字母，解碼只有一次機會。你們根本無法解開那條煉獄鎖鏈。」修二看了過來罵道：

「你這傢伙！」汐仍保持平常心說：

「隼人哥哥，不破學長，你們不用逼問他沒關係。密碼我已經知道了。小希姊姊能夠幫我轉另一個轉盤嗎？」巴里表情詫異看向汐。只是一瞬間，巴里心思露出馬腳，汐清晰知道密碼排列。希說：「好啊，告訴我密碼是什麼呢？」兩人在那邊破解這道九位碼轉盤，倒數剩不到一分鐘。

遼介走近兩位公主面前，先後看看兩人狀態，看向布琉西邇朵招呼道：

「你們還好嗎？」布琉西邇朵睜開眼驚訝問聲：

「你是光野遼介？」看到自己設計陷害的心苗，竟然跑來解救自己，她不敢正眼直視遼介。遼介豪放笑道：

「不錯不錯，看來你精神還很好。」轉移兩公主的緊張情緒。

時間已是倒數十秒，汐額頭冒汗，慎重地轉好了轉盤上九個密碼問道希：

「小希姊姊，你那邊轉好了嗎？」希點頭應聲：「嗯，我們倒數三秒好嗎？」兩人異口同聲一起數秒：

「三、二、一！」深吐一口氣，時間已停止，觸媒裝置倒數時間停在倒數七分秒的地方。

「遼介哥哥！我們成功了！」

密碼轉盤裝置被解開，他們把轉盤拉掉，繩索也化為光粒消失。

「做的好啊！」遼介讚嘆道。巴里躺目結舌說不出話來：

「這怎麼可能？」

公爵已死，人質被救，他們嘗到徹底敗北滋味。遼介將圈住兩人手環腳銬還有鎖鏈破壞。一時兩人手腳無力無法起身，希和汐協助攙扶。布琉西邇朵問道：

「為什麼你會在這裡？」遼介想想，含笑回答：

「你問為什麼？我跟機關交換條件，我實在不想悶悶坐在麻法雅瓦隆啊。」布琉西邇朵知道遼介話語暗示，她急問道：

「這是為什麼？你應該恨死我才對啊！」遼介雙手抱胸，點頭想了想，一副苦笑表情說：「你的確做了讓我很困擾的事啊！」布琉西邇朵害臊又愧疚，難以啟齒：

「這——」遼介自嘲道又問：「我這個人是個大瘟神掃把星，很可能會帶給你衰運，你還是不改變心意嗎？」布琉西邇朵一副擺著公主威風架子說：

「我這個人不相信運氣或占卜之類的事，我只相信眼前憑證實際的成果。你能夠執行機關賦予的密令任務，更證明你的價值，光野遼介你是跑不掉的。」遼介逗趣哼聲道：

「不過，就算你身為一國公主跪求我，我也不會答應喔。」布琉西邇朵又問：

「錢財，名譽，權勢，你真的什麼都不想要嗎？」遼介說：
「那種東西我不希罕。」
布琉西邇朵實在沒有東西能夠吸引遼介，她只能面紅耳赤道歉：
「我跟你陪不是就是了嘛！」一個高傲公主願意道歉實在難得。遼介生氣只是做做樣子，看看布琉西邇朵是否願意道歉，馬上原諒道：
「我雖然跟你說過，我不會當任何人的專屬護衛對吧？不過呢——」遼介爽快笑道：
「交朋友我倒是可以考慮考慮。」布琉西邇朵愣了一下應聲：「朋友？」
聽著兩人對話，一旁赫拉德古娜小聲呵笑說：
「呵呵，光野學長，我的姊姊她有交友障礙，可能需要多費心呢。」
布琉西邇朵實在不好意思問聲：「你願意交我這種朋友嗎？」遼介瀟灑笑道：「那看你意下。我人都來這裡救人了，不是朋友那是什麼呢？」布琉西邇朵被逗笑道：
「呵呵呵，你真是個好奇怪的人啊。」
「話說起來。」克勞德問道：「遼介兄從一開始就安排好，蕾雅學姊會來支援嗎？」遼介說：「我不是百分之兩百萬確定，但是她有教過我空間穿梭類型章紋的理論。而且那顆琉璃珠蘊藏源氣的技術很深奧，我不認為那只是普通的幸運護身符啊。」
修二走過來插話，拿出琉璃珠說：
「光野，托這珠子的福，我們才能突破最後難關。現在還你。」

收回珠子，遼介看看大夥狀態問道：「真是辛苦你們了，蕾雅學姊呢？你們有看到西露可嗎？」

「我們沒看到前輩。」希說：「蕾雅學姊說她有事情要確認，應該馬上就回來了。」

當大夥都沈浸在放鬆和樂氣氛，從底下傳來搖晃震動，整個中樞核心區域都在搖晃。修二首先驚呼：

「這座宮地下殿在搖？」希不安問道：「這是怎麼一回事呢？」克勞德更是慌張問道：

「難道是地震？」遼介斷然說：

「不可能，機關給的資料，這個高原一帶沒有火山地震活動。」修二說：

「搖晃停止了？」

看那些花瓣隨風從遠處飄回到平台上，蕾雅帶著西露可回到平台上。

「蕾雅學姊！西露可前輩你們回來了！」希上前招呼道，遼介也隨後上前關心：

「西露可你沒事嗎？」西露可點點頭回答：

「西露可，沒事。」左右顧盼問道：「大家，人質，安全嗎？」遼介爽朗笑道：

「我們都安好啊！」修二含笑左手撐著右手臂腕比著大拇指，他搶著邀功說：

「我們已確保兩位公主的安全啦！」克勞德靦腆微笑，將回應者收回背上劍鞘。汐從解除煉獄繩索的緊張感解放開來，臉上染上放鬆喜悅。不習慣熱鬧的隼人只是沈默注視西露可。

「感謝。」確認密令尖兵隨隊成員和人質都安全，西露可吐息一口氣。但是她表請還沒鬆懈。遼介看向蕾雅爽快笑道：

「蕾雅，感謝妳排除萬難前來幫忙。」蕾雅微笑道：

「我得到家父允許，只要是解救苦難生命的行動，我們魔導王家家規不會禁止的。」

中樞空間又開始搖晃震動，修二驚呼道：「地震又來了！」再次發生搖晃，這回震動更為劇烈，建築牆體開始龜裂倒塌。修二驚慌大叫：「這感覺非常不妙啊！」

「大家請冷靜聽我說。」蕾雅冷靜說：「這處地下宮殿設被置大量的崩壞和震盪章紋。」

「難道他們想要毀掉整個地下宮殿嗎？」克勞德驚嚇問聲，修二怒問那些組織幹部：

「你們這些人還留這一手。看計劃失敗，就想同歸於盡嗎？」巴里冷笑道：

「呵，我們根本沒有接獲公爵這項指示。」修二又是逼問：

「你們說的話還能信嗎？」汐連忙搖頭制止說：

「不破學長，他們真的什麼都不知道，設置章紋的是別人。」遼介想了一遍推論道：

「難道他們想要用這種方法消除關於組織內部所有情報嗎？」西露可附和道：

「遼介，推論，可信。抹消情報，組織手法。」克勞德難以置信問道：

「怎麼這樣！這些幹部的性命他們都不管嗎？」隼人冷言吐嘲：

「是你太天真，這就是那個組織的做法。」遼介問道：「蕾雅沒辦法解除那些章紋嗎？」蕾雅眉頭微微皺搖頭說：

「設置的章紋複雜又繁瑣，全部都串聯在一起，並且用五種不同語言文字連動。必須從頭一個一個解除，但最初的引線章紋在十分鐘前就已經啟動，我錯過解除章紋的時機。」遼介表情嚴肅試想又問：

「那麼複雜的設置手法不是短時間內能夠做出來的，難道他們當中有人早就看準計畫會失敗？」蕾雅接著說：

「而且，主要核心章紋連結到那顆費洛姆晶石，那麼巨大的質量一旦源氣被釋放出來，這座宮殿可能會整個崩毀。」克勞德擔心說：

「怎麼可以這樣，這地底下還有很多被抓來挖礦的奴隸啊。」蕾雅說：「蘭斯學弟的問題不需擔憂，稍早我已用傳送章紋把那些汀毆人傳送到安全地點。」

希一手擺向漢考提公爵殘存家眷問道：「那他們怎麼辦呢？」遼介走過去探視這五人。

「你們不如殺了我們快活些。」巴里說，遼介問道：

「西露可你怎麼決定呢？」

「遼介，決定。」遼介接下又丟回來的火球，乾脆說：

「那麼，蕾雅請妳放了他們吧。」蕾雅說：「好吧。」蕾雅拿出法杖，再念道一段咒語，點擊長桿底下石突。束縛五人光環一瞬間化為光粒消失。修二問道：

「光野，你難道不怕放了他們釀成後患災禍？」遼介說：

「見死不救不合我的胃口。他們現在已是無主自由人，會不會變成災禍誰也說不準。如果就這麼讓他們死了，我們反倒成為那個組織借刀殺人的幫兇。」

被解放的五人再也沒有攻擊他們意圖，巴里起身仔細打探遼介問道：

「你為何不殺我們？」遼介說：「清除你們不在任務行動綱領項目之內，事到如今我們已達成任務，你們跟我們之間無怨無仇，我沒有必要取你們性命，生命是無價的。」遼介看向蕾雅，蕾雅回以一抹微笑。阿魯夫盯向遼介說：

「下次遇見你，我要跟你來場生死決鬥！」遼介爽快說：

「呵，到時放馬過來啊，堂堂正正決鬥我隨時奉陪。」阿魯夫興奮笑道：

「哈，我喜歡。」修二問道：「光野你不怕後悔？」遼介豪爽說：

「既然西露可尋求我決定，這就是我的做法。那個組織的作法把他們當作棄子，那麼這是我給他們的答覆，剩下的命如何運用，你們自己決定吧！」巴里一副耐人尋味神情笑道：

「呵，光野遼介，我會記住你，我們後會有期。」說完巴里帶著四名尉士先行離去。

地下宮殿持續震動，挾帶爆炸規律劇烈搖晃，第四層平台上方拱弧狀樑柱全都破裂坍塌，支撐平台結構柱也開始崩塌。修二驚呼道：

「下去的樓梯垮了，我們怎麼逃出去啊？」克勞德嚇得臉色發青。

蕾雅手持蜜斯提朵法杖至於身前，源氣如徐徐涼風吹開。她詠唱空間隧道儀式章紋，腳下四周劃起一道章紋陣。隨之前方劃出淡紫色傳送章紋，三重復合章紋起先立體中心點出現一個小藍點，隨後膨脹展開，一道一米五寬隧道口被開啟，白中夾帶靛青色光，張開洞孔裡，浮現伊特麻拉貝洛戈德公園景象。克勞德佩服問道：

「這就是極屬性空間穿越章紋陣？」蕾雅淡定說：

「我們快離開，這裡不宜再久留。」遼介說：

「不破帶頭，你們兩位先走吧。」修二第一次體驗穿越章紋笑道：

「哈！那我先走一步！」修二一步跳進閘門，接著是兩位公主，克勞德與汐隨後跟進。

當西露可與隼人先後走進閘門，剩下三人，就在此時傳來響亮掌聲，緩慢拍了四下，隨之聽見嘲諷笑聲：

「不錯不錯，想到會放生敵人，真令人感動啊，光野遼介。」

感覺這股熟悉又令人喘不過氣的氣息，遼介猛然回首，向上方聯絡橋望去，索亞身影站在上面。遼介問道：「索亞！設置那些章紋的人是你？」

索亞不予理會，反笑道：「沒想到你真的繼承神塚椿的魔刻聖痕血脈。當時我沒殺掉你果然是正確的選擇。讓我留下更多餘興節目呢！」蕾雅問道：

「索亞・威金爾斯。這麼巨大的費洛姆晶石，你們到底有什麼企圖？」索亞咧嘴笑道：

「噢？其他家系元帥想做什麼我管不著。倒是你，一向不干涉下世凡塵俗事紛爭，只做幕後諦觀監視，守恆世界和諧工作的魔導王家新生代千金，會出現在這種地方。看來事情會變得更有趣呢！」

「索亞！你給我說清楚，小瞳說的等價交換指的是什麼意思？」希和蕾雅目光看向遼介，希表情茫然，蕾雅不舒服眼神又看向索亞。

「呵，你真想知道，可以。讓我來向你介紹我的眷屬。」瞳的身影從索亞身後走出來，她面無表情，那雙無神眼眸看了過來。

「小瞳！」遼介大聲呼喊，瞳嘴脣翹起不愉快曲線，伸手一彈，突然飛射而來的銳利緞帶刺穿遼介右大腿肚。遼介問道：

「小瞳！這是為什麼？」瞳的眼神無光，語氣不愉快說：

「我只要殺了你，就能夠從無價的垃圾牽絆中解放，重獲自由。」

「自由？你在說什麼傻話？我們在伯父面前，在眾星日月之下金蘭結義的誓言你難道忘了嗎？」瞳聽進遼介的話語彷彿變成噪音，瞄準遼介心臟射出第二條緞帶。所幸希跑上前一劍斬斷緞帶。希說：

「赫森斯前輩，請你不要傷害遼介君！」

希聯動另一手斬劃劍氣，劍氣在擊中聯絡橋之前，索亞和瞳的身影消失。蕾雅必須保持通道開啟，無法應付敵人，她如果放掉通道，他們都無法回去。

三人追尋兩人身影，再次看見索亞，他散發驚人源氣，比初次遭遇時強上一千倍，施展雷刃萬擊章紋，希硬撐著身子替遼介擋下。

「唔哇啊！！」

「希！」遼介驚呼，索亞冷笑道：

「呵，『神祇代言者』神崎宗家遺留的嫡傳巫女，妳究竟能撐過多強的雷擊呢？」

索亞加強章紋的強度，強大雷刃持續打在希身上。

「希，你退開吧，你撐不住的！」殺傷小瞳，這回希又跑來為自己拼命，遼介實在衝心不捨。希頑固說：

「唔—我不要，我不會讓他們再傷害遼介君的！」

此時一個男人身影出現，用身子截下章紋術攻擊，他放出強大源氣場，電流打在他身上斯毫無作用。希一時身子酥麻動彈不得，失去意識倒在遼介懷裡。

「希？你振作點！」

「這麼久不見，你墮落更深了，索亞。」男子說。

「你現在很幸福嘛，阿毅！」

男子看不見的一擊把索亞和小瞳站立的地方打垮，為幾個孩子解危爭取時間。遼介驚訝問聲：「阿豐！？」

「回去後我們有很多事需要溝通。」

索亞再次出現轉移位置冷笑道：

「呵，沒想到這種小事，會讓封號豐臣英雄的你親自上火線。真是熱心呢！」

「索亞，你到底要如何才肯罷手？」

「直到目的達成，無論多久，多少犧牲這一切不會結束。」

「你的方法根本不管用，只是犧牲無數不是嗎？」義毅擴大氣場壓迫。索亞說：

「你們盡信機關的方式太矯情軟弱，千百年都無法剷除禍首不是？」

「你不但犧牲別人也犧牲自己不苦嗎？」

「呵，看來多說也無用，你這羅漢王・萬劫入定狀態很硬朗，對你下手也無意義，今天我就不再奉陪。」索亞又飛身消失。

「索亞！你到底對小瞳做了什麼！」

索亞帶著瞳又出現，彷彿魅影一手從後面摟抱瞳的腰和小腹，另一手在瞳臉蛋上調戲笑道：

「呵呵，她早就已經是我的女人了，她是我的眷屬—莎菲亞。」

「你說什麼！」遼介怒聲問道：

索亞調戲的雙手向外擴，平肩高舉，戴在他右手中指上的費洛姆戒指裝置發光，他們身後展開幽黑空間隧道。

人造提真之扉—彷彿星空之門一樣發出旋繞幽玄藍光。蕾雅嚴肅問道：

「那是！你們竟然隨時隨地打開提真之扉？」索亞冷笑道：

「呵，只要掌握這項科技，我們隨時隨地不需要聖域自然提真之扉就能夠往來穿梭兩界。」

索亞彈了一個響指，所有未反應章紋全都啟動，從這座地底宮殿外觀探看，支撐洞穴岩柱、樓塔、無一幸免全部崩解倒塌，中樞區域主柱從上到下也碎裂開來。頭頂上碎石不斷墜落，第四層平台也開始塌陷。

「光野遼介，『不幸的容器』。讓我看看你還能成長多少，究竟能夠發揮到什麼程度。」說完索亞邪冷一笑，轉身走進那道隧道門。

當小瞳轉身要走進提真之扉，遼介起身，即使被小瞳打傷，他仍大吼道：

「小瞳！無論發生什麼事情，我仍然相信你。我一定會去救你！」遼介呼喊音迴盪在小瞳心坎裡，她停下腳步，頭沒回臉頰流下一滴淚，停留五秒後一步跳入，身影隨著那道人造提真之扉一起消失。

遼介嘴上這麼說，心裡卻沒有十足把握。

「豐臣老師，請您快從這裡回去伊特麻拉。」蕾雅說，義毅說：

「感謝你啊！」負傷的遼介把希交給義毅，他雙手抱起失去意識的希和蕾雅跑進空間隧道洞口，在穿越入口另外一邊，蕾雅呼換：

「光野君！」一時失意的遼介回過神來，整個平台像積木骨牌快速崩塌，遼介忍著傷痛小跑步，一跳步，阿豐用左手抓住遼介手臂：

「抓到你了！」

遼介差點跟著平台一起摔落，義毅繃帶滲出血水，手仍緊握不放。遼介抬頭問聲：

「阿豐？」義毅硬朗說：

「阿遼！你沒有資格放棄，那個孩子還有救。」遼介說：

「我知道──」修二探出頭來問道：

「你在磨蹭什麼啊？」

「不破你？」修二伸手一起協助義毅把遼介拉回伊特麻拉。

荷斯庫窪高原狼嘯峽上空，俯瞰地底宮殿所在處向下崩塌凹陷，揚起巨大能量爆大與滔天蕈狀雲。一隻身型黑色，看起來像鬼蝠魟的物體在上空盤旋，那是喬可變身的無機載具形態，她向下俯視探察，嘲諷道：

「真沒想到漢考提的計劃會這樣一敗塗地！看來我得向芬克帝歐元帥大人報告去呢！」

說完喬可調皮螺旋翻轉身子鎖定方向，一瞬間背後尾巴構造放出高濃縮氣流，飛向遠方，速度和光速一樣快，一瞬間就消逝在視線中。

63 詢問

雅斯界北美。索亞和瞳身後的提真之扉消失，他們面前看見尼歐紐克郡大都會風景。海平面上由好幾個獨立大型人工島連結構成，各個島上多層次建設，之間由橋樑，還有空橋連接，大都會每個區塊底盤綠植被密集種植。鍊金工學科技和浮力核心技術導入運用，上空還有複數空島懸掛。多數空飛載具往來飛行。自從阿特蘭斯塔努門人傳授新科技以來，雅斯各郡風景變貌是日新月異。春天陰雨綿綿，在空中懸浮飛船港上。強風吹動索亞斗篷，吹動瞳長髮和禮服裙擺，隱約露出大腿上黑晶色烙印。索亞隱隱笑道：

「看來這次橫向家系派遣支援不是那麼的無趣。」跟在身後的瞳態度不悅質問道：

「你剛才是什麼意思？我什麼時候變成你的女人了？」索亞笑道：

「這是為了讓美味果實更早熟的催化手段啊。莎菲亞尉士，剛才你的手遲鈍了？」瞳反骨態度說：

「哼，要不是沒有那個丫頭阻止我早就得手。」

索亞拿出一個七角錐狀玻璃瓶，裡面充滿血紅色液體，裡面發出希伯來文咒文，不祥紅光。看見這邪門道具，讓瞳提起警覺。索雅拿在掌心中，彷彿一般人被拿著上膛槍支抵著腦門的感覺。他只要念道關鍵咒語，瞳馬上就會被詛咒殺死。索亞嚴肅而冷酷逼問：

「剛才是你協助他們殺害漢考提嗎？」瞳冷豔笑罵道：

「你不要搞錯了，我早就忍受不了那個噁心老頭，他做大位太浪費。我只是想要奪取他的公爵位置而已。」索亞將那個詛咒道具收回章紋內存放，咧嘴笑道：

「呵，就算你說的是謊言，我也喜歡。」瞳將臉蛋撇向另外一邊，生氣說：

「隨你怎麼想，我只不過是履行你的建議而已。」

索亞露出滿意邪笑。小瞳在不知不覺中，隨著索亞言靈暗示章紋作用持續影響，萌發分裂人格意識逐漸成熟──莎菲亞。她生氣問道：

「你要怎麼向元帥報告結果？」索雅說：「在那之前集合所有眷屬，我們也該動身了。」索亞腳下展開章紋，隨後帶著莎菲亞一起化作煙雲消失在露台上。

阿特蘭斯界，伊特麻拉，密令尖兵侯佛小隊返回後的翌日上午。哈格士托已拘捕對侯佛號動手腳的嫌犯，這裡是伊爾德儂的質詢室。透過觀察窗，哈格士托正親自質詢柯狄，他眼睛不敢直視，眼神左右向下飄忽不定，雙手交握拇指轉來轉去，心神不寧。

「柯狄・霍克，老實說你是不是對ZEBNX018動手腳的人？」柯狄聲音膽小如鼠說：「我沒做，你們憑什麼證據說是我做的？」哈格士托保持耐心說：

「要證據我多的是，所屬機關人員知法犯法罪加一等，你賴著不承認犯案，審罪只會更重。」柯狄心慌，突然大聲辯解道：

「接觸船艦建造維修人員又不止我一個。而且做引擎動力機件最後檢查的是組長，他不通報問題才奇怪啊！」哈格士托語氣加重地說：

「你敢這麼說，應該知道自己的罪狀有多麼深重，你的行為讓所屬整備班人員蒙羞。波本組長之所以沒有呈報，是因為不希望因此拖延任務時程。再者，船艦機件問題和你的能力資料做核對就知道，侯佛尖兵的口供證據再比對，除了你以外其他人都不可能是嫌犯。」

哈格士托調閱造船場記錄聲光立體影像，以及他的路拉能力，源造特殊蟲類，能夠腐蝕消化金屬。等級評價D４級，因此蟲子活性緩慢，造成船艦系統損壞速度時間差。哈格士托調出證據，讓柯狄啞口無言。哈格士托語氣加重問道：

「老實說，你為什麼要做這種事？你知道導致任務失敗的嚴重影響嗎？」

「呵，那是因為我不服，為什麼那種沒資格的低年級心苗能夠成為密令尖兵成員，他們可以出任務，而我必須成天待在那個悶死人的造船廠內。做那種微不足道的造船小工人，讓他們可以出任務風光，獲取名聲榮耀，這實在太不公平了！」哈格士托生氣說：

「柯狄，你根本是自取其辱！是你自己輕蔑自己工作的價值。你待在波本組長下面工作，連身為造艦整備隊的驕傲都沒學到，實在可惜。」柯狄惱怒說：

「我成為意志者的目的就是成為源將尖兵，根本不是什麼造船艦工匠！」哈格士托更是憤怒斥責：

「源將尖兵？膽敢陷害密令尖兵置於險境的你，別說高度戰技實力和獨立判斷能力要求，你連最基本的品格要求都不合格。你所做言行簡直是對這個神聖工作的污辱。」

柯狄自我放棄呵笑：

「反正我一輩子都不可能成為源將尖兵。」哈格士托更進一步質問：

「說，指使你的人是誰？」柯狄甩頭嘴硬不說：

「我不會說，我死也不會說。」哈格士托靠得很近在他耳邊說：「柯狄・霍克，說出來會比較輕鬆。

你如果配合一點，可以減緩刑期。或許我還可以替你寫一封源將騎警的後勤巡邏工作。」哈格士托那磁性聲音拋出蜜糖誘餌，很符合柯狄胃口。柯狄說：

「他是—啊啊！啊！！」柯狄突然面色發白，咳血，痛苦哀嚎摔跌在地上，抓著心臟位置打滾。「柯狄！這究竟是？」

幾秒間的折磨，柯狄已死亡，瞪眼張嘴口鼻出血，死相淒慘。哈格士托立即起身，對外面的記錄員通報：

「記錄幹部，幫我傳喚醫療部和鑑識人員！」幾分鐘後從伊爾德儂醫療部人員對柯狄遺體的初步鑑識後，對哈格士托報告道：

「哈格士托分部長，他的心臟不見了，而且好像是被什麼東西咬掉一樣。」

哈格士托驚問道：「被吃掉了？」鑑識員又說：

「這可能是某種詛咒或是某種特殊源造生物的寄生。也就是說，柯狄・霍克可能被幕後指使者下了強致契約。」

哈格士托推理一番又問：「這會是路拉或是摩基亞所為嗎？」鑑識員又說：

「目前無法判定，如果是某種寶具效果的話，那麼不管是誰，有一定程度源氣的人都有可能做到。」

哈格士托問道：「心臟週邊血管有殘留源氣嗎？」鑑識員回答：

「有殘留微毫的源氣，但需要帶回去比對。」哈格士托表情嚴肅說：

「不過能夠肯定的是，把利用棋子用這種手法抹消線索的作風，這個人肯定是烏蘇魯庫諾斯的爪牙。」

哈格士托深深感覺到背後指使者隱含的惡意挑釁。

64 滑稽告白

已是入夜時分，豐臣家仍燈火通明，從房屋外探看，門窗透出亮黃光線。義毅在後院架起烤肉架，下方鋪著一層厚厚火晶石，發出橘紅光和高溫。

屋內滿桌豐盛菜餚，飲料和啤酒，還有慶祝侯佛密令尖兵小隊任務達成，全員歸來，彩繪繽紛的裝飾板子。豐臣家寄宿成員：恭子媽、希、小汐、克勞德、遼介幾個人圍繞拉開加長餐桌，西露可和修二也受邀一起同樂。大家舉起杯子，乘著這股興致敲杯助興，希說：

「慶祝大家任務成功平安歸來！西露可前輩起頭要說什麼嗎？」

西露可手拿高濃度烈酒，她等不及想喝，開心說：

「西露可，大家，合作，支援，感謝。任務成功！」西露可將杯子舉高樂開懷說：

「乾杯！」大夥也異口同聲歡呼：

「乾杯！」

各色杯子杯觥交錯，西露可一口痛快喝完杯中烈酒。遼介等人也各取所需喝下莎祁羅蔓莓果汁和克雷亞汽水，遼介和修二痛快哈氣：

「啊—這汽水真好喝啊！」

阿豐爸從後院進來，在眾人面前大聲宣布：

「各位！為了懲罰出任務沒事先報備，遼介今晚擔任ＢＢＱ烤肉大廚！」

遼介放聲驚呼抱怨：「那不是等於沒得吃嗎？」阿豐手臂剪刀夾住遼介脖子說：

「大丈夫敢做敢當，你今晚覺悟吧！」遼介已經準備好被阿豐爸教訓一頓，沒想到是這種形式的懲罰。遼介說：

「好啊！我今晚就來露一手，我在雅斯界打工修得的千項技藝之一，天下美味ＢＢＱ烤肉工夫。今晚大家不飽不醉不能走啊！」

庭院內，遼介坐在燒紅的烤肉架前，旁邊擺著各種山珍海味，肉串和肉排。左右手各拿一隻夾子烤肉，義毅坐在旁邊擔任二廚，協助搧風去煙。火熱烤爐轟轟作響，燒烤香氣濃煙撲鼻，聽著屋裡傳來熱鬧人聲，後院內兩人格外安靜，難以說話氛圍持續好久。

遼介轉動肉串籤，打破靜默空氣說：「你沒有話要說嗎？我背著你和小恭點名徵招克勞德和小汐參加密令任務，這件事你一點也不生氣嗎？」

「嗯？你說啥—？」義毅嘴裏的肉一口氣吞下：「你烤得真好吃啊！」

看義毅的樣子，遼介差點沒跌下凳子，又問了一次：

「我做的這些事你沒有任何話要說嗎？」義毅看著烤肉架裏火晶石說：

「你在想什麼我會不知道嗎？你的確有能力，也有些實際經驗機關才會徵招你。最後也達成任務，這點我也沒話說。不過啊——」義毅一手放在遼介頭上，語重心長含笑說：

「我和小恭得不到你的信任嗎？」遼介說：

「那是因為我顧慮到你可能會反對我出任務。既然我答應了哈格士托團長和麥克斯團長，就必須做到。我是有言必行，說到做到，必定要完成任務。男子漢首先該講的是誠信啊。」

「呵，有言必行啊，你跟和真果真是父子呢。」想起好哥們，義毅又是教導：

「不過機關一旦徵招你，就算我持反對意見，最後是否要出任務，還是取決於你自己抉擇。你習慣把責任重擔全部背負在自己身上行事，卻不自覺把自己逼入絕境。你應該意識到，任何人都有能力極限，特別是你所學的武道基礎是光野宗家，源神諭心流，是深層溝通與廣義兵法相對實踐，所能看見的比他人還要深層、廣泛，壓力重擔必定比其他人還要重。有時你應該學會分散責任於他人，甚至是你信賴的夥伴。」

「嗯，我懂。」

義毅放下壓在遼介頭上手掌繼續說：

「話說起來我還必須感謝你，我很意外你把修二也一塊帶去。」遼介讚許道：

「他真的很有潛力，為人也乾脆，是能夠信賴的好夥伴啊。」

「是啊。而且你能夠把阿德和小汐平安帶回來，阿德這一趟出任務也增添些許男子氣概，大家或多或少有成長，這都歸功於你啊。」

「那不是我一人的功勞，西露可身為尖兵隊長，她很盡責，看見每個人的不足，在重要時機給予協助，小汐也很懂事隨時會補位。大夥能夠團結一心才能有這點成就，我也學到不少東西。」

義毅實在很喜歡，一技手臂剪刀夾住遼介肩頸，另一手拳頭在遼介頭上摩擦，施加壓力：「你這小子真可愛啊！」遼介隱忍出聲：「呃——你又來了——」

持續幾秒，義毅放開遼介脖子。遼介想起要事提問道：

「話說起來，漢考提・尼特拉。是你們那個世代的教職員對吧？身為英雄的你知道我父母和他交戰的經過嗎？」義毅語氣變得慎重而感性：

「當然知道，我那時也一起參與任務。」義毅想想當時，順口說：「他當時是潛伏在組織內活動的臥底，戰爭中複雜混亂狀況中，他的性情大變，不但殺害許多當時源將尖兵同袍兄弟姐妹，當時岱勒烏斯下令必要時處理掉漢考提。」遼介不能理解機關的做法問道：

「把計劃安排的臥底除裡掉？」義毅感到無奈又說：

「當時是戰爭時期，戰事混亂，雙方夾雜臥底和間諜無數，你我敵友關係容易混淆，許多冤枉而死的戰友不計其數。」義毅感慨繼續說：

「但與漢考提交戰之中，小椿是持反對命令的。她覺得無論如何，一定要幫助漢考提脫離組織。可惜最終癡狂化的漢考提不但打傷你母親，還跟和真全力撕殺，頑強抵抗。最後漢考提失誤，當時組織爪牙施展腐蝕章紋觸碰小椿設置的章紋，就這麼被反彈打中，被壓在瓦礫土石下，生死未卜。後來他成為那個組織的公爵。」遼介回想漢考提所說的相對照，更是感到同情。義毅又說：

「小椿當時很想拯救漢考提卻被和真阻止，她哭泣自己沒能夠救出漢考提，事後還跟你爸大吵一架，賭氣一段時間。」遼介應聲：「她當時真的做那樣的事嗎？」

「是啊，她真的是真誠又細心體貼的好女人。她所到之處，遇上人事物都是真誠珍惜相待，無論什麼問題，什麼困難事都願意伸出援手。有時甚至心地善良到無藥可救的地步。」聽義毅述說實情，遼介放心緩解許多。

「先後是我和小恭，然後王霆鈞和夏綠蒂。我們都因為有你父母的影響而聚在一起，若不是你父母，當時十二英雄不可能會集結共事，事跡也不可能流傳後世。」

遼介更深刻認識父母作為，佩服更是感到驕傲。生母會把自己託付給光野宗家兩老扶養，或許另有隱情。遼介從口袋中拿出項鍊墜，從一個普通華麗裝飾品，現在變成珍貴至寶。看著轟轟烤爐，遼介心底萌生新想法又問：

「你認識索亞嗎？」義毅沈重感性說：

「他是我們那個世代菁英中的精英，是意志者之間公認，與和真是水火不容的好敵手。」

「他那樣稱呼你，難道曾經也是？」

「阿遼，你聽好了。」義毅語氣加重說：「他與我們選擇的道不同，為了達成目的甚至可以不計一切犧牲。你要引以為戒，不可跟他過密接觸。」

「我懂——」遼介一副若有所思，停住手邊烤肉。

「阿遼！注意烤肉！烤肉啊！」顧著談話都疏忽烤肉，遼介一時手忙腳亂大叫：

「哇啊！焦了！全都烤焦了！」遼介連忙夾起放在盤子上，夾起來的食物已焦黑慘不忍睹。烤肉失敗很尷尬，有苦難言。遼介眼神飄向義義毅毅取笑道：

「喔！那就是你今晚的晚餐了。」遼介抱怨道：「哪有這樣的啊？」義毅故意吐嘲道：

「哈哈！阿遼好遜，連烤肉都不會啊！」義毅雙手拿起烤好食物的盤子，一溜煙就跑進屋裡去。看著今晚自己失敗晚餐，遼介好失落。

遼介將烤網翻過來，打開重新放上肉排和各類食材，重新燒烤。

「光野啊！」修二來到烤肉架邊，克勞德也跟隨在後。遼介轉頭應聲：

「是你們啊？不待在屋裡多吃點東西嗎？」修二說：

「你不知道嗎？烤肉派對，負責烤肉是我們男人的職責啊。」克勞德也說：

「我們出來拿烤好的食物。」遼介恍然大悟道：

「原來如此啊。」

「話說你們豐臣家寄宿家庭可真熱鬧啊，這種感覺跟男女宿舍聯誼活動很不一樣啊，都是認識的人，好說話啊。」

「你是肖想撩我們家的女生吧？」修二變本加厲嘻笑道：

「那還用說嗎？你們家都是美女，而且相馬老師還是你們的家母真幸福啊！」遼介翻轉烤肉夾，一邊說：

「那是你不知道，我們家可是名副其實的女權強勢家庭喔。」

「是這樣嗎？」修二轉頭看向克勞德，克勞德頻頻點頭應聲：

「嗯嗯，沒錯。」

「是你沒見識到。」遼介又說：「如果在我們家飯桌上留下剩飯剩菜會受到希的恐怖懲罰，而且雅妮絲發怒起來比風見還要可怕。」修二是佩服又羨慕說：

「哦？真有你的，你敢直接說她名字，不就代表你跟她關係不錯嗎？」遼介說：

「你在說什麼傻話啊，她的脾氣很硬。男性想搭訕她難度很高，不死即傷。」

「唉—結果蒂雅學姊和蕾雅學姊都沒有來。」克勞德坐在另一邊，一手握著裝玻璃杯，他看起來很失落沮喪。

「小汐不是說過了嗎？他們兩姐妹一向是一起出席別人的宴客場合，或許是顧慮到蒂雅沒參與任務，而覺得不便出席啊。」修二插進來指責道：

「光野，你成天都被美女包圍，受豔福的你，不會知道我們渴望女人的遠大夢想。」這問題遼介想了很久，應聲說：「嗯—討女人歡心啊？我沒有特別想什麼啊。」

「光野，你真是奢侈啊。」修二嫉妒說，遼介反轉話鋒笑道：

「你自己身邊不就有一個每天都很關心你的好女人嗎？」修二挑了挑眉頭，納悶問聲：

「誰啊？」遼介說：「風見啊。拜他的教訓所賜，你才能練得那身耐打體魄啊！」修二搖搖頭搧搧手抱怨：

「她完全不行，她一點也沒有女人味，只是兇巴巴的虎婆娘罷了。」遼介又說：

「是喔！你可能不知道，所有班上男心苗，她對你的照顧最多喔！」修二嘆氣道：

「這饒了我吧！」

聽著兩人閒聊，克勞德不知不覺輕嘆一口氣：「唉——」看這個身高190公分的純情男孩哀怨模樣，遼介看過來問道：

「怎麼，你是真的那麼喜歡蕾雅、蒂雅嗎？」

「嗯——」克勞德蠻臉通紅，害羞說不出口。遼介一手拍在克勞德身上激勵道：

「機會還多得是，今後好好努力表現啊！你已經完成一件密令尖兵任務了不是嗎？對自己要有信心啊！」克勞德又說：

「可是我是個流浪居士扶養大的孤兒，我們身份上不可能有結果啊——」遼介明白，即使兩個雙胞胎美眉學姊赴約，他應該也是只敢遠觀不敢上前搭話。遼介想想納悶問聲：

「身份上的差別啊？雖然貴族講究規矩禮數，不過我並不覺得她們歧視分別其他身份的人。而且，作為源動摩基亞，你如果成為一等一優秀，貴族破例收養義子也是可能的。」

「真的嗎？」克勞德表情彷彿撥雲見日，遼介又說：「就目前我所知，從他們口中聽來，他們對你評價還不錯。你只要朝魔導劍士的道繼續磨煉，讓他們刮目相看啊。」

克勞德點點頭，想想這一次參與任務發覺的問題。克勞德靦腆請求道：

「那可以請遼介兄指導我劍術嗎？」遼介手邊烤肉動作，一邊說：「你想強化肉體和劍技不成問題，前提是你必須要有決心。」克勞德說：「嗯，請你告訴我該怎麼做。」

遼介想了想，闊氣地一手張開比出五說：「每天拿著你的回應者練習基本砍擊空揮練習，一天至少五千下，這是基礎功。」克勞德傻眼問聲：

「五千？那是我平常練習的十倍啊！」遼介一派輕鬆說：「我以前在老家修練被要求一天空揮擊劍

至少一萬下喔！你想變強要有決心，你可以揮劍的時候同時喊著你熟悉的章紋咒語字彙。試試看，這對劍術與章紋術聯動訓練應該有幫助。」

克勞德點頭作聲，又說了一遍練習菜單：「我懂了！章紋字詞連動，五千下。」

「光野啊！」修二爽快說：

「我必須說，這次跟你出一趟密令任務，大幹一場我真的很快活！增添不少見聞啊！」遼介應聲：

「是喔！」克勞德也答謝道：

「我也必須答謝兩位，因為有你們行氣灌氣的幫助，打通我的氣脈經脈，才能盡全力發揮。還有，有你們的榜樣，帶給我更多的勇氣啊。」遼介和修二兩人對看，修二用手搓揉鼻頭，十分氣慨的說：

「光野，我決定了，以後你有什麼事情本大爺就跟定你了！」遼介問道：

「你這話是什麼意思啊？」修二又說：「以後你有什麼事情，需要找人當打手，打架本大爺一定奉陪啊！」

修二的話語彷彿重情告白，滑稽又風趣。這回遼介才弄懂修二用意，快口回應：

「呵，這可不是單純的打架，如果你不怕死，跟得上我步調的話。」

這話反而激起修二熱血魂魄，逗趣笑道：

「哈哈，只要有機會能夠為美女效勞？本大爺天不怕地不怕。」

「如果跟美女沒關係的事呢？」修二快口說：

「不可能，跟你隨行一定會碰上美女新鮮事。」遼介苦笑道：

「呵，隨便你。」克勞德也說：

「為了磨練自我身心，遼介兄、修二兄也算我一份。」修二說：

「那蘭斯，你必須確實練劍啊！」克勞德說：「嗯，我知道啊。」遼介舉起拳頭快活說：

「那麼從今天起，我們不只是好夥伴，也是好兄弟啊！」修二覺得新鮮的問聲：

「好兄弟嗎？」克勞德憨傻問聲：

「我們是好夥伴？」

「是啊！」三人乘著興致，舉起手腕，拳腕相交，彷彿神聖火炬火把，火晶石熊熊燃燒，三人火熱真摯情誼更深一層。

「喂！你們男生在那摸什麼魚啊？」看見雅妮絲站在房屋客廳落地窗邊，雙手撐腰一副教訓人的姿態，希也站在旁邊。克勞德正經危坐應聲：

「是雅妮絲大姊？」遼介轉過身來舉手招呼：

「妳回來了，辛苦啦！」初次看見雅妮絲本人，修二看她冷豔美人姿色，又燃起撩妹興致。雅妮絲放聲問道：

「烤肉還沒烤好嗎？」修二一手放在嘴邊擴大聲量說：

「好啊！馬上就來啦！」修二隨後端起四盤，克勞德也端起兩盤剛烤好烤肉進屋。

希走過來烤肉架旁，對著遼介說：

「遼介君先休息一下吧，桌上的料理還有很多還沒吃完喔。」遼介回答：

「好啊！我把這一輪架上的烤完就休息。」

「那個，遼介君等一下有空嗎？我有話想聊聊。」遼介快口答應：

「好啊，派對後有的是時間。」希嗯身轉頭，遼介看著她跟著修二和克勞德回到屋裡去。遼介回過頭來面對著烤肉架，看著火晶石發出的閃閃光輝，手邊顧著烤肉，陷入沈思。

遼介手裡端著食物進屋，看見倒坐在客廳牆邊，修二已被電得焦黑，雙眼反白，身子偶爾顫抖抽蓄，他想撩雅妮絲反被電得死死的。遼介苦笑，小心跨腳而過。遼介回到餐廳，看見西露可在桌子另外一邊和義毅喝酒作陪，其他人圍在一起閒聊。遼介把食物盤放上桌，看那兩人乾杯喝酒模樣。

西露可一口氣喝完啤酒，嘴巴上留著一層泡沫，笑開懷答謝：

「Dankbar！西露可──邀請，大餐，好喜歡！」義毅很爽快提起啤酒瓶說：

「不要客氣啊，小露可，我們家的孩子這次出任務都拖妳照顧啊！」西露可精神很好：

「Gern geschehen！（不客氣！）西露可，任務！」義毅又說：

「啊──有機會和妳喝酒，是我最痛快的事啊！」西露可開心地說：

「阿豐爸，好酒量，葛雷特爸，一樣。」

義毅那張臉已長出兩塊渾圓紅蘋果，他不服氣哈氣說：

「哈哈！他的酒量不行，我的酒量比他好千萬倍啊！」西露可問聲：

「真的噢！」義毅快活說：

「妳真是好孩子啊！來！再來喝一杯！」義毅又拿起冰酒分裝杯，西露可雙手提起杯子，讓義毅方便注入啤酒，滿滿琥珀色黃湯又填滿杯子。也不知道從派對開始前到現在，和義毅喝了幾杯重量杯啤酒，希好奇問道：

「沒想到西露可前輩酒量這麼好啊？」

恭子手上拿著高腳玻璃杯，喝了一口水果香檳說：「那是因為哈路歐人特別能喝酒，尤其是龍人族。對他們來說酒精跟茶和咖啡一樣，越喝體力精神越好。他們體質自然可以把酒精轉化為一種類多巴氨成分，對他們來說是大腦的營養補給飲料呢。」對於哈路歐人特殊的生理構造，希一臉嘖嘖稱奇問道：

「喔？西露可前輩的年紀是幾歲啊？」汐說：

「西露可姊姊275歲囉！」發覺西露可超齡身份，遼介驚奇問道：

「她兩百多年前就是學校學生啦？」恭子一手手背遮著嘴呵笑呵說，恭子格外放鬆，無節制說話：

「呵呵，不是那樣的，彌勒斯人年齡長度普通超過兩、三千多歲很常見，哈路歐人有些人種平均年齡雖然有低於五十的人種，但是西露可哈路歐人基因血統是屬於龍王族，平均年紀也是千位數看漲，不過以雅斯人年紀比率換算，西露可才十六歲，或著更年幼。」想起這個大女孩說話方式異于常人，遼介有意問道：

「可是她的說話方式和行為實在不像個已經275歲的人，很多時候像個孩子。」恭子話夾子完全打開，沒有忌諱解釋道：

「嗯—她從入學聖光學園的時候就一直是那樣了，說話方式停留在五十歲幼兒階段，智商卻比多數心苗平均還要高很多喔。」

遼介感受過阿特蘭斯民眾對於外種族明顯歧視，十分介意問道：

「她是彌勒斯人和哈路歐人的混血，為什麼會入學聖光學園啊？」恭子多了一點複雜，感嘆說：「她的出生背景仍然不明，她以前是從迪爾賈特秘密研究設施中被救出來的，她是被救出來的戰爭孤兒。」

迪爾賈特那是位於聯邦國東北一個國家，擁有先進基因生化技術和醫學研究發達的國家，戰爭時期，那裡曾經成為秘密研究生物兵器與研究哈路歐人種，生理弱點的集中設施。接臨東邊是赫格辛茲，是戰時與哈路歐人領地相接的其中一國，雖然地處邊陲又遙遠，地理位置卻是個論戰事時敏感兵家必爭之地。遼介很是驚訝又回復一次問道：

「她是戰爭孤兒？」恭子嘆息說，話語中帶著濃厚傷感：

「是啊—她是戰爭中犧牲的孩子，曾遭受不人道慘忍實驗，我們研判她的龍角曾被摘除，以前生活記憶也隨之消失，精神受損因此退化回幼兒階段。」

從恭子口中聽到西露可身世，遼介倒吸一口氣，到底是什麼樣的人會做出這種慘無人道的事情，令人衝心鼻酸。執行任務中聽過西露可的夢想報復，受種族戰爭迫害，如今看她陽光笑容沒有半點邪氣，遼介難過不由得嘆息：

「沒想到她有這樣的過去啊——」

感受到遼介情緒變化，汐也是不忍心聽見此事：「遼介哥哥——」

說出這麼沈重的背景，恭子一口氣把手上酒喝光，看起來很想忘記那些惆悵傷感：

「真是的，你看你們傷感成那樣，派對氣氛都沒了。你們現在只需要知道，她跟你們一樣背景特殊，是個戰爭孤兒才會住在史密斯老師家。」

「這樣啊。」希也是第一次聽到有關西露可的事，也很難過。

「你為這種事很在意嗎？」遼介轉頭看向站在身後的雅妮絲，遼介沒有多想直言：

「當然，這次出任務承蒙她的照顧，才能完成任務。我們是夥伴，好夥伴會在意這些事是應該的啊。」

雅妮絲用一種高不可攀正經態度又問：

「你對她彌哈人種混血的事情有什麼看法？」遼介隨和暢談：

「很好啊，大家都是人有什麼好分別的？況且我們身上都有源氣流動，有自由思緒的心神，我們沒什麼不同啊。」

聽遼介這麼一說，雅妮絲極致傲嬌表情，突然鬆緩呆滯，心裡在想些什麼：

「這樣啊。」遼介反問道：「是夥伴還需要在意什麼人種嗎？」

被近距離反問，雅妮絲好像被自己的源氣電流電到一樣，臉頰罕見浮現一絲紅潤，只是三秒時間，語氣吞吐笑罵：「這、這是什麼愚蠢問題啊。」

「你們好好放鬆一下，我還有工作要回去探試接受治療的心苗。」恭子看著西露可似乎讓她想起陳舊往事，感到悲從中來，憐憫不捨之下，拎起包包就離開家門。

「恭子媽，真是忙碌啊！」遼介說，雅妮絲說：

「她是醫學部分部長，常常要照料住院在阿斯克勒比斯葛特，各種傷患和疑難雜症的心苗，忙碌是一定的！」

汐看向希拉著她的手說：

「小希姊姊，我們去陪阿豐爸和西露可姊姊喝酒去。」

「好啊。」兩人繞過桌子走到另一端和喝酒的兩人寒喧。

留下這邊遼介和雅妮絲。遼介提起杯子，敲了一下雅妮絲拿在胸前的酒杯說：

「我敬你一杯！」雅妮絲問道：「我們之間有什麼好敬的嗎？」

也不知道是哪個點讓雅妮絲展現了毫秒少女心。看著她驕縱地把臉撇向另一邊。遼介舉著手中汽水適時給予鼓勵：「當然有啊！我可是很支持妳，相信妳可以成為好學生會長的喔！」突然講這種自己最切身重要事情，雅妮絲毫無防備，害羞裝正經回應道：

「還不知道選舉結果會如何，現在說還言之過早吧？」遼介激勵道：

「妳應該要抱著必定選上會長的決心參選啊。這次集團寶具偷盜傷害事件你們不是全力破案了嗎？」把梗在喉頭害臊情緒吞回肚裡，挑起理性，冷高傲說：

「哼，那還用說嗎？只要有我參與的案件，沒有不破案的。」遼介說：

「多虧你兩位團長不用引咎辭職囉！」

「關於這個案件我有一大堆問題要問你。」雅妮絲問：

遼介喝一口參酒的果汁說：「讓你問。」

「卡蜜拉什麼時候跟你接觸？」遼介老實回答：「就在我們出任務的那天晚上。她說是學校某個人推薦她來，我也不知道是誰。但知道我借宿修二宿舍這件事，應該是某個對木塔基核系統熟悉的人吧。」

妮絲陷入沈思，遼介反問：「調查的結果如何？」雅妮絲說：

「所有被偷盜的寶具法器都物歸原主。」遼介又問：

「格黎貝塔騎士團的處置呢？」雅妮絲說：

「因為格黎貝塔對學校曾經有許多貢獻，未涉案的卡蜜拉，伊札特和休斯心苗都配合辦案。沒涉案的團員都免於無視包庇罪罰追究，三個月後，他們會對外宣布解散，新學期再重新組成新騎士團。」

遼介又問：

「布琉西邇朵呢？」雅妮絲繼續說：

「她涉嫌幕後利益交換，僱用人偽裝栽贓，又賄賂辦案人員。她必須接受禁足，軟禁住處六個月。不過機關目前對外宣布，由於遭組織份子綁架，暫時回到埃西美克斯王國短期修養。」遼介感性說：

「王宮貴族也實在很辛苦。」

「欸—雖然這案件暫且宣告偵破，卻延伸更多問題。」一向一板一眼的雅妮絲，從來不會對寄宿家庭的人提起公事，更不細談案件內容，卻不自覺對遼介吐苦水。遼介說：

「我今早聽班上的人說，難道是心苗使用違禁品而狂暴化的事嗎？」

「那不是你該留意的事。」雅妮絲眼神變得嚴肅，反對遼介干涉，遼介仍說：

「是嗎，如果需要我幫忙你別客氣喔！」雅妮絲笑罵道：

「哼！說這種話前，你還是先拿到學生會幹部或是考到尖兵資格再說也不遲。」

「唉，你就是這點不可愛。」雅妮絲搔首弄姿笑道：

「呵，反正我又不需要可愛這種評價。」看了看雅妮絲傲嬌神態，遼介也很坦然接受：

「你高興就好。」遼介又一口氣喝下杯中汽水。

「阿遼啊！」喝酒已是喝得爛醉的義毅突然說話很大聲：

「小希對你說什麼氣話都不要在意，她很需要呵護禮讓，你知道該怎麼做吧？」

待在旁邊陪酒的希尷尬苦笑：

「阿豐爸也真是的——」小汐制止道：

「阿豐爸，你已經喝醉，別再喝了！」

旁邊一個酒量酒膽堪稱比酒豪酒鬼還要高段龍王族少女，義毅興致仍是不服輸一喝再喝，嗝氣說話：

「我—沒有，我還可以喝很多很多誒、呴！呵、阿遼啊！保護那孩子也是你的責任，男人就該一直線相應挑戰碰撞，你可不要把人家弄哭喔！否則我又要負擔昂貴的修繕費用了！」義毅喝得語無倫次，卻是豪邁說出諮商建言，遼介苦笑作聲：

「喔。」

（沒想到以酒量自豪的阿豐，會被西露可灌醉成這副德性啊——）

西露可還相安無事繼續喝她的甜烈酒。這晚派對在熱鬧歡愉又感性氣氛之中，邁入尾聲。送走客人，收拾餐桌上盤皿，大夥各自都回到房間。

65 夜色

敲敲房門，遼介近房間將門帶上。看見希在窗外陽台上。外頭天色滿天雲朵快速飛過，影約能夠看見烏蘇魯與岱赫拉光輝從雲朵縫隙間照下。希穿著內睡衣，靠在窗台欄杆上吹風賞夜景。輕薄絲綢上衣隨風擺動，迷人姣好身材隱隱若現。遼介拿起薄被批在希肩上，感受溫暖被子，：

遼介走到窗台扶手邊，眺望遠處學校風景，仰頭看看夜色感嘆：

「今天的夜色真美啊。」希回過身來問聲：

「嗯？」希羞澀面容，遼介說柔情說：

「你才接受完醫療中心調養箱集中器治療完，在冷寒天下這樣穿很傷身喔。」希雙手交叉抓起被子兩邊緣說：

「我有做源氣強化耐力修練，這點寒風難不倒我。」看著希，遼介給予稱讚問道：

「這一次出任務回來，你好像變強了一點？」希什麼也沒感覺到問聲：

「我有嗎？」

「我聽說了，你不是參與寶具偷盜案件第一線特搜攻堅行動？而且你還破解修二他們的危機不是嗎？你做得很好！」

得到遼介肯定，希矜持心中喜悅，學起遼介口吻小聲說：

「那不算什麼啊——」遼介說：

「不過，下次你如果沒多思考又赴死硬撐擋在我前面，我會生氣喔。」

「你生氣了？」

「小傻瓜，你知道這麼做我有多心痛嗎？」

「那—這筆賬就當作平手清算，你也讓我很擔心耶。」遼介想想微笑道：

「好吧，下次你不可以再做那麼危險的事了。」想起心裡在意事，希問：

「話說起來，那個時候為什麼你悶不吭聲離開教室呢？」

「我想獨自調查案件。當時案件還有很多不明，對你不安全。比起跟我在一起，你跟席丹一起行動可能會更安全。」

「對不起——小拉對你說那麼難聽的話——」

「我並不介意啊。被罵難聽話我早就習慣了，那點程度不算什麼，畢竟我沒犯罪，心裡坦蕩蕩，那時我也是為了你才那麼做。」希疑惑問道：

「為了我？」遼介仔細看看希漂亮臉蛋又說：

「為了我讓妳跟好朋友絕裂這種事情我做不出來，我跟她反目成仇你會更難過吧？」希臉上浮上紅潤氣色，小聲回應：

「這樣啊——」希靜下心來想想，感受遼介心意，被保護感覺心底暖洋洋。

希羞澀頓了一下，問起遼介埋在心坎裡的事：

「你會想追尋赫森斯前輩的去向嗎？」遼介想想，瀟灑說：

「不急啊，她是個很獨立的女人，我知道她會好好照顧自己。只要我活著，她也活著，目前這樣就夠了。只要和那個組織持續打交道，我相信我們還會再遇上。下回碰頭我一定要從索亞手上把她救出來。」看看遼介腳傷希又問：

「她突然傷害你，你不會難過嗎？」遼介語帶感性說：

「我認為這其中一定有什麼原因，不管如何我還是相信她。他是我的義姊這件事實依然不會變。」

「我也相信她不是故意的。」遼介感到很意外問：「你怎麼確信？」

「因為我相信遼介君啊，而且教導遼介君使用力量的信念，那些事情，我覺得前輩應該是個正派的人。」希笑說。

「你真可愛！」遼介笑道：

「我也說說我的想法。」希好奇問聲：「那是什麼事？」遼介爽快說：

「我決定了，我要成為意志者『英雄』！」希遮嘴笑呵呵，遼介問道：

「這很奇怪嗎？」希放下手說：「不會啊，只是所謂的『英雄』不是職業，而是一種評價。想要讓大多數意志者認同，那是遙不可及的夢想喔！」遼介更是快活說：

「只是意志者間還不夠，包括阿特蘭斯所有種族也在內！」希驚訝的問聲：

「這種事可能作到嗎？」

「無論耗費多久的時間，我一定要做到。」希給予支持鼓勵說：

「那我決定幫助你成為英雄。」遼介看向希問聲：

「你啊？」希喜悅帶點心酸說：

「我們是好朋友不是嗎？」遼介不否認，眼神看著希傾聽，希緩緩說：

「我也想跟不破君和阿德一樣，成為遼介君的力量。這一次你們出任務，我被保護侷限只能為你們著急擔心，明明是優等生心苗卻什麼都不能做，很沮喪。」這回換遼介大笑道：「你有那個心我很高興。」希嘟著嘴很難為情說：

「咕怒怒！什麼嘛——人家也是很認真的。」遼介快活說：

「好啊，你要有相當覺悟喔！」眼看遼介又要取笑自己，希知道自己還有許多不足，極力要求：

「如果遼介君覺得我實力不足，請你教教我嘛，人家想要變得更強啊。」

「我的特訓鍛鍊法比學校老師還要嚴格喔！」遼介說，希笑問道：

「空揮擊劍一萬下嗎？」

「呃，你剛才聽到啦？」遼介苦笑。

「嗯，我只聽到一些些。」遼介明快直說：

「不是，阿德的那是基礎功，你是上級課題，不只是戰技層面深度的研磨修練。還有更多是外圍環境的應對磨練，只怕你吃苦。」希態度認真說：

「我不怕苦，只要能夠成為你的助緣，我什麼都肯學。」遼介說：

「那麼我給你的第一個題目是，妥善控制神崎姬親衛隊的失控問題。學生會幹部不是也對你提出警告過嗎？」希想想，很是苦惱問聲：

「這個問題啊——遼介君有什麼建議嗎？」遼介給予提示建議：

「問題在於人，就用人治。用人望以令服之最容易。你是有人氣聲望的，你必須明確表示主張，但不只是說說而已，也要適當給予指引跟領導。」希猶豫說：

「嗯，這的確不容易耶——」希從來沒想過這種事，從小是被過保護的小女人，不習慣獨自處理公眾大事。這回要靠自己處理事情是個艱難挑戰。遼介又說：

「在學校裡你有群眾魅力，妥善運用這個優點是好事。」希對治理、管理一群哈巴狗實在沒什麼興趣又問：

「遼介君想要我確實掌控領導親衛隊嗎？」

「我指的不是硬性領導，而是友善和具指引性的同濟提攜關係。你其實有機會可以把他們訓服成海尼奧斯基層保安。我們學院對現在廢刑部補番隊制，對現在學風而言，這是個無形維安保障，我認為林副會長不會反對。」希願意嘗試。希靦腆可愛說：

「嗯，讓我想想辦法—不過遼介君想要教導我事情，也要有所覺悟喔。」遼介不明白的問道：

「什麼覺悟啊？」

「遼介君——」希按耐不住心中情緒，撲了過來，淚水隨風飛散，被子滑落地上。雙手摟抱遼介，額頭緊靠遼介胸膛。遼介很淡定，感受希身子輕微發抖，一手摟抱希的腰，另一手摸頭輕撫：

「抱歉，我提出的題目太困難嗎？」希搖搖頭小聲說：

「我願意努力做看看——」希台起頭深情眼眸看著遼介，墊起腳尖。嘴唇輕輕貼在遼介嘴上，水嫩桃唇，溫暖舒服香味，希大膽舉動讓遼介眼睛睜得很大。

腳跟放下，希滿臉通紅，濕潤眼眸閃閃發亮，希手指放唇上甜蜜說：

「能夠嚴格教導我的人除了長輩老師以外，只有比我厲害，擁有開闊胸襟的人喔。」

遼介眼神炯炯有神給與肯定笑道：

「嗯，我們一起努力啊！」

眼看雲層遮住月光，一點一點冰晶隨風緩緩飄下，細雪紛飛掉在窗台，掉在兩人肩膀、頭髮上。臉頰發覺冰涼感，遼介抬起頭問聲：

「這是，下雪了？」希一手撐在欄杆上，玩心未泯伸出另一手。雪花飄到手中，雪是冰冷，心卻很暖活。希開心說：

「阿特蘭斯界漫長的雪季要開始了喔！」

白雪乘著冷風迎面飄下，彷彿雪精靈無節制拿著魔法篩網潑灑，密集又發散隨風撒下大地。

66　權讓印龕

三日後，細雪紛飛景象持續好幾天，聖斐勒斯都學園眼見景物覆蓋著雪色。日光從雲縫中穿透撒下，如白金色紗廉，空氣中閃亮，雪片反射微小光輝瞞天飛舞。接獲風見綾轉達指令下，遼介與希前往鳴海樓會見學生會長。

蒂塔莎引領之下，兩人來到鳴海樓行令會客室。這裡是學生會對心苗及班級委員代表談話或宣布指令空間。會客室裏沒有給心苗座的椅子，一個台階之上一張黑晶檀木長桌上空無一物，左邊一張執行秘書桌上好幾個卷筒型卷宗堆疊，源氣精煉墨水與形同寶具的典雅文房四寶陳列在桌上。

「李奇會長，我帶光野遼介和神崎希兩位心苗進來了。」

「嗯，你復位吧。」李奇會長肅穆說，蒂塔莎應聲：

「是！」蒂塔莎回到執行秘書座位坐下。

從三樓圓窗看出去，可以看見鳴海樓後院白雪覆蓋樹頭枯枝，樹林後眺望一點海尼奧斯校園景致。

但是坐在學生會長座位上的人讓希感到肅然起敬，表情好像阿修羅一樣嚴肅的學長—司・奧圖曼李奇。詩織也隨侍在側。面對眼前自然抑制狀態下，氣息仍大到讓人感到壓力，遼介仍泰然自若，抬頭挺胸正視。

「光野遼介，讓我來介紹，他是我們海尼奧斯現任學生會長，司・奧圖曼李奇。他同時也是你同父異母的兄長。」

希沒有說話，眼神驚訝看向遼介一眼，又把視線挪回司的身上。突然知道自己有哥哥存在，遼介沒有很吃驚，他放膽笑問道：

「我聽說過學生會長也是修練源神諭心流出身，特別是劍術更是精湛的神人，今天總算見到本人。不過今天特地找我們來，應該不是單純失散多年的血親手足見面會吧？」

司嚴肅眉毛略顯緩和說：

「那麼我就開門見山直說，我今天找你來是要賦予你，學生會長特命代理權限。」

「你要給我學生會長特命代理權限？」看這個陌生兄長，不鳴則已一鳴驚動遼介。

「蒂塔莎，你拿那個東西上來。」詩織接手經由蒂塔莎用托盤呈上兩個黑色盒子，按下其中一個盒子上紐扣，打開盒蓋。裡面放著黑色晶石，看起來是個雕工細膩的印龕石，光澤如黑玉石晶亮。看見這不尋常象徵物，遼介不明白司的用意問道：

「這不是今早在學校各處，公告宣言提到的特命代理印龕石嗎？」司嚴謹說：

「我要你在明年接任這個位子。」

突然學生會大權從天降下，遼介不是高興，而是警覺性推辭：

「為什麼是我？」希也困惑問道：「對啊，一般來說我們學院的學生會長，不是都由每年五月份麒麟武道大會的優勝人掌位嗎？」

「沒錯，這是我們學院正常會長繼位接權的方式，但那僅限於和平時期，烏蘇魯庫諾斯已經開始復甦亂世。我想你們都知道，埃西美克斯王國派出國防軍艦隊在種族境界線上遭第三方組織殲滅。想必那個組織幹部活動今後會更活躍，帶來更多動亂。不只是阿特蘭斯，雅斯界也不能倖免。在非常時期必須確保有能人繼位，能夠鎮守維護學校安全，這對意志者來說是後方重要防線。」知道意義深重，遼介又問道：

「這學校還有其他優秀人才，你為何任命於我，只因為我是你同父異母兄弟？」

司聲量高揚，嚴肅說：

「過度謙遜是種傲慢表現。你這次在密令任務中的活躍程度，大多數人不知情，卻是大功一件。能夠繼位我之後的人，不是學校內心苗鬥競切磋，僥倖獲得優勝的溫室軟苗，而是實際有臨場征戰經驗的高手。現在符合這個資格的二年級生只有你最合適。」遼介陷入靜默沈思。司眼神看向希又說：

「至於妳，神崎希我要賦予妳『赤影椿』特搜幹部資格。」

詩織打開另一個黑盒子，裡面有一顆山茶花精緻金屬徽章，金紅色花瓣花蕊，黑色外框細節紋路，光滑表面反射著閃亮金屬光澤。旁邊還有一顆玫瑰色晶石，中間透出和金屬徽章一樣光紋。希沒有心理準備，也不知道該如何是好。遼介持有異議問道：

「那不是岱勒烏斯，設置在我們海尼奧斯的司法特搜緝查機制嗎？這不是在刑部捕番隊解散之後就跟著停止活動了嗎？」

「目前赤影椿行動，都是稻穗光實一人秘密活動。」詩織一步上前說：

「神崎學妹她代理我的位置做第一線攻堅人員。她不但成功完成任務，在他學院共同攻堅幹部之間獲得好印象評價。再者她的品行和成績表現足夠優秀，我希望她能夠為機關和學校貢獻己力。」司又說：「神崎，我希望你能夠協助稻穗光實一起行動辦案。」

遼介與希相互對視許久。遼介又問：

「為什麼會指名她，而不是成績更優秀的風見綾或是其他班級榜首心苗？」

司臉上一抹看不見微笑說：「你要座這個位置，需要有個賢內助不是？」

希臉紅沉默，遼介已察覺司的旨意，他清楚知道希和自己關係。表面上詢問意願，事實上是強迫性要他們接下權力。遼介想想笑問：

「你把代理權給我，不過我不太喜歡強權名利的大排場。你在學校大家都稱呼你『孤傲絕刀・獨尊修羅』，我們行事風格不同，你就不怕我把你治理的海尼奧斯搞得一團亂？」

司不苟言笑說，彷彿作為兄長教訓言辭：

「你可以有你的作風，在權限規範下有彈性，在這過度時間裡，詩織會輔助你。你如果自認身上流的是光野宗家血脈，你就有責任承擔，為整體世界和文明向上揚昇而戰的使命。」

希和遼介又對看一下，隨後遼介一步上前英姿颯爽說：

「好吧，這東西我暫且拿下，如果到時候有比我更適合的人勝出比賽，我也不會眷戀這個位子。」

希跟著前進一步說：

「我也願意接受『赤影椿』幹部身份與職責。」詩織說：

「那麼請你們把晶排拿出來，從現在起賦予你們海尼奧斯學生會執法權利，任何與威脅學校安全與其相關延伸事件，你們擁有行駛武力介入制裁權和搜查權。當然也包括殺生默許權。」

兩人拿出學生晶排，同時慎重拿下黑色印龕石和玫瑰色晶石，放入各自晶牌中，瞬時水藍色晶牌和嫣紅色晶牌分別亮起賦予權限象徵的光紋。遼介先行退後，詩織把金屬徽章別在她水手道服領子上，隨後也退回原位。司繼續說：

「我賦予你們學生會權限，不只是榮譽，也是希望你們能夠妥善運用，作為聖戰最強後盾。行動上我希望你們以全體利益為重，其次把持我學院立場，個人利益放在最後行事。」兩人異口同聲說：「瞭解！」司命令道：

「那麼你們下去吧。」兩人行簡單禮退出行令會客室。

等到兩人離去蒂塔莎也離席。司與詩織兩人靠近談話，詩織問道：

「難得見到的弟弟你真冷淡呢。」司說冷言：「他還不到我認可血親的程度。」詩織還存有一絲猶豫：「那樣一個放蕩不羈的心苗，你確定要授權於他嗎？」

「哈格士托前輩對他有高度評價，他雖然放蕩不羈，心裡卻懷有機智謀略，如果他真的是宗家兩老嚴格培育出來的後繼者人選。八遁龍迴內化才智程度不是表面上能夠見識。他應該有很多治理校安現狀的新想法，用人條件方式也會有所革新。對於處理公事和公眾場合，神崎學妹還太淺嫩，在容許範園內我希望妳跟蒂塔莎可以全力輔佐他們。」詩織還是留有一分疑慮，不安問道：

「可是你直接賦予這麼重的權限給他，他沒有作亂搗蛋可能嗎？」

司從座位上起身，看著海尼奧斯學院校區景致，多一分嚴肅，慎重又說：

「這也是我對他的心性考驗，我想看看他面對賦予權力會如何運用。權力總是使人心腐敗，如果他亂性肆意使用權利於私利，做出違反學校安全準則，以致於危害斐特安法爾聯邦的安全行為，在其他學院幹部出手前，你們可以直接把他處理掉。」

「我瞭解了。」詩織銘記在心，司又繼續說：

「憑他現在程度成為學生會長一定會成為笑柄，多半人無法容忍能力評價低等心苗成為學院心苗代表。他摸索的道雖然別出心裁，卻是過於理想化有致命缺陷。自主沒有展現足夠力量，在『他們』乖離扭曲的惡意前，就算是仁義慈悲也是不堪一擊。」詩織十分認同附和：「是啊。」司眼神看向詩織又說：

「無論如何用什麼方法，妳一定要迫使他的封印解開，他那份力量是和烏蘇魯庫諾斯組織勢力抗爭上必要的戰力。這也是我身為學生會長對妳下的最後指令。」詩織傷感問聲：

「這麼說你馬上就要出去了?」

「我想我們暫時不會見面。」司鐵硬著心腸說話，又一次辜負少女期望：

「對我來說『生存試煉』早已開始。我的敵人就只有烏蘇魯庫諾斯，將那個龐大組織剷除，這是我成為意志者的目的。」

司選擇的不是保守安逸日子，而是日日危機四伏修羅之道。她知道司一旦說出口就成定局，沒有改變可能，強忍不捨淚水情思都換作支持。詩織貼上來深情告誡道：

「我懂，我成全你的意，但是你如果死了，我永遠都不會饒你。」司笑道：

「笑話，我是有獨尊修羅名號的男人。如果我這麼容易死，就不配稱做偉大英雄的兒子。」

「又說這種話。」詩織指責道：「你的缺點就是過於自信，霸道無理——」

看著詩織焦躁不安神韻，話還沒說完，霸道之吻貼在不安靜嘴巴上，不知持續多久的離別之吻。從鳴海樓三樓的窗外遠眺兩人身影，白雪緩緩持續飄落。

67 闇躍

荒野中一棟白色調，外觀有好幾支細枝尖銳狀華麗神殿遺跡。像這種建設在自然荒野之中的神殿，曾經都是彌勒斯人蓋的聖殿，在阿特蘭斯界野外到處可見，是他們在國境外四處靈修精神堡壘。許多聖域與連接異界『提真之扉』都是彌勒斯人留下的遺產。三種族簽訂種族戰爭停戰和平協議之後，這座位於種族境界線上的聖殿就被遺忘，成為烏蘇魯庫諾斯利用諸多據點之一。

深夜時間，不見繁星點綴，紅色烏蘇魯光特別明亮，藍色岱赫粒顯得黯淡無光，天空中的結晶現象因烏蘇魯而染上不詳紅色。遺跡中間上方摟空門外有個平整圓形平台，紅光直接穿透，照入大殿廳堂，深處有一座大型祭壇，圓形多層次結構，中間最低，外環逐漸向上圓形迴廊有著好幾根裝飾柱子，其上有許多尖耳朵特徵人像，那些都是彌勒斯各族不可考悠久歷史中聖人、英雄族長、國王或女王。從祭壇中間向上挑高數十公尺，幽黑中透露一點天然晶石微弱光現，祭壇下方深處如平靜大海流動岩漿紅光向上透出。

一束人影站在祭壇中央，腳下展開暗紅色章紋陣，斑白皮膚，乾癟皺紋下巴留著稀疏白鬍子，面貌像個三百多歲老人。他穿著黑色束腰斗篷，束袋及衣領上有著暗紅色源氣劃成章紋花樣。眼神銳利看著面前兩道影像頻幕，如旋狀星幕，一大一小，看得出通訊人之間上下關係。

「這麼說你計劃行動目的被察覺了？杜朗基侯爵。」

「讓比卜斯公爵看笑話了。很遺憾，計劃讓安・哈德斯選上學生會會長，掌控羅德加拿學生會的計劃恐怕已經失敗。他們相當小心控制情報流露，沒有造成學院對抗狀況。」較小頻幕中映著一名面貌深邃亞麻黃髮褐色眼男性，年紀看上去約四十上下。

他名叫匹思可・杜朗基。

「我聽說新研發的強化藥物流入學生心苗手中，此情報是否當真？」比卜斯老沉沙啞聲音問道，有種魔性壓迫感，令人折服於階級之下的壓力。杜朗基笑道：

「我不知情，這點沒有必要證實，不需要比卜斯公爵多費心。」

另一個巨大頻幕人影說話，聲音沈厚模糊，沈重而黑暗，那聲音無法斷定性別年齡：

「杜朗基爵尉，你沒能夠把那處學院的一角拿下我不會責怪你。巴菲爾公爵療傷無法行動下指令，你們分家侯爵家眷之中，你必須頂替他的位置辦事。」

「我瞭解，芬克帝歐元帥。」杜朗基百般恭敬態度說話，芬克帝歐元帥說：

「如果我指派你的『工作』如果有進展，是否可以進入下一個研發階段。」

「元帥，這個答案是肯定的。」杜朗基簡短有力回答。

「是嗎?那真是太好了。」巨大黑影泛著紅光眼睛透露興奮。比卜斯實在不喜歡這種被蒙在鼓裡的感受，他聽到幾個敏感字彙，杜朗基爵尉所屬家眷必定有計劃性的進行某種實驗。元帥會刻意在自己面前提起，他知道即將倒大霉。

杜朗基的人影頻幕轉向比卜斯過問：

「比卜斯公爵，我們家瑋德這幾天行蹤從學院裡消失，他是否有跑到你那邊避風頭呢?」

「杜朗基侯爵，從伊特麻拉到我這裡至少也有三千培渡，年輕人就算精力充沛也不會大老遠跑到我這來。」比卜斯停了一下，緩緩又說：「各個公爵分家支系擁有的城塞和據點到處都是，他為何會跑到我這來?」杜朗基表情不變說：

「我知道，他是個很會添其他分家麻煩的小鬼。我只想確認他是否有添你麻煩?」即便是不同分支家系，杜朗基對他說話，態度不像是對公爵階級該有的分寸。比卜斯回答：

「沒有，你多疑了，杜朗基爵尉。」

「如果他有在你的勢力範圍出沒，務必請你把他引渡到我杜蘭德巴菲爾公爵家。」

「我知道了。」爵尉對公爵下指令，這是一種挑釁訊號，在組織間活動，每個家系都有一個元帥統領，元帥之上是一般人都無法輕易接觸的未知存在。元帥下面會分成許多分支家系，公爵、侯爵、爵尉、尉士。階級分明，在這個龐大組織內，比卜斯確信杜朗基沒有把他放在眼裡。元帥說話對杜朗基下達命令：

「杜朗基爵尉，我要你把所有實驗樣本資料情報帶給雅斯界丁恩公爵。我要你協助伊列寧元帥下面進行的計劃，我期待著工作進行下一階段。」

「我瞭解了。」此後杜朗基嶺電頻幕消失。芬克帝歐對比卜斯的近況表示關切：

「比卜斯，我想你已知情，漢考提已經敗北，他們家殘存的螻蟻四處逃竄。憑你那老練的手段應該不需要我出手是吧？」比卜斯低頭不敢直視元帥，戒慎恐懼說：

「不，我不需要您出手幫助，我就可以讓那學校陷入恐慌混亂。」芬克帝歐斥責道：

「你只是說說，這幾年來你雖沒有明確失敗，卻也沒有立下任何對組織有明顯利益的戰功。比你有能力的年輕後輩大有人在，再有任何怠慢我會把你的公爵位置讓給其他年輕人接掌。」

「很抱歉，讓元帥您失望了。」

「別忘了當初你是為了什麼而加入烏蘇魯庫諾斯，成為我家系的公爵。你知道讓我失望的等價罪罰後果。」比卜斯應聲答覆道：「是。」

「我等待你的表現。」隨後那道巨大投影頻幕消失。

詹札克・比卜斯，年紀上達七十旬，他中年時用自己一半壽命當作代價加入組織。因此衰老速度比一般意志者還要快好幾倍。戰爭時期他貢獻許多功績，因而坐上公爵位子，雖然芬克帝歐元帥曾經也是跟他同一時期的公爵，卻被搶走元帥大位。他必須遵從元帥命令，否則會被視為沒有價值的人才，被抹消存在。

比卜斯行動從未真正失敗過，而今天被拿來和一個年輕伯爵相提並論，他十分不服氣。他找到躲在迴廊一處牆柱下，屈膝顫抖男子身影。比卜斯說：

「小夥子，你可以不用躲了。」

「請您不要把我引渡給杜蘭巴菲爾公爵家——」瑋德・哈德斯他只是個尉士，不見他幾日前那風光狡詐嘴臉，現在面色惶恐，嘴裡咬著拇指哀求道：

「我把一切計劃搞砸，匹斯可侯爵一定不會輕易放過我的——」

「年輕人，你太早放棄了。」比卜斯那皺紋乾癟臉上露出一絲陰冷微笑：

「不如我們來做個交換。你如果為我做些事情，我會考慮不把你引渡給杜蘭巴菲公爵家。不過，你來我麾下避風頭，就必須付出相對代價的覺悟。」瑋德沒有其他選擇，聲音顫抖答話：

「我知道了——有什麼需要我為你效勞?」瑋德影子看起來很卑微，屈服在比卜斯腳下。比卜斯冷言說：「我要施行校園動亂計劃，我要你成為我的戰力。」瑋德說：

「我懂了，我願意聽令差遣。」

比卜斯走回祭壇中，在他視線中有一座巨大的費洛姆晶石，呈現水晶柱狀結構，這裡面沈睡著一名年輕女性。她是比卜斯的全部，當他目視這名女性，老邁如魔人一般無表情臉色，心底燃起熊熊仇恨報復心，他隨即打開機元頻幕。

他過目安排在學校中家眷傳來的一手資料，這些全部都是在愛拉梅蒂斯學院中觸犯條例而受罰受刑，禁足軟禁的心苗。比卜斯摸摸鬍子，他對安德森・賈西亞・博倫多很感興趣。

夜晚天象異變，這是烏蘇魯再過沒多久就會偏蝕遮蓋岱赫粒的徵兆，比卜斯心裏盤算，興起一套恐怖計劃。

意志者 3

帝國戰記
WAR of EMPIRE
WILLTER

作　　者：響太C．L．
美術設計：許世賢
編　　輯：陳潔晰
出 版 者：新世紀美學出版社
地　　址：台北市民族西路 76 巷 12 弄 10 號 1 樓
網　　站：www.dido-art.com
電　　話：02-28058657
郵政劃撥：50254486
戶　　名：天將神兵創意廣告有限公司
發行出品：天將神兵創意廣告有限公司
電　　話：02-28058657
地　　址：新北市淡水區沙崙路 25 巷 16 號 11 樓
網　　站：www.vitomagic.com
總 經 銷：旭昇圖書有限公司
電　　話：02-22451480
地　　址：新北市中和區中山路二段 352 號 2 樓
網　　站：www.ubooks.tw
初版日期：二〇一九年十二月
定　　價：四九九元

國家圖書館出版品預行編目 (CIP) 資料

帝國戰記— WILLTER 意志者 / 響太C．L．著
-- 初版． -- 臺北市 ： 新世紀美學， 2019.12
面； 公分 --（意志者 ； 3 ）
ISBN 978-986-94177-8-5（平裝）
857.7　　107002419

WILLTER

WAR of EMPIRE

WILLTER

WAR of EMPIRE

WILLTER

WAR of EMPIRE

WILLTER

WAR of EMPIRE